Eduardo Jáuregui
Gespräche mit meiner Katze

Eduardo Jáuregui

GESPRÄCHE MIT MEINER KATZE

Roman

Aus dem Spanischen übersetzt von
Anja Rüdiger

THIELE VERLAG

*Der Erinnerung an den sizilianischen Taoisten
Rino Bertoloni gewidmet.*

*»Nehmen wir uns die Tiere zum Vorbild:
essen, schlafen, spielen und lieben.«*

ERSTER TEIL
DIE KATZE

I

PFOTENGETROMMEL
AN DER FENSTERSCHEIBE

Beim ersten Mal erschien sie völlig unerwartet – in etwa so wie der Geist aus Aladins Wunderlampe. Natürlich ohne Rauchschwaden oder Harfenklänge und auch ohne dass ich über irgendetwas hätte reiben müssen – höchstens über meine Stirn, weil ich es einfach nicht fassen konnte.

An jenem Morgen war ich – wie eigentlich fast immer in letzter Zeit – völlig gestresst, und mir war schon ganz schlecht wegen dieser Präsentation, die ich später vor den Leuten von *Royal Petroleum* halten sollte. Beim Frühstück brachte ich keinen Bissen herunter. Ich saß in der Küche und hackte die letzten Details der Präsentation in meinen Laptop, der in fröhlicher Unbekümmertheit zwischen einem Stück irischer Butter, dem Londoner Stadtplan, den Handschuhen, die Joaquín in der morgendlichen Eile vergessen hatte, einem Teller mit Toast und der Kaffeetasse mit dem Hochzeitsfoto von William und Kate, die wir wirklich nur benutzten, wenn absolut keine andere mehr sauber war, auf dem Tisch stand. Als ich dann mit dem Laptop in der einen und dem Frühstücksgeschirr in der anderen Hand in Richtung Spüle ging, wurde mir – wie so oft in der letzten Zeit – plötzlich schwarz vor Augen. Der Teller mit der Kaffeetasse, dem butterbeschmierten Messer und der unberührten Toastscheibe rutschte mir aus der Hand und fiel mit lautem Getöse auf die schmutzigen Teller, die Joaquín in der Spüle aufeinandergestapelt hatte. Leicht schwankend stützte ich mich gegen die Spüle, während ich mit der anderen Hand krampfhaft den Laptop an die Brust drückte und darauf wartete, dass die Welle der Übelkeit wieder abebbte, die stets mit einem leichten Kribbeln einherging – ein Gefühl, das mir in den letzten Wochen sehr vertraut geworden war. Ich atmete tief ein und aus und schluckte ein paar Mal.

»Ganz ruhig, Sara«, sagte ich mir. »Es ist gleich wieder gut, es geht vorbei, wie sonst auch.«

Während ich diesen Satz wiederholte wie ein Mantra, starrte ich aus dem Fenster und versuchte mich an der Welt festzumachen, die es dahinter gab. Ich sah den üblichen grauen Himmel über London, hoch oben in den Wolken Flugzeuge auf dem Weg nach Heathrow, ich sah unseren traurigen vernachlässigten kleinen Garten, der handtuchbreit neben all den anderen lag, die roten Backsteinhäuser gegenüber. Es war kein wirklich schöner Ausblick, aber wenigstens engte er den Blick nicht ein, und das vertraute Bild gab mir eine Sicherheit, an der ich mich festhalten konnte, während die Übelkeit allmählich nachließ.

»Was ist eigentlich mit mir los?«, fragte ich mich, und es war erstaunlicherweise das erste Mal, dass ich mir die Frage stellte, obwohl diese Anfälle von morgendlicher Übelkeit mich in letzter Zeit mit schöner Regelmäßigkeit überkamen.

Vor einigen Jahren noch wäre mein erster Gedanke der an eine mögliche Schwangerschaft gewesen, und ich wäre aufgeregt in die nächste Apotheke gestürzt, um mir einen Schwangerschaftstest zu besorgen. Inzwischen hätte ich mich darüber sogar gefreut, allerdings war es zu lange her, dass Joaquín und ich uns mit der nötigen Ruhe nahe genug gekommen waren, um derartige leidenschaftliche körperliche Ertüchtigungen zu absolvieren, denen wir uns früher an den unterschiedlichsten Orten so leicht und unbeschwert hingegeben hatten, als dass das Wunder der Fortpflanzung hätte stattfinden können. Es war eine Abstinenz, die ich aus mehreren Gründen beunruhigend fand – unter anderem wegen der Frage, die ich mir gerade zum wiederholten Mal stellte, während ich die Flugzeuge beobachtete, die an dem wolkenverhangenen Londoner Himmel entlangglitten: Was war eigentlich mit mir los?

Und genau in diesem Moment nahm mein Geist aus der Wunderlampe Gestalt an. Ich senkte für einen Moment den Blick, gerade lange genug, um festzustellen, dass weder der Teller noch die Tasse mit dem Prinzenpaar zerbrochen waren. Das Ganze hatte höchstens eine halbe Sekunde gedauert. Aber plötzlich war sie da, wie aus dem Nichts, direkt vor meinem Fenster, mit ihren grünen Augen, deren Raubtierblick sich tief in die meinen bohrte. Ich stieß einen erschreckten Schrei aus und trat unwillkürlich einen Schritt zurück, den Laptop schützend vor der Brust, um die »Bestie« abzuwehren.

Dann betrachtete ich sie genauer. Hinter der Fensterscheibe saß ganz friedlich eine Katze mit kurzem goldfarbenem Fell, erhobenem Schwanz und irgendwie vornehmer Ausstrahlung. Eine Katze, die sich trotz meines Aufschreis keinen Millimeter bewegt hatte und das sonderbare Verhalten des hysterischen Menschenkindes, das sie da vor sich hatte, interessiert beäugte.

Ich musste lachen. Doch das Lachen verging mir, als ich plötzlich eine Stimme hörte.

»Lässt du mich rein?«, fragte die Katze.

Sie hatte eine sanfte, samtige Stimme, die man leicht mit einem Schnurren hätte verwechseln können. Es war eine eindeutig weibliche Stimme, die zu keinem Kater hätte gehören können. Eine dunkle und gleichzeitig weiche Stimme, die reif, aber nicht alt klang, wie ein Stradivari-Cello, jedoch mit einem Hauch von ... Wildheit.

Ich stellte den Laptop auf die Anrichte und blickte nach links und nach rechts, wie um mich zu vergewissern, dass ich wirklich allein im Raum war und sich weder ein Bauchredner in der Spülmaschine verbarg, noch irgendwelche Kameras in den Schränken versteckt waren. Doch ich konnte nichts Außergewöhnliches entdecken. Die Uhr an der Wand zeigte die korrekte Zeit an – die zu höchster Eile mahnte, wenn ich nicht zu spät zu meiner Präsentation kommen wollte. Joaquíns Handschuhe auf dem Tisch erinnerten an seine nicht anwesenden Hände und sahen aus, als wollten sie nach dem Umschlag mit der Stromrechnung oder dem Werbeflyer eines Taxiunternehmens greifen. Und der Kühlschrank gab das übliche vibrierende Brummen von sich. Alles schien völlig normal.

Abgesehen von dieser Katze vor dem Fenster. Sie schien ungeduldig zu werden und lief unruhig auf der Fensterbank auf und ab. Dann setzte sie sich wieder und fing erneut an zu reden, diesmal in einem etwas nachdrücklicheren Tonfall: »Meine Liebe, lass mich doch rein, bitte.«

Das zumindest meinte ich zu verstehen, abgesehen davon, dass das Ganze natürlich völlig absurd war, hier, in meiner Küche, in der alles absolut normal zu sein schien. Vor allem, weil ich die Katze diesmal (ich hatte entschieden, dass sie eindeutig ein Weibchen war) eingehend gemustert hatte und mit Sicherheit sagen konnte, dass sie den Mund oder, besser gesagt, das Maul *nicht* bewegt hatte, während sie sprach. Was für ein Unfug! Warum sollte sie auch ihr Maul bewegt haben? Schließlich können Katzen nicht sprechen! Der Satz, den ich gehört hatte, konnte folglich nicht von ihr gesagt worden sein. Auch wenn er zweifelsohne weder aus dem Radio noch sonst woher gekommen war, sondern irgendwie von diesem Tier vor meinem Fenster.

»Ja, ich bin's, ich, hier hinter der Scheibe«, hörte ich nun wieder die samtige Stimme, die genauso deutlich und unnachgiebig klang wie das Ticken der Küchenuhr. »Lässt du mich jetzt rein, oder nicht?«

Sie klopfte zweimal mit der Pfote ans Fenster, offenbar um ihrer Forderung mehr Nachdruck zu verleihen. Ich zuckte zusammen, als fürchtete ich, dass das kleine Tier mit dem nächsten Pfotenhieb die Scheibe einschlagen könnte. Denn das Schlimme daran, wenn man eine Katze so selbstverständlich und gewandt reden hört, mit verführerischer, nachdrücklicher Stimme und dazu noch in perfektem Spanisch, obwohl man eigentlich in London ist – das wirklich Schlimme daran ist, dass plötzlich jedes andere Hirngespinst auch möglich scheint.

»Ich bilde mir das nur ein«, beruhigte ich mich, während ich nach meinem Laptop griff, auch wenn die Kälte des harten Metalls, das sich in meine Brust drückte, eindeutig dagegensprach. Hatte ich schon Halluzinationen? Tatsache war, dass ich in letzter Zeit zu viel gearbeitet und zu wenig geschlafen hatte, sogar für meine Verhältnisse. Und natürlich war es nicht gerade gesund, wenn man morgens nur mit Hilfe eines starken Kaffees wach wurde und nachts ein Beruhigungsmittel zum Einschlafen brauchte. Das war mir durchaus bewusst. Meine Kopfschmerzen wurden immer schlimmer, und jetzt kamen noch diese seltsamen Schwindelanfälle dazu. Wahrscheinlich hätte mich dieser ganze verrückte Zwischenfall mit der Katze noch viel mehr beunruhigt, wenn ich die Zeit gehabt hätte, in Ruhe darüber nachzudenken. Doch in weniger als einer halben Stunde stand meine

Präsentation vor den Leuten von *Royal Petroleum* an, und der Gedanke daran ließ mich alles andere vergessen. Wieder verspürte ich diesen leichten Schwindel, und so klappte ich eilig den Laptop zu, steckte ihn in meine schwarze Aktentasche und ging entschlossen zur Küchentür. Bevor ich den Raum verließ, hörte ich, wie die Katze erneut gegen das Fenster trommelte, doch ich wandte mich nicht noch einmal um.

Die Sitzung begann um neun Uhr. Um Punkt neun Uhr, denn in England beginnen Sitzungen *o'clock*. Als ich nach draußen in die Kälte trat, war es bereits 8.27 Uhr. Als ich die U-Bahn-Station West Hampstead erreichte, 8.36. Das war gar nicht gut, und ich sah schon, wie Grey den Kunden mit zynischen Scherzen über die spanische Kollegin und ihre »mediterrane Art«, die Zeit zu interpretieren, hinhielt. Unterwegs achtete ich weder auf die winterlich kahlen Bäume noch auf die anderen ebenso gehetzt wirkenden Menschen, die durch das morgendliche London eilten, noch auf die Werbeplakate in der U-Bahn-Station. Während ich blindlings voranstürzte, wiederholte ich im Kopf meine Präsentation, die ich am Vortag auf den letzten Drücker im Zug von Glasgow nach London und später, zu mitternächtlicher Stunde, zu Hause vorbereitet hatte, mit Grey im Nacken, der mich alle zehn Minuten mit Anrufen traktierte.

»*Come on*, Penélope, gib mal ein bisschen Gas. Wenn das morgen nicht hinhaut, muss ich dich leider den Haien vorwerfen«, war noch einer seiner ermutigenden Kommentare gewesen.

Grey fand es ausgesprochen originell, mich »Penélope« zu nennen, weil Penélope Cruz offensichtlich die einzige Spanierin war, die ihm etwas sagte. Obwohl wir bereits seit elf Jahren zusammenarbeiteten, fand er diesen Scherz immer noch witzig. Und seit die Schauspielerin im letzten Teil von *Fluch der Karibik* mitgespielt hatte, amüsierte er sich sogar noch mehr darüber, weil die Piratenfilme mit Johnny Depp für ihn neben dem Football und dem Bier den Höhepunkt der westlichen Kultur darstellten.

Als ich das Büro von *Buccaneer Design* zum ersten Mal betrat, hatte ich vorher bereits ein paar Artikel über diese kleine, aber erlesene Internet-Werbeagentur gelesen, die in einem ehemaligen Stallgebäude in Notting Hill residierte. Daher war ich nicht sonderlich überrascht, als ich die aufblasbaren Palmen, die Schaumgummischwerter und die mit Schokolade und Chipstüten gefüllten Schatztruhen sah. Worauf ich jedoch nicht vorbereitet war, war der Empfang, den »Captain Greybeard« in seinem Büro mir und jedem anderen Besucher bereitete. Dort hing in einem barocken alten Holzrahmen ein auffälliges – vermutlich aus dem siebzehnten Jahrhundert stammendes – Gemälde an der Wand, das einen korpulenten Herrn mit furchterregendem Aussehen in einem eleganten dunkelroten Anzug mit einer barocken Perücke auf dem

Kopf und einem Degen in der Hand zeigte. Unterhalb des Bildes saß auf einer Art vergoldetem Bürothron in identischer Pose ein ebenso korpulenter Herr mit ähnlich furchterregendem Aussehen in einem dunkelroten Anzug moderner Machart, mit einer auffällig frisierten grauhaarigen Haarpracht und dazu passendem Bart. Der Mann hackte emsig in die Tastatur eines Computers, auf dem unter dem Apple-Logo zwei gekreuzte Knochen prangten.

Ohne Begrüßung oder sonstiger einführender Worte klärte Graham Jennings mich auf, dass es sich bei dem Herrn auf dem Bild um seinen *great-great-great-great-great-great-grandfather*, den berühmten Piraten Henry Jennings, handele. Das Gemälde sei über Generationen an den jeweils erstgeborenen Sohn der Familie weitervererbt worden, wobei von dem Schatz, den der gefürchtete Pirat angehäuft hatte, leider nur noch der Teil vorhanden war, der irgendwo auf dem Grund des Ozeans ruhte. Daher hatte der Ur-ur-ur-ur-ur-urenkel beschlossen, die Welt über das Internet zu erobern.

Natürlich glaubte ich kein Wort von dem, was dieser Angeber mir erzählte – offenbar hatte er zu viel *Tim und Struppi* gelesen –, aber ich muss zugeben, dass mich sein Auftritt durchaus beeindruckte. Greybeard versuchte mir *Buccaneer Design* als die coolste Agentur für Web-Design von ganz London zu verkaufen und sich selbst als ein Genie vom Kaliber eines Steve Jobs. Die Arbeiten, die ich bereits gesehen hatte, zeigten jedoch, dass zumindest Ersteres nicht der

Wahrheit entsprach. Die Agentur hatte in der Tat ein paar gute Designer und den ein oder anderen cleveren Programmierer, aber von *Usability* hatten sie nicht besonders viel Ahnung. Die Benutzerfreundlichkeit ließ zu wünschen übrig. Auf diesem Gebiet konnte ich ihnen durchaus noch etwas beibringen und vielleicht sogar dazu beitragen, dieses unbedeutende kleine Unternehmen zu einem der Gewinner im virtuellen Goldrausch des einundzwanzigsten Jahrhunderts zu machen. Das jedenfalls sagte ich dem Agenturchef selbstbewusst ins Gesicht, wobei mein tadelloser britischer Akzent ihn offensichtlich genauso überraschte wie die frischen Entwürfe, die ich für einige seiner Webseiten im vergilbten Schatzkarten-Stil gemacht hatte, was ihn nicht nur zum Lachen brachte, sondern ihn auch veranlasste, ein paar seiner Besatzungsmitglieder an Deck zu rufen. Was genau das war, was ich beabsichtigt hatte.

»*Welcome aboard, darling*«, rief er eine halbe Stunde später: Willkommen an Bord.

Während des Vorstellungsgesprächs hatte ich Gelegenheit festzustellen, dass Grey absolut kein Steve Jobs war – aber er war ein geborener Verkäufer, der bisher mit Kanonen auf Spatzen geschossen hatte, weil es ihm an der Software fehlte, die wirklich ihr Geld wert war. Und ich behielt recht. Nach einem ersten Erfolg mit *webweddings.com*, einer Website, die sich mit der Planung von Hochzeiten befasste und die in kurzer Zeit Tausende von Nutzern vorweisen konnte, was ihr einen geschätzten Wert von über fünfzig

Millionen Pfund einbrachte, wurden wir von einigen der erfolgreichsten britischen Webseitenbetreibern engagiert wie *lastminute.com* oder *clickmango.com*. Ich investierte unzählige Arbeitsstunden, hatte aber auch jede Menge Spaß dabei, und die lockere Atmosphäre im Büro erinnerte mich mehr an die Ferienfreizeiten meiner Jugend als an ein seriöses Unternehmen. Dabei war für mich das Wichtigste, dass wir die Möglichkeit hatten, an einigen kulturellen, sozialen und politischen Projekten teilzuhaben, die für die Zukunft auf eine partizipativere Gesellschaft, eine transparentere Demokratie und eine weisere, solidarischere und vereinte Menschheit hoffen ließen. Zu jener Zeit glaubte ich tatsächlich, dass die neuen Technologien uns in eine bessere Welt führen würden.

Als das neue Jahrtausend begann, geriet das Kartenhaus, das um die boomenden Webseiten herum aufgebaut worden war, jedoch ins Wanken, und nach dem Anschlag auf das World Trade Center am 11. September 2001, das wir alle zusammen fassungslos auf dem riesigen Bildschirm im Konferenzsaal verfolgten, wurde uns klar, dass die fortschrittlichen Technologien auch für den Terrorismus benutzt wurden, dass die Menschheit noch sehr viel zu lernen hatte und dass zusammen mit den Twin Towers auch unser Haus eingestürzt war. Die Weltwirtschaft stagnierte, die Anleger verloren das Vertrauen in die Liquidität der Online-Unternehmen, es gab jede Menge Konkurse, und meine Stock-Options waren nicht mal mehr das Papier wert, auf dem sie gedruckt waren.

Grey musste sein Agentur-Schiffchen an eine größere Agentur mit eher traditioneller Firmenkundschaft verkaufen, und von da an gehörten wir zu *Netscience Inc.* und zogen in deren riesiges Firmengebäude in der City um, in dem es keine Palmen und keine Schatztruhen gab, und natürlich auch keine Gemälde irgendwelcher angeblicher Vorfahren von Grey. Das Arbeitsklima war seitdem genauso kühl wie die minimalistische Einrichtung unseres neuen Büros. Doch wie weit die Veränderungen wirklich gingen, verstand ich erst an dem Tag, als ich ein paar Croissants für meine neuen Kollegen mitbrachte, die diese sehr höflich und sehr bestimmt ablehnten. Offensichtlich hatten sie bereits gefrühstückt, und wie es aussah, wollten sie jede Beziehung, die über eine strikt berufliche hinausging, vermeiden. Am Ende nahm ich meine Croissants ungegessen wieder mit nach Hause.

Der alte Pirat kleidete sich nun wie jeder andere Marketingberater in einen grauen Anzug mit dezenter Krawatte und hatte sich sogar seine graue Mähne und den Bart stutzen lassen. Er sah aus wie ein Banker. Und tatsächlich arbeiteten wir viel für die Bankbranche. Ich entwickelte mich zu einer Expertin in Sachen Online-Banking, Sicherheitsverfahren, Hypothekenkalkulation und Wertpapiermärkte. Man könnte sogar sagen, dass ich ein bisschen dazu beitrug, die nächste große Blase zu bilden und zum Platzen zu bringen, nämlich die des Immobilienmarktes, welche die große Wirtschaftskrise in Gang setzte, die 2008 begann und von der man heute noch nicht weiß, wann genau sie enden wird. Außerdem war ich, wie ich zu meiner Schande gestehen muss, auch an einigen Projekten der Online-Casinos beteiligt, die die großen Gewinner im Netz waren. Ich habe für die Tabakindustrie gearbeitet und für einen der weltweit größten Waffenhersteller. Was das anging, hatte Grey offenbar keine Skrupel. Das gehörte wohl zu seiner Piratenmentalität.

»Du willst am Ende des Monats dein Gehalt kassieren? Dann musst du auch die Drecksarbeit machen, Penélope, die verstehen hier nämlich keinen Spaß.«

Ich nickte, doch ich konnte nicht verhindern, dass es mir etwas ausmachte, für gewisse Kunden arbeiten zu müssen. Und dazu zählte auch *Royal Petroleum*. Meine Eltern, die in jungen Jahren während des Bürgerkriegs aus Spanien geflohen waren, hatten noch das London der Beatles kennengelernt und waren später als waschechte Hippies mit langen Haaren in einem angemalten VW-Bus und einem für die Zeit weit entwickelten Umweltbewusstsein wieder nach Madrid zurückgekehrt. Als ich zehn Jahre alt war, war der spanische Naturforscher Félix Rodríguez de la Fuente mein Idol, und ich war seiner Naturschutzorganisation »Club der Luchse« beigetreten, sobald ich von deren Existenz erfahren hatte. Tatsächlich hatte ich meine besten Freundinnen Patri und Susana auf einer von dieser Vereinigung organisierten Reise in die Sierra von Guadarrama kennengelernt. Später, als ich beschlossen hatte, Journalismus zu studieren, war es mein Ziel gewesen, mich auf den Bereich des Umweltschutzes zu spezialisieren, und ich hatte mich gleich im ersten Semester in der ökologischen Studentenvereinigung der Universität von Madrid engagiert. Letztendlich hatten die Umstände mich dazu gebracht, eine andere berufliche Richtung einzuschlagen, doch ökologische Themen interessierten mich noch immer. Und wenn ich mich jeden Tag in die Londoner U-Bahn quälte, die nicht umsonst *The Tube* – das Rohr – genannt wurde, dann hauptsächlich, um nicht auch noch zur Umweltverschmutzung der Stadt oder des Planeten beizutragen.

Daher belastete es mich ziemlich, nun den neuen Internet-Auftritt von *Royal Petroleum* mitgestalten zu müssen, der mit der neuen Imagekampagne des Konzerns einherging, welcher sich zukünftig einfach nur noch »RP« nennen würde. In der Tat hatte es das Unternehmen nach dem von der ganzen Welt mitverfolgten Unfall auf der Bohrplattform im Golf von Mexiko, bei dem mehr als eine halbe Million Kubikmeter Rohöl ausgetreten und ins Meer geflossen waren, bitter nötig, seinen angeschlagenen Ruf aufzupolieren. Immerhin hatte *Royal Petroleum* eine Umweltkatastrophe bisher ungekannten Ausmaßes verursacht. Und so war nicht nur das Wort »Petroleum« aus dem Firmennamen verschwunden, sondern außerdem ein neues Logo – eine grüne Sonne – entworfen und der Slogan »New Energy« erdacht worden, sodass man fast den Eindruck hatte, es mit einer Nichtregierungsorganisation aus dem Umweltschutzbereich zu tun zu haben. Um all das zu rechtfertigen, hatte der Ölriese ein paar kleine Firmen für erneuerbare Energien aufgekauft, die zwar nur einen winzigen Teil des Unternehmens ausmachten, jedoch einen großen Auftritt auf der Firmenwebsite bekamen.

Die Vorstellung, an einem Projekt zum Vorteil dieses heuchlerischen Ölkonzerns mitarbeiten zu müssen, machte mich so wütend, dass ich die Ausarbeitung der Präsentation, in der wir detailliert die Strategie von *Netscience* für den neuen Marktauftritt der Marke *RP* präsentieren sollten, gut eine Woche lang vor mir herschob. Das hatte Grey dermaßen beunruhigt, dass er mich mehrere Tage lang mit Anrufen und Nachrichten auf dem Handy bombardierte, in denen er ständig wissen wollte, wie ich vorankam. Es war nicht ungewöhnlich, dass eine derartige Präsentation mehr oder weniger mit der heißen Nadel gestrickt war, doch in diesem Fall sah es so aus, dass der in Aussicht gestellte Etat die Firma *Netscience* mit einem Schlag aus den roten Zahlen katapultieren würde. Natürlich nur, wenn es uns gelingen würde, den Auftrag an Land zu ziehen, der in der angespannten Marktlage ein wahrer Segen war. Von daher war mir klar, dass ich, wenn ich der U-Bahn entstiegen und wieder an die Oberfläche gelangt war, auf meinem Handy mindestens zwei weitere SMS-Nachrichten und fünf Mitteilungen über verpasste Anrufe von Grey vorfinden würde. Die Londoner U-Bahn war nämlich wie alles in dieser Stadt derart veraltet, dass es nicht möglich war, dort unten für einen funktionierenden Handy-Empfang zu sorgen, ohne eine beträchtlicher Summe Geldes zu investieren, über das derzeit niemand verfügte.

Bei dem Gedanken an den aufgeregten Grey schreckte ich auf und stellte fest, dass der Zug bereits in die Haltestelle Bond Street eingelaufen war, wo ich in die Central Line umsteigen musste. Ich hatte keine Ahnung, wie lange er schon dort stand, aber mir wurde schlagartig klar, dass sich die Türen jeden Moment wieder schließen konnten und dass mich dummerweise eine undurchdringliche Mauer aus zusammengepferchten Körpern vom Ausstieg trennte.

»*Excuse me!*«, schrie ich und ruderte wie eine Irre mit den Armen, um mich durch die Menge zum Ausgang zu quetschen, wobei ich über einen Regenschirm stolperte und den Unmut der Leute erregte, die Platz machen mussten, um mich durchzulassen.

»*Stand clear of the doors, please!*«, erschallte da die Durchsage des Fahrers, der vermeiden wollte, dass irgendeine Schlafmütze wie ich Gefahr lief, bei einem tollkühnen Hechtsprung nach draußen zwischen den sich schließenden Türen zerquetscht zu werden.

In letzter Sekunde gelang es mir, mich aus dem zähen Knäuel der Arme, Beine, Mäntel und Anoraks zu befreien, ich landete unsanft auf dem Bahnsteig und schaffte es gerade noch, den Gürtel meines Mantels aus den zuschnappenden Türen herauszuziehen. Ich seufzte erleichtert. Dann erst fiel mir auf, dass ich außer dem Gürtel nichts in den Händen hielt. Was bedeutete, dass sich die Aktentasche mit meinem Laptop und der wunderbaren Power-Point-Präsentation noch jenseits der zischenden Türen in dem vollgestopften Waggon befand. Die Leute starrten mit leerem Blick nach draußen, als der Zug sich jetzt in Bewegung setzte, und ich konnte nichts anderes tun, als fassungslos zuzusehen, wie die verglaste Konservendose mit den menschlichen Sardinen, ihren Mänteln, Regenschirmen und Zeitungen sowie dem herrenlosen Objekt, das ich so dringend gebraucht hätte, in dem dunklen Loch des Tunnels verschwand.

Es war neun Uhr morgens. *O'clock.*

Nachdem ich umgestiegen, sechs Stationen weitergefahren und die Rolltreppe hinaufgerannt war, teilte ich Grey per SMS mit, was geschehen war, bevor seine immer alarmierender klingenden Nachrichten mein Mobiltelefon beinah zur Explosion bringen würden. In dem Moment, als ich das Gebäude in der Wood Street erreichte, wo sich die Büros von *Netscience* befanden, erhielt ich seine letzte Meldung: *OK. Sharks for you.* Alles klar, die Haie warten schon auf dich.

Beim Betreten des Konferenzraums bemerkte ich, dass sich von unserer Seite neben sämtlichen Abteilungsleitern auch Anne Wolfson, die Vorsitzende der Geschäftsführung von *Netscience*, der Sitzung angeschlossen hatte, eine Frau, die mich immer an Margaret Thatcher erinnerte, allerdings in einer noch strengeren Version. Und tatsächlich hatte sie genau wie die Eiserne Lady in Oxford studiert, was sie täglich dadurch demonstrierte, dass sie stets die Anstecknadel des Somerville Colleges am Aufschlag ihrer Kostümjacke trug. Ich hatte sie auf der ersten Generalversammlung des Unternehmens erlebt, kurz nachdem unsere Firma von *Netscience* übernommen worden war, und ich hatte noch gut im Ohr, wie sie bei dieser Gelegenheit den etwa fünfhundert Anwesenden ausschließlich etwas über den Mut, den Einsatz und die Opfer, die der Markt von uns forderte, erzählt hatte. Diese »Opfer« schlossen, wie wir bald herausfinden sollten, das geheime, quälende und blutige Ritual der *redundancies*, der Redundanzen, mit anderen Worten: der Entlassungen mit ein, bei denen Anne Wolfson selbst die Rolle der Hohepriesterin innehatte. So rief sie uns nur wenige Wochen nach einem mysteriösen Hexensabbat der Chefetage erneut zusammen, um uns von einem geplanten Personalabbau zu berichten, der jeden vierten Angestellten betraf.

»Ah, da bist du ja!«, sagte Grey mit einem gezwungenen, von seinem geschniegelten Bart umrahmten Lächeln, nachdem ich den Konferenzraum betreten hatte. »Manche Leute legen Wert auf Pünktlichkeit. Für uns jedoch zählt vor allem ein freundlicher Empfang: *Buenos días, Sara!*«

Das »*Buenos días*« sorgte für allgemeine Heiterkeit, nur bei Anne Wolfson nicht, die, soweit man wusste, niemals lachte. Um ein Lächeln bemüht, fragte ich mich, welchen Anblick ich wohl nach meinem Spurt durch das Londoner Untergrundsystem bot. Grey stellte mich den leitenden Angestellten der Marketing- und PR-Abteilung von *Royal Petroleum* vor sowie weiteren drei Herren des Unternehmens, die offenbar ebenfalls etwas zu sagen hatten. Fünf Männer. Man merkte ihnen an, dass sie bereits mehrere Präsentationen bei anderen Agenturen hinter sich hatten, denn sie wirkten eher gelangweilt als erwartungsvoll. Der Leiter der Abteilung Kommunikation, ein hochgewachsener Typ mit knochiger Nase und neongrünem Brillengestell, löste nur kurz die langen Finger von seinem Smartphone, um mir die Hand zu schütteln. Der Marketingchef, ein bereits etwas in die Jahre gekommener Herr mit beträchtlichem Bauchumfang, gähnte.

»Machen wir weiter«, sagte Anne an mich gerichtet, wobei sie ihre Kostümjacke so ruckartig glattzog, dass der vergoldete Anstecker angriffslustig zitterte.

Ich wollte gerade mit vielen Entschuldigungen und zutiefst beschämt erklären, was in der U-Bahn passiert war, als Grey mich in bester Freibeutermanier à la Henry Jennings ins kalte Wasser stieß und sagte:

»Die Kampagne, die *Netscience* für das neue *RP* vorschlägt, basiert auf dem Prinzip der Schlichtheit. So wie sich der Name des Unternehmens zukünftig auf zwei Buchstaben – R und P – beschränkt, setzt auch das grafische Design auf wenige Farben: reines Weiß mit ein paar grünen und gelben Farbtupfern. Aber der Schlüssel für die effektive Schlichtheit liegt in der Gestaltung der Website, und was das angeht, ist Sara eine absolute Expertin. Daher hat sie beschlossen, von jeglicher elektronischer Form der Präsentation abzusehen und auf die ursprüngliche, die schlichteste Art der Präsentation zurückzugreifen: das Flip-Chart!«

Mit diesen Worten sorgte Grey erneut für allgemeines Gelächter, außer bei Anne natürlich, die von meiner angeblichen Strategie nicht wirklich überzeugt schien und sich darauf beschränkte, die Ellbogen auf den Tisch zu stützen und an dem vergoldeten Wappen des Somerville Colleges herumzuspielen. Die Abgesandten von *Royal Petroleum* dagegen erwachten aus ihrer Lethargie. Denn wer hatte heutzutage schon die Chuzpe, auf eine Power-Point-Präsentation zu verzichten? Der Kommunikationschef rückte seine neongrüne Brille gerade und steckte das Smartphone in die Tasche seines Jacketts.

Ja, Captain Grey war ein großartiger Verkäufer. Aber nur wenn es tatsächlich etwas zu verkaufen gab. Und das war in diesem Moment nicht der Fall.

»Ähm ... *Thank you, Graham*«, begann ich im Zustand akuten Katastrophenalarms. »*For this website we tried to balance simplicity with functionality ...*«

Ich redete und gestikulierte wie in einem Traum, als befände ich mich außerhalb meines Körpers, und war verzweifelt bemüht, mich an irgendwelche Fragmente dessen zu erinnern, was ich in den letzten Stunden vorbereitet hatte: Menüführung, visuelle Hierarchie, Buttons und Verknüpfungen, Maps, Microsites. Doch je mehr ich mich anstrengte, desto tiefer versanken die wichtigen Einzelheiten in einer öligen, aufschäumenden, Übelkeit erregenden Masse, die den ganzen Raum zu überfluten drohte. Mein Herz begann in meiner Brust zu rasen, und als mir der Stift aus den Händen fiel, wurde mir schmerzhaft bewusst, dass ich nicht in der Lage sein würde, ihn aufzuheben, ohne in Ohnmacht zu fallen.

»*Ex... excuse me*«, stammelte ich und versuchte ein Lächeln in Richtung der verschwimmenden Gesichter, die ich in dem auf und ab wankenden Raum kaum noch erkennen konnte.

Das Blut rauschte mir mit einem derartigen Getöse in den Ohren, dass ich meine eigenen Worte nicht mehr verstand. Alles um mich herum schwankte wie beim heftigsten Seegang, und wie ein mit klebrigem Ölschlamm bedeckter Kormoran hatte ich nicht mehr die Kraft, mich dagegen zu wehren. Ich sah eine riesige, zähe schwarze Welle heranrollen, die alles in tiefe Dunkelheit tauchte, mich verschlang und auf den Grund des Meeres sinken ließ.

2

FAST VIERZIG

»*Hola, mi amor.*« Joaquín küsste meine Hand.

»Hallo«, sagte ich mit kaum hörbarer Stimme. »Was machst du denn hier?«

Unwillkürlich hatte ich ihm meine Hand entzogen. Vielleicht war mir nicht wirklich klar, wer mich da küsste. Oder es war mir unangenehm, dass ich in einem Krankenhauszimmer im grellen Neonlicht und mit all den Menschen um mich herum geküsst wurde. Oder es war einfach zu lange her, dass Joaquín mich auf diese Art geküsst hatte, so zärtlich auf meinen Handrücken. Ich steckte beide Hände unter die Achseln. Doch sofort bereute ich es und wollte ihm erneut meine Hand geben, damit er sie küsste. Aber der Moment war vorbei.

»Graham hat mich angerufen und mir gesagt, dass du auf dem Weg ins Krankenhaus bist, und mich gefragt, ob ich herkommen kann.«

»Natürlich. Danke«, sagte ich, immer noch leicht desorientiert. »Wie absurd das ist! Wir haben uns vier Tage nicht gesehen, und jetzt treffen wir uns hier.«

Im Prinzip stimmte das. Ich war seit Sonntag in Glasgow gewesen, und auch wenn ich in der letzten

Nacht irgendwann seinen warmen Körper neben mir im Bett gespürt und am Morgen die Reste seines Frühstücks und seine vergessenen Handschuhe auf dem Küchentisch gesehen hatte, waren wir uns nicht wirklich begegnet. Meine Reise nach Schottland und die Zeiten, zu denen er nachts nach Hause kam, vermittelten mir eher den Eindruck, als hätten wir uns seit Wochen nicht mehr gesehen.

»Na, was für ein Glück, dass du ohnmächtig geworden bist«, entgegnete Joaquín und grinste. »Mal sehen, ob es nächste Woche mich trifft, dann könnten wir uns wiedersehen.«

Ich konnte nicht darüber lachen. Joaquín machte immer Witze, bei jeder Gelegenheit. Irgendwie war es nicht möglich, ein ernsthaftes Gespräch mit ihm zu führen. Zum Beispiel über meine plötzliche Ohnmacht. Oder über unsere Beziehung. Was war eigentlich mit unserer Beziehung los? Wir liebten uns, natürlich, aber wir sahen uns kaum noch. Sogar wenn wir zufällig einmal beide zu Hause waren, gingen wir uns aus dem Weg. Er hing ständig vor seiner Xbox und lieferte sich mit irgendwelchen Freunden oder völlig Unbekannten virtuelle Schießereien auf dem riesigen Bildschirm im Wohnzimmer. Ich saß vor dem Fernseher oder telefonierte über Skype mit meinem Vater oder meinen Freundinnen. An den seltenen Wochenenden, an denen keiner von uns beiden arbeiten musste, stand immer ein Kurztrip nach Spanien an, oder wir hatten Gäste im Haus, oder es gab sonst irgendwelche Verpflichtungen oder unaufschiebbare

Erledigungen, was letztendlich bedeutete, dass wir kein bisschen Zeit mehr für uns hatten.

Am Anfang lag es meistens an mir. Ich hatte ihn gebeten, mit mir nach England zu gehen, wo ich als Kind gelebt hatte und wo meine Eltern aufgewachsen waren, weil ich dieses Land, das irgendwie auch mein Land war, gern besser kennenlernen wollte, was mir nebenbei auch die Gelegenheit gab, bei den derzeit führenden Unternehmen der Branche zu arbeiten. Ich war die Webdesignerin mit den »flexiblen« Arbeitszeiten, was bedeutete, dass diese sich in alle Richtungen ausdehnten, auch auf die Nächte und die Wochenenden, wenn es nötig war. Ich war ständig mit dem Laptop unter dem Arm auf Dienstreise und verfügte über die Vielfliegerkarte von British Airways sowie über den kleinen Koffer in vorgeschriebener Größe, der es erlaubte, nur mit Handgepäck zu fliegen.

Joaquín war derjenige, der immer für alles Zeit hatte. Als wir nach London gingen, hatte seine wohlhabende Familie ein kleines Reihenhaus gekauft, in dem wir wohnen konnten. Da mein Gehalt für unseren Lebensunterhalt locker ausreichte, hatte Joaquín es nicht besonders eilig, sich eine Arbeit zu suchen, und widmete sich erst einmal in Ruhe dem Erlernen der englischen Sprache. Später, bei seiner ersten Stelle als Ingenieur in einem Unternehmen für Luft- und Raumfahrttechnik, hatte er geregelte Arbeitszeiten von neun bis fünf, sodass er immer noch über reichlich freie Zeit verfügte. Er kümmerte sich um das Haus und den Garten, ging mehrmals pro Woche ins

Fitnessstudio und belegte alle möglichen Abendkurse: japanische Küche, Massage, Astronomie, Modellbau. Worum ich ihn am meisten beneidete, war, dass er Zeit hatte, zu lesen, wobei er sich nicht auf Romane stürzte, wie ich es getan hätte, sondern auf Sachbücher und Zeitschriften zu den Themen, für die er sich begeisterte. Das waren in der Regel solche, in denen die offiziellen Versionen von geschichtlichen Ereignissen infrage gestellt und die Religion, die Demokratie und der Neoliberalismus entmystifiziert wurden, was es ihm erlaubte, alles auf seine Art zu interpretieren.

Doch im Laufe der Jahre wurde er immer mehr von seiner Arbeit beansprucht, und seit er zum Projektleiter befördert worden war, war er beinah noch seltener zu Hause als ich. Außerdem hatte er sich der englischen Tradition angeschlossen, nach der Arbeit mit seinen Kollegen ein paar Bierchen trinken zu gehen, was er mir nie zugestanden hatte. So musste ich mich vor ein paar Jahren leider damit abfinden, dass die Zeiten, in denen mich mein Lebensgefährte zu Hause mit einem gedeckten Tisch, einem komplett erledigten Haushalt, einem reparierten Wasserhahn und einer ausgebreiteten Massagematte erwartete, endgültig vorbei waren. Und während vorher ich diejenige gewesen war, die die Möglichkeit, Kinder zu bekommen, immer weiter hinausgeschoben hatte, war es nun er, der dem Thema auswich.

Die Wartezeit und die Untersuchungen im Krankenhaus zogen sich ein paar Stunden hin, und Joaquín forderte mich immer wieder auf, endlich bei Grey anzurufen, wozu ich überhaupt keine Lust hatte. Ich wollte weder an meine missglückte Präsentation noch an *Netscience*, noch an meine Tasche mit dem Laptop, noch an das neue Logo von *Royal Petroleum* erinnert werden. Doch Joaquín ließ nicht locker: Er habe dem äußerst besorgten Graham versprochen, dass ich mich bei ihm meldete, sobald es mir wieder besser ging. Ich nickte also, zögerte den Moment jedoch mit allen Mitteln hinaus.

Als ich mich endlich dazu aufraffte, war ich froh, dass ich es getan hatte. Der Pirat, der hinter seiner rauen Schale doch ein gutes Herz hatte, war am Boden zerstört und bat mich um Verzeihung. Er fühlte sich schuldig an meinem Zusammenbruch und versicherte mir, dass er mir mit seiner kleinen Ansprache über die »originelle« Art der Präsentation ohne Computer doch nur habe helfen wollen. Ich glaubte ihm. Er behauptete, dass sogar die Wolfson weich geworden war und mir wie einem kranken Hündchen über die Wange gestreichelt hätte, während er den Krankenwagen rief. Das allerdings nahm ich ihm nicht ab und wünschte ihn zum Teufel.

»Die Leute von *Royal Petroleum* waren wahrscheinlich völlig aus dem Häuschen«, meinte ich und stellte mir beschämt die ganze Szene vor.

»Das kann man wohl sagen«, entgegnete Grey lachend. »Es war unglaublich! Dein Auftritt hat sie echt beeindruckt. Diese Präsentation werden sie so schnell nicht vergessen. Und das ist schließlich eines der wichtigsten Ziele des Marketings, oder? Ich wette, wir kriegen den Auftrag, und das haben wir dann nur dir zu verdanken.«

»Aber wovon redest du da?«

»Na ja. Der Schreck hat uns irgendwie zusammengeschweißt. Der Marketingchef hat uns von seinem Herzinfarkt erzählt, den er während eines Spiels von Manchester United hatte. Er hat uns sogar gezeigt, wo sein Herzschrittmacher sitzt. Ein toller Tag!«

»Aber ... und die Präsentation?«

»Ruhig Blut. Nach einer langen Kaffeepause habe ich ihnen deinen üblichen Vortrag über *Usability* gehalten, den ich inzwischen auswendig kann, und ihnen versprochen, dass wir ihnen das ganze Material per Mail schicken. Was bedeutet, dass du es, wenn du den Laptop nicht wiederkriegst, neu zusammenstellen musst.«

»Alles klar. Keine Sorge, ich gehe gleich morgen früh zum Fundbüro. Ich glaube zwar nicht, dass er da abgegeben wurde, aber ich werde es zumindest versuchen. Auf jeden Fall werde ich dir morgen etwas schicken.«

Ich bedankte mich bei Grey und versicherte ihm, dass es mir an nichts fehlte, dass er nicht zu mir nach Hause zu kommen brauchte und dass es keinen Grund zur Sorge gab. Er schlug vor, dass ich mir den Rest der Woche freinehmen sollte, da mir aus den letzten Jahren noch unzählige Tage Resturlaub zustanden. Das war der beste Vorschlag, den er mir je gemacht hatte.

Während der Untersuchung erkundigte sich die Ärztin nach den Symptomen, und ich erzählte ihr von der Übelkeit und den Kopfschmerzen. Dann bat sie Joaquín, draußen zu warten, und stellte mir eine Frage, mit der ich nicht gerechnet hatte:

»Und im emotionalen Bereich? Wie ist es damit? Sind Sie glücklich?«

Ich wusste nicht, was ich davon halten sollte, aber die Frage löste bei mir eine neue Welle der Übelkeit aus.

Die Ärztin runzelte die Stirn. »Könnten Sie mir den Gefallen tun und diesen Fragebogen ausfüllen?«, sagte sie dann.

Mir gefielen weder die Fragen auf dem Blatt, das sie mir reichte, noch meine Antworten. Nachdem ich es ihr zurückgegeben und sie es gelesen hatte, erklärte sie mir, dass mein Zusammenbruch möglicherweise keine körperliche Ursache habe. Mit höchster Wahrscheinlichkeit handele es sich schlichtweg um eine Depression.

»Das kommt häufig vor. Öfter, als man es sich vorstellen kann. Dewegen spricht man bei Depressionen auch von der ›Grippe des einundzwanzigsten Jahrhunderts‹. Ich werde Ihnen ein Antidepressivum verschreiben, was dafür sorgen wird, dass Sie sich besser fühlen. Und ich empfehle Ihnen, sich mehr zu bewegen. Nicht so viel zu arbeiten! Wenn es nötig ist, verordne ich Ihnen auch gern eine Therapie.«

Als ich auf den Flur hinaustrat und es Joaquín erzählte, brach ich in Tränen aus – vor all den betagten

Engländern, die mich, hustend oder an Krücken gehend, entsetzt und voller Mitleid ansahen und wahrscheinlich dachten, dass ich gerade eine Krebsdiagnose gestellt bekommen hatte. Joaquín nahm mich in die Arme.

»Ganz ruhig, meine Liebe. Es gibt Schlimmeres. Die Ärztin hat recht. Das ist nichts Ungewöhnliches, jeder Fünfte leidet heute unter Depressionen. Das hat was mit den Neurotransmittern im Gehirn zu tun und betrifft Leute mit niedrigem Cholesterin. Bei dir liegt es sicher am Serotonin. Umso besser, dass die Psychologie sich immer mehr auf die Wissenschaft beruft und verstanden hat, dass es dabei nur um die Chemie geht. Es wurde auch höchste Zeit, endlich mal wirksame Medikamente zu entwickeln und mit diesem ganzen freudianischen Blödsinn über den Ödipuskomplex und den unendlichen Therapiestunden Schluss zu machen …«

Das Letzte, wonach mir jetzt der Sinn stand, war ein weiterer von Joaquíns Vorträgen über die Wissenschaft und die Pseudowissenschaften. In dieser Hinsicht war er immer ein wenig besserwisserisch und hatte zu jedem Thema eine unerschöpfliche Menge an Daten und Statistiken parat, vor allem, wenn es darum ging, allgemein akzeptierte Wahrheiten zu widerlegen. Er kannte alle fragwürdigen Stellen in der Bibel, sämtliche Experimente, die die Homöopathie infrage stellten, die Schwachpunkte von sowohl links- als auch rechtsorientierten Theoretikern und die geheime Geschichte der CIA. Er hatte schon fünf Jahre vor der Insolvenz von Lehman Brothers das Unheil kommen sehen und die Prophezeiungen der Wirtschaftsfachleute geteilt, die von der Immobilienblase gesprochen hatten. Und er nutzte jede Gelegenheit, um mit Klischees aufzuräumen, Mythen zu zerstören und Falschdarstellungen aufzuzeigen, die seiner Meinung nach die Wurzel allen Übels waren, auch wenn das immer wieder dazu führte, dass er andere verärgerte, gegen sich aufbrachte und sogar den ein oder anderen Freund verlor. Er behauptete, sich »der Wahrheit verpflichtet« zu haben.

Verständlicherweise war dies jedoch nicht das, was ich im Moment brauchte. Ich wollte einfach nur in den Arm genommen werden. Und hören, dass er mich liebte.

Joaquín brachte mich in seinem Audi zu einer Apotheke in der West End Lane und parkte den Wagen schließlich in der Nähe unseres Hauses, wo sich ein freier Parkplatz fand. Von dort aus gingen wir Hand in Hand nach Hause. Dabei fiel mir auf, wie lange wir selbst auf diese simple Geste verzichtet hatten. Ich hatte sogar das beunruhigende Gefühl, dass wir uns gerade selbst imitierten und es nicht mal besonders gut machten. Es war wie in jener Anekdote aus Joaquíns unerschöpflichem Repertoire, laut der Charlie Chaplin einmal an einem Wettbewerb für Chaplin-Imitatoren teilgenommen hatte und nur Zweiter wurde. War es schon so weit gekommen? Hatten wir unsere Originalität verloren?

An dem Abend, an dem ich Joaquín Cuervo kennenlernte, Ende der Neunzigerjahre in einer Silvesternacht in Madrid, hatten wir stundenlang diskutiert. Es war unser erstes Wortduell gewesen, in dem mein utopischer Idealismus und sein wissenschaftlicher Realismus aufeinandergeprallt waren. Ich hatte gerade mein Journalismusstudium beendet und eine Stelle bei einer Informatikzeitschrift ergattert, genau in dem Moment, als das World Wide Web und die E-Mails ihren Siegeszug um die Welt antraten. Damals sammelte ich erste Erfahrungen mit HTML, als ich die Website der Zeitschrift kreierte, und erlernte ganz nebenbei die Kunst der *Usability*. Den ganzen Abend über verteidigte ich die Vorteile, die das Internet bot, diese neue Technologie, die es ermöglichte, Wissen auszutauschen, festgefahrene soziale Strukturen aufzubrechen, die Kulturen anzunähern, den Papierverbrauch zu verringern, demokratische Prozesse zu beschleunigen. Während jener gut aussehende, zweifellos intelligente, wenn auch ziemlich arrogante Schnösel argumentierte, dass das Internet eines Tages zur ultimativen Waffe werden würde, um die Gesellschaft zu kontrollieren, zum perfekten Vehikel für Schwindler und Betrüger, zu einer Technologie, die mit Höchstgeschwindigkeit sämtliche Irrtümer, Grausamkeiten und Vorurteile der menschlichen Rasse verbreiten würde. Wir waren beinah in keinem Punkt einer Meinung, doch in diesen Stunden entwickelte sich zwischen uns eine kreative Spannung, eine ausgeglichene Gegnerschaft, eine respektvolle Rivalität, die uns beide faszinierte. Und noch bevor die Nacht zu Ende war, entzündete dieser Funke ein Feuer, das sich in heißen Küssen und ineinander verschlungenen Körpern entlud.

Einige Jahre lang konnten wir diese kreative Spannung am Leben erhalten. Ich lernte, meine Gewissheiten zu prüfen, Vorstellungen infrage zu stellen, kritischer und weniger theoretisch zu sein; ich verbesserte meine Kenntnisse in Astronomie, theoretischer Physik, Anthropologie und beinah allen Bereichen der Natur- und der Sozialwissenschaften. Und wenn es ihm auch nie gelang, mich von dem Glauben an die Existenz irgendeiner übernatürlichen Macht – nennen wir sie Gott oder Schicksal oder Tao –, die unser Leben in diesem Universum lenkt, abzubringen, ließ ich mich doch davon überzeugen, dass die dem New Age entsprungenen Vorstellungen meiner Mutter mindestens genauso viel Aberglaube enthielten wie der Katholizismus, den ich bereits seit meiner Jugend nicht mehr praktizierte.

Joaquín seinerseits mäßigte sein Verhalten, lernte mit dem Vorhandensein unterschiedlicher Meinungen zu leben, und räumte sogar ein, dass für die Menschheit vielleicht doch noch ein Fünkchen Hoffnung bestehe. Ich half ihm dabei, das Verhältnis zu seiner in politischen und religiösen Angelegenheiten recht konservativen Familie zu verbessern, mit der er sich bis dahin nur gestritten hatte. Vor allem aber ließ er die Liebe zu, die er sein Leben lang nur mit Zynismus bedacht hatte, und öffnete sich einem Gefühl der

Romantik jenseits aller zerebraler chemischer Reaktionen. Und er zog sogar die Möglichkeit in Betracht, Kinder zu bekommen, auch wenn sie in einer Welt würden leben müssen, die er bisher für viel zu grausam für »so einen Unsinn« gehalten hatte. Jenes Feuer, das wir entfacht hatten, hatte uns letztendlich also tatsächlich dabei geholfen zu wachsen, uns zu verändern und bessere Menschen zu sein, als wir es waren, bevor wir uns kennenlernten.

Doch in letzter Zeit war dieses Feuer nahezu erloschen. Lag es an der Routine? Am Zeitmangel? Oder kannten wir uns inzwischen einfach zu gut? Jedenfalls fühlten wir uns aus irgendeinem Grund zusammen nicht mehr wohl. Wir lachten nicht mehr gemeinsam wie früher. Stritten uns nicht einmal mehr wie früher. Vielleicht hatten wir uns in den letzten Jahren in unterschiedliche Richtungen entwickelt, sodass wir im Grunde nicht einmal mehr wussten, wer wir waren. Daher flüchteten wir uns nun für einen Moment in die Illusion, das Paar zu sein, das wir gewesen waren, als wir vor zehn Jahren nach London kamen, das Hand in Hand durch die Straßen ging, mit Freude sein neues Zuhause einrichtete, am Samstagnachmittag im Regent's Park ein Boot mietete und über die Zukunft der Menschheit debattierte, das lachend versuchte, die Speisekarte des exotischsten thailändischen Restaurants der Stadt zu entziffern, und das, wenn es sich liebte, zu einem Körper verschmolz, um anschließend darüber zu diskutieren, ob die gemeinsamen Kinder Melissa oder Paloma, Stuart oder Manuel heißen würden. Nun gingen wir durch die Straßen und wollten wieder jenes Paar sein, das von einem Leben in London träumte, welches in Wirklichkeit vielleicht nie so gewesen war, wie wir es uns erhofft hatten. Aber dieses Paar waren wir nicht mehr. Unsere ineinander verschlungenen Hände waren trotz der Kälte inzwischen unangenehm verschwitzt, und als wir in der Inglewood Road ankamen, waren wir fast erleichtert, uns loslassen zu können.

»Tut mir leid, *mi amor*. Ich würde gern bei dir bleiben, aber ich muss wieder zur Arbeit. Möchtest du, dass ich dir noch ein Sushi bei dem Japaner in der West End Lane hole?«

Früher hast du Sushi für mich *gemacht*, dachte ich.

»Nein, nicht nötig, ich mach mir selbst was.«

»Na, Kopf hoch, das wird schon wieder. Du musst dich nur ein bisschen ausruhen und deine Tabletten nehmen. Heute Abend setzen wir uns zusammen, okay? Ich versuche, zum Abendessen hier zu sein, aber … na ja, du weißt ja, wie es manchmal ist …«

»Ja, sicher. Mach dir keine Sorgen, ich komm schon klar. Vielen Dank, dass du gekommen bist, Joaquín.« Ich gab ihm einen Kuss, nicht einfach so, sondern aus wahren Gefühlen heraus, zumindest aus Dankbarkeit.

Und einen Moment lang hatte ich plötzlich das Bedürfnis, ihm zu sagen, dass er nicht gehen sollte. Dass er seine Sitzung verschieben sollte. Dass er mich wieder an die Hand nehmen sollte, um noch ein wenig zusammen spazieren zu gehen. Doch er hatte mich bereits an der Tür zurückgelassen und ging den Bürgersteig entlang, der voller Risse war.

Wir bewohnten eines jener typischen schmalen englischen Häuser, wie man sie in Notting Hill oft findet, mit kleiner Außentreppe, die direkt ins Hochparterre führte. Vom Wohn-Essbereich in der unteren Etage aus ging eine enge, mit Teppich ausgelegte Treppe in den Schlafbereich nach oben. Als ich eintrat, erschien mir das Haus kalt und feucht. Es war Mittag, die Heizung war noch nicht angesprungen, und ich war allein zu Hause. Die Stille war beeindruckend. Das ganze Viertel schien wie ausgestorben. Ich zog die Schuhe aus und hing meinen Mantel über die Garderobe an der Wand, die vor Jacken und Mäntel bereits überquoll und wie eine ständig wachsende Kletterpflanze in gedämpften Farbtönen immer weiter in den Flur hineinwucherte, sodass man sich, wenn man die Treppe benutzen wollte, jedes Mal daran vorbeischlängeln musste. Ein Zustand, der mir nun, da er mir auffiel, äußerst unbequem, unansehnlich und irgendwie absurd erschien. Vergeblich versuchte ich die Mäntel dichter an die Wand zu drücken. Wie war es möglich, dass mir dieses Chaos nie aufgefallen war?

Dann durchbrach ein Geräusch die Stille. Es kam aus der Küche und es hörte sich an, als klopfe jemand vorsichtig an die Fensterscheibe. Ich steckte den Kopf durch die Tür und, tatsächlich, da war sie wieder: die Katze oder was auch immer es war, draußen auf der Fensterbank, als wäre sie die ganze Zeit über dort gewesen und hätte auf meine Rückkehr gewartet.

»Lässt du mich rein?«, fragte die samtige Stimme erneut.

Fröstelnd schloss ich die Küchentür. Den surrealen Vorfall mit der sprechenden Katze hatte ich völlig vergessen. Oder, besser gesagt, verdrängt. Ihn allerhöchstens ins Reich der Phantasie verbannt. Aber, nein, das verdammte Katzenvieh war noch immer da und genauso real wie die Mäntel im Flur.

In diesem Moment wurde mir wieder schlecht, und ich fühlte Panik in mir aufsteigen. Ich wollte nicht wieder ins Krankenhaus, wo sie mich vielleicht für immer einsperren würden. Also ging ich ins Wohnzimmer und machte das Radio an, einen Sender der BBC. Es war eine wissenschaftliche Sendung, wie Joaquín sie sich gern anhörte. Gerade sprach ein Professor der Universität von Leeds über Vulkane in Tiefseegräben. Ich verstand kein Wort, aber es war tröstlich, eine normale menschliche Stimme zu hören, die über geologische Phänomene sprach und vor allem nicht aus dem Maul einer Katze kam, und dabei die Staubkörner zu betrachten, die in einem plötzlich durch die Wolken brechenden Lichtstrahl in der Luft tanzten.

Offenbar war ich nicht mehr ganz richtig im Kopf. Die Vorstellung, die ich heute geliefert hatte, war tatsächlich ziemlich verrückt. Was sollte ich meinem Vater erzählen? Nichts. Besser, ich erwähnte es gar nicht.

Und nebenbei bemerkt, beruhigte es mich kein bisschen, dass es sich »nur« um eine Depression handeln sollte, ein neurochemisches Ungleichgewicht. Und wenn ich am nächsten Tag wieder in Ohnmacht fallen würde? Von den Stimmen in meinem Kopf gar nicht zu reden ... Eine Katze, die mit mir *redete*, meine Güte! In welchem Film war ich denn gelandet? Im *Gestiefelten Kater*?

Noch einmal ging ich im Geiste den Fragebogen durch, den die Ärztin mir gegeben hatte. Migräne? Ja. Schlaflosigkeit? Ja. Sexuelle Aktivität? Keine. Appetit? Wenig. Stress? Ständig. Erschöpfung? Total. Aber ich war doch nicht depressiv! Das passte nicht zu mir. Schließlich war ich ein glücklicher Mensch, oder? Ich war immer so positiv gewesen. Die Fröhlichste von allen. Glücksstrahlend, voller Träume, die ewige Optimistin. Hatte ich mich denn so verändert? Sicher, der Tod meiner Mutter hatte mein Leben ein wenig dunkler gemacht. Ich vermisste ihre Zärtlichkeit, ihre Ratschläge, ihren inneren Kompass. Und ich machte mir ständig Vorwürfe, weil ich so weit weg von meinem Vater lebte. Der Arme war ohne meine Mutter nicht mehr derselbe. Und in der Buchhandlung wurde er nur von meinem dämlichen Bruder Álvaro unterstützt, was schlimmer war, als überhaupt keine Hilfe zu haben. Nur mein Bruder konnte auf die idiotische Idee kommen, mitten in der Wirtschaftskrise mit den wenigen Ersparnissen, die mein Vater hatte, die Buchhandlung umzubauen und zu vergrößern. Die wirtschaftliche Lage in Spanien war so schlecht wie nie, was auch einer der Gründe war, warum Joaquín und ich vorerst in London bleiben wollten. Eigentlich hatte ich vorgehabt, nach ein paar Jahren in England wieder nach Madrid zurückzukehren. Deswegen hatte ich mir im Viertel Argüelles, in der Nähe der Buchhandlung meiner Eltern, eine Wohnung gekauft, die ich noch abbezahlte. Aber inzwischen befürchtete ich, für immer in England leben zu müssen.

Wenn ich ehrlich war, hatte ich eigentlich keinen Grund, mich zu beklagen. Ich hatte einen Job, um den mich viele beneideten, lebte in einer großartigen Stadt, in einem der besten Viertel, mit einem intelligenten, gut aussehenden, vertrauenswürdigen Mann an meiner Seite, auch wenn er mir kein Sushi mehr machte, nicht mehr die Massagematte für mich hervorholte und in letzter Zeit auch nicht mehr mit mir schlief. Aber waren Massagen so wichtig? Oder Sex? Die Wahrheit war, dass ich beides vermisste. Sogar sehr, wenn ich ernsthaft darüber nachdachte. Wenn Joaquín an diesem Abend früh nach Hause kam, würde ich uns ein schönes warmes Bad einlassen, und dann könnten wir vielleicht unser Liebesleben wieder aufleben lassen und Zärtlichkeiten austauschen wie früher. Denn genau das war es, was mir fehlte, mehr noch als irgendeine Pille, die meinen Serotoninhaushalt ausglich. Oder gab es da noch etwas?

Vielleicht befand ich mich ja auch in der Midlife-Crisis. In ein paar Monaten wurde ich vierzig Jahre. Machte es mir etwas aus? Bisher hatte ich mich kaum damit befasst. Sicher, ich hatte schon ein paar graue

Haare und reagierte inzwischen leicht genervt auf Werbeanzeigen für Antifalten-Cremes, in denen blutjunge Models ihre makellose glatte Haut zur Schau stellten. Wobei mir plötzlich einfiel, dass meine Freundinnen, die mich früher mit Geschenken wie einem Pareo für den Strand, originellen Mützen oder duftenden Räucherstäbchen erfreut hatten, mir inzwischen genau diese Cremes schenkten. Und natürlich benutzte ich sie. Schwierig war es dagegen, die Übungen für Bauch und Po, die mir meine Freundin Vero gezeigt hatte, in meinem durchgetakteten Tag unterzubringen. Woher sollte ich dafür noch die Zeit nehmen?

Noch fühlte ich mich hübsch und hatte einen Körper, der für mein Alter nicht schlecht war. Leider ertappte ich mich in letzter Zeit immer öfter dabei, dass ich ständig diesen Zusatz anfügte: »für mein Alter«. Aber letztendlich belastete mich das alles nicht wirklich, abgesehen von den Augenringen, die nach einer Woche wie dieser deutlich sichtbar waren. Und der drohenden Cellulitis. Und das mit der biologischen Uhr natürlich. Bis zu welchem Alter konnte man Kinder bekommen? Ich erinnerte mich nicht mehr genau, aber ich meinte, mir vorgenommen zu haben, nicht länger als bis fünfunddreißig damit zu warten. Das hatte sich dann ein bisschen nach hinten verschoben, und als Joaquín die neue Stelle bekommen hatte ... Ich musste ernsthaft mit ihm darüber reden. Nach den Streicheleinheiten.

Joaquín hatte mehr Probleme mit dem Älterwerden als ich. Er war bereits im letzten Jahr vierzig geworden.

Zwar hatte er viele Witze über das Thema gemacht, hatte seinen Geburtstag aber nicht feiern wollen. Ein paar Monate zuvor hatte er eine Nierenkolik gehabt und im Taxi auf dem Weg ins Krankenhaus gedacht, er müsse sterben. So schlimm war es dann doch nicht gewesen, aber er nahm es als ein schmerzhaftes Signal für den schleichenden Verfall seines Körpers. Und das erschreckte ihn, weil er sämtliche medizinischen Statistiken im Kopf hatte und sich über das Alter, den Tod oder gar ein Leben nach dem Tod keine Illusionen machte. Tatsächlich waren seine Geburtstage für ihn immer schwierig gewesen. Es war kaum zu glauben, aber er hatte mir erzählt, dass sein zwanzigster Geburtstag bei ihm eine Existenzkrise ausgelöst hatte, die dazu führte, dass er sich an dem Tag sinnlos mit Wodka betrank und ununterbrochen *The Cure* hörte, weil er das Gefühl hatte, bereits mit einem Bein im Grab zu stehen.

Ich dagegen hatte mich immer auf meinen Geburtstag gefreut, auch wenn ich ihn in den letzten Jahren nicht mehr so ausgiebig gefeiert hatte. War das Alter daran schuld? Der Schreck, so viele Kerzen auf der Geburtstagstorte zu sehen? Nein, daran lag es nicht. Es war einfach nicht mehr so leicht, nun, da ich nicht mehr in Spanien lebte. Mein Vater war so weit weg, und meine Freundinnen von früher hatten ihre eigenen familiären Verpflichtungen, die ihnen nicht einmal Zeit für ein längeres Telefonat ließen, geschweige denn für eine Reise nach London. Ich selbst kam ja, obwohl ich keine Kinder hatte, bei all dem Stress, den

Reisen und der Hetze auch nicht zur Ruhe ... *Feiern Sie Ihre Geburtstage?* Nein, Frau Doktor.

Es war kalt. Die Sonne hatte sich wieder hinter den Wolken verzogen. Das Höchste, was man hierzulande erwarten konnte, war das, was die britischen Meteorologen *sunny spells* nannten, sonnige Momente. Ich hatte keine Lust, die Heizung anzumachen, und beschloss, ins Schlafzimmer zu gehen und mich unter die Bettdecke zu flüchten. Als ich vom Sofa aufstand, entrang sich meiner Brust ein Geräusch, das wie das Stöhnen eines sterbenden Schafs klang oder zumindest wie das einer Vierzigjährigen. Mein Körper schien schwer wie Blei, während ich mich mit beiden Händen an der abgenutzten Tapete abstützte und mich die enge Treppe hinaufschleppte. Als ich oben ankam, hatte ich das Gefühl, dass es bereits dunkel wurde. Wie konnte das sein? Wie spät war es denn eigentlich? Laut der Uhr, die auf einem Stapel ungelesener Bücher auf meinem Nachttisch stand, war es erst zehn vor vier. Was für ein Land!

Als ich zum Bett hinüberging, überkam mich das ungute Gefühl, beobachtet zu werden. Ich wandte mich zum Fenster um und erschreckte mich zu Tode. Das Katzenvieh war plötzlich wieder da, vor einem der großen Schlafzimmerfenster. Wie war sie dorthin gekommen? Sie konnte ja schlecht auf die Fensterbank geflogen sein. Im trüben Licht des Londoner Nachmittags wirkte die Katze fast schwarz. »*De noche, todos los gatos son pardos*«, hätte meine Mutter jetzt gesagt. Nachts sind alle Katzen grau. War es dieselbe Katze wie vorhin? Wieder war ein leichtes Tappen gegen die Scheibe zu hören. Diesmal sagte die Katze allerdings keinen Ton, und es machte mich fast ein bisschen wütend, dass sie nicht sprach.

»Ach, fahr zur Hölle, du blödes Vieh!«, fuhr ich sie an.

Und damit war es passiert. Ich hatte angefangen, mit der Katze zu reden. Ich hatte mich auf das Spiel eingelassen. Oder ich war endgültig verrückt geworden.

Vollständig angezogen legte ich mich ins Bett, flüchtete ich in die warme Dunkelheit meiner Decke und stellte mir vor, in einem jener Tiefseekamine zu stecken, von denen im Radio die Rede gewesen war. Eine Weile schien es mir, als hörte ich ab und zu ein diffuses, weit entferntes Geräusch von der Oberfläche. Dann nichts mehr. Lange Zeit nichts mehr. Dunkelheit, Stille, nichts. Und in diesem Nichts begann ich zu grübeln.

Was hatte ich in meinen beinah vierzig Lebensjahren getan? Gab es etwas zu feiern? Oder hatte ich alles falsch gemacht? Warum war mir schlecht, wenn ich morgens aufwachte? War mir mein Leben so zuwider? Was würde die junge Journalistin mit den idealistischen Überzeugungen von mir halten, die ich einmal war? Wo war das verliebte Paar geblieben, das Ende des letzten Jahrtausends nach England gekommen war? Was sollte ich mit der Zeit anfangen, die mir noch blieb? Würde ich diesen Weg weitergehen? Oder führte er mich schon seit langem in die falsche

Richtung? Wer war ich? Was machte ich hier eigentlich? Ging es mir gut? Oder hatte ich mich verirrt?

Ja. Ich hatte mich verirrt. Das wurde mir mit einem Mal klar. Seit Jahren erstellte ich Schatzkarten, aber nie meine eigene. Meine Schatzkarte war voller Fragezeichen. Ich trieb ziellos durch einen unergründlichen Ozean an Fragen, und ich musste mich ihnen stellen. Zu lange war ich ihnen ausgewichen, hatte ich mich mit einem Panzer aus eilig zu erledigenden Dingen, Terminen und Deadlines vor ihnen geschützt. Und jetzt stürzten sie alle auf einmal auf mich ein, und zweifellos lag hier der Ursprung für meine Übelkeit verborgen.

Entschlossen schlug ich die Decke zurück. Ich war nass geschwitzt, mein Haar klebte mir am Kopf, und mein BH engte mich ein. Ich hakte ihn auf, legte mich wieder auf den Rücken und starrte an die Decke, auf den Feuchtigkeitsfleck, der sich dort befand, und die Lampe aus Reispapier, die wir vor acht Jahren »provisorisch« aufgehängt hatten, bis wir eine finden würden, die uns wirklich gefiel. Ich stellte fest, dass ich die Lampe schrecklich fand. Am nächsten Tag würde ich sie auswechseln.

Dann fiel mir die Katze wieder ein. Sie wollte hereinkommen? Na, dann los! Warum sollte ich nicht mit ihr sprechen? Wovor hatte ich denn Angst? Ich stand auf und trat ans Fenster. Doch die Katze war nicht mehr da und auch nicht vor dem anderen Schlafzimmerfenster. Ich ging ins Wohnzimmer hinunter und schaute hinaus auf die Straße, wo lediglich die Laternen und die gegenüberliegenden Häuser zu sehen waren. Dann öffnete ich die Küchentür. Nichts. Vielleicht hatte ich mir das Ganze doch nur eingebildet. Ich ging zum Fenster über der Spüle hinüber und entriegelte es. Mit einem kräftigen Ruck am Griff schob ich es nach oben. Sofort strömte kalte Luft herein, die mit den exotischen Kochdüften aus der Nachbarschaft angefüllt war: Kurkuma, Kumin, Nelken, Ingwer. Auf der Gartenseite waren in der Häuserreihe gegenüber nur ein paar Fenster erleuchtet; die Wolken spiegelten den orangefarbenen Schein der Stadt wider, und hier und da flackerte ein Fernseher. Ansonsten war es dunkel.

Zu meiner eigenen Überraschung stieß ich einen Pfiff aus. Einen lauten Pfiff, wie wir ihn als Kinder als geheimes Zeichen vereinbart hatten, um unsere Clique zusammenzurufen. Etwas, was man nie verlernte. Dann überlegte ich, eine kleine Schüssel mit Milch auf die Fensterbank zu stellen, wie man es manchmal in Filmen sah. Ich öffnete den Kühlschrank und nahm die Milchpackung heraus. Als ich mich umdrehte, saß die Katze neben Joaquíns Handschuhen auf dem Küchentisch.

»Du kannst wohl Gedanken lesen«, sagte sie und leckte sich die Lippen. »Ich sterbe nämlich vor Hunger.«

3

DIE ADOPTION

Ich weiß noch genau, dass mir die Hand zitterte, als ich die Schale mit der Milch auf den Tisch stellte. Dass ich mich noch so gut daran erinnere, liegt vor allem daran, dass ich mich damals unablässig fragte, ob das alles nun tatsächlich passierte oder nicht. Allerdings fühlte sich das Ganze verdammt real an: Ich spürte das Porzellan in meiner Hand, das Gewicht der Flüssigkeit, die in der Schale hin- und herschwappte; ich nahm das Geräusch wahr, als ich die Schüssel auf die hölzerne Tischplatte stellte, und den Atem der Katze an meiner Haut. Wenn das nicht die Wirklichkeit war, gab es nichts in der Welt, was wirklich geschah.

»*Gracias, Sara*«, sagte die Katze wohlerzogen, bevor sie sich über die Schale beugte.

Ich lehnte mich an die Wand und sah zu, wie sie mit ihrer kleinen rosa Zunge ganz ruhig und ohne Eile in winzigen Schlucken die Milch aufschleckte.

»Woher weißt du, wie ich heiße?«, hörte ich mich selbst fragen, als wäre es das, was mich an der ganzen Sache am meisten überraschte.

Die Katze richtete sich auf und fuhr sich mit der Zunge über das Maul.

»Wir sind Nachbarinnen, Sara. Ich bin bestimmt kein Topfgucker, aber hier im Viertel kenne ich wirklich jeden.«

»Und sprichst du auch mit jedem?«, erkundigte ich mich.

Ich konnte mir dieses elegante Tier beim besten Willen nicht im angeregten Gespräch mit dem Bewohner von Haus Nummer 24 vorstellen, einem abgehalfterten Gitarristen einer Punkband aus den Achtzigerjahren, der nach wie vor seine Tätowierungen zur Schau stellte und Bier in sich schüttete wie ein vergnügungssüchtiger Jugendlicher.

»Nein«, entgegnete die Katze und wandte sich wieder der Milch zu. »Nicht mit jedem.«

Als sie ihre Mahlzeit beendet hatte, trat sie vorsichtig an den Rand des Tisches, sprang leichtfüßig auf den Holzboden und stolzierte in Richtung Wohnzimmer, herrschaftlich wie eine Königin, die ihr Reich in Besitz nimmt. Bevor sie durch die Tür verschwand, hielt sie einen Moment inne und wandte den Kopf, um noch einmal das Wort an mich zu richten.

»Ach, übrigens, ich heiße Sibila.«

Ich hatte mich also nicht getäuscht: Die Katze war eine Sie.

Als ich ins Wohnzimmer trat, stellte ich fest, dass Sibila sich ganz selbstverständlich, so als wäre sie hier zu Hause, auf dem großen bordeauxroten Sofa niedergelassen hatte. Dort lag sie in Sphinx-Position auf dem mittleren Kissen. Die Farbe des Sofabezuges hob die kupferfarbenen Reflexe ihres Fells hervor und verlieh ihr eine wahrhaft majestätische Ausstrahlung. Ich blieb stehen und blickte in ihre auf mich gerichteten grünen Augen. So verblieben wir eine Weile schweigend – ich weiß nicht, wie lange, doch für meinen Geschmack zu lange, und ich merkte, wie ich allmählich nervös wurde.

»Und? Sagst du jetzt gar nichts mehr?«, fragte ich schließlich.

»Ich?«, entgegnete sie überrascht. »Nein, Sara, ich bin gekommen, um dir zuzuhören.«

Während sie das sagte, fielen mir ihre Ohren auf, die für eine Katze ziemlich groß waren und sie ein wenig wie eine Fledermaus aussehen ließen. Später würde ich herausfinden, dass Sibila eine Abessinierkatze war, also zu einer der ältesten Katzenrassen gehörte, die es gab. Katzen dieser Rasse hatten schon die alten Ägypter in Form von Statuen verewigt, von denen ich einige im British Museum gesehen hatte – als ich noch Zeit hatte, ins Museum zu gehen.

Und nun wartete diese mysteriöse Katze, die eine Nachfahrin jener vor Jahrtausenden vergötterten Tiere war, darauf, dass ich sprach. Damit hatte ich nicht gerechnet. Darauf war ich nicht vorbereitet. Ich wusste nicht, was ich sagen sollte.

»Es ist für mich etwas komisch, mit dir zu reden«, meinte ich schließlich, um überhaupt etwas zu sagen.

Sibila schüttelte leicht verwundert den Kopf.

»Das ist überhaupt nicht komisch, Sara. Ihr Menschen redet mit Katzen und Hunden, seit wir euch vor Tausenden von Jahren gezähmt haben. Viele deiner

Artgenossen sprechen sogar lieber mit uns Haustieren als mit anderen Menschen. Was mich, ehrlich gesagt, nicht wundert.«

»Mag sein, aber ... sie erwarten nicht, dass die Tiere sie ... verstehen.«

Sibila setzte sich auf.

»Man merkt dir wirklich an, dass du noch nie von einem Tier adoptiert worden bist!«, meinte sie vorwurfsvoll miauend. Dann nahm sie wieder die Sphinx-Position ein und seufzte. »Nun gut, schließlich bin ich genau deswegen hier.«

»Weswegen?«, fragte ich nach.

»Na ja, um dich zu adoptieren.«

Der rationale Teil meines Bewusstseins rebellierte. Was würde Joaquín mit seiner wissenschaftlichen Art, die Welt zu betrachten, dazu sagen? Das Ganze war völlig absurd und konnte nur meiner Phantasie entsprungen sein. Ich blickte aus dem Fenster, um ein paar normale Dinge zu sehen: parkende Autos, Straßenlaternen, Bäume mit winterlich kahlen Ästen. Dann wandte ich mich wieder der Katze auf dem Sofa zu und vergewisserte mich, dass sie genauso real war, genauso greifbar vorhanden wie die Stämme der Bäume. Nur dass Katzen normalerweise nicht sprachen. Daher gab es für all das nur eine Erklärung: Ich hörte Stimmen. Ging es nicht vielen Menschen so? Es konnte ein vorübergehendes mentales Ungleichgewicht sein. Ein neurochemisches Problem, die Grippe des einundzwanzigsten Jahrhunderts, wie die Ärztin gesagt hatte. Wobei ich im Krankenhaus den Zwischenfall mit der sprechenden Katze nicht einmal erwähnt hatte ...

»Doch, doch«, unterbrach Sibila meine Gedanken. »Auch wenn es dir noch so schwerfällt, es zu glauben, es ist so. Ich habe dich adoptiert, und es gibt nichts, was du dagegen tun kannst. Außerdem weißt du selbst am besten, wie dringend nötig es ist. Oder glaubst du, ich bin zum Vergnügen hier? Das fehlte noch! Da gehe ich doch lieber auf Mäusejagd!«

Damit hatte die Katze – ob sie nun meiner Einbildung entsprang oder nicht – eindeutig recht. Schließlich hatte ich für sie das Fenster geöffnet und sie hereingelassen. Auch wenn mir nicht ganz klar war, warum ich es getan hatte.

»Aber ... Was weißt du denn über mich? Du kannst doch nicht mitbekommen haben, was heute passiert ist ... oder doch?«

»Ich weiß das, was wichtig ist. Dein Gehirn ist blockiert, deine Gedanken sind verwirrt, als hättest du ein verheddertes Wollknäuel im Kopf. Und dein Herz ist verunsichert, traurig, vernachlässigt. Das sieht jeder.«

Ich legte meine Hand an die Brust. Es stimmte, dass ich mich schwach, verwundbar und krank fühlte, so als hätte sich ein Fenster geöffnet, durch das die winterliche Kälte in mich eindrang. Es machte mir Angst, dass das »jeder« sehen konnte. Und es gefiel mir nicht, dass Sibila mir das einfach so ins Gesicht sagte, auch wenn sie nur eine imaginäre Katze war.

»Und das sollte nicht so sein, Sara. Das hast du

nicht verdient. Das Leben ist schön, magisch, wunderbar ...«

Ich merkte, wie ich die Beherrschung verlor. Allmählich klang sie wie eine dieser unerträglich süßen Katzen aus einem kitschigen Disney-Musical.

»Mein Leben nicht, Sibila! Was weißt du schon? Ich werde bald vierzig Jahre alt, und in meinem Leben ist nichts wunderbar. Ich weiß nicht, wo das alles hinführen soll, und was ich in diesem Land eigentlich mache; warum arbeite ich immer mehr und tue Dinge, die mir immer weniger gefallen ...? Ich weiß nicht, was mit meinem Freund los ist, warum mir alles so trist und grau erscheint, warum wir noch keine Kinder haben oder, wenn wir welche hätten, wie ich sie mit meiner beruflichen Karriere vereinbaren sollte ... Vielleicht ist das Leben einer Katze wunderbar, aber ich kann dir versichern, dass wir Menschen es im Leben viel schwerer haben!«

Während ich wild gestikulierte und anklagend mit dem Finger auf sie zeigte, hörte Sibila mir höchst aufmerksam zu. Ihre großen Ohren schienen den Klang meiner Worte buchstäblich zu absorbieren, denn um uns herum herrschte absolute Stille, sobald ich sie ausgesprochen hatte. Die Katze schien tatsächlich nur deswegen gekommen zu sein. Noch nie hatte jemand so intensiv meinen Worten gelauscht. Dieses gierige, konzentrierte Verschlingen dessen, was ich sagte, war irgendwie beunruhigend, so wie mich die schweigsamen steinernen Katzen im Museum beunruhigt hatten. Daher wandte ich den Blick lieber wieder zum Fenster.

»Ja«, hörte ich Sibila zustimmend sagen. »Das Leben der Menschen ist kompliziert. Oder, besser gesagt, ihr macht es euch kompliziert.«

Eine Weile hüllten wir uns in Schweigen. Auf der Straße wankten zwei betrunkene Jugendliche vorbei, die wahrscheinlich gerade aus dem Pub kamen und sich lauthals beschimpften. Der eine schubste den anderen. Und dieser brüllte den Angreifer an und trat dann selbst gegen einen Abfalleimer, der durch die Luft flog und auf einem Auto landete, wobei sich sein Inhalt auf die Straße ergoss.

Menschen! Was sollten die Katzen von uns denken? Tatsächlich war auch mir sehr danach, gegen einen Mülleimer zu treten. Allein bei dem Gedanken daran, spannten sich die Muskeln meiner Beine an.

Auf einmal spürte ich etwas um meine Fußknöchel streichen. Etwas Warmes, Weiches, sich Windendes. Beinah wäre ich vor Schreck weggesprungen.

»Ganz ruhig, meine Liebe«, schnurrte Sibila, die um mein rechtes Bein strich, wobei ihr Schwanz mein anderes Bein berührte. Diese schlängelnde Bewegung, die Wärme ihres Körpers und das tiefe Schnurren lösten in wenigen Sekunden meine Anspannung. Streicheleinheiten, dachte ich. Wie ich das vermisst hatte! Ich schloss die Augen und ließ mich verwöhnen.

Ich konnte nicht widerstehen, ich musste mich zu ihr hinunterbeugen, um sie zu streicheln. Ihr Fell war seidenweich, und ich genoss es, ein ums andere Mal über ihren Körper zu streichen; es war ein wesentliches, sinnliches, animalisches Vergnügen. Sibila hatte recht. Ich hatte noch nie eine Katze gehabt. Weder eine Katze noch einen Hund und nicht einmal einen Goldhamster. »Tiere gehören nicht in die Stadt«, hatte meine Mutter immer gesagt. Ich glaube, ihr reichte es völlig, sich um zwei menschliche Wesen kümmern zu müssen. Doch in diesem Moment verstand ich, wie es durch den Austausch derartiger Zärtlichkeiten seit ewigen Zeiten überall auf der Welt zu unverbrüchlichen Freundschaften zwischen Mensch und Katze gekommen war, so intensiven Freundschaften, wie sie zwischen Artgenossen nicht möglich waren.

Es war ja nicht so, dass nur ich die Katze liebkoste. Wenn ich sie streichelte, schmiegte Sibila sich ihrerseits an meine Hand, zuerst mit dem Kopf, dann mit dem Hals, und schließlich drückte sie sich mit ihrem ganzen Körper an mich bis hin zum Schwanz, der sich aufrichtete wie ein gespannter Bogen. Tatsächlich hätte man nicht sagen können, wer hier wen streichelte. Aber es war offensichtlich, dass Sibila gerade dabei war, mein Herz zu erobern oder mich – wie sie es ausgedrückt hätte – zu »adoptieren«.

Als sich mich mit ihrem schmusigen Ritual beinah hypnotisiert hatte, entfernte sie sich ein paar Schritte mit erhobenem Schwanz. Ich fühlte noch eine Art Kribbeln in meinen Fingern, und meine Haut sehnte sich danach, erneut dieses weiche goldfarbene Fell zu spüren. Sibila setzte sich auf die Hinterpfoten und sagte: »Ich weiß, dass wir uns gerade erst kennengelernt haben und du mir noch nicht wirklich vertraust. Du denkst wahrscheinlich, dass ich nicht viel über die Menschen weiß, obwohl ich mit vielen von ihnen zu tun hatte, und wenn ich die Erfahrungen meiner weit verzweigten Familie dazunehme, ist mir wohl nichts und niemand verborgen geblieben. In jedem Fall möchte ich dir einen Rat geben. Du kannst ihn annehmen oder es lassen.«

Ich schwieg.

»Wenn du nicht weiterweißt, dann vertraue deiner Nase.«

»Meiner ... *Nase?*«, fragte ich verblüfft.

Irgendwie hatte ich von meiner imaginären Katze etwas Tiefsinnigeres erwartet.

»Ja. Menschen, Worte, selbst deine eigenen Gedanken können dich täuschen. Deine Nase jedoch nicht, wenn du ihr folgst. Und das solltest du tun.«

In diesem Moment hörte ich, wie der Schlüssel in der Haustür herumgedreht wurde, und dann Joaquíns Stimme, als er eintrat: »*Hola ...*«

Sibila flüchtete rasch in Richtung Küche. Ich folgte ihr und sah gerade noch, wie sie auf die Spüle sprang und lautlos durch das geöffnete Fenster schlüpfte. Joaquíns Schritte knarrten auf den Holzstufen der Treppe. Ich sah bereits seinen Schatten im Flur.

Sibila schnupperte hörbar und mit erhobenem Kinn in die kalte Luft, als wollte sie mich auf diese Weise an ihren Ratschlag erinnern. Dann verschwand sie in der Dunkelheit.

»Sara?« Joaquín hatte den Treppenabsatz erreicht und stand dort, wo der Berg an Mänteln an der Wand hing. »Wie geht's?«

»Besser«, entgegnete ich.

Ich ging zu ihm hinüber, und wir umarmten uns. Es war keine innige Umarmung. Es war eine Art der körperlichen Nähe, die den wachsenden Abstand zwischen uns in der letzten Zeit betonte. Doch als ich ihm plötzlich so nah war, fiel mir Sibilas Rat wieder ein: Vertraue deiner Nase. Nur wenige Millimeter von Joaquín entfernt, atmete ich mit geschlossenen Augen den Duft seiner Haut oberhalb des Hemdkragens tief ein. Der faserige Geruch der Baumwolle strömte in meine Nase, ich nahm die Gerüche der Stadt wahr und den unverwechselbaren Duft, den ich mit Joaquín verband, der sich jedoch, was mir jetzt erst auffiel, verändert hatte. Wahrscheinlich lag das an der Ernährung, sagte ich mir: weniger Tintenfisch mit Paprika, dafür mehr Thai-Curry. Weniger Olivenöl und mehr Butter. Weniger Wein, dafür war der bittere Geruch von Bier unverkennbar. Er musste an diesem Abend schon etwas getrunken haben.

Irgendwann hatte ausgerechnet Joaquín mir während eines seiner wissenschaftlichen Vorträge erklärt, dass der Körper seine Zellen regelmäßig erneuerte, und zwar alle zehn Jahre. Und da wir schon länger als zehn Jahre in England waren, war er, rein physisch betrachtet, also nicht mehr der Joaquín, mit dem ich hergekommen war. Auch wenn die Ähnlichkeit groß war. Auf jeden Fall sah er noch genauso gut aus. Wenn ich mir alte Fotos von ihm ansah, konnte ich, abgesehen von einigen grauen Haaren und ein paar Falten, kaum einen Unterschied feststellen. Sein Duft jedoch verriet, dass er sich verändert hatte. Der neue Joaquín wirkte gestresst, schwitzte, wurde in meiner Gegenwart nervös, verschwieg mir vieles, was ich nicht aus ihm herausbekam und was irgendwo in ihm drin vor sich hin gärte. Joaquín schien mit der Zeit herber, strenger geworden zu sein. Und es gab Nuancen, die ich nicht zuordnen konnte, die jedoch eindeutig vorhanden waren und sich in seinen früheren Geruch mischten, der nicht mehr der gleiche wie früher war, sosehr er sich auch bemühte, sich von seiner freundlichen Seite zu zeigen und eine perfekte Kopie seines einstigen Ichs für mich zu sein.

Nein, er roch nicht mehr so wie früher. Er roch anders. Er roch schlechter. Ich schämte mich ein wenig bei diesem Gedanken. Es war das erste Mal, dass mir etwas Derartiges in den Sinn kam. Doch das war das Ergebnis davon, dass ich Sibilas Rat befolgt hatte. Und das war noch nicht alles. Da war noch etwas. Etwas Bestimmtes, das mir unangenehm war. Nicht, weil es an sich etwas Negatives war, sondern weil es mich an etwas erinnerte, was mir im Moment jedoch nicht einfiel. Es war der Hauch eines intensiven, würzigen Geruchs, der mir seltsam vertraut schien, als hätte ich ihn im Traum oder in meiner Kindheit schon einmal wahrgenommen. Und aus irgendeinem Grund störte es mich, ihn hier, an Joaquíns Hals, wiederzufinden. Ich hätte diesen Duft gern weiter erforscht, meine

Nase in Joaquíns Hemd gesteckt, um diesem unverschämten, aufdringlichen Geruch auf den Grund zu gehen. Doch unsere unbequeme Umarmung kam zum Ende.

»Warst du im Pub?«, fragte ich, als ich mich von ihm löste.

»Ja, nur auf einen Schluck«, sagte er, während er seine schwarze Jacke über vier oder fünf andere an einen Haken hängte. »Du weißt ja, wie das ist.«

Joaquín bezog sich auf die Tatsache, dass es in England ein unumgängliches Ritual war, nach der Arbeit mit den Kollegen etwas trinken zu gehen, um sie besser kennenzulernen, da die meisten Menschen hier erst nach dem Konsum einer gewissen Menge an Bier in der Lage waren, über so etwas wie Gefühle zu sprechen.

»Ja, ich weiß, wie es ist, Joaquín. Aber hättest du nicht heute ausnahmsweise mal direkt nach der Arbeit nach Hause kommen können?«

In Wahrheit war ich froh, dass er nicht früher gekommen und mich im Gespräch mit Sibila überrascht hatte. Im Grunde war es mir auch völlig egal, dass er noch im Pub gewesen war, eigentlich hätte ich sogar gut auf seine Anwesenheit verzichten können. Doch meine Nase sagte mir, dass ich meiner neuen Fährte folgen sollte.

»Ich bin so früh gekommen, wie es möglich war«, entgegnete er kühl.

»Mit wem warst du unterwegs?«

»Bitte?« Als hätte er die Frage nicht genau verstanden. »Na ja, mit den Leuten aus dem Büro: Mike, Paul, Vanessa ... wie immer.«

Das sagte er, ohne mir dabei in die Augen zu sehen, während er die Treppe hinauf in Richtung Schlafzimmer ging. Der neue Joaquín mit den runderneuerten Zellen, der sich äußerlich nicht verändert hatte, sah mir überhaupt nur selten in die Augen. Joaquín hatte allzu große Nähe, ineinander verschmelzende Blicke schon immer gescheut. Doch in letzter Zeit hatte mich sein ständig ausweichender Blick, auch wenn ich nicht direkt darüber nachgedacht hatte, durchaus irritiert. Und in diesem Moment ärgerte ich mich darüber, dass er mich nicht ansah.

Ich ging in die Küche und stellte fest, dass ich trotz des Ärgers über aufdringliche Gerüche und ausweichende Blicke einen Riesenhunger hatte. Schließlich hatte ich seit dem Frühstück nichts mehr gegessen. Ich nahm die Packung mit dem Brot und verschlang eine Scheibe gleich, ohne sie zu belegen, während ich mit der anderen Hand nach dem Wasserkocher griff, ihn füllte und einschaltete.

Ich entschied mich für Nudeln mit Tomatensoße aus der Dose. Wir hatten nur Reis, Nudeln und Konserven im Haus. Die Katze hatte die letzte Milch getrunken. Und das Brot, wenn man diese eckige, gummiartige Substanz überhaupt so nennen konnte, war schon ziemlich trocken. Ich öffnete den Kühlschrank, nahm ein kleines, hartes Stück Idiazábal-Käse heraus, das noch von meiner letzten Spanienreise übrig war, und nagte daran wie eine Maus. Über mir knarrten

Joaquíns Schritte auf den Holzdielen. Nach einer Weile hörte ich, dass er in die Dusche ging. In letzter Zeit hatte er sich angewöhnt, abends zu duschen, »um morgens Zeit zu sparen«, wie er sagte. Natürlich ließen sich beim Duschen auch gewisse Gerüche entfernen. Irgendetwas an dieser Sache stank, und zwar gewaltig.

»Menschen können dich täuschen«, hatte Sibila gesagt. »Deine Nase nicht.« Was wusste diese Katze? Hatte sie nicht behauptet, hier im Viertel beinah jeden zu kennen? Wusste sie etwas über Joaquín, wovon sogar ich keine Ahnung hatte? Vielleicht hatte sie ihn beobachtet, wenn ich nicht zu Hause war, als er geglaubt hatte, von niemandem gesehen zu werden. Vielleicht war er nicht allein gewesen?

Meine Freundin Vero, die in diesen Dingen leider viel Erfahrung hatte, hatte mich schon mehrfach danach gefragt.

»Auf keinen Fall«, hatte ich ihr auch zuletzt noch versichert. »Nicht alle Männer sind so wie dein Alberto.«

Vero war mit einem Soziologieprofessor verheiratet, der für seine Forschungen zur gesellschaftlichen Schichtenbildung bekannt war – und für seine zahlreichen Affären mit seinen Studentinnen. Aus diesem Grund hatte Vero ihn schon drei Mal aus dem Haus geworfen, das letzte Mal für mehr als ein Jahr. Doch jedes Mal kehrte er zu ihr zurück, bat inständig um Vergebung und versprach, sich zu bessern, und sie gab schließlich nach – ein bisschen wegen der Kinder und weil ihr seine logistische Unterstützung bei deren Betreuung fehlte und ein bisschen, weil sie ihn trotz allem doch irgendwie noch liebte. Allerdings war Vero inzwischen äußerst misstrauisch und spionierte ihrem Mann mit einer Raffinesse hinterher, die eines KGB-Agenten würdig gewesen wäre.

»Sara, ich bin deine Freundin. Ich kenne dich, seit wir in der Sierra de Cazorla zusammen gezeltet und das Leben der Eidechsen erforscht haben. Und genau deshalb muss ich dich hin und wieder darauf aufmerksam machen, wie naiv du bist. Damit will ich dich nicht kritisieren, denn es gehört zu deiner Persönlichkeit. Du siehst in jedem Menschen das Beste, hast vollstes Vertrauen, und darum hast du so viel Freude am Leben. Aber das hat auch seine Nachteile. Ich werde nie vergessen, wie wütend du auf mich warst, als ich dir erzählt habe, dass in Wirklichkeit die Eltern die Weihnachtsgeschenke bringen. Und du hattest jedes Recht, wütend zu sein, aber das änderte nichts an der Tatsache, dass es wirklich deine Eltern waren.«

»Ach, hör schon auf, immer wieder fängst du mit dieser alten Geschichte an. Damals war ich acht Jahre alt!«

»Aber du warst die Letzte, die es begriffen hat. Und so war es immer. Seit du klein warst, hast du erst mal an alles geglaubt: an die Zahnfee und an den Wunschtraum, dass wir eines Tages mit unserem Traumprinzen und drei Kindern ein glückliches Leben führen und dazu noch den Nobelpreis für Biologie bekommen.«

»In meinem Fall war es der für Literatur.«

»Natürlich. Und du siehst ja, wohin das Ganze führt. Das Leben ist kein Zuckerschlecken, weil man sich mit dem süßen Zeug die Zähne kaputt macht und davon dick wird, sodass wir am Ende alle trockene Reiswaffeln essen und Pilates machen, während unsere Ehemänner sich mit dem nächstbesten jungen Ding amüsieren und unsere Chefs die interessanten Arbeitsstellen irgendwelchen Idioten geben, weil wir gerade in Mutterschutz sind ... warte mal eben ... Carlos, lass sofort deine Schwester in Ruhe!«

Es war zu hören, wie das Telefon eilig irgendwo abgelegt wurde, und dann folgten ein paar strenge Instruktionen an den kleinen Rabauken, bevor Vero mit ihrem Vortrag fortfuhr.

»Entschuldige ... diese Kinder! Und, übrigens: Beklag dich nicht andauernd, dass du keine Kinder hast, das ist auch so eine Sache, die ich nicht mehr hören kann. Natürlich, die lieben Kleinen sind wunderbar – die ersten fünfzehn Minuten lang. Was danach folgt, ist eine heldenhafte sportliche Höchstleistung, die kein Mensch zu würdigen weiß. Und am Ende stellt sich dann noch heraus, dass dein Mann für irgendwelche kleinen Mädchen, die noch kindischer sind als deine Kinder, den George Clooney macht, während du dich zu Hause abrackerst. Unvorstellbar! Es ist wirklich besser, sich das zu ersparen.«

Ich wartete darauf, dass Vero sich wie üblich Luft gemacht hatte, bevor ich antwortete.

»Schau mal, Vero, dein Mann ist eben, wie er ist.

Und er hat sich dir zuliebe schon ziemlich verändert ...«

»Allerdings. Ich habe eben mal gecheckt, was er so an SMS-Nachrichten bekommt, du glaubst es nicht!«

»Aber Joaquín ist nicht so. Du weißt doch, dass ich mich unter anderem in ihn verliebt habe, weil er seine Prinzipien hat. Man kann ihm vieles vorwerfen: Er ist kein großer Redner, ist arrogant und manchmal ein bisschen schroff. In Ordnung. Aber er ist ehrlich. Das kann dir jeder bestätigen. Und er erwartet von allen anderen, dass sie sich genauso verhalten, weil er es hasst, wenn jemand lügt und unaufrichtig ist. Du weißt ja, dass wir unter anderem nicht verheiratet sind, weil er den Schwur der ewigen Liebe für Heuchelei hält, da niemand weiß, wie er in zwanzig oder dreißig Jahren empfinden wird. Aber das alles bedeutet auch, dass er mich niemals mit einer anderen Frau betrügen würde. Er würde es mir sagen, und das wär's. Es stimmt schon, dass er in letzter Zeit nicht mehr so zärtlich zu mir ist ...«

»Nicht mehr so zärtlich? Du hast mir erzählt, dass ihr seit Monaten nicht mehr miteinander geschlafen habt!«

»Na ja, das liegt nicht nur an ihm, sondern auch an mir. Und er hat gerade unheimlich viel zu tun und sehr viel Stress. Ich weiß ja selbst, wie das ist, und jetzt ist es an mir, ihm den Rücken freizuhalten. Joaquín hat mich all die Jahre über ertragen müssen, wenn es bei mir im Job mal nicht so gut lief. Und jetzt will ich ihm helfen, nur da er so verschlossen ist und nichts erzählt ...«

»Wenn er dir nichts erzählt, wie kannst du ihm dann vertrauen?«

»Vero, ich hab ihn danach gefragt. Mehr als einmal. Und er hat mir gesagt, dass es keine andere gibt.«

»Und du glaubst ihm.«

»Ja, ich glaube ihm.«

»Und an den Weihnachtsmann glaubst du auch.«

»Vero!«

»Ich versuche nur, dir die Augen zu öffnen, Sara. Zu deinem Besten. Mach, was du willst, aber sag nachher nicht, ich hätte dich nicht gewarnt.«

»Er ist ein absolut ehrlicher Mensch. In all den Jahren hat er mir keinen Grund gegeben, ihm nicht zu vertrauen. Und wir sind schon seit fünfzehn Jahren zusammen, länger als so manche Ehe ...«

»Er sieht ausgesprochen gut aus, Sara«, warnte Vero noch einmal, »er ist attraktiv, intelligent, ein dunkler Typ und braun gebrannt, und er hat etwas Geheimnisvolles. Er hat ziemlich gute Chancen, glaub mir, vor allem in diesem Land mit all den hässlichen, bleichen Menschen, die nie die Sonne sehen. Außerdem ist er in dem Alter, da die ersten grauen Haare ihn nicht mehr so jungenhaft erscheinen lassen und ihn noch interessanter machen. Also wenn du nicht meine Freundin wärst, käme ich selbst in Versuchung.«

Das Ganze endete damit, dass wir beide lachen mussten, und dabei blieb es erst einmal. Damals hatte ich noch genug Selbstvertrauen und keinen Grund, an

Joaquín zu zweifeln. Aber an diesem Abend belehrte mich meine Nase eines Besseren. Es stimmte, Joaquín hasste es zu lügen, aber was, wenn dieser Joaquín nicht mehr der Joaquín von früher war?

Als er, schon in Pyjama und Bademantel, herunterkam, aß ich gerade die letzten Nudeln auf. Ich hatte mir nicht einmal die Mühe gemacht, den Tisch zu decken, sondern nur die Bücher, Papiere und Schlüssel ein bisschen zur Seite geschoben und mir so ein wenig Platz für den Teller geschafft. Das musste an diesem Abend reichen. Joaquín nahm sich auch etwas von den Nudeln, während ich überlegte, wie ich das Gespräch beginnen sollte. *Vertraue deiner Nase.*

»Wir müssen reden.«

In der darauf folgenden Stille waren nur die Geräusche zu hören, die seine Gabel auf dem Teller machte.

»Worüber?«, sagte er schließlich.

»Über uns. Worüber sonst?«

Joaquín seufzte und schob den Teller von sich.

»Ausgerechnet heute? Bist du sicher? Ich weiß nicht, ob das eine so gute Idee ist, Sara. Du bist müde. Und das, was heute Morgen passiert ist … Willst du dich nicht lieber etwas ausruhen …?«

»Ich bin nicht müde«, log ich, weil meine Nase trotz meiner Erschöpfung eine Spur witterte. »Und wir tun schon viel zu lange so, als wäre nichts. Meine

Depressionen müssen ja einen Grund haben! Oder meinst du, das käme einfach so?«

Da sah Joaquín mich zum ersten Mal, seit er nach Hause gekommen war, wirklich an. Vielleicht zum ersten Mal seit Wochen. Seine dunklen Augen flackerten, als sähe er in einen bodenlosen Abgrund. Sein Blick machte mir Angst, bevor er auch nur den Mund öffnete, aber was er dann sagte, erschreckte mich noch mehr.

»Stimmt. Du hast recht, Sara. So kann es nicht weitergehen.«

Erneut überkam mich eine Welle der Übelkeit. Ich umklammerte die Tischplatte. Diese Reaktion hatte ich von dem Mann im Bademantel, der immer noch fast so roch wie Joaquín, nicht erwartet. Bisher war er immer derjenige gewesen, der in unseren Beziehungsgesprächen stets alles herunterspielte, rechtfertigte, Scherze machte und Probleme umging. Es stimmte, dass er nicht log, aber die Wahrheit aus ihm rauszukriegen war alles andere als einfach. Immer war es an mir, die Dinge auf den Tisch zu bringen, nicht lockerzulassen und darauf zu bestehen, dass es wichtig war, über unsere Beziehung zu reden. Und jetzt, da er mir mit unerwarteter Nachgiebigkeit auf einmal recht gab, es mir so leicht machte, hatte ich plötzlich das Gefühl, selbst an dem Abgrund zu stehen, in den er so entsetzt hineinstarrte.

»Du weißt, dass ich mich der Wahrheit verpflichtet habe, Sara. Ich kann dich nicht belügen. Und die Wahrheit ist, dass unsere Beziehung nicht mehr so ist wie früher. Ich denke schon seit einer Weile darüber nach. Wenn ich dir bisher nichts davon gesagt habe, dann weil ich abwarten wollte, ob sich das wieder ändert. Aber nach dem, was heute passiert ist, habe ich den Eindruck, dass unsere Beziehung uns beiden nicht mehr guttut. Ich bin nicht mehr glücklich und du offensichtlich auch nicht. Wir haben uns irgendwie auseinanderentwickelt, und ich denke ...«

Ich war vollkommen verblüfft. Joaquín hatte sein übliches Schweigen gebrochen und wartete mit einer Grabrede auf, die nicht nur voller Klischees war, sondern fast auswendig gelernt wirkte. Ich unterbrach ihn, stand auf und wurde laut.

»Joaquín ... willst du mich verlassen? Ist es das, was du mir sagen willst?«

»Beruhige dich, Sara. Lass uns einfach darüber reden, wie du es eben vorgeschlagen hast. Wir müssen reden, nicht wahr? Darüber sind wir uns doch offenbar einig. Es läuft nicht gut zwischen uns. Vielleicht sollten wir uns ein bisschen Zeit geben, unserer Beziehung eine Pause gönnen und sehen, wie die Dinge sich entwickeln.«

»Eine *Pause*? Ist dir klar, was du da sagst? Nein – warte mal! Als Erstes möchte ich, dass du mir in die Augen siehst und mir eine Frage beantwortest: Gibt es eine andere?«

»Eine andere? Wie meinst du das?«

»Stell dich nicht dümmer, als du bist! Hast du eine andere?«

»Nein, Sara, das ist es nicht. Ich schwöre es.«

Er sagte es im Brustton der Überzeugung. Er sagte

es, ohne zu zögern, und sah mir dabei direkt in die Augen. Wenn er noch der Joaquín von früher gewesen wäre, hätte ich mich damit zufriedengegeben und wäre davon ausgegangen, dass er die Wahrheit sagte. Doch nach wie vor stieg mir dieser widerwärtige Geruch in die Nase, der dem Joaquín vor mir immer noch anhaftete, trotz seiner Dusche und dem aristokratischen englischen Bademantel. Jener süße, exotische, würzige Duft, der nach Verrat roch. Ich bekam kein Wort heraus und starrte Joaquín entsetzt an. Zum ersten Mal war ich mir sicher, dass er mich belog.

Joaquín nahm mein Schweigen als Startzeichen, um mich wieder mit seiner einstudierten Rede zu überfallen. Dass es ja völlig normal sei, dass zwei Menschen sich weiterentwickelten und veränderten, und ob es nicht besser wäre, wenn man sich einfach mal für eine Weile trennte – trennte! –, nicht endgültig natürlich, nur für ein paar Monate, um klar zu sehen. Und offensichtlich gefiel er sich in der Rolle des tapferen Redners, denn er wirkte zufrieden und selbstsicher wie ein Politiker im Wahlkampf.

»Moment mal, Joaquín. Wir sind immer noch zwei! Du kannst nicht einfach so ganz allein entscheiden, dass du mich verlässt, nur mal so, weil es dir gerade in den Kram passt.«

»Ich verlasse dich nicht«, insistierte er. »Ich sage nur, dass wir uns eine Auszeit nehmen sollten.«

»Doch, du verlässt mich, Joaquín. Oder besser gesagt, du schmeißt mich raus, denn es ist dein Haus, und im Falle einer Trennung muss ich die Koffer packen. Nenn es, wie du willst, das ist mir völlig egal. Du hast das schon länger geplant, das kannst du ruhig zugeben. Aber ich bin nicht einverstanden, hörst du? Wir haben Probleme, gut, dann setzen wir uns damit auseinander und reden wir darüber ...«

Mein Herz quoll mit einem Mal über von all den ungeklärten Dingen, die unsere Beziehung belasteten, wichtige und unwichtige, von den Kindern, die wir nicht hatten, bis zu seinen ewigen Videospielen, auf die ich mittlerweile geradezu allergisch reagierte, von unseren sexuellen Problemen, bis zu dem permanenten Chaos, das auf diesem Tisch herrschte und nicht nur da, sondern an allen Ecken und Enden. Ich wollte auf der Stelle alles zur Sprache bringen, reinen Tisch machen, eine neue Etappe in unserem Leben beginnen, und für all das würden wir mehr Zeit miteinander verbringen müssen und nicht weniger. Wir würden weniger arbeiten müssen, einen Ausgleich finden, zusammen in Urlaub fahren, zumindest übers Wochenende, ohne uns etwas anderes vorzunehmen. Wir brauchten Zeit für uns, damit wir uns von unseren spontanen Bedürfnissen leiten lassen konnten und um über das zu reden, was wichtig war – über unsere Gefühle, unsere Träume, über das, was wir mochten und was wir nicht mochten, über das, was wir vermissten und was uns zu viel war, und über das, was wir in den letzten Jahren gemacht hatten und was wir uns für den Rest unseres Lebens wünschten.

Doch der Mann, der mir nun in die Augen sah, nachdem er mir so lange ausgewichen war, schien entschlossen, alles hinzuschmeißen, jetzt und für immer, wenn er auch nicht den Mut hatte, es klar zu sagen. Stattdessen textete er mich mit salbungsvollen Worten zu.

»Ich brauche Zeit zum Nachdenken, Sara. Ich muss mir das alles mal durch den Kopf gehen lassen. Ich brauche den Raum dafür und die Ruhe. Es bringt nichts, einfach nur darüber zu sprechen. Wir sollten uns Zeit geben, und dann können wir uns ja treffen und miteinander reden.«

»Wir können uns *treffen*?«, wiederholte ich ungläubig. »Joaquín, ich bitte dich. Überleg mal, was du da sagst! Wir sind seit fünfzehn Jahren zusammen, ich habe einen großen Teil meines Lebens mit dir verbracht, ich habe dir geholfen, dahin zu gelangen, wo du jetzt bist, und umgekehrt. Da kannst du doch nicht einfach kommen und sagen ›Das war's‹. Gib mir wenigstens eine Chance. Das bist du mir schuldig!«

»Ach ja?«, entgegnete Joaquín scharf, während er aufstand, um den Rest seines Abendessens in den Mülleimer zu kippen. »Ich frage mich, wer hier wem etwas schuldig ist. Schließlich bin ich vor allem wegen dir in dieses Land gekommen.«

»Aber, was sagst du da? Wir sind zusammen hergekommen ...«

»Zusammen, ja, aber wegen dir.«

Joaquín beförderte seinen Teller und sein Besteck lautstark in die Spüle und ging ins Wohnzimmer. Ich folgte ihm, von seinem anklagenden Ton verletzt. Er setzte sich vor seine Xbox auf den Boden. Auf dem

Bildschirm erschienen irgendwelche Monster, die drohend ihre tödlichen Waffen schwenkten, während Joaquín weitersprach, ohne mich anzusehen.

»Du hattest deinen Job, sprachst perfekt Englisch … Ich musste mir die Sprache erst mühsam aneignen und durfte für dich den Koch, den Therapeuten, den Masseur und wonach dir sonst noch der Sinn stand, spielen. Ich musste zu Hause sitzen und auf dich warten, während du mit deinen Kollegen nach der Arbeit in den Pub gegangen bist. Und was ist jetzt? Jetzt, wo ich endlich auch einen verantwortungsvollen Job habe, nicht mehr zum Putzen zur Verfügung stehe, nach der Arbeit auch ab und zu mal ausgehe und nicht mehr so viel Zeit für dich habe, jetzt beklagst du dich. Auf einmal bist du krank, und ich hab Gewehr bei Fuß zu stehen. In Ordnung, ich bin ja da. Aber ich hab die Nase voll. Du willst Kinder? Dann such dir einen anderen, denn ich habe keine Zeit dafür.«

Ohne ein weiteres Wort begann er, die seltsamen Wesen auf dem Bildschirm zu massakrieren. Das Wohnzimmer füllte sich mit dem Lärm von Schüssen, Schreien und Explosionen. Das war also der neue Joaquín, der in den letzten zehn Jahren dank der Regeneration der Zellen entstanden war.

»Du kannst heute auf dem Sofa schlafen«, stieß ich hervor und begann zu heulen wie ein dummes Kind. »Oben will ich dich nicht sehen.«

4

MÄUSEJAGD

Ich sitze auf dem Dach und blicke auf die Stadt der Menschen hinunter, die von hier oben aussieht wie ein riesiger lärmender, rauchender Ameisenhaufen aus Stein, Metall und Asphalt, der in den letzten zweitausend Jahren ununterbrochen gewachsen ist und sich inzwischen bis zum Horizont erstreckt. Die Menschen schlafen, und nur ein paar ihrer Lichter erhellen die verlassenen Straßen, die wir Katzen auch in der dunkelsten Nacht noch glasklar sehen können.

Plötzlich nehme ich etwas wahr. Mein Fell sträubt sich, und alle meine Sinne sind sofort in Alarmbereitschaft. Ich rühre mich nicht und achte aufmerksam auf jegliche Veränderung in der feuchten Luft. Wie die Strömungen im Meer fließen auch die zahllosen Gerüche der Stadt zusammen und wieder auseinander, werden stärker und dehnen sich aus, vermischen sich und verlieren sich in winzig kleinen Luftwirbeln. Aber da ist es wieder! Ich rieche eine Maus. Nein, sogar zwei.

Jetzt heißt es, keine Zeit zu verlieren. Ich schleiche vor bis zum Rand des Daches, das zehn Meter über dem Boden aufragt, und wende mich nach links. Tatsächlich wird der Geruch intensiver, und je weiter ich über diese Reihe geschlossener menschlicher Behausungen voranlaufe, desto konzentrierter nehme ich ihn wahr. Vorsichtig beschleunige ich meinen Schritt und achte darauf, mit meinen Pfoten kein Geräusch zu machen, um die Beute nicht zu warnen. Lautlos eile ich weiter, im perfekt koordinierten Rhythmus, wobei ich mit dem Schwanz jegliches Ungleichgewicht geschickt ausbalanciere. An meiner linken Seite fliegen Schornsteine und Dachantennen vorbei, an meiner rechten Straßenlaternen und die Äste der kahlen Bäume.

Mein Geruchssinn sagt mir, dass die Mäuse in dem letzten Gebäude sind, in dem Haus von Sara und Joaquín, dem ich mit geschmeidigen Sprüngen immer näher komme. Ich bin berauscht vom Jagdfieber. Auch wenn ich meine Beute noch nicht sehen kann, meine ich bereits das leise Rascheln und Quieken wahrzunehmen, die Wärme der Körper zu spüren und ihr Blut zu riechen. Der Instinkt beherrscht mich vollkommen. Ich gebe mich rückhaltlos jenem archaischen wilden Ritual hin, das mich dazu bringt, ein beinah selbstmörderisches Risiko in Kauf zu nehmen: Ich renne auf den Rand des Daches zu und springe kraftvoll, wie ein Eichhörnchen mit ausgestrecktem Körper segelnd, im leichten Winkel in die Tiefe.

Mit dieser lebensgefährlichen akrobatischen Aktion, die niemand sieht außer mir selbst und vielleicht meine beiden Opfer, versuche ich ein schmales Fensterbrett zu erreichen. Eine schwindelerregende Sekunde lang nehme ich links von mir die Umrisse der Mauersteine wahr, die in rasender Geschwindigkeit an mir vorbeifliegen. Ich habe nicht eine Sekunde Angst, mein Ziel zu verfehlen. Ich konzentriere mich auf die Landung, setze meine Pfoten auf und bereite mich darauf vor, den heftigen Aufprall federnd abzufangen. Und ja, ich erreiche mein Ziel, kralle mich geschickt in dem alten Holz fest und balanciere einen kritischen Moment lang das durch den Schwung des Sprungs verursachte Ungleichgewicht aus. Mein Schwanz sinkt herab und schwingt bogenförmig wieder nach oben. Ich bin sicher vor dem Fenster gelandet.

Da sind sie. Ich sehe, wie sie sich im Schlafzimmer heftig unter der Bettdecke bewegen, zwei riesige Mäuse von menschlicher Größe, und ihr intensiver Geruch in solch greifbarer Nähe macht mich verrückt. Sie sind abgelenkt, genießen den Moment der Leidenschaft – es wird ihr letzter sein. Ich fahre meine Krallen aus und kann mir ein leises Fauchen nicht verkneifen. Ich sehe ihre Schwänze, die unter der Decke herausragen und sich zwischen dem Bett und einer weißen Kommode, auf der ein paar menschliche Kleidungsstücke liegen, heftig bewegen. Mit einem Knall fällt eine violette Lederjacke mit einer seltsamen Aufschrift von der Kommode. Ist es möglich, dass eine Maus eine menschliche Jacke trägt?, frage ich mich.

Angesichts dieser Zweifel sieht plötzlich alles ganz anders aus. Da erst wird mir bewusst, dass das Fenster geschlossen ist und ... wie soll ich es öffnen, schließlich bin ich eine Katze? Sosehr ich mich auch dagegenstemme, die kalte, harte Fläche mit meinen Krallen bearbeite, werde ich es niemals schaffen, dieses Hindernis zu überwinden. Die Mäuse wissen es, und obwohl sie mein wütendes Miauen hören, quieken sie triumphierend in meine Richtung, schließlich kann der gefährliche Räuber ihnen nichts anhaben. In meiner Verzweiflung miaue ich erneut, schreie ich meinen sehnlichen Wunsch in die Nacht hinaus, zum Menschen zu werden, in dieser Stadt des *homo sapiens*, zu einem Menschen, der in der Lage ist, Fenster zu öffnen und zu schließen. Die Mäuse halten inne, als sie mich hören, recken erneut ihre schmutzigen Schnauzen aus dem Bett und wirken einen Moment lang verstört.

Denn ich verwandle mich tatsächlich in einen Menschen. Mein goldfarbenes Fell verschwindet und macht einer zarten rosigen Haut Platz, während mein Kopf plötzlich von langem Haar bedeckt ist. Meine Krallen werden kürzer und zu gepflegten Fingernägeln. Ich werde größer, mein Geruchssinn wird schwächer, ich werde halb taub, halb blind, wie ein Mensch eben. Ich wachse weiter, viel zu viel und viel zu schnell, und drohe ins Leere zu stürzen. Mir wird schwindelig, denn ich befinde mich vollkommen nackt auf einer Fensterbank in zehn Metern Höhe, einer Fensterbank, die immer kleiner wird, je mehr ich wachse, bis sie die ausufernde Masse, zu der ich geworden bin, nicht mehr tragen kann. Im letzten, angsterfüllten Moment meines Lebens, bevor ich in die Tiefe stürze, sehe ich, dass die Mäuse das Interesse an mir verlieren und sich mit neu entfachter Leidenschaft wieder ihrem Tun widmen. Sie werden diese Nacht überleben, ich nicht. Vergeblich versuche ich mich mit meinen weichen, lächerlichen, menschlichen Fingernägeln festzuklammern. Ich rutsche ab und falle, falle nach hinten, falle, ohne etwas dagegen tun zu können, aus Dummheit, zappele hilflos mit Armen und Beinen in der feuchten Londoner Luft, weil ich zu viel wissen wollte, stoße den Schrei eines Menschen aus, der sich danach sehnt, glücklich zu sein, und nicht weiß, wie. Ich stürze in den Tod, der uns irgendwann alle ereilt, Katzen, Mäuse und Menschen.

Keuchend erwachte ich aus diesem Albtraum. Im ersten Moment war ich völlig desorientiert und verzweifelt darum bemüht, meinen Sturz in diesen schwindelerregenden, dunklen Abgrund mit wilden Katzen und strampelnden Mäusen irgendwie abzufangen. Ich sprang aus dem Bett, machte das Licht an und überzeugte mich davon, dass sich unter der Bettdecke nichts befand, was sich bewegte. Nein, die weißen Gebilde auf den Laken und auf dem Boden waren weder kleine, noch große Mäuse. Es waren die zerknüllten Taschentücher, die ich in meinem Schmerz vollgeheult hatte. Nach dem Gespräch mit Joaquín war ich nach oben gestürzt und hatte mich schluchzend aufs Bett geworfen, geschüttelt von lauten Weinkrämpfen, in die sich die mitleidlosen Schussgeräusche seines blöden Videospiels mischten, bevor ich dann irgendwann doch eingeschlafen sein musste. Misstrauisch starrte ich die weißen Dinger an, die überall im Raum verteilt lagen, und schüttelte mich bei dem Gedanken an meinen Traum. Er war noch so präsent, dass ich vorsichtig zum Bett trat und mit einem Ruck die Decke wegzog, in der Furcht, etwas Abstoßendes darunter zu finden, etwas Lebendiges. Aber da war nichts. Wie unter Zwang trat ich ans Fenster, um mich davon zu überzeugen, dass keine Leiche auf der Straße lag, weder eine menschliche noch der Kadaver einer Katze. Glücklicherweise konnte ich nichts dergleichen entdecken.

Ich atmete auf, zog meinen Morgenmantel über, schlüpfte in die Hausschuhe und ging ins Bad. Ein Blick in den Spiegel sagte mir, dass ich schrecklich aussah. War das die Frau, in die ich mich soeben verwandelte? Meine braunen Augen waren unter den geschwollenen Lidern kaum zu erkennen. Das sonst so wunderbar glänzende kastanienbraune Haar fiel mir in wirren Strähnen auf die Schultern. Meine Haut war erschreckend bleich, selbst wenn man bedachte, dass ich nun schon seit zehn Jahren in einem Land lebte, wo sich die Sonne nur selten zeigte. Sogar meine Haltung kam mir gebeugter vor als sonst. Ich konnte den Anblick kaum ertragen und floh aus dem Badezimmer. Es war Zeit für einen heißen Tee.

Für Engländer und vor allem für Engländerinnen war eine heiße Tasse Tee das Mittel für alle Gelegenheiten. Egal, ob allein oder in Gesellschaft getrunken, ob im Sommer oder im Winter. Die *cuppa* half dabei, wach zu werden, sich aufzuwärmen, sich kennenzulernen, ein Fest zu planen, eine Geschäftsstrategie zu entwickeln oder eine Revolution auszuhecken. Jede Entschuldigung war recht, wenn es darum ging, einen schwarzen Tee, einen Chai, einen Rooibos-Aufguss oder eine Kräutermischung zuzubereiten, nach Möglichkeit aus losen Teeblättern in einer Keramikkanne. Selbst die schlimmsten Feinde tranken vor dem Duell einen Tee, bevor sie die Waffen auswählten. Tee war die Panazee, das mythische Heilmittel der britischen Seele.

Nach zehn Jahren in London war ich zu einer leidenschaftlichen Anhängerin dieses Getränks in seinen zahllosen Varianten geworden, und seit einiger Zeit verfügte ich auch im Schlafzimmer über einen Wasserkocher und eine Auswahl an Teebeuteln für den Notfall, um in einem solchen nicht erst in die Küche hinuntergehen zu müssen. Zum Glück, denn in dieser Nacht stand mir absolut nicht der Sinn danach, Joaquín im Wohnzimmer schnarchen zu hören oder – noch schlimmer – ihm über den Weg zu laufen.

Als ich dann mit meinem *Organic Bedtime Tea* auf der Bettkante saß, fragte ich mich, ob Sibila in dieser Nacht wohl tatsächlich auf der Jagd war. Ich hatte das Bedürfnis, mit jemandem zu reden, auch wenn meine schnurrende Gesprächspartnerin wohl nur ein seltsamer Ausbund meiner Phantasie war. Zudem hatte der Rat der Katze nicht gerade für ein positives Ergebnis gesorgt. Wenn ich jetzt darüber nachdachte, in diesem ruhigen Moment der Nacht und mit der Klarsicht, für die die Teemischung aus Verbenen, Linden- und Orangenblüten sorgte, war das Ergebnis sogar desaströs. Vertraue deiner Nase? Was für ein Blödsinn! Wie kam ich dazu, meine Nase in Dinge zu stecken, die mich nichts angingen, um mir dann irgendeinen Mist einzubilden und eine Menge dummes Zeug von mir zu geben?

Möglicherweise war es das, was dieser grässliche Traum mir sagen wollte. Ich sah zum Fenster hinüber. Vielleicht musste ich aufhören, Joaquín wie eine miese Ratte zu behandeln, aufhören, zu versuchen, ihm eine Lüge nachzuweisen, die genauso irreal war wie diese nächtliche Halluzination, wenn ich nicht in den Abgrund stürzen wollte. Ich brauchte nicht erst einen Psychologen zu Rate zu ziehen, um mir sagen zu lassen, dass ich unter Verfolgungswahn litt, denn das war offensichtlich. Zuerst erfand ich eine sprechende Katze, dann dichtete ich meinem Lebensgefährten eine Affäre an. In meinem Wahn hatte ich Joaquín zu Unrecht verdächtigt und mit meinen Anschuldigungen an die Wand gedrängt. Er war eine Weile im Pub gewesen, na und? Vielleicht hatte er das gebraucht nach dem Schrecken, den ich ihm heute eingejagt hatte. Jeder hatte schließlich eine andere Art, solche Dinge zu verarbeiten.

Es war schon immer schwierig gewesen, mit Joaquín über Beziehungsprobleme zu reden. Ich wusste, dass er Zeit brauchte, dass ich bedächtig vorgehen musste, damit er sich nach und nach öffnete. Doch stattdessen hatte ich mich verhalten wie ein Elefant im Porzellanladen, im unpassendsten Moment, nach einem äußerst befremdlichen Tag, mitten im größten beruflichen Stress und nachdem wir uns in den letzten Monaten ziemlich entfremdet hatten. Was hatte ich mir dabei gedacht? Hatte ich tatsächlich erwartet, dass wir unsere Probleme in diesem völlig erschöpften Zustand, am Ende unserer Kräfte, würden lösen können? In diesem Moment, in der Stille der Nacht, mit der warmen Tasse Tee in beiden Händen, wurde mir Schluck um Schluck klarer, wie dumm ich gewesen war.

Ich hatte mich unmöglich verhalten. Schluss mit der Mäusejagd und mit sprechenden Katzen! Schluss damit, an irgendwelche verrückten Dinge zu glauben und mit der Nase nach eingebildeten Fährten zu suchen, die zu dem irrsinnigen Schluss führten, dass Joaquín mich belog, obwohl er mir niemals einen Grund gegeben hatte, an seiner Integrität zu zweifeln! Was ich jetzt tun musste, war, meinen Freund zurückzuerobern. Ihn für meine Dummheit um Entschuldigung zu bitten und von vorn anzufangen.

Joaquín hatte recht, wenn er sagte, dass ich in letzter Zeit viel von ihm verlangt hatte, obwohl es ihm gar nicht möglich gewesen war, meine Anforderungen zu erfüllen. Wenn ich an die vergangenen Monate dachte, musste ich zugeben, dass ich mich bei den wenigen Gelegenheiten, zu denen wir uns gesehen hatten, ihm gegenüber nicht gerade nett benommen hatte. Ich hatte seine beruflichen Erfolge nicht ausreichend gewürdigt und war stattdessen ungehalten gewesen wegen all der Dinge, die er mir nun nicht mehr geben konnte und die ich nicht das Recht hatte, einfach so einzufordern. Ich hatte ihn nicht unterstützt, so wie er mich unterstützt hatte, als er mit mir nach England gekommen war und ich von all den Veränderungen und Herausforderungen meines neuen Lebens in diesem Land überfordert war. Vielleicht hatte er über Wochen und Monate auf meine Unterstützung gehofft und diese Hoffnung schließlich verbittert aufgegeben, sich von mir distanziert und seine Liebe zu mir verloren. Und ich hatte die Gefahr nicht gewittert. Denn das war es, was ich hätte riechen müssen.

Aber all das war auch nicht leicht zu verstehen. Und es war ausgesprochen anstrengend, ständig darüber nachzudenken, was wohl in seinem Kopf vorging. Warum verschweigen uns die Männer so hartnäckig ihre Gedanken, wenn es um die wichtigen Dinge im Leben geht? Warum müssen sie stets allein und stumm für sich leiden? Das ist etwas, was ich noch nie begriffen habe. Offensichtlich wird von uns Frauen erwartet, dass wir hellseherische Fähigkeiten haben und in der Lage sind, Zeichen, Gesten, hartnäckiges Schweigen, Vor-sich-hin-Murmeln, Ausflüge in den Pub und obsessive Massaker an gepixelten Außerirdischen richtig zu deuten.

Es überraschte mich jedes Mal aufs Neue, dass Joaquín, wenn er mit seinen Freunden im Pub gewesen war und ich mich nach ihnen erkundigte, unfähig war, mir etwas über deren Leben, geschweige denn etwas über ihre Lebensgefährten, Kinder oder sonstigen Verwandten zu erzählen. Sie trafen sich, um gemeinsam Fußball zu gucken oder – hierzulande – Rugby, um zusammen etwas zu trinken und sich gegenseitig aufzuziehen, um sich irgendeine schräge Filmtrilogie anzusehen oder, wenn es hoch kam, um über Politik, Wissenschaft, Sport und auf jeden Fall Dinge, die mit ihrem Privatleben nichts zu tun hatten, zu diskutieren. Manchmal kamen sie zusammen, um ein ganzes Wochenende lang gemeinsam Videospiele zu spielen, stundenlang irgendwelche seltsamen Wesen abzuknallen, anstatt über Dinge zu reden, die sie beschäftigten. Ich fragte mich, ob die schrecklichen Monster, die sie mit siebenundzwanzig verschiedenen Pistolen, Maschinengewehren und Laserkanonen in ihren dreidimensionalen Höhlen auszulöschen versuchen, nicht vielleicht genau die Monster waren, die in ihren gemarterten Hirnen ihr Unwesen trieben und die ihre Frauen und Freundinnen mit dem einfachen und friedlichen Mittel des gesprochenen Worts zu vertreiben versuchten.

Morgen früh würde ich ihn um Entschuldigung bitten. Und ich würde ihn zu einem Versöhnungswochenende einladen, er konnte sich aussuchen, wohin, und dann wäre das hier alles vergessen. Wir würden endlich einmal Zeit haben, miteinander zu reden, ohne Hektik, ohne Unterstellungen und ohne alles übers Knie zu brechen. Jetzt, da das Aroma der Verbenen, Lilienblüten und Orangenblüten beruhigend durch meine Adern zirkulierte, war ich mir sicher, dass Joaquín nur ein bisschen mehr Verständnis brauchte. Er war durcheinander und hatte am Ende eines schwierigen Tages einfach überreagiert. Er hatte nicht wirklich sagen wollen, dass wir uns trennen sollten. Es war nichts geschehen, was man nicht wieder in den Griff bekommen konnte, und das würden wir. Nach diesem Beschluss trank ich den Rest meines Tees mit einem Schluck aus und war bereit, mich wieder hinzulegen und weniger aufregenden Träumen hinzugeben. Ich stellte die Tasse auf der Kommode ab und nahm das gerahmte Foto in die Hand, das uns beide zeigte – Joaquín und mich in inniger Umarmung vor dem Grab der Julia in Verona, wie wir lächelnd in die Kamera des spanischen Touristen blickten, der uns fotografiert und dabei gesagt hatte: »Habt euch lieb! Los, noch ein bisschen mehr!«

Doch als ich das Bild zurück auf die Kommode stellte, musste ich plötzlich wieder an die Lederjacke denken, die in meinem Traum hier gelegen hatte. Eine abgenutzte violette Lederjacke mit einem schwarzen hinduistischen oder tibetanischen Symbol auf dem Rücken materialisierte sich auf gespenstische Art vor meinem geistigen Auge. Ich fröstelte. Diese Jacke hatte ich tatsächlich schon einmal irgendwo gesehen. Ich hatte sie in den Händen gehalten, und das war nicht in einem Traum gewesen. Ich hatte noch genau diesen leichten, aber unverwechselbaren Geruch in der Nase, der sich in mein Gedächtnis eingebrannt hatte – ein würziger, sehr spezieller Duft. Mein Herz zog sich zusammen, denn ich war mir plötzlich ganz sicher, dass es genau der Geruch war, der Joaquín anhaftete, als er am Abend nach Hause gekommen war.

Ich beugte mich vor, als ob ich nach dem imaginären Kleidungsstück greifen wollte, und konnte mich auf einmal genau an alles erinnern. Es war vor einem, vielleicht auch vor anderthalb Jahren gewesen, im Sommer oder im frühen Herbst. Ich hatte die Jacke im Flur an einem unserer Garderobenhaken entdeckt. Da wir kurz zuvor eine Party gefeiert hatten und viele Leute im Haus gewesen waren, ging ich davon aus, dass jemand die Jacke vergessen hatte. Auch Joaquín wusste nicht, wem die Lederjacke gehörte, und so nahmen wir uns vor, allen unseren Gästen eine Mail zu schicken. Ob wir das dann tatsächlich auch machten, weiß ich nicht mehr. Soweit ich mich erinnerte, kam jedenfalls nie jemand vorbei, um die Jacke abzuholen. Was mir jetzt, als ich darüber nachdachte, seltsam erschien. Es war mir vorher nicht aufgefallen, weil ich die ganze Sache im alltäglichen Chaos und angesichts unseres ständig wachsenden Mantelbergs schlichtweg vergessen hatte. War die Jacke vielleicht noch hier, irgendwo unter dem Wust von Mänteln, Jacken und Regencapes?

Wieder stieg ein beunruhigender Verdacht in mir auf. Vielleicht wurde ich allmählich verrückt, aber ich musste diesem Mysterium auf den Grund gehen, auch wenn ich dabei feststellen sollte, dass es dort unten gar nichts Mysteriöses gab. Sibila hatte mir gesagt, dass ich meiner Nase vertrauen sollte, und meine Nase konnte feststellen, ob dieser Lederjacke – die definitiv nicht meiner Phantasie entsprungen war – tatsächlich der Geruch anhaftete, den Joaquín beim abendlichen Duschen abzuwaschen versucht hatte, all die Zeit über, in der wir nicht mehr miteinander geschlafen hatten und er mir nicht mehr in die Augen sah oder höchstens auf verdächtig flüchtige Art.

Ich fühlte mich wie eine Katze auf der Jagd: konzentriert, in höchster Alarmbereitschaft, aufgeregt und schreckhaft. Ich nahm mein Handy, um es als Taschenlampe zu benutzen, und ging zur Schlafzimmertür. Nahezu lautlos drückte ich die Klinke herunter und lauschte in den Flur. Von unten her war Joaquíns Schnarchen zu hören, ein lautes schnarrendes Geräusch, das mich unzählige Nächte lang gequält hatte, sich nun jedoch als willkommenes Signal erwies, um auf Beutezug zu gehen. Leise schlich ich die Treppe hinunter bis zur Wohnzimmertür. Ich griff nach dem Türknauf und schloss sie geräuschlos. Das Schnarchen war weiterhin zu hören, nun etwas gedämpfter, doch in gleichbleibender Tonlage, was auf einen anhaltenden Tiefschlaf hinwies.

Jetzt konnte ich das Licht anmachen. Ich betätigte den Schalter und trat an die Garderobe, die unter all den übereinandergehängten Kleidungsstücken nicht mehr zu sehen war. Mit der Zeit hatte sich hier die vollständige Sammlung der Jacken und Mäntel eingefunden, die wir benutzt hatten, um uns vor dem Regen und der Kälte dieses Landes zu schützen, das meine sonnenliebende Mutter spitzfindig *Grey Britain* getauft hatte. Zuoberst hingen die Sachen, die wir in der letzten Zeit am häufigsten getragen hatten. Mein grau-blauer Anorak, mein langer Plüschmantel, den ich auf dem Weg zur Arbeit anzog, eine Art schwarzes Federbett mit Ärmeln für die kältesten Tage des Jahres, und die unzähligen Fleece- und atmungsaktiven Jacken, die Joaquín mit seinem Sinn fürs Praktische und den neuesten Erkenntnissen der Wissenschaft folgend trug. Zusammen mit ein paar Schals legte ich sie allesamt übers Treppengeländer. Den Rest warf ich einfach auf einen Haufen auf den Flurboden: Lederjacken und Mäntel, die eher für wärmere Tage geeignet waren, einige ausgeblichene, abgenutzte Teile, die niemand mehr anzog, und ein paar Trenchcoats. Am Ende stand ich vor dem nackten Skelett der schwarzen Metallgarderobe, an der nun nur noch ein dünner blauer Regenmantel hing.

Ich konnte es nicht glauben und wühlte in den Jacken am Boden und den Mänteln auf dem Geländer, um festzustellen, ob ich zwischen all den vertrauten Kleidungsstücken vielleicht etwas übersehen hatte, ob mir im Eifer des Gefechts die Beute durch die Finger gegangen war. Doch ich fand nichts. Die violette Lederjacke war verschwunden.

5

WAS IN MEINEM LEBEN PASSIERT

Am nächsten Morgen wachte ich mit Kopfschmerzen auf, die zusammen mit den wirren Erinnerungen an den vergangenen Tag in meinen Schläfen pochten: der verlorene Laptop in der überfüllten U-Bahn, der Ohnmachtsanfall im Büro, die Notaufnahme im Krankenhaus, die sprechende Katze am Fenster, die einstudierte Rede von Joaquín, sein seltsamer Geruch, der Albtraum, der mich auf die Dächer der Stadt geführt hatte, die gespenstische Jacke. Ich vergrub mich tiefer in meine Bettdecke und hätte mich am liebsten vor der Welt versteckt, doch ich konnte den Ansturm der Gefühle, der mich mit einem Mal erfasste, nicht abwehren. Zunächst überfiel mich die schmerzhafte Wut der betrogenen Frau, dann die Reue, meinen vernachlässigten Lebensgefährten eines Vergehens beschuldigt zu haben, das er nicht begangen hatte, und schließlich die Panik, ihn aus dem ein oder anderen Grund zu verlieren. All das in nur wenigen Sekunden. Was sollte ich nun tun? Versuchen, die Sache wieder hinzubiegen? Unsere Trennung akzeptieren? Joaquín vorwerfen, dass er mich betrog? Meine Koffer packen?

Oder vor allem anderen einen Termin bei einem Psychologen ausmachen?

Dabei hatte ich nicht einmal die Kraft, das Bett zu verlassen. Die Vorstellung, einen weiteren Tag wie den vergangenen vor mir zu haben, lähmte mich. Außerdem hatte ich die perfekte Entschuldigung: Grey hatte mir schließlich gesagt, ich solle mir ein paar Tage freinehmen, um mich auszuruhen, und das tat ich eben nun. Das Problem war nur, dass ich es überhaupt nicht gewohnt war, einfach im Bett zu bleiben. Abgesehen von meiner Angst, der Wut und der Verwirrung hatte ich nun auch noch ein schlechtes Gewissen, weil ich nichts Produktives tat, auch wenn ich gar nicht so genau wusste, was das hätte sein sollen. Hin und wieder sah ich auf die Zeitanzeige des Weckers und verspürte ein diffuses Unbehagen, das immer stärker wurde. 10.25 Uhr. 10.43 Uhr. 11.06 Uhr. Es war Jahre her, dass ich einmal so lange im Bett gelegen hatte. Ich stellte mir vor, wie die Leute in der Agentur mit besorgten Gesichtern über mich sprachen.

Dann fiel mir wieder ein, dass ich Grey versprochen hatte, beim Fundbüro der Londoner Verkehrsbetriebe nachzufragen, ob mein Laptop abgegeben worden war. Die Möglichkeit erschien mir verschwindend gering, aber ich musste es versuchen. Das war es, was mich schließlich dazu brachte, aufzustehen. Das und das dringende Bedürfnis, einen Kaffee zu trinken. Langsam ging ich die Treppe hinunter, mit der einen Hand hielt ich meinen schmerzenden Kopf, mit der anderen fasste ich nach dem Geländer. Und in der Tasche meines Morgenmantels befand sich die Packung mit den Tabletten, die die Ärztin mir verschrieben hatte.

Als ich in die Küche trat, sah ich, dass Sibila vor dem Fenster saß und auf mich wartete. Aber mir war nicht nach einem Gespräch mit der Katze zumute, jedenfalls nicht vor dem ersten Kaffee. Ich bemühte mich, sie zu ignorieren, während ich die Espressomaschine mit Wasser und Kaffeepulver füllte. Ich beachtete sie auch nicht, als ich das Gas andrehte, die Espressomaschine auf den Herd stellte und in der ganzen Küche nach einer sauberen Tasse fahndete. Die Katze verharrte reglos vor dem Fenster, und obwohl sie diesmal weder etwas sagte noch ans Fenster klopfte, war es unmöglich, so zu tun, als wäre sie nicht da. Als ich schließlich direkt vor ihrer Nase eine Tasse spülte, kam mir mein Verhalten auf einmal selbst lächerlich vor.

»Also gut, komm schon rein«, seufzte ich, nachdem ich das Fenster über der Spüle geöffnet hatte.

»Eigentlich hatte ich vor, dich nach draußen zu bitten«, entgegnete sie, wobei sie mit dem Kopf in Richtung Garten wies.

»Nein, nein, das geht nicht.« Ich schüttelte den Kopf. »Schau mich doch an, ich bin noch gar nicht angezogen.«

»Na und?«

»Na ja, es ist kalt, und außerdem will ich nicht, dass die Nachbarn …«

Ich dachte an Mr. Shaw, einen ehemaligen Architekten, der nebenan wohnte und sich nun mit Leib und Seele der Pflege seines Gartens widmete. Das Letzte, was ich wollte, war, dass er mich in diesem völlig desolaten Zustand sah, noch dazu im Gespräch mit einer Katze.

»Ihr Menschen seid so *furchtbar* umständlich!«, meinte die Katze seufzend, bevor sie von der Fensterbank sprang und meinen Blicken entschwand.

Allerdings konnte ich ihre Stimme noch hören, die mich erneut aufforderte, das Haus zu verlassen: »Komm schon, Sara, ein bisschen frische Luft wird dir guttun. Ich warte auf dich.«

Auch wenn es mich nervte, dass ich von einer Katze dazu gedrängt wurde, musste ich ihr recht geben. Die Kälte, die durch das Fenster hereinkam, tat irgendwie gut. Statt es wieder zu schließen, lehnte ich mich über die Spüle, um die frische Luft besser einatmen zu können, während der Kaffee auf dem Herd brodelte. Als er fertig war, füllte ich meine Tasse, drückte eine der kleinen weißen Tabletten aus der Folie und spülte sie mit einem Schluck Kaffee hinunter. Mal sehen, ob es etwas bringen würde. Dann griff ich nach einer angebrochenen Kekspackung, zog kurz entschlossen meinen Plüschmantel über, schlüpfte in meine warmen Stiefel und ging durch die Hintertür nach draußen. In der Stille dieses Freitagmorgens, eines normalen Arbeitstages, hallte das Geräusch meiner Absätze auf den

Metallstufen der Treppe überlaut durch die angrenzenden Gärten.

»Und was bekomme ich?«, fragte Sibila, die am Fußende der Treppe wartete.

»Tut mir leid, ich hab dir gestern den letzten Rest der Milch gegeben. Diese Kekse sind alles, was ich habe.«

»Hmm«, machte sie und musterte skeptisch die Packung in meiner Hand.

»Ich werde gleich Milch holen gehen, ich muss sowieso einkaufen.«

Ich setzte mich auf die vorletzte Treppenstufe und hielt die dampfende Tasse in beiden Händen. Es war lange her, dass ich hier gesessen hatte, obwohl es immer einer meiner Lieblingsplätze gewesen war. Ich machte ein paar tiefe Atemzüge und spürte, wie mein Kopf etwas klarer wurde und sogar die Kopfschmerzen nachließen.

Ich blickte in unseren kleinen Garten, der einmal ein hübscher gepflegter Garten gewesen war, der problemlos mit dem von Mr. Shaw mithalten konnte. Mittlerweile hatte er sich in einen Urwald verwandelt. Von Veilchen und Hortensien war nichts mehr zu sehen. Alles war von Gras und Unkraut überwuchert, und das Beet, wo früher die Rosen blühten, war zu einer Stolperfalle aus langen dornigen Zweigen geworden. Das hatte nichts mehr mit dem schönen, heiteren Ort zu tun, an dem wir in den ersten Jahren mit unseren Freunden Picknicks und Barbecues veranstaltet und im Sommer bis weit in den Abend zusammengesessen hatten.

Sibila kam zu mir und legte ihren kleinen Kopf auf meinen Schoß.

»Und? Wie läuft's mit der Jagd?«

Ihre Frage überraschte mich. Im Geiste sah ich die Bilder meines nächtlichen Traumspaziergangs über die Dächer der Stadt, und einen Moment lang verstieg ich mich zu der Vorstellung, dass er tatsächlich stattgefunden hatte. Oder dass ich irgendwie in Sibilas Träume hineingeraten war oder sie in meine.

»Was meinst du damit?«, fragte ich sie leicht verwirrt. Doch Sibila sah mich von meinem Schoß her nur unschuldig an.

»Hast du auf meinen Rat gehört und deiner Nase vertraut?«

»Ach ... das. Ja, ich denke schon«, entgegnete ich und atmete das Aroma des Kaffees ein. »Tja. Ich weiß nicht. Ich habe es zumindest versucht, aber ehrlich gesagt hat es nicht zu einem guten Ergebnis geführt.«

»Aha«, meinte Sibila nur, stieg die letzten beiden Stufen hinab und lief ein paar Schritte über die Steinplatten bis dorthin, wo der Garten anfing.

Doch anstatt im hohen Gras zu verschwinden, blieb sie direkt davor stehen und blickte auf die wild wuchernden Pflanzen, während ich langsam meinen etwas zu bitteren Kaffee trank und versuchte, die ebenso bitteren Erinnerungen an mein Gespräch mit Joaquín zu verdauen. Die Katze setzte sich hin und begann dann wieder mit ihrer samtigen Stimme zu sprechen.

»Manchmal führt deine Nase dich zu etwas hin, was du lieber nicht entdeckt hättest.«

Ich versuchte mir vorzustellen, auf welche unangenehme Überraschung wohl eine Katze stoßen konnte, wenn sie im Müll herumschnüffelte, in den dunklen Gassen der Stadt oder zwischen den Sträuchern und dem Unkraut eines verlassenen Gartens. Das Erste, was mir in den Sinn kam, war der Gedanke an einen toten Vogel, zwischen dessen trockenen, verkrümmten Federn sich bereits die Maden labten. Ich wandte mich um und blickte an unserem rötlichen Backsteinhaus hinauf. War unsere Liebe tot? Haftete ihr schon der Geruch der Verwesung an? Und wenn ja, seit wann? Mühsam versuchte ich, mich daran zu erinnern, wann unsere Liebe zuletzt mit voller Sicherheit noch lebendig gewesen war, *richtig* lebendig.

Die Reise nach Italien vor anderthalb Jahren kam mir in den Sinn, während der wir das Foto gemacht hatten, das nun auf der Kommode im Schlafzimmer stand. Joaquín und ich hatten immer Probleme, uns auf ein Urlaubsziel zu einigen, denn ich liebte die Natur, während er sich oft von ihr erdrückt fühlte. Für mich hatte zu verreisen immer bedeutet, mit meinen Freundinnen irgendwo auf einem Berg zu zelten oder mit dem Wohnmobil meiner Eltern zu den abgelegensten Ecken am Meer oder im Gebirge vorzudringen. Joaquín dagegen fühlte sich in der Stadt am wohlsten. Am Strand störten ihn die Hitze, die Sonnencreme und der Sand, und auch im Wasser fühlte er sich nicht in seinem Element. Er hasste es, stundenlang unter einem Sonnenschirm zu liegen. Im Gebirge war es ähnlich. Er bekam Heuschnupfen, fühlte sich von den Insekten belästigt, und Wanderungen, die länger als eine halbe Stunde dauerten, waren ihm zu anstrengend. Das Einzige, was ihn am Gebirge faszinierte, war seine Bergausrüstung. Was die atmungsaktiven, wasserabweisenden und schweißaufsaugenden Fähigkeiten seiner Funktionskleidung anging, war er ein absoluter Experte.

Am Ende gab ich mich geschlagen. Ich passte mich seiner Vorliebe für Museen und Architektur an und verbrachte Stunden damit, von in malerischen Ecken gelegenen Terrassen aus die urbane Fauna zu betrachten. In den letzten fünfzehn Jahren hatten wir auf diese Weise die bedeutendsten europäischen und einige amerikanische Städte kennengelernt: Paris, Lissabon, Berlin, Wien, Istanbul, Sankt Petersburg, Stockholm, Prag, Buenos Aires, New York, Rio de Janeiro … Aber in Italien hatte es uns beiden am besten gefallen. Und jene letzte Reise war eine der schönsten, obwohl es damals schon zwischen uns nicht mehr so gut lief. Joaquín war gerade zum *project manager* ernannt worden und war extrem gestresst. In Rom vergaßen wir alles, als wir, jeder mit einem *gelato* in der Hand und umgeben von den antiken Ruinen des Forum Romanum, über die gerade herrschende Krise philosophierten, angesichts des beeindruckenden Petersdoms über die Macht der Religion debattierten und staunend die unendliche Schönheit dieser Stadt in uns aufsogen, die ein einziges großes Museum zu sein schien. In

Venedig machten wir uns einen Spaß daraus, vor den Massen zu fliehen und zwischen Brücken, Kanälen und Sottoportegos versteckte Winkel und kleine Plätze zu finden, die scheinbar nur für uns existierten. In Florenz betrachteten wir vom Ponte Vecchio aus den Sonnenuntergang, und danach stießen wir auf einer Terrasse an der antiken Stadtmauer auf das Wohl von Galileo, da Vinci und Michelangelo an und betranken uns mit dem Chianti, der uns in riesigen Weingläsern aus feinstem Kristall serviert wurde. Und in Verona sahen wir uns in der alten Arena eine Aufführung von *Aida* an, die mit Palmen und echten Elefanten aufwartete, auch wenn man von unseren Plätzen aus die Sänger kaum hören konnte und die Dickhäuter die Größe von Ameisen hatten. Das Beste war, als gegen Ende des zweiten Akts ein derartiges Sommergewitter über die Arena niederging, dass wir uns alle in unsere Hotels flüchteten, was in unserem Fall wesentlich unterhaltsamer war als die ganze Oper – nachdem wir uns die nassen Kleider vom Leib gezogen hatten, im Bett herumtollten und übermütig improvisierte Arien schmetterten.

Am folgenden Tag war das kitschig-romantische Foto an der Romeo-und-Julia-Gedenkstätte entstanden. Dieses Bild auf der Kommode war nun das Einzige, was von jenen glücklichen Tagen geblieben war. In der letzten Nacht hatte ich es nach langer Zeit einmal wieder in die Hand genommen, aber davor hatte ich es monatelang nicht beachtet. Irgendwie war es zu einem weiteren Einrichtungsgegenstand geworden, der einem kaum noch auffiel, und jetzt erfüllte mich der Gedanke an diese Tage mit einer schmerzlichen Sehnsucht.

»Ich weiß nicht, was ich davon halten soll, Sibila«, sagte ich schließlich und durchbrach damit die Stille. »Aber ich habe tatsächlich etwas gefunden, was ich lieber nicht gefunden hätte ... Ich habe im wahrsten Sinne des Wortes gerochen, dass da was faul ist. In meiner Beziehung mit Joaquín, meine ich.«

Sibila wandte den Kopf und sah mich an, stellte ihre großen Ohren auf und wartete, dass ich fortfuhr. Ich trank noch einen Schluck Kaffee.

»Wenn ich ehrlich bin, hatte ich schon gemerkt, dass es nicht mehr so gut läuft zwischen uns, schon seit einer ganzen Weile. Ich habe mehrfach versucht, mit ihm darüber zu reden. Aber Joaquín ist so verschlossen ... Ich dachte, es liegt nur am Stress, am Zeitmangel und an seinen nicht vorhandenen Kommunikationsfähigkeiten, was weiß ich – und ohne dass ich es bemerkt habe, ist die Zeit vergangen, und nun sind es dummerweise schon fast zwei Jahre, dass wir unsere Probleme haben, und wir haben nichts dagegen unternommen. Und jetzt auf einmal, als ich ihm gesagt habe, dass wir reden müssen, hat er gemeint ...«

Sibila neigte leicht den Kopf zur Seite, als sie meine Tränen sah. Ich riss mich zusammen und wischte mir mit dem Ärmel meines Plüschmantels über die Augen.

»... dass er mich verlassen will. Ich weiß nicht, keine Ahnung, er sagt, dass es nur eine Trennung auf Zeit sein soll. Aber irgendwie stinkt die ganze Sache zum Himmel. Ich glaube, dass da noch etwas ist. Etwas sehr Übelriechendes, wenn du mich fragst. Aber er lässt die Katze nicht aus dem Sack ... entschuldige den Ausdruck, bitte ... ist nur so eine Redensart, jedenfalls habe ich das Gefühl, dass er mir nicht die Wahrheit sagt.«

Sibila richtete sich kerzengerade auf.

»Ja«, meinte sie, »ihr Menschen habt manchmal eine sehr spezielle Art, euch auszudrücken. Vielleicht lässt er eher den Menschen nicht aus dem Sack ...«

»Der höchstwahrscheinlich weiblich ist«, fügte ich bitter hinzu und hielt die Kaffeetasse fest umklammert, obwohl ich große Lust hatte, sie mitsamt des restlichen Kaffees in den Garten zu schleudern. Sibila schien dies zu ahnen, denn sie trat aus meiner Schusslinie, um sich gleich darauf wieder niederzulassen.

Nach einer Weile stellte ich die Tasse mit dem inzwischen kalt gewordenen Kaffee auf der Treppe ab, stand auf und ging ein paar Schritte, bis meine Stiefel im hohen Gras verschwanden. Ein paar feuchte Halme streiften meine nackten Waden.

»Ich verstehe nichts mehr Sibila. Ich habe keine Ahnung, was ich machen soll. Vielleicht bilde ich mir das alles ja auch nur ein, so wie ich mir einbilde, dass eine Katze mit mir spricht. Aber wenn Joaquín keine andere hat, macht das Ganze irgendwie keinen Sinn. Es erscheint mir seltsam, dass Joaquín unsere Beziehung einfach so aufgeben will. Das kann ich nicht glauben. Wenn er das wirklich für das Beste hält, irrt er sich. Vielleicht ist er genauso verwirrt wie ich, und in diesem Fall würde er den Fehler seines Lebens machen, einen Fehler, der ihm im Nachhinein sehr leidtun wird. Und dann ist es zu spät, denn wenn wir jetzt Schluss machen, dann heißt das für immer, dann gibt es für mich kein Zurück. So bin ich, Sibila. Wenn ich einmal eine Entscheidung getroffen habe, lasse ich mich nicht mehr umstimmen.«

So ging es noch eine Weile weiter: ich mitten im Garten, mit meinem Nachthemd, einem Mantel und Stiefeln bekleidet, vor mich hin redend, in Gesellschaft einer Katze, die es entweder gab oder auch nicht gab. Fest stand jedenfalls, dass die Katze wohl nichts von dem verstand, was ich sagte, weil ich es nicht einmal selbst verstehen konnte.

»Wie viele Gedanken ihr Menschen euch immer macht«, meinte Sibila schließlich, wobei sie sich umdrehte und wieder auf die Treppe zusteuerte.

Ich blickte ihr hinterher.

»Na ja, das ist es doch wohl, was wir am besten können, oder? Denken.«

»Nun … Das ist *eure* Meinung.« Sie verharrte mit einer Pfote auf der untersten Stufe. »Wir Tiere sind davon nicht so überzeugt.«

»Und warum, wenn die Frage erlaubt ist?«

Sibilas überheblicher Ton begann mir ein wenig auf die Nerven zu gehen. Sie erinnerte mich an Joaquín in seinen schlimmsten Momenten.

»Ihr habt zugegebenermaßen ein tolles Gehirn, das zu äußerst anspruchsvollen Einfällen und Berechnungen in der Lage ist. Tatsache ist aber auch, dass die meisten von euch es nicht zu benutzen wissen. Ihr grübelt ohne Ende über längst vergangene Dinge, brütet über die Zukunft und stellt euch vor, was geschehen könnte oder nicht, und das alles völlig ohne Hand und Fuß.«

Während sie ihren Vortrag hielt, kletterte Sibila scheinbar unentschlossen und ziellos die Stufen hinauf und hinunter, drehte sich dabei um sich selbst und sprang anschließend hin und her, als wolle sie damit die Denkweise der Menschen bildlich darstellen. Dann plötzlich schien etwas sie zu erschrecken, und ihr Fell sträubte sich kurz.

»Ihr fürchtet euch vor eingebildeten Dingen. Hofft auf etwas, was nur in eurer Phantasie existiert. Lebt in einer Welt der Lügen und Märchen und macht euch gegenseitig ständig etwas vor.«

Sie steckte den Kopf zwischen den Stangen des Treppengeländers hindurch.

»Und bei all den Grübeleien kommt ihr irgendwann an einen Punkt, an dem ihr euren Gedanken nicht mehr entfliehen könnt. Sie schließen euch ein wie ein Käfig, sie sind euer Gefängnis. Und ihr glaubt, dass ihr darin die Wahrheiten, die Lösungen und den Sinn des Lebens findet.«

Sie zog den Kopf zurück, stolzierte die Treppe herunter und trat auf die Steinplatten.

»Aber das, was ihr wirklich sucht, könnt ihr dort nicht finden. Denn am Ende gibt es nur eines, was du wissen musst, Sara: Wenn du isst, dann solltest du nur das tun: essen. Und wenn du läufst, dann lauf. Nichts weiter.«

Während sie das sagte, ging sie Schritt für Schritt voran und unterstrich jedes Wort mit einer Bewegung ihrer Pfoten.

»Denn sonst werden deine Gedanken dich immer wieder zum Stolpern bringen oder das Leben wird unbemerkt an dir vorbeiziehen. Oder – und das ist der schlimmste Fall – du lebst ein Leben, das gar nicht deines ist.«

Sie schnupperte am Boden, als hätte sie die Fährte eines Tieres aufgenommen.

»Vertraue nicht allzu sehr auf deine Gedanken. Vertraue lieber darauf, was deine Nase dir sagt. Und auf das, was du siehst, hörst und spürst. Folge deiner Intuition. Ich weiß, dass das für euch Menschen nicht leicht zu verstehen ist, weil eure maßlosen Gedanken immer alles durcheinanderbringen.«

Dieser besserwisserische Katzen-Sermon ging mir immer mehr auf die Nerven, zumal ich nicht wirklich verstand, worauf sie hinauswollte. Aber zumindest was die geistige Verwirrung anging, musste ich ihr recht geben.

»Ich weiß«, sagte ich. »Mein Kopf ist völlig durcheinander. So sehr, dass man mir empfohlen hat, zu einem Psychologen zu gehen.«

»Und glaubst du, dass ein Psychologe klarer im Kopf ist als du?« Sibila blickte auf. »Ich habe einige von ihnen kennengelernt, denen weder du noch ich über den Weg trauen würden.«

»Aber, Sibila, was soll ich deiner Meinung nach denn tun? Ich muss doch versuchen zu verstehen, was in meinem Leben vorgeht!«

»Genau darum geht es ja«, meinte die Katze mit einem leicht maliziösen Ton in der Stimme.

»Also – was ist los? Wirst du es mir sagen?«

»Vielleicht.«

Was auch immer Sibila damit andeutete, es gefiel mir ganz und gar nicht.

»Du weißt also, was in meinem Leben gerade passiert?«

Sibila tigerte direkt auf mich zu.

»Ja, genau. Ich weiß es besser als du.«

Ich spürte, dass mein Herz schneller schlug, als ich wieder an die Möglichkeit dachte, dass Sibila Joaquín beobachtet hatte, vielleicht mit …

»Was weißt du?«

»Was gerade passiert. Etwas, wovon du nicht die geringste Ahnung hast, Sara.«

Sie kam weiter auf mich zu und bewegte sich geschmeidig wie eine Wildkatze durch das hohe Gras. Ich wurde blass und trat einen Schritt zurück. Würde mir Sibila jetzt, in diesem Moment, alles verraten? Würde sie mir haarklein erzählen, was Joaquín vor mir verborgen und sie, eine einfache Straßenkatze, durch das Fenster unseres Hauses beobachtet hatte?

»Was passiert gerade in meinem Leben? Was?«, fragte ich mit einem schrecklichen Vorgefühl, berauscht von der krankhaften Neugier, die die Menschen dazu bringt, nach Verkehrsunfällen ihre Sensationslust gaffend zu befriedigen.

Sibilas Blick bohrte sich in meinen, und sie ging in Angriffshaltung, in geduckter Stellung, dicht über dem Boden, die Vorderpfoten bereit zum Sprung, während ihr Schwanz in schlängelnden Bewegungen das Gras peitschte.

»Willst du es wirklich wissen?«, maunzte sie frech.

Dieses Tier machte mich wirklich verrückt.

»Nun sag es schon, du blöde Katze!«, schrie ich sie an und beugte mich angriffslustig ein Stück nach vorn.

An das, was dann geschah, erinnere ich mich nur noch wie in Zeitlupe. Sibila zeigte ihre Fangzähne, ihre grünen Augen weiteten sich wie auflodernde Flammen, dann kniff sie sie zusammen, und ihre Worte hallten wie ein drohendes Fauchen in meinem Kopf wider:

»*Das* ist es, was gerade passiert.«

Ihre kräftigen Muskeln spannten sich, und sie sprang mit einem Satz an mir hoch. Ich spürte ihre Schnurrhaare an meiner rechten Wange, die Krallen ihrer Vorderpfoten an meinem Hals und meiner Schulter, während sie die Hinterpfoten in den dicken Stoff meines Mantels schlug und den Körper gegen meine Brust drückte. Ich schnappte nach Luft, völlig überrumpelt durch diese plötzliche Attacke, doch bevor ich noch reagieren konnte, bohrte Sibila ihren kleinen harten Kopf in das Futter meines Mantels, um dann ganz darunter zu verschwinden, und mit einem Mal spürte ich ihre Krallen überall, auf meinem

Rücken, an den Hüften, während sie sich mit unerwarteter Geschwindigkeit unter dem Stoff fortbewegte. Ich stieß einen wilden Schrei aus, sprang von einem Fuß auf den anderen und drehte mich wie ein Kreisel, um sie abzuschütteln, während die Katze wie ein Derwisch über meinen Körper raste. Ich verlor einen Stiefel, der irgendwo im Gras landete, stolperte über einen Busch, spürte Dornen und Äste, die meine Haut zerkratzten, rollte mich im Gras umher und prallte schließlich gegen eine Holzwand, die diesem verrückten Kampf ein Ende setzte. Japsend und lachend blieb ich im Gras liegen und hatte für einen Moment völlig die Orientierung verloren, bis ich bemerkte, dass ich mich neben dem Schuppen befand, in dem wir die Gartenwerkzeuge aufbewahrten. Ich lag auf dem Rücken zwischen den Gräsern, blickte in den grauen Himmel und spürte am ganzen Körper die Kratzer, die Sibila auf meiner Haut hinterlassen hatte. Mantel und Nachthemd waren hochgerutscht, es juckte und brannte, und die Grashalme kitzelten meine nackten Beine, die allmählich kalt wurden. Eine ganze Weile lag ich so da und versuchte, wieder zu Atem zu kommen und mich von dem Schreck zu erholen, fühlte mich dabei aber gleichzeitig ausgesprochen frisch und munter. Und das lag nicht an dem Kaffee, den ich getrunken hatte.

»*Excuse me*«, hörte ich da eine Stimme rufen. »*Do you need any help?*«

Das hatte gerade noch gefehlt! Es war mein Nachbar, Mr. Shaw.

Hastig stand ich auf und versuchte mich mit meinem Mantel zu bedecken, so gut es ging.

»*No, no, I'm okay, thank you*«, versicherte ich und zog meinen Stiefel wieder an.

Über dem Zaun schwebte der große kahle Kopf des pensionierten Architekten. Sein Gesicht wurde womöglich noch röter als sonst, als er mich in diesem derangierten Zustand sah. Er entschuldigte sich verlegen, während ich zu erklären versuchte, dass eine Katze mich angegriffen hatte, dass nun aber alles vorbei war und es mir gut ging. Und es ging mir ja auch gut – abgesehen von einem Kratzer, der ein wenig blutete.

Ich blickte mich um und sah, dass Sibila sich wieder auf der vorletzten Stufe der Metalltreppe niedergelassen hatte, gleich neben der Kaffeetasse. Sie leckte sich hingebungsvoll und mit dem Ausdruck größtmöglicher Unschuld ihre Pfote. Ich wartete, bis Mr. Shaw wieder ins Haus gegangen war, und fragte dann leise: »Was, zum Teufel, war *das*?«

»Das …«, erklärte Sibila streng und setzte mit einer gewissen Autorität ihre Pfote wieder auf, »tut nichts mehr zur Sache. Es ist ja vorbei. Aber *das* hier …«

Drohend funkelte sie mich an und kauerte sich zu einem neuen Sprung zusammen, während ich im Bruchteil einer Sekunde reagierte und ein paar Schritte zurückwich. Sibila richtete sich wieder auf, als wäre nichts gewesen.

»Also, *das* ist es, was in deinem Leben *passiert*. Und nicht all die Gedanken, mit denen du dir das Hirn zermarterst. Oder besser: Das passiert, *während* du dir das Hirn zermarterst. Sieh dich um, Sara. Beobachte. Rieche. Lausche. Jeder Moment ist der Beginn eines neuen Lebens, so neu wie am Anbeginn der Zeit.«

»Wie?« Ihre Worte verwirrten mich nur noch mehr.

»Aaah …«, meinte Sibila lauernd. »Hast du es immer noch nicht kapiert? Brauchst du noch eine Demonstration?«

»Nein, nein! Es reicht!«, rief ich, während ich hastig die Treppe hinauflief, ohne die Katze aus den Augen zu lassen, den Mantel fest um mich gewickelt.

Als ich die Tür von innen zumachte, sah ich, dass meine Kaffeetasse immer noch auf der vorletzten Treppenstufe stand. Ich hielt es für das Beste, sie vorerst dort zu lassen.

6

VERLORENE DINGE

Das Fundbüro der Londoner Verkehrsbetriebe befand sich in einem viktorianischen Gebäude an der U-Bahn-Haltestelle Baker Street, einer der Stationen, die bereits seit der Eröffnung der ersten U-Bahn-Linie im Jahr 1863 existierten. Seit gut anderthalb Jahrhunderten wurden in diesem Fundbüro also die Dinge aufbewahrt, sortiert und manchmal ihren Besitzern zurückgegeben, wenn diese sie in der U-Bahn, den Bussen, an den Haltestellen oder sogar in einem der berühmten schwarzen Londoner Taxis vergessen oder verloren hatten.

Ich war noch nie an diesem Ort gewesen. Zwar war es nicht das erste Mal, dass ich etwas in der U-Bahn verloren hatte – ich war immer ziemlich zerstreut und ließ regelmäßig meine Schals oder Sonnenbrillen irgendwo liegen –, aber noch nie war etwas derart Wertvolles darunter gewesen. Als ich eintrat, tröstete ich mich mit dem Gedanken, dass möglicherweise auch Leute wie Oscar Wilde oder Emmeline Pankhurst einmal hergekommen waren, um ihre verlegten Handschuhe abzuholen.

Ich betrat einen frisch renovierten Raum, der absolut nicht viktorianisch war, in dem einige Plastikstühle standen und hinter einem Tresen ein paar Angestellte der Londoner Verkehrsbetriebe mit identischen blauen Hemden saßen. Etwa ein Dutzend Leute füllten irgendwelche Formulare aus, standen an oder saßen auf den Stühlen und warteten darauf, aufgerufen zu werden. Beinah alle von ihnen schienen Touristen zu sein. Eine der Angestellten mit afrokaribischem Aussehen gab mir ein langes Formular zum Ausfüllen. Ich brauchte eine Weile, um mich an all die Einzelheiten am Tag des Verlusts zu erinnern: Jubilee Line, Bond Street Station, 9.00 Uhr morgens, 5. Februar, schwarze Nylontasche, keine Ahnung von welcher Marke, Maße: etwa 20 x 15 Zoll, darin ein MacBook Pro in Silber, ein weißes Ladegerät, eine Mappe mit dem Logo von *Netscience* voller ausgedruckter Seiten mit Informationen über den neuen Marktauftritt von *Royal Petroleum*, Kugelschreiber, ein Päckchen Taschentücher, halb voll, eine Packung Paracetamol, ein Lippenstift, Kopfhörer, ein paar Münzen ...

Eine Viertelstunde, nachdem ich das ausgefüllte Formular abgegeben hatte, saß ich vor einem der Angestellten im blauen Hemd, der versuchte, meinen spanischen Namen, den er auf dem Formular las, möglichst richtig auszusprechen: »*Sara ... Lei-oun?*«

»León. Ja, das bin ich.«

»*Hello, Sara ...* dann wollen wir mal sehen, ob wir Ihren Laptop finden«, sagte Simon – das jedenfalls stand auf dem Namensschild an seinem Hemd – mit auffälligem East-End-Akzent.

Simon, ein großer, dünner Mann um die sechzig, arbeitete wahrscheinlich schon sein Leben lang in diesem Fundbüro, und die abgewetzten Jeans, die er zu seinem blauen Diensthemd trug, hatten ihn, wie es aussah, die meiste Zeit davon begleitet. Er blickte über seine runde Brille, während er mit mir eine beeindruckende Besichtigungstour durch das riesige Lager machte, zwischen schier endlosen Reihen an Regalen voller verwaister Dinge hindurch.

»Unglaublich, was?«, meinte er, als er meine interessierten Blicke bemerkte. »Schätzen Sie mal, wie viele verlorene Gegenstände pro Tag bei uns abgegeben werden?«

»Ich habe keine Ahnung. Fünfzig? Hundert?«, entgegnete ich ratlos.

Simon schüttelte den Kopf und lachte vergnügt.

»Etwa tausend am Tag, das sind um die dreihundertfünfzigtausend im Jahr.«

Simon blieb kurz stehen und weidete sich an meinem verblüfften Gesicht. »Tja, da staunen Sie, was? Das hier ist eine Art Museum der verlorenen Dinge. Schauen Sie mal! Sehen Sie diesen Bereich? Mehr Regenschirme als im Kaufhaus. Es ist unglaublich, und die meisten Leute kommen gar nicht erst her und fragen danach, obwohl durchaus teure Designerschirme dabei sind. Jeden Monat geben wir Hunderte davon an die *Charity Shops*. Die teuren werden hin und wieder versteigert. Alles von Wert, was nicht abgeholt wird, wird versteigert. Den Erlös geben wir dann an verschiedene Wohltätigkeitsorganisationen.«

»Da sind dann wohl auch die Laptops dabei«, sagte ich einigermaßen beschämt.

»Das braucht Ihnen nicht peinlich zu sein, junge Dame, Sie sind nicht die Einzige, der so etwas passiert. Beinah jede Woche wird uns so ein Computer gebracht. Das ist eben der Nachteil an der neuen kompakten Technologie. Man nimmt die Geräte überallhin mit, was natürlich auch die Gefahr birgt, dass man sie irgendwo liegen lässt.«

»Und glauben Sie, dass ...?«

»Dass eine Chance besteht, ein solches Gerät zurückzubekommen? Na ja, es würde Sie überraschen, was wir hier schon alles erlebt haben. Natürlich kommen viele Menschen her und fragen nach Dingen, die leider niemals im Fundbüro abgegeben wurden – das betrifft natürlich vor allem die wertvollen Sachen. Aber es gibt mehr ehrliche Leute auf der Welt, als man denkt, auch in einer Stadt wie London.«

»Glauben Sie wirklich?« Seltsamerweise kamen mir bei seinen Worten Joaquíns Ehrlichkeit in den Sinn und die mysteriöse Lederjacke, die ich nicht mehr gefunden hatte. Gerade passierten wir einer lange Reihe aufgehängter Jacken, und ich konnte mir nicht verkneifen, einen kurzen Blick darauf zu werfen.

»Aber ja!«, entgegnete Simon. »Immer wieder kommen Leute zu uns, die Brieftaschen voller Geld abgeben. Jede Woche erhalten wir lose Geldscheine, die gefunden wurden, können Sie sich das vorstellen? Und vor ein paar Jahren war mal eine ältere Dame hier, die eine Sporttasche mit zehntausend Pfund darin mitbrachte. Ungelogen! Aber es gibt noch unglaublichere Dinge. Schauen Sie mal dort drüben. Sehen Sie das? Krücken, sogar Rollstühle! Offenbar gibt es Leute, die gehbehindert in die U-Bahn ein- und geheilt wieder aussteigen. Ja, ja, in den Londoner Verkehrsbetrieben geschehen wahre Wunder!«

Simon lachte über seinen eigenen Witz, den er wahrscheinlich jeden Tag jemandem erzählte. Wir kamen an weiteren Regalen vorbei: Taschen und Rucksäcke, Kinderwagen, Spielzeug, Fußbälle, Flaschen mit alkoholischen Getränken, Tabakpäckchen aus dem Duty-Free-Shop, und jedes einzelne Objekt war sorgfältig etikettiert und eingeordnet worden. Das Ganze wirkte wie eine abgespeckte Version des Warenangebots bei *Harrod's*, war jedoch sehr viel faszinierender, da jedes Teil hier eine Geschichte erzählte – von seinem ehemaligen Besitzer und dem mehr oder weniger schmerzhaften Moment des Verlusts. Schließlich zeigte mir Simon den Bereich mit den kuriosesten Gegenständen, die die Verwalter dieses ungewöhnlichen Lagers wie Schätze hüteten: einen ausgestopften Fuchs, Voodoo-Masken, eine über einen Meter große Micky Maus, Gebisse, erotisches Spielzeug – »Mal sehen, ob jemand den Mut aufbringt, danach zu fragen«, scherzte Simon – und sogar die Urne eines Verstorbenen mit der Asche darin.

Wirklich ein erstaunlicher Ort. Wie hatte Sibila gesagt? Dass wir Menschen wegen all unserer Gedankenspiralen derart verwirrt waren, dass wir oft gar nicht mehr mitbekamen, was wirklich geschah. Dass wir ständig an die Vergangenheit oder die Zukunft dachten, über verpasste Gelegenheiten sinnierten und das, was vielleicht passieren würde – mögliche Gefahren, Hoffnungen, Träume oder Albträume –, und uns im Vorhinein Sorgen machten oder die Dinge im Nachhinein auswerteten. Und so verging das Leben, ohne dass wir es bemerkten, weil wir ständig nur mit unseren Gedanken beschäftigt waren. Ohne wahrzunehmen, was eigentlich passierte. Diese riesige Lagerhalle, die sich alle drei Monate mit den vielen vergessenen Dingen bis unter das Dach füllte, war der beste Beweis. Ich wischte eine Spinnwebe weg, die an meinem Hals hängen geblieben war, und dachte, dass es genau das war, was Sibila mir bewusst machen wollte. Sie versuchte mich aus meinen ständigen Grübeleien zu reißen. Aber war sich Sibila denn nicht im Klaren darüber, dass ich gute Gründe hatte, zu grübeln? Immerhin …

»*Excuse me, Sara?*« Simon sah mich über seine Brille hinweg an.

Es war schon wieder passiert. In Gedanken versunken, war mir gar nicht aufgefallen, dass wir vor dem Regal mit den elektronischen Geräten angelangt waren: Mobiltelefone jeder Generation, unzählige Gameboys und Videospielkonsolen, ein paar nicht zu definierende technische Geräte und einige Laptops, mit und ohne dazugehörender Tasche.

Und tatsächlich war meine Computertasche darunter. Ich konnte es kaum fassen! Zwar ähnelte sie einigen anderen schwarzen Taschen, aber ich erkannte sie sofort an den Außentaschen und Reißverschlüssen, an den kleinen Macken, Beulen und dezenten Flecken. Kein Zweifel: Das war meine Computertasche.

»Welch herzergreifendes Wiedersehen!«, scherzte Simon beim Anblick meiner freudigen Überraschung. Dann überprüfte er gewissenhaft, ob die Einzelheiten, die ich in dem Formular aufgeführt hatte, übereinstimmten. Er öffnete den Reißverschluss und zeigte mir mein Macbook und die Unterlagen.

»Ja, ja, das ist mein Computer!«, rief ich ungeduldig.

»*Congratulations.*«

Simon machte den Reißverschluss wieder zu und übergab mir die Tasche. Dann fügte er schmunzelnd hinzu: »Sehen Sie, so schlecht sind die Menschen gar nicht.«

Ich verließ das Fundbüro nicht unbedingt glücklicher, aber doch erleichtert. Wenigstens eine Sache war mal gut ausgegangen, und das schien mir ein Zeichen dafür, dass es mir auch gelingen konnte, ein paar andere Dinge zurückzuerobern, die ich in den letzten vierundzwanzig Stunden verloren zu haben schien: mein berufliches Ansehen, meine geistige Gesundheit und vor allem den Mann meines Lebens. Während ich in einem Schnellimbiss in der Nähe der U-Bahn-Haltestelle Baker Street ein Sandwich aß und Grey eine

Mail mit der Präsentation für *Royal Petroleum* schickte, dachte ich, dass es sicher ein erster Schritt in die richtige Richtung wäre, Sibilas Rat tatsächlich zu befolgen. Was bedeutete, dass ich mir weniger Gedanken machen und mich mehr auf das, was gerade geschah, konzentrieren wollte. Ich musste eine Sache nach der anderen angehen und durfte mich nicht in diesem Chaos an Gefühlen und Gedanken verlieren.

Ich saß an meinem Tisch und betrachtete die hektische Betriebsamkeit hinter dem Fenster. Alles war in Bewegung. Mit unglaublicher Eile! Schwarze Taxis, zweistöckige Busse, Autos, Motorräder, Fahrräder, und selbst am Himmel flogen zwei Flugzeuge in engem Abstand. Ich hatte mit einem Mal das Gefühl, in ein menschliches Aquarium zu schauen, dessen Bewohner sich mit geistesabwesendem Tempo bewegten: eine Angestellte, die eifrig etwas in ihr Smartphone tippte, ein paar nachlässig gekleidete Studenten mit Rucksäcken, mehrere Inder, die Gemüsekisten ausluden, Touristen auf dem Weg zu Madame Tussaud's Wachsfigurenkabinett und jede Menge Menschen, die in die U-Bahn-Station hasteten oder aus ihr herauskamen. Und ich hatte plötzlich den Eindruck, die Einzige zu sein, die wirklich *bemerkte*, was in diesem Moment auf der Straße geschah, im Hier und Jetzt. Sibila hatte recht. Auch wenn sie sich ihre eindrückliche Demonstration hätte sparen können.

Und dann entdeckte ich den einzigen anderen Menschen, der inmitten der ununterbrochenen Bewegung genauso unbeweglich verharrte wie ich. Es war ein großer schlanker Mann, der recht altmodisch mit einem kurzen Umhang und einer Schirmmütze bekleidet war und eine Pfeife in der Hand hielt. Wie ich betrachtete er ganz genau, was um ihn herum geschah.

Es war Sherlock Holmes. Die Statue in der Nähe der Baker Street war mir bislang noch nie aufgefallen. Als Kind hatte ich einige Sherlock-Holmes-Geschichten gelesen. Jetzt jedoch, als wir beide inmitten des täglichen Aufruhrs der Stadt so unbeweglich verharrten, schien es, als hätte Sherlock mir etwas zu sagen. Ob er mir einen Hinweis geben wollte? Vage erinnerte ich mich daran, dass es hier in der Nähe eine Art Sherlock-Holmes-Museum gab. Als ich mein Sandwich bezahlte, fragte ich den Mann an der Kasse danach.

»*Of course!*«, rief er freudig, wandte sich um und wies auf die Straße. »Es ist eine der berühmtesten Adressen der Welt: 221 b Baker Street. Gleich da um die Ecke. Dort hat Sherlock Holmes wirklich mal gewohnt. Waren Sie noch nie da? Ich kann nur empfehlen, es sich anzusehen, es ist toll!«

Tatsächlich war das Sherlock-Holmes-Museum nur ein paar Schritte entfernt. Das Haus mit der Nummer 221 b lag genau gegenüber des Fundbüros, das ich kurz zuvor verlassen hatte, was einmal mehr bewies, wie unterentwickelt meine Beobachtungsgabe war und dass ich noch viel zu lernen hatte. Es erschien mir ein eigenartiger Zufall, dass sich das Londoner Fundbüro genau gegenüber der Wohnung des berühmtesten Detektivs der Welt befand, und mir kam der Verdacht, dass ich es hier mit dem allgemein bekannten britischen Sinn für Humor zu tun hatte.

An der Mauer des Gebäudes, oberhalb einer grünen, von zwei altmodischen Laternen flankierten Tür und einem großen Kreuzstockfenster, entdeckte ich eines jener himmelblauen runden Hausnummernschilder, wie sie überall in London an den Häusern zu finden waren, wo einmal berühmte Persönlichkeiten gelebt hatten. In diesem Fall war Folgendes darauf zu lesen: *221 B, SHERLOCK HOLMES, CONSULTING DETECTIVE, 1881–1901*. Was ich ein wenig merkwürdig fand, angesichts der Tatsache, dass es sich hier nicht um eine historische Persönlichkeit handelte, sondern um eine fiktive Romanfigur. *Dort hat Sherlock Holmes wirklich mal gewohnt* – hatte das nicht eben auch der Typ gesagt, der mir das Sandwich verkauft hatte?

Das Gefühl der Befremdung steigerte sich, als ich die einzelnen Räume des kleinen Museums besichtigte, das als Nachbildung von Holmes' »Originalwohnung« bezeichnet wurde. Außer mir waren nicht viele Besucher da, und ein korpulenter Herr mit Melone, der sich als »Dr. Watson« vorstellte, machte mich auf die detailgetreue Wiedergabe aufmerksam, der man größte Aufmerksamkeit gewidmet habe, einschließlich der siebzehn Stufen, die vom Erdgeschoss in den ersten Stock führten. Im Arbeitszimmer des Ermittlers lag auf einem Stuhl neben dem Kamin die berühmte Violine des Detektivs, so als hätte er selbst sie gerade erst dort abgelegt, um sich eiligst an die Verfolgung seines Erzfeindes zu machen, der, wie mich »Watson« erinnerte, Doktor Moriarty hieß. An der Wand hing eine Sammlung von Pfeifen, und in einer der Vitrinen konnte man ein paar Fläschchen mit Opium, Kokain und anderen bewusstseinserweiternden Elixieren bewundern. Der ganze Raum war voller Erinnerungsstücke an Sherlock Holmes' berühmteste Fälle – von dem in einem hohlen Buch verborgenen Revolver bis hin zu einem Blutflecken mit einem Fingerabdruck an der Wand.

Dennoch war eindeutig nichts davon echt: weder die Violine noch die Pfeifen und natürlich auch nicht die mit Etiketten versehenen Dolche, die angeblich vom Meister selbst in das ein oder andere Opfer gebohrt worden sein sollten. Es waren falsche Spuren, die zur imaginären Begegnung mit einem erfundenen Detektiv führten. Eine Fiktion, die zur Realität wurde, oder eine Realität, die aus fiktiven Dingen bestand. Das einzig Echte in dieser ganzen Pseudo-Realität war die Adresse, 221 b Baker Street, ein Ort, an dem zwar zu keiner Zeit ein Detektiv gelebt hatte, den aber dennoch jedes Jahr Tausende Besucher aufsuchten, um sagen zu können, sie hätten das Haus gesehen, in dem Sherlock Holmes »wirklich« gelebt habe, einschließlich seiner Violine und seiner Pfeife.

Erneut dachte ich an Sibila und ihren Vortrag über die Angewohnheit der Menschen, sich eine fiktive Welt zu erschaffen, sich Geschichten über ihr eigenes Leben auszudenken und in diesen zu leben, ohne das Grundlegendste zu beachten, lieber Watson, nämlich das, was genau in diesem Moment geschieht. Ja, vielleicht hörte sich das absurd an. Dennoch war auch ich an diesen Ort gekommen, nicht einfach so, sondern weil ich meiner Eingebung gefolgt war, nachdem ich einen Moment in dem Strom der vorbeirauschenden Menschen, Taxis und Gedanken innegehalten hatte. Ich war auf der Suche nach etwas, das ich nicht nur im wahren Leben, sondern auch in der Welt der Fiktion finden konnte. Vielleicht war das das Argument, mit dem ich Sibila widerlegen konnte. Sicher, wir Menschen umgaben uns mit Phantasievorstellungen und selbstgezimmerten Wahrheiten, die sich oft genug als Lügen entpuppten. Aber manchmal führt auch die Fiktion zu wichtigen Erkenntnissen.

Was wäre aus mir geworden ohne meine Bücher? Ich hatte meine gesamte Kindheit umgeben von Büchern verbracht. Meine Eltern hatten in England den Handel mit gebrauchten Büchern entdeckt und fuhren in den Sechzigerjahren mit ihrem alten VW-Bus »Rosinante« die spanische Küste entlang, um den Touristen, die zu dieser Zeit bereits die Strände füllten, Taschenbücher in verschiedenen Sprachen zu verkaufen. Der Erfolg, den sie mit diesem ungewöhnlichen Handel hatten, war nicht nur dem sympathischen Wesen meines Vater und dem Sinn fürs Praktische meiner Mutter zu verdanken, sondern vor allem ihrer Leidenschaft für die Literatur, die sie bereits an mich weitergaben, als ich noch ein kleines Kind war. Schon damals las mein Vater mit lauter Stimme lange Passagen aus Romanen vor, deren Inhalt ich nicht ganz verstand, die er jedoch so gefühlvoll vortrug, dass ich völlig fasziniert davon war.

Es begann mit *Alice im Wunderland*, *Die Schatzinsel*, *Die unendliche Geschichte* und *Zweitausend Meilen unter dem Meer*, doch mit zwölf Jahren reizte mich bereits die Lektüre von *Don Quijote*, *Anna Karenina* und *Jane Eyre*. Als meine Eltern Anfang der Achtziger Jahre die erste internationale Buchhandlung in Madrid gründeten, die sie Babel nannten, verbrachte ich beinah alle meine Nachmittage dort und machte meine Hausaufgaben umgeben von berühmter Literatur in spanischer, englischer, französischer, italienischer, portugiesischer und deutscher Sprache. Ich wurde zu einer unersättlichen Leserin, brachte es bis auf hundert Romane im Jahr. Und daher wusste ich, dass sich in den Büchern große und kleine Weisheiten verbargen, die uns dabei halfen, zu uns selbst zu finden und dem Leben einen Sinn zu geben. Es gab tatsächlich Wahrheiten, die sich zwischen all die Lügen schmuggelten.

Und wirklich: Als ich nun durch die Wohnung des angeblichen Sherlock Holmes ging und mich an einige Einzelheiten aus seinen berühmtesten Fällen erinnerte – *Eine Studie in Scharlachrot*, *Das Zeichen der Vier*, *Der Hund der Baskervilles* –, fiel mir auf, dass der scharfsinnige Detektiv immer auf der gleichen Grundvoraussetzung wie Sibila beharrt hatte: der Beobachtungsgabe. Ein Zitat aus der Kurzgeschichte *Ein Skandal in Böhmen*, das an der Museumswand angebracht war, sagte alles: *Sie sehen, aber Sie beobachten nicht. Das ist der große Unterschied.*

Ich setzte mich an den Schreibtisch, der niemals der von Sherlock Holmes gewesen war, der jedoch zweifellos so aussah, als ob er es gewesen wäre. Darauf stand eine Vitrine, in der ein paar vermeintliche Reliquien ausgestellt waren, zum Beispiel das, was niemals die Lieblingslupe keines Detektivs gewesen war, jedoch einen wunderschönen Elfenbeingriff aufwies. Woher wohl all diese Dinge stammten? Von Antikmärkten? Oder etwa aus dem Gebäude gegenüber, dem Fundbüro? Was würde Sherlock Holmes selbst wohl zu all dem sagen, wenn es ihn denn gäbe? Vielleicht genau das: »Sie sehen, aber Sie beobachten nicht.« Und so kam ich wieder zu dem Thema, das mich an jenem schicksalhaften Tag in die Welt der Ermittlungen und Rätsel und zu dem Schutzheiligen der Detektive geführt hatte. Was würde Sherlock Holmes von dem Geheimnis um die verschwundene Lederjacke halten? Wissen Sie, Mr. Holmes, zuerst ist sie ganz plötzlich und ohne eine Erklärung bei mir zu Hause aufgetaucht. Und kurz darauf war sie wieder spurlos verschwunden. Und was konnte man daraus schließen? Dass Joaquín mich betrog? Dass ich paranoid war und überall Gespenster sah?

Ich trommelte mit den Fingern an das Glas der Vitrine. Natürlich war die Jacke kein sehr überzeugendes Beweisstück. Im Grunde war es mehr eine Spur als ein Beweis – zudem noch eine Spur, die inzwischen wieder verschwunden war. Das schien mir nicht wirklich ein vielversprechender Anfang für eine detektivische Ermittlung zu sein. Oder vielleicht doch, denn Holmes interessierte sich – wie mir der Museums-Watson ins Gedächtnis rief – nur für äußerst knifflige Fälle. Es musste sich schon um ein Mysterium höchsten Grades halten, damit Sherlock seinen detektivischen Scharfsinn aktivierte, alles andere langweilte ihn zu Tode, und er musste zu Drogen greifen, um sein Leben ein wenig aufregender zu machen. Meine Geisterjacke hätte möglicherweise die Neugier des Detektivs erregt, zumindest so weit, dass er beim Pfeiferauchen darüber nachgedacht hätte.

In der Vitrine befand sich unter anderem ein »Tagebuch« von Sherlock Holmes, das wahrscheinlich auch aus der Feder von Arthur Conan Doyle stammte. Als ich die aufgeschlagene Seite las, fiel mir der folgende Satz auf: *Es ist ein großer Fehler, eine Theorie zu erstellen, bevor sämtliche Beweise geprüft wurden.* Sämtliche Beweise! Auf einmal war mir alles klar. Ich stand auf und griff nach der Tasche mit meinem Laptop. Genau das hatte Sibila auch gesagt. Ich zerbrach mir die ganze Zeit über eine Sache den Kopf, ohne einen wirklichen Beweis zu haben. Bisher war da nichts als ein Verdacht wegen einer Jacke, die plötzlich aufgetaucht und wieder verschwunden war. Ich verließ das Museum mit der nachgestellten Wohnung des nicht existenten Holmes. Es war vollkommen sinnlos, der falschen Fährte nachzuspüren.

Eilig strebte ich Richtung U-Bahn. Das war es, was jeder gute Detektiv und jede Straßenkatze tun würden: ermitteln, dem Verdacht auf den Grund gehen, nach weiteren Spuren suchen, der Fährte folgen, die offenen Fragen klären, die es bei jedem Vergehen gab, vor allem, wenn der Übeltäter, wie in diesem Fall, ein Amateur war. All die Jahre über hatte Joaquín mir nie einen Grund gegeben, an ihm zu zweifeln, und niemals wäre ich auf die Idee gekommen, in seinen Sachen herumzuschnüffeln. Doch jetzt hatte sich die Situation verändert. Wusste ich denn, ob der neue Joaquín, der anders roch als vorher, nicht genauso etwas vortäuschte wie das Sherlock-Holmes-Museum? Ich musste es herausfinden, egal, zu welchem Ende es führte, und das möglichst, bevor er zurückkam und mich ohne eine wirkliche Erklärung aus dem Haus warf. Denn, wie es in einem anderen Zitat an der Wand des Museums so schön hieß: *Jede Wahrheit ist besser als quälender Zweifel ohne Ende.*

7

DER ANDERE JOAQUÍN

Ich eilte schnellen Schrittes nach Hause und war nervös wie ein Detektiv, der fragwürdige Ermittlungsmethoden im Schilde führte und dem nur noch wenige Minuten Zeit blieb, bis der Täter ihn auf frischer Tat dabei ertappen würde, wie er die Schubladen durchwühlte. Als der Haustürschlüssel klemmte und sich nicht gleich umdrehen ließ, kam mir kurz der absurde Gedanke, dass Joaquín das Schloss hatte austauschen lassen und mir meine Sachen an meine zukünftige Adresse würde nachschicken lassen, weil er meine Absichten durchschaut hatte. Doch das war nicht der Fall. Nachdem ich mich mit der Schulter gegen die Tür gestemmt hatte und den Schlüssel dabei kräftig drehte, konnte ich diese ohne Probleme öffnen. Ich rannte die Treppe hinauf, ließ meinen Mantel und die Tasche mit dem Laptop auf dem Weg nach oben auf dem Treppenabsatz fallen und eilte in das Büro neben dem Schlafzimmer, das wir auch als Gästezimmer nutzten. Ich wusste nicht genau, wonach ich eigentlich suchte, aber wenn es etwas zu finden gab, dann sicherlich hier, zwischen den Papieren, Rechnungen und Briefen in einer der

Schubladen oder direkt im Computer. Damit zumindest hätte Sherlock Holmes angefangen.

Ich muss zugeben, dass mein erster Impuls war, gleich in Joaquíns E-Mail-Account nachzusehen. Zwar kannte ich sein Passwort nicht, aber das ließ sich sicher herausfinden. Also setzte ich mich an den Schreibtisch, machte den PC an, und während er hochfuhr, drehte ich mich mit dem Stuhl langsam von einer Seite auf die andere. In dieser kurzen Wartezeit kamen mir plötzlich Skrupel. Durfte ich wirklich Joaquíns E-Mails lesen? Das war ein unverzeihlicher Eingriff in seine Privatsphäre. Und war das – wie die Verletzung des Briefgeheimnisses – nicht sogar illegal? Natürlich würde Joaquín mich niemals anzeigen, dessen war ich mir sicher. Allerdings war er wahrscheinlich genauso davon überzeugt, dass ich niemals imstande wäre, seine Mails zu lesen.

Der Computer summte leise und wartete auf neue Befehle. Als Bildschirmschoner diente ein anderes Foto von unserer Italienreise. Es zeigte den Ausblick von unserem Hotel in Venedig. Vielleicht hatten wir uns an diesem Ort zum letzten Mal wirklich geliebt. Nein, ich konnte Joaquín nicht auf diese Art hintergehen, so berechtigt mein Verdacht auch war.

Ich stand auf und trat unschlüssig an das Regal, in dem wir beide unsere Papiere aufbewahrten, ich auf etwas chaotischere Art und Weise, während seine in ordentlich beschrifteten Heftern oder Mappen abgelegt waren. Ich zog die Mappe mit den letzten Zahlungsbelegen heraus, wahrscheinlich weil er griffbereit dalag und es mir am wenigsten schändlich erschien, darin herumzuschnüffeln. Aus dem gleichen Grund nahm ich als Erstes den Beleg in die Hand, der am weitesten aus der Mappe hervorlugte, ein Kontoauszug vom September. Auf den ersten Blick enthielt er keine verdächtigen Angaben: sein Gehalt von *British Aerotech Ltd.*, seine Mobiltelefonabrechnung, die Gas- und Elektrizitätsrechnung, Einkäufe bei *Sainsbury's*, *Waterstones* und dem Camper-Laden in der Oxford Street, ein Restaurantbeleg und Ausgaben während einer Dienstreise zu einer Luft- und Raumfahrttechnikmesse in Paris. Ich wollte den Kontoauszug schon wieder zurück in die grüne Mappe legen, als mir plötzlich etwas auffiel. Warum hatte Joaquín das Zugticket nach Paris und das Hotel von seinem Privatkonto bezahlt, wenn es sich um eine Dienstreise handelte? Ich sah mir die Sache noch einmal genauer an:

Eurostar-Tickets £ 156.00
Hotel Les Falaises £ 360.00
Crêperie Lann Bihou £ 43.00

Das war allerdings seltsam. War es möglich, dass er die Beträge vorgestreckt und sie sich nachher von seiner Firma hatte zurückerstatten lassen? Das konnte sein, allerdings konnte ich in seinen Kontoauszügen der letzten Monate keine Überweisung seines Arbeitgebers über diese Summe entdecken. Vielleicht stand die Rückzahlung noch aus. Aber irgendwie machte die ganze Sache mich misstrauisch. Da war diese Faszination, die Joaquín für Frankreich empfand und die ich nicht teilte. Jenes intellektuelle Auftreten, das den Franzosen zu eigen war und das er zutiefst bewunderte, während ich es einfach nur überheblich und nervig fand – so wie Joaquín, wenn er seine arrogante Art herauskehrte. Ich erinnerte mich sehr gut, wie sehr er mich unter Druck gesetzt und immer wieder versucht hatte, mich zu Ferien in Frankreich zu bekehren, um Schlösser zu besichtigen und in Cafés zu sitzen!

Ich weiß nicht, was Sherlock Holmes an meiner Stelle getan hätte – im neunzehnten Jahrhundert verfügte man ja noch nicht über die Möglichkeiten des Computers –, ich jedenfalls gab im Internet den Namen des Hotels ein, das auf der Rechnung stand. Das *Hotel Les Falaises* in Paris. Gleich darauf erschienen auf dem Bildschirm jede Menge Links, die zu der Website des Hotels oder zu verschiedenen Reiseportalen führten, über die man dort ein Zimmer reservieren konnte. Nur dass das Hotel sich nicht in Paris befand, sondern in der Normandie, in einem Ort namens Étretat. Die Fotos im Internet zeigten, dass dieser am Meer lag, zwischen hohen weißen Felsen, die sich in schwindelnder Höhe an der Küste erhoben oder wie die spitzen Zähne eines Riesen aus dem Meer ragten. Manche der Felsen, die aus dem Wasser emporzuwachsen schienen, stießen weit oben bogenförmig an die steil abfallende Küste und boten einen außergewöhnlichen Anblick. Vorsichtshalber suchte ich weiter im Internet, ob es nicht vielleicht doch noch ein Hotel dieses Namens in Paris gab, was jedoch offensichtlich nicht der Fall war. Dafür entdeckte ich ein *Les Falaises* in Deauville und weitere Hotels dieses Namens in anderen Regionen Frankreichs, die in der Nähe von felsigen Küsten oder Schluchten lagen, was durchaus plausibel war, da das französische Wort *falaise*, wie ich über ein Online-Wörterbuch herausfand, so viel wie »Felswand« oder »Steilküste« bedeutete. Als ich den Namen *Crêperie Lann Bihoué* eingab, stellte ich fest, dass tatsächlich ein Restaurant dieses Namens in Étretat existierte, womit jeglicher Zweifel ausgeräumt war.

Joaquín war also gar nicht in Paris gewesen, sondern in Étretat in der Normandie. Ich las alles, was ich über diesen Ort finden konnte, in Wikipedia, auf den Seiten irgendwelcher Reiseveranstalter und auf der Website von *Normandie Tourisme*. Es war sonnenklar, dass Étretat nicht unbedingt für eine Messe der Luft- und Raumfahrttechnik geeignet war. Genau das Gegenteil war der Fall: Es war ein abgelegener Winkel, in den sich Künstler wie Claude Monet von Zeit zu Zeit zurückgezogen hatten, um die spektakuläre Landschaft unermüdlich auf die Leinwand zu bannen. Ein magischer, lichtdurchfluteter Ort, dessen Sonnenuntergänge jedes Jahr neue Generationen an Liebespaaren anzogen, um sich in dem ältesten, intimsten und leidenschaftlichsten menschlichen Ritual zu vereinen.

Er hat mich belogen, dachte ich nur. Er hat mich

belogen. Der Satz hallte wieder und wieder durch meinen Kopf, wurde zur Brandung des Meeres, die unaufhörlich gegen die hohen, langsam einstürzenden Felsen prallte – gewaltige, aber zerbrechliche Lügen, hinter denen sich zwei Liebende auf der Suche nach dem romantischsten Abenteuer ihres Lebens versteckten.

Zitternd vor Aufregung stand ich mit Joaquíns Mappe in der Hand in dem kleinen Zimmer im obersten Stock eines Hauses, das nach den Berechnungen des Routenplaners im Internet 345 Kilometer von Étretat entfernt lag – eine Strecke, die für mich mit Hass, Schmerz, Wut und Schande angefüllt war, überlodert von einem Feuer, das die Landschaft verschlang, und von Fluten, die wild gegen die schroffe Küste donnerten und malerische Dörfer, charmante Hotels, Souvenirläden, Crêperien, Patisserien und heimliche Liebende mit sich fortrissen.

Ich muss die Mappe gegen die Wand geschleudert haben, denn einen Moment später füllte sich das Zimmer mit weißen Blättern, die um mich herum durch die Luft wirbelten und auf den Boden segelten – Kontoauszüge, französische Rechnungen, Belege über ausgestellte Schecks, unheilvolle Quittungen, alles sauber geordnet, Lügen, Lügen und noch mehr Lügen. Ich muss geschrien haben, als ich in den schwindelerregend tiefen Abgrund meines Lebens fiel, während über mir alles zerbarst und in Stücke ging. Ich wurde von herabsausenden Trümmern getroffen, war machtlos gegen die Schwerkraft, die mich auf die furchtbare Wahrheit zurasen ließ. Als ich endlich aufhörte zu schreien, schmerzte meine Kehle. Er hat mich belogen, dachte ich nur immer wieder. Er hat mich belogen.

Ich weiß nicht, wie lange ich auf dem Boden saß und vollkommen erschüttert an Joaquíns Anrufe aus »Paris« dachte. Jedes seiner heuchlerischen Worte bohrte sich in mein Herz wie ein Glassplitter.

»Die Messe ist ganz okay; du weißt ja, wie das ist, den ganzen Tag herumrennen, das brauche ich dir ja nicht zu erzählen … Das Hotel? Ist nicht übel. Es ist eines dieser minimalistisch eingerichteten, bequem, aber kühl, mit so einem eckigen Waschbecken, wie ich sie hasse … Soll ich dir etwas mitbringen? Ein paar *Macarons*? … Also dann, ich bin ziemlich müde, ich ruf dich morgen wieder an, ja? … Ja, ja, ich liebe dich auch.«

Als ich endlich wieder zu mir kam – verstört und verletzt wie die Überlebende eines Seebebens –, war ich entschlossen, nun auch die ganze hässliche Wahrheit herauszufinden.

Ich setzte mich an den Computer, öffnete die Seite des E-Mail-Providers, den Joaquín benutzte, und gab das Kennwort ein, das er üblicherweise verwendete – die ersten acht Stellen der Zahl Pi: 31415926. Kaum hatte ich »Enter« gedrückt, war ich auch schon in seinem Account. Joaquín wusste, dass ich niemals seine E-Mails lesen würde, und wahrscheinlich war er deshalb nicht auf den Gedanken gekommen, ein anderes Passwort zu benutzen. Aber nun hatten sich die

Dinge geändert. Er war nicht mehr der alte Joaquín, und ich war eine andere Sara.

Und so erfuhr ich von seinem Doppelleben. So sah ich zu, wie mein Leben in Stücke zerfiel. Vor mir öffnete sich ein riesiges Archiv an eingegangenen Mails, mit und ohne Betreff. Viele betrafen seine Arbeit oder irgendwelchen Verwaltungskram, einige waren von Freunden und Kollegen und ein paar auch von mir. Dann jedoch stieß ich auf einen mir unbekannten Absender, der sich häufig wiederholte und dessen Name mir sofort unangenehm auffiel: *galacticgirl21*.

Eine kurze Nachricht reichte aus, um meine Befürchtungen zu bestätigen. Ich hatte die Arme um mich geschlungen und bohrte die Fingernägel in mein Fleisch, während ich las:

Re: Told her!

Great news!!! I can't believe it!!!!!!
Love you to bits & miss you more than ever.
1001 galactic kisses
GG

Das »galaktische Mädchen« freute sich offenbar übermäßig darüber, dass Joaquín mit mir geredet hatte; sie liebte ihn sehr und vermisste ihn wie nie zuvor. Und sie sandte ihm 1001 »galaktische Küsse« und viel zu viele Ausrufezeichen.

Nie hätte ich gedacht, dass meine erste Reaktion auf den endgültigen Beweis für Joaquíns Untreue eine

Art von Fremdschämen sein könnte. Aber so war es. *Galactic girl? Galactic kisses?* Wie alt war dieses arme Mädchen denn? Hatte Joaquín wirklich einen so schlechten Geschmack? Und was sagte das über mich aus? Jede Menge Fragen drängten sich mir auf, und mein Herz klopfte wie verrückt, als ich weiterlas. Diese Mail war die Antwort auf eine andere, die Joaquín kurz vorher abgeschickt hatte, um 00.12 Uhr, letzte Nacht, offensichtlich nachdem er alle Monster in seinem Videospiel abgeschossen hatte, und zwar unter dem Betreff *Told her!* Übersetzt lautete die Nachricht wie folgt:

Liebste GG!
Ich habe Dir versprochen, mit Sara Schluss zu machen, und heute Abend habe ich es hinter mich gebracht. Natürlich müssen wir noch über die Einzelheiten reden, aber der wichtigste Schritt ist getan. Stell schon mal den Champagner kalt!
Ich liebe Dich so sehr wie nie und kann es kaum erwarten, unser gemeinsames Leben zu beginnen.

Galactic Boy

Ich musste es mehrmals lesen, um geistig zu verarbeiten, was ich da sah: den Sinn der Worte, den Enthusiasmus des frisch Verliebten, den der Absender *(Galactic boy!)* offensichtlich empfand, an wen die Worte gerichtet waren … Ich überprüfte sogar noch einmal, ob es sich wirklich um Joaquíns Account handelte, als hätte ich mir nicht selbst mit seinem üblichen Passwort den Zugang verschafft. Wie hypnotisiert starrte ich auf die Sätze auf dem Bildschirm, die Worte, die Buchstaben, die schwarzen Pixel auf dem hellen Grund, ohne zu blinzeln, bis meine Augen brannten.

Unfähig, mir einzugestehen, was gerade passierte, öffnete ich eine andere Nachricht des *galacticgirl21* und danach eine weitere und noch eine und alle anderen, die ich finden konnte. Wobei die früheren Mails nicht gerade viel Information enthielten; es waren nichtssagende Mitteilungen in der Art wie: *Wir sehen uns gleich im Pub* oder *Um wie viel Uhr?* Oder *Um sieben* oder *OK*. In einer ihrer Mails schickte sie den Link zum Trailer eines Science fiction-Films, der im Sommer in die Kinos kommen würde. Das einzige brauchbare Detail in dem ganzen Gesülze war die Tatsache, dass die beiden offenbar für dieselbe Firma arbeiteten, wie aus der Erwähnung des Namens ihres Chefs zu entnehmen war: *Ich habe gesehen, dass Rowan zu Dir an den Schreibtisch gekommen ist. Was hat er gesagt? – Nichts. Nur irgendeinen Blödsinn.* Alle Mails von ihr oder an sie waren in den letzten Wochen geschrieben worden.

Wie schade! Denn ich wollte alles wissen. Wer war sie? Kannte ich sie? Wie lange waren sie schon zusammen? Das vor allem wollte ich wissen … Seit wann betrog er mich schon? Schließlich kam ich auf die Idee, den Namen *galacticgirl21* in die Suchfunktion des Accounts einzugeben. Bingo:

1883 messages found.

Und sofort hatte ich die Antwort auf meine letzte Frage, denn die ersten Nachrichten waren bereits vor fast zwei Jahren geschrieben worden. 1800 Mails! Das waren verdammt viele, auch für eine Beziehung von dreiundzwanzig Monaten. Der Grund dafür war wohl, dass sie ihre Beziehung verbergen und sich heimlich treffen mussten. Wenn sie sich sahen, nutzten sie die knapp bemessene Zeit wahrscheinlich für andere Dinge und mussten sich das, was sie sich zu sagen hatten, auf diesem Weg mitteilen. Joaquín hatte alle diese Nachrichten aufbewahrt und sie in einem Ordner mit dem Namen »admin« versteckt, was er wohl für eine clevere Sicherheitsmaßnahme hielt.

In diesem Moment erschien Sibilas dunkle Silhouette in der Abenddämmerung vor dem Fenster. Ich beachtete sie nicht. Mit dem Mut der Verzweiflung eines Menschen, der sich von einer Steilküste ins Meer stürzt, las ich all diese Mails, angefangen mit den ältesten. Und gleich darauf wurde ich von den spitzen Felsen aufgespießt.

Die ersten Mails waren die eindeutigsten. Kurze Flirts, Anspielungen, Provokationen:

- Ein Kuss im Fotokopierraum um 17.42?
- Einer reicht mir nicht, ich hätte gern zwanzig Kopien.
- Ich wärm dann schon mal die Maschine auf.
- Mhm ... So gefällt mir das!

Auch mir wurde heiß, als ich diese Chronik des Verrats las. Alles war so typisch, so klischeehaft, so vorhersehbar. Der Vierzigjährige und das junge Mädchen im Büro. Pikante Wortspiele. Heimliche Treffen.

- Hey, latin lover, wann wiederholen wir das von gestern?
- Gönnst Du mir keine Pause?
- Ich dachte, latin lovers *könnten immer ...*
- Du bist ja brandgefährlich.
- Du weichst meiner Frage aus ...
- Reden wir morgen darüber.
- Morgen? Nein, ich werde Dich heute nicht einfach so Deiner langweiligen Freundin überlassen.

Das war das erste Mal, dass ich in den Mails erwähnt wurde, und mehr als je zuvor fragte ich mich, wer dieses *galcticgirl21* war, um ihr ins Gesicht sehen und mir zumindest vorstellen zu können, wie ich ihr die Augen auskratzte.

Ich konnte kaum glauben, dass die beiden, als Joaquín und ich unsere Italienreise gemacht hatten, an die ich mich so sehnsüchtig zurückerinnerte, bereits mehrere Monate zusammen gewesen waren. Dementsprechend war eines der Details, die mir am meisten wehtaten, ein an eine Mail angehängtes Foto, das an demselben Ort gemacht worden war wie das, was eingerahmt auf unserer Kommode stand, in Verona, am Grab der Julia, nur dass auf diesem Bild Joaquín allein posierte. Lächelnd. Verliebt. In sie. Als hätte er mich aus seinem Leben einfach ausradiert, als wäre ich nur noch dazu gut, das Foto von ihm zu machen, das er dann an seine Geliebte schickte.

Ich verspürte den Drang, ins Schlafzimmer zu stürmen und das Bild auf der Kommode zu zerschmettern. Doch ich widerstand der Versuchung und las weiter, oder besser gesagt, ich überflog die Mails, denn es waren zu viele, als dass ich sie alle vor Joaquíns Rückkehr hätte lesen können. Inzwischen hatte Sibila begonnen, ans Fenster zu klopfen und leise zu miauen, um meine Aufmerksamkeit zu erregen. Ich bemühte mich weiterhin, sie zu ignorieren.

Nach ein paar Monaten änderte sich der Ton der Mails. Er wurde bedächtiger, nachdenklicher, und allmählich war deutlich, dass es zwischen den beiden ernster wurde, dass dies mehr war als nur ein flüchtiges Abenteuer:

- Wünschst Du Dir keine Familie? Wie kommt es eigentlich, dass Ihr keine Kinder habt?
- Ich hätte gern Kinder. Das ist die einzige Form der Unsterblichkeit, an die ich glaube. Sara und ich haben mal darüber geredet und wollten grundsätzlich gern Kinder haben, aber dann hat sie es immer weiter hinausgezögert, wegen ihres Jobs, und jetzt ... Na ja, jetzt liegt es wohl eher an mir. Zwischen Sara und mir läuft es nicht mehr so, wie Du ja selbst feststellen konntest ☺.

Er hatte wohl vergessen zu erwähnen, dass ich diejenige gewesen war, die ihn davon überzeugt hatte, dass es durchaus Sinn machte und sich lohnte, Kinder in diese Welt zu setzen, die er für »leer«, »erbarmungslos« und »dekadent« hielt.

- Ich vermisse Dich, Spanish-man. Zu sehr. Allmählich mache ich mir Sorgen. Ich werde mich doch wohl nicht verliebt haben! Was sagst Du mit Deiner vierzigjährigen Lebenserfahrung dazu?
- Ich wünschte, ich könnte Dir weiterhelfen, aber ich bin genauso verwirrt wie Du. Du hast es geschafft, dass ich mich wie ein Teenager fühle. Was hast Du nur mit mir gemacht? Heimlich irgendeine hochentwickelte außerirdische Technologie verwendet?
Galactic-boy

Dies war das erste Mal, dass Joaquín sich diesen albernen Namen gab, und obwohl ich das Ende der Geschichte bereits kannte, war ich zutiefst enttäuscht von ihm. Wie konnte er die Beziehung zu diesem Mädchen, das offenbar noch ein Kind war, so weit kommen lassen? Und mir hatte er kein Wort gesagt, auch nicht, als er merkte, dass er sich ernsthaft verliebt hatte! Weder damals, noch einen Monat oder zwei oder sechs oder achtzehn Monate später. Und auch jetzt noch wollte er unsere Beziehung beenden, ohne mir den wahren Grund zu nennen, ausgerechnet er, der sich doch angeblich »der Wahrheit verpflichtet hatte«. Die Katze klopfte jetzt energischer gegen die Scheibe. Und ihr Miauen wurde fordernder.

Den Mails der letzten Monate war anzumerken,

dass die Galaktische allmählich genug von Joaquíns Doppelleben hatte:

- Wann wirst Du es ihr sagen? Du hast es mir für Ende des Sommers versprochen, und jetzt ist schon November. Ich will nicht mehr länger so weitermachen, Joaquín. Was spielst Du für ein Spiel?
- Ich werde es tun, mein Schatz, ich verspreche es, sobald ich es irgendwie kann. Aber im Moment ist es einfach unmöglich. Der Job ist die Hölle, und auch sie hat gerade arbeitsmäßig extrem viel um die Ohren. Und zu Hause ist auch einiges zu tun. Ich überschlage mich hier schon, damit wir beide uns überhaupt sehen können. Außerdem ist demnächst der fünfte Todestag ihrer Mutter, und deshalb ist sie gerade besonders empfindlich. So einfach ist das nicht, bitte versteh das!

Was für eine Frechheit, meine Mutter als Ausrede vorzuschieben! Verdammt! Wie weit ging das denn noch?! Diese miese Ratte! Inzwischen hatte ich wahrlich Grund genug, Joaquín als eine solche zu bezeichnen.

Die Antwort erhielt ich im Laufe eines ausgiebigen E-Mail-Wechsels, der stattgefunden hatte, nachdem ich zusammen mit meinem Vater und wegen eines Schneesturms an Weihnachten unwissentlich eine Krise zwischen den beiden Turteltauben ausgelöst hatte. Die erste Mail trug das Datum vom 26. Dezember, 11.35 Uhr. Mein Vater und ich waren gerade dem Chaos am Flughafen Heathrow entkommen und wieder auf dem Weg nach Hause, weil unser Flug nach

Spanien genau wie alle anderen ausgefallen war. Mein Vater war zu uns nach London gekommen, da Joaquín am 24. nicht freinehmen konnte, sodass wir zumindest Heiligabend zusammen hatten feiern können. Mein Bruder Álvaro kümmerte sich unterdessen um die Buchhandlung, wo die letzten Weihnachtseinkäufe getätigt wurden. Und nun wollten mein Vater und ich eigentlich nach Spanien fliegen, um die paar Tage bis zum Jahresende in unserem Haus in Mirasierra zu verbringen, während Joaquín in London blieb, um zu arbeiten. Was wir nicht wussten, war, dass seine galaktische Geliebte ebenfalls mit ihrem Gepäck in die Londoner Innenstadt unterwegs war, um in dieser Zeit in unserem Haus mit ihm zusammen zu sein.

Vorerst allerdings war für das Mädchen die Fahrt am Bahnhof Paddington zu Ende, nachdem Joaquín ihr mitgeteilt hatte, dass unser Flug annulliert worden war und er nun versuchen würde, uns davon zu überzeugen, in einem Hotel am Flughafen zu übernachten. Jetzt verstand ich auch, warum Joaquín damals so darauf gedrängt hatte, obwohl unser Haus nur eine Stunde vom Flughafen entfernt lag: Die Fluglinie empfehle die Hotelübernachtung, man würde sie uns erstatten, und es sei doch viel bequemer für uns ... Ich erinnerte mich daran, dass ich wütend auf ihn war, in der fälschlichen Annahme, dass er keine Lust mehr hätte, meinen Vater noch länger im Haus zu haben. Ich hatte ihn ziemlich angeschnauzt und ihm gesagt, dass wir selbstverständlich wieder nach Hause kommen würden.

Der E-Mail-Austausch der beiden begann, nachdem wir zu Hause angekommen waren und sie nicht mehr miteinander telefonieren konnten. Sie war hysterisch, was verständlich war, nachdem sie den ganzen Morgen in der Kälte am Bahnhof herumgesessen hatte, ohne zu wissen, wie es weitergehen würde, und in der trüben Aussicht, in ihre leere Wohnung zurückkehren zu müssen. Abgesehen davon, hatte dieser Vorfall dazu geführt, dass sie endgültig die Geduld verlor und ihrem unentschlossenen Liebhaber die Pistole auf die Brust setzte:

Ich kann so nicht weitermachen, Joaquín. Ich schwöre Dir, dass, wenn Du es ihr nicht endlich sagst, das mit uns vorbei ist. Ich weiß nicht mehr, was ich von Dir halten soll. Ob Du noch mit ihr schläfst oder nicht, ob Du sie liebst oder mich. Wir sind jetzt seit zwei Jahren zusammen, und Du behandelst mich immer noch wie Deine Mätresse. Ich habe große Lust, jetzt auf der Stelle zu Dir zu fahren, damit wir das Ganze alle zusammen ein für alle Mal klären können.

Das Mädchen konnte einem richtig leidtun. Er behandelte sie genauso mies wie mich. Und dann kam der Moment, als seine Verlogenheit mir gegenüber den Gipfel erreichte:

*Mein Liebling,
bitte glaub mir, wie sehr ich das Ganze bedauere. Ich weiß, es ist die Hölle für Dich. Aber bitte, bitte zweifle*

nicht an mir, denn das wäre das Schlimmste für mich. Du weißt, dass ich immer die Wahrheit sage, und ich werde Dich niemals hintergehen. Ich habe Dir das Versprechen gegeben, Dir treu zu sein, und ich habe es nicht gebrochen. Ich lebe mit ihr unter einem Dach, aber mein Körper und meine Seele gehören nur Dir.
Meine Liebste, mein süßes Galatic Girl, Du hast mein Herz erobert und mein Leben völlig durcheinandergewirbelt. Meine Gefühle für Dich haben mich in dieses Chaos gestürzt, aus dem ich noch nicht wieder herausgefunden habe. Aber bald wird es so weit sein, bitte vertrau mir! Ich weiß jetzt, dass ich den Rest meines Lebens mit Dir verbringen will, und ich zähle die Tage, bis dieser Traum endlich Wirklichkeit wird.
Joaquín

Jetzt wusste ich endlich, warum wir so lange nicht mehr miteinander geschlafen hatten, warum er immer eine Ausrede gehabt hatte: Er hatte versprochen, ihr treu zu sein, und sich hundertprozentig daran gehalten. *Du weißt, dass ich immer die Wahrheit sage.* Dieser Satz, den ich so oft gehört hatte, diese grausame Ironie, diese gnadenlose Heuchelei war es, die mir endgültig das Herz brach und glühenden Zorn in mir aufsteigen ließ. Meine Hände suchten fieberhaft nach etwas, was sie zerstören konnten, es war ein unwiderstehlicher Drang, dem ich nichts entgegensetzen konnte.

Wenn mich in diesem Moment Sibila nicht erneut mit ihrem anhaltenden Getrommel gegen die Fensterscheibe abgelenkt hätte, hätte wohl der Computer dran glauben müssen. So aber begnügte ich mich damit, das Kabel mit aller Kraft aus der Steckdose zu zerren, sodass der Anschluss auf einen Schlag lahmgelegt war. Anschließend riss ich das Fenster auf und streckte meinen Kopf so weit hinaus, dass ich der Katze direkt in die Augen sah.

»Lass mich endlich in Ruhe!«, schrie ich. »Merkst du nicht, dass ich allein sein will?«

Mit einem lauten Miauen sprang Sibila von der Fensterbank und verschwand wie der Blitz im Garten. Ich blieb allein zurück und brach in Tränen aus. Tränen der Wut. Der Verzweiflung. Des Schmerzes, der Ungläubigkeit, der Demütigung. Der Enttäuschung darüber, in diesem Moment Joaquín und diese ... dieses Mädchen, wer immer sie auch war, nicht in Reichweite zu haben, um sie beide auf der Stelle erwürgen zu können.

Ich war so dumm! So dämlich! So naiv, an Joaquín zu glauben, an die Männer, an die Welt und all ihre Versprechen, an die Traumprinzen und an den Weihnachtsmann. Vero hatte in allem recht gehabt. Was sollte ich ihr jetzt sagen? Und meinem Vater? »Raben kommen ungestraft davon, die Tauben müssen büßen«, hatte meine Mutter in Anspielung auf Joaquín Cuervos Nachnamen gesagt, als ich ihr zum ersten Mal von ihm erzählt hatte. Sie hatte ihm von Anfang an nicht getraut und nie verstanden, was ich in ihm gesehen habe. Alle hatten es kommen sehen, nur ich nicht. Ich war allein, so allein! Unaufhörlich strömten mir die Tränen aus den Augen, Tränen des Selbstmitleids und der Einsamkeit, die den langen, düsteren Herbst meines Lebens ankündigten, dessen Stürme mir den Atem nehmen und meine Glieder vor Schmerz erstarren lassen würden. Und dieser Herbst wäre erst der Vorbote eines eisigen Winters, der alles zunichte machen und in tödliche Stille tauchen würde.

8

DAS RUDEL

Als ich aufwachte, lag ich auf dem Gästebett, steif vor Kälte, in der eiskalten Luft, die durch das offene Fenster hereinströmte, und an ein warmes Fellbündel geschmiegt. Leise schnurrend, raunte die Katze immer wieder: »Ganz ruhig, meine Süße. All das geht vorbei. Es geht vorbei. Es geht ganz bestimmt vorbei. Ganz ruhig ...«

Ich legte meine Arme um sie, und sie kuschelte ihren Kopf an meine Brust.

»Sibila ...«, begann ich.

»Was ist, meine Liebe?«

»Was soll ich jetzt nur tun?«

»Wenn ich du wäre, würde ich erst mal das Fenster schließen, du zitterst wie Espenlaub.«

Mühsam raffte ich mich auf und machte das Fenster zu. Es war bereits dunkel draußen, doch ein Blick auf den Wecker verriet mir, dass es noch nicht einmal sieben Uhr war. Ich sank wieder aufs Bett und hüllte mich in die Decke. Sibila setzte sich auf meinen Schoß.

»Ich könnte ihn umbringen«, sagte ich.

»Das glaube ich nicht«, entgegnete die Katze kopfschüttelnd.

»Ich schwöre es dir. Wenn er jetzt vor mir stünde, würde ich ihn töten.«

»Eben habe ich noch gedacht, dass du mich umbringen willst.«

Ich erinnerte mich, wie ich sie am Fenster angeschrien hatte.

»Entschuldige. Das war nicht gegen dich gerichtet.«

»Ich weiß schon. Du wolltest mich nicht töten, natürlich nicht. Aber Joaquín genauso wenig. Das, was du töten willst, ist die Vergangenheit: das, was Joaquín dir angetan hat, was du selbst getan hast – oder zu tun versäumt hast. Aber daran lässt sich nun nichts mehr ändern. Das wollte ich dir übrigens eben schon sagen, als du so ausgeflippt bist.«

Ich blickte auf den Computer, der nun schwarz und still auf dem Schreibtisch stand, und hatte wieder all die Bilder vor Augen, von Étretat, von Verona, von Joaquín, der an Weihnachten für mich und meinen Vater nach einem Hotelzimmer suchte. Ich ließ mich mit dem Rücken gegen die Wand sinken und benutzte das Federbett als Kissen.

»Er belügt mich schon seit zwei Jahren, Sibila. Zwei volle Jahre lang. Betrügt mich mit irgendeinem jungen Ding. Warum hat er es mir nicht gesagt? Warum?«

»Ich habe keine Ahnung, meine Süße. Ihr Menschen seid erstaunlich begabt, was das Lügen angeht. Aber wenigstens weißt du jetzt Bescheid.«

»Genau«, sagte ich mit Grabesstimme. »Die Neugier ist der Katze Tod.«

»Wie bitte?«, maunzte Sibila. Ihre Augen schossen Blitze, und sie legte die Ohren an. Dann sah sie mich prüfend an und meinte:

»Hör mal, Sara. Ich denke, du bist in einer Verfassung, in der du Joaquín nicht gegenübertreten solltest. Auch wenn ich nicht glaube, dass du ihn … umbringen würdest, aber vielleicht würdest du dich in einer Weise aufführen, die du nachher bereust. Du musst erst einmal deine Wunden lecken, beziehungsweise du brauchst jemanden, der sich um dich kümmert. Wir sollten von hier verschwinden. Such dir einen anderen Unterschlupf. Umgib dich mit Menschen, die dich lieben und unterstützen. Wir Katzen sind unabhängiger, wenn wir Probleme haben, aber ihr Menschen seid da mehr wie die Hunde. Ihr seid Rudeltiere.«

Das stimmte. Wie sehr sehnte ich mich auf einmal nach meinem Vater, meinen Freundinnen, meinem Zuhause, meinem Heimatland! So plötzlich von Joaquín getrennt, durch diese brutale Wahrheit, die wie eine Axt niedergesaust war und das Band zwischen uns zerrissen hatte, brauchte ich jemanden, der mir Zuwendung, Sicherheit und Liebe gab. Am besten unverzüglich.

In diesem Moment fiel mir auf, dass diese Wände, dieses Bett, dieses Haus, das so lange mein Zuhause gewesen war, mir auf einmal ganz fremd waren. Als hätte mich jemand in einem Zimmer zurückgelassen, das die perfekte Nachbildung unseres Gästezimmers war, mit allen Möbeln am richtigen Platz, so überzeugend echt wie die Wohnung von Sherlock Holmes in dem Museum in der Baker Street, und doch genauso falsch. Fröstelnd wurde mir klar, dass ich es nicht eine Minute länger an diesem Ort aushalten konnte.

Doch wo sollte ich hingehen? Es war schon zu spät, um an diesem Abend noch nach Madrid zu fliegen. Aber wer stand mir so nahe, dass ich das Vertrauen aufbrachte, mich am selben Abend noch mitsamt meinem Koffer und meiner Verzweiflung bei ihm einzuquartieren? Ein Arbeitskollege kam da auf keinen Fall infrage. Die meisten Freunde, die ich in London hatte, waren gemeinsame Freunde von Joaquín und mir, und beinah alle hatte Joaquín in den ersten Jahren hier kennengelernt, während seiner Kurse und was er sonst noch so unternommen hatte. Ich überlegte. Vielleicht bei Pip und Brian. Pip war Schneiderin und führte ein Modegeschäft für Übergrößen – sie selbst war nicht gerade schlank – in Notting Hill, das ganz in der Nähe war. Joaquín hatte Brian während seines japanischen Kochkurses kennengelernt, aber letztendlich waren vor allem Pip und ich Freundinnen geworden. Ich liebte diese herzliche, temperamentvolle, in allem kaum zu bremsende Frau. Wir mochten die gleichen Bücher, hatten beide ein ausgeprägtes Umweltbewusstsein und liebten lange Gespräche bei einer Kanne Tee und Karottenkuchen. Außerdem hatten Pip und Joaquín sich nie besonders gut verstanden, weil sie mit ihrem Faible für Chakren und Homöopathie bei Joaquín, der jede Art von Mystik und »Hokuspokusmedizin« strikt ablehnte, überhaupt nicht ankam. Ja, Pip würde auf meiner Seite sein.

Ich nahm mein Handy und rief sofort bei ihr an.

»*Hi, Sara.* Wie schön, dass du anrufst. Wie geht's dir denn?«

»Hör mal, Pip«, sagte ich, »hast du einen Moment Zeit?«

»Ja, Bernie spielt gerade brav für sich allein. Was ist passiert?«

»Ich … ich weiß nicht, wie ich es sagen soll.«

»Was ist los, mein Schatz?«

»Es geht um Joaquín. Ich habe herausgefunden, dass er …«, meine Stimme zitterte, und ich merkte, dass mir wieder die Tränen kamen, »dass er eine Geliebte hat.«

»*Oh my God! Oh my God!* Du Ärmste! Wann hast du es erfahren? Wie hast du …?«

»Gerade eben. Du bist die Erste, mit der ich darüber rede. Ich weiß nicht, was ich machen soll, Pip. Ich halte es hier nicht länger aus. Gleich kommt Joaquín nach Hause, und dann will ich nicht mehr im Haus sein. Ich kann es nicht. Entschuldige, dass ich dich …«

»Nein, nein, *darling*. Ganz ruhig! Du kommst zu uns, etwas anderes kommt gar nicht infrage. *Bastard!* Ich nehme das Auto und hole dich ab. Mach dir keine Sorgen. Pack einen Koffer für mindestens eine Woche. Ich bin in zwanzig … in zehn Minuten bei dir, okay?«

Ich fing wieder an zu weinen.

»*Thank you. Thank you, Pip.* Du ahnst nicht, was das für mich bedeutet!«

»Vergiss es! Los, pack deinen Koffer, ich bin gleich da.«

Nachdem ich das Gespräch beendet hatte, wischte ich mir mit dem Ärmel meiner Bluse die Tränen ab und legte los. Ich nahm den Koffer aus dem Regal im Flur, stellte ihn geöffnet im Schlafzimmer auf den Boden und warf alles hinein, was mir in die Finger kam: zwei Hosen, einen Stapel T-Shirts, ein paar Blusen, einige Garnituren Unterwäsche, Strümpfe und einen marineblauen Rollkragenpullover, meine Kulturtasche, das Ladegerät für mein Smartphone. Als ich den Koffer zugemacht hatte und gerade die Treppe hinuntergehen wollte, sah ich aus dem Augenwinkel das Papierchaos im Büro. So konnte ich das nicht hinterlassen. Denn noch war mir nicht klar, ob ich wollte, dass Joaquín erfuhr, dass ich Bescheid wusste, oder nicht. Daher war es besser, keine Spuren zu hinterlassen. Ich sammelte die Rechnungen und die anderen Papiere auf und ordnete sie, so gut es ging, wieder in die Mappe ein. Dann schloss ich den Computer an und schaltete ihn ein, um mich zu vergewissern, dass Joaquíns Mail-Account vorschriftsmäßig geschlossen war. Anschließend machte ich den Computer wieder aus. Beim Runtergehen fiel mir die Tasche mit meinem Laptop ins Auge. Ich griff danach und schnappte mir anschließend meinen Mantel, einen Schal und eine Mütze. Als ich aus dem Haus trat, traf ich auf Pip, die gerade aus dem Auto ausgestiegen war und mir, in einen dicken weißen Mantel gehüllt, mit kleinen Schritten entgegeneilte.

»*Oh, darling, I'm so sorry!*«

Sie nahm mich in die Arme, und es fühlte sich an, als drückte mich eine riesige Eisbärin an ihre Brust. Sofort brach ich wieder in Tränen aus und heulte wie ein Schlosshund – ein schönes Schauspiel für die gesamte Nachbarschaft.

»Los, komm jetzt erst mal, wir entscheiden zu Hause, wie es weitergeht. Du brauchst das nicht allein durchzustehen!«

Als ich ins Auto stieg, streckte mir Bernie, der in seinem Kindersitz saß, zum Trost gleich sein kleines hölzernes Feuerwehrauto entgegen.

»*Thanks, Bernie*«, sagte ich und gab ihm einen Kuss.

»*Is the cat coming, too?*«, fragte Bernie.

Ich schaute auf den Bürgersteig, wo Sibilia schweigend neben dem Wagen saß und wartete. *Kommt die Katze auch mit?*

»Würde es dir etwas ausmachen?«, fragte ich Pip.

»Etwas ausmachen?«, meinte Pip. »Ich *liebe* Katzen!«

Während Brian Bernie zu Bett brachte und Sibila vorsichtig die neue Umgebung erkundete, gab Pip mir ein Glas Wasser mit Bachblütentropfen, die mich, wie sie sagte, beruhigen würden. Dann machte sie mir in der Mikrowelle die Reste einer Kürbissuppe und des gegrillten Hähnchens warm, die sie zum Abendessen gegessen hatten. Mit einem Paket Taschentücher in Reichweite erzählte ich ihr, was geschehen war, wobei ich meinen eigenen Worten kaum glauben konnte. Pip gab mir in allem recht, schlug immer wieder entrüstet mit der Hand auf den Tisch und bedachte Joaquín und alles, was mit ihm zu tun hatte, mit wütenden Flüchen und Verwünschungen. Brian, der sich nach einer Weile zu uns setzte, hörte unbehaglich zu und wusste offenbar nicht so recht, was er vom Verhalten des beschriebenen Schufts, der ja immerhin sein Freund war, halten sollte, sodass er es nicht wagte, ihn zu verteidigen, ihn aber auch nicht kritisieren wollte.

»Und was hast du jetzt vor? Werdet ihr das Haus verkaufen? Wirst du zurück nach Spanien gehen?«, fragte Pip, während sie mir zum Nachtisch ein großes Stück *apple pie* servierte.

Da erst fiel mir auf, dass ich derartige Fragen, die wie dunkle, bedrohliche Schatten um mein gebrochenes Herz herumgeisterten, bisher ausgeklammert hatte.

»Ich weiß es nicht, Pip. Bei der derzeitigen schlechten wirtschaftlichen Lage in Spanien wird es nicht so leicht sein, zurückzukehren und eine Arbeit zu finden. Und dummerweise gehört das Haus Joaquín. Seine Eltern haben es gekauft, um ihr Geld gut anzulegen, als wir hergekommen sind. Ich habe zwar eine Wohnung in Madrid, aber die ist noch nicht abbezahlt, und sie jetzt zu verkaufen wäre dumm, denn die Marktlage ist äußerst schlecht. Mein Gott, Pip, ich bin ruiniert! Mit dem Geld, das mir zur Verfügung steht, kann ich in London kaum etwas Anständiges mieten. Und schon gar nicht in West Hampstead ...«

Pip drückte meine Hand.

»Das wird sich schon irgendwie regeln lassen. Jetzt iss erst mal den Apfelkuchen.«

»Ich kann nicht, Pip. Mein Magen ist wie zugeschnürt.«

»Etwas Tee?«

»Am besten irgendeine beruhigende Kräutermischung. Und dürfte ich mal euer Telefon benutzen, um ihn Spanien anzurufen?«

»Natürlich, Sara, ruf an, wen du möchtest. Willst du es dir dabei im Wohnzimmer gemütlich machen? Ich leg noch ein paar Kissen aufs Sofa, dann hast du es bequemer. Wir lassen dich dann zum Telefonieren erst mal allein. Wenn du irgendetwas brauchst, sag es mir, okay?«

Pip umarmte mich noch einmal und ließ mich dann mit meinem Tee im Wohnzimmer zurück. Ich gab die ersten Ziffern der Telefonnummer von zu Hause ein, brach jedoch zwischendurch ab, weil ich mir nicht sicher war, ob ich die Kraft haben würde, die entsetzte Reaktion meines Vaters zu ertragen. Und schon gar nicht wollte ich in meinem derzeitigen Zustand mit meinem Bruder reden, der möglicherweise an den Apparat kam.

Ich entschied mich, es zuerst bei meinen alten Freundinnen zu versuchen. Glücklicherweise erreichte ich Patri und Susana sofort, und beim dritten Versuch schließlich auch Vero. Allen klagte ich, in Tränen aufgelöst, mein Leid, doch je öfter ich die Geschichte wiederholte, desto mehr gewöhnte ich mich an Sätze wie »Er ist schon seit zwei Jahren mit einer anderen zusammen«, »Ich habe bereits unser Haus verlassen« oder »Ich will ihn nie mehr wiedersehen«. Genauso wie an mein gebrochenes Herz, das bei diesen Worten leise klopfte.

Vero versprach, dass sie – zusammen mit meinen beiden anderen Freundinnen – alles tun würde, um mir wieder auf die Beine zu helfen.

»Joaquín kann sich schon mal auf den Auftritt der Luchse einrichten. Der soll sich besser nicht in unsere Nähe wagen, denn das könnte äußerst unangenehm für ihn werden!«

Sie brachte mich sogar ein wenig zum Lachen, als sie aufzählte, was wir aus Rache alles anstellen würden, wenn wir in London erst wieder vereint wären: »Als Erstes geben wir seinen Audi, sein Teleskop und sein Sushi-Set an einen von diesen Secondhand-Läden für einen guten Zweck. Mit seinen langweiligen Geschichtsbüchern und den Wissenschafts-Magazinen machen wir ein schönes Feuerchen, um uns Tee zu kochen. Und dann nehmen wir die Gartenwerkzeuge und bearbeiten damit die Xbox, seinen Fernseher und seine Modellflugzeuge. Gib mir noch ein bisschen Zeit, und ich vervollständige die Liste.«

All das tat mir unendlich wohl. Es war so wichtig für mich zu wissen, dass es Leute gab, auf die ich zählen konnte, und dass ich das Lachen nicht verlernt hatte. Auch wenn ich nach dem Telefonat sofort wieder in Tränen ausbrach.

Als ich mich schließlich dazu überwand, zu Hause anzurufen, war es bereits halb elf nach englischer Zeit, in Spanien also halb zwölf. Ich fürchtete noch immer, dass mein Bruder ans Telefon gehen könnte, aber ich wollte den Anruf hinter mich bringen, bevor ich zu Bett ging, auch wenn ich bereits völlig erschöpft war.

Mein Bruder Álvaro und ich hatten noch nie ein gutes Verhältnis zueinander gehabt. Schon als Kind hatte es mich geärgert, dass man ihm Dinge erlaubte, die ich nicht tun durfte, einerseits weil er der Jüngere war, andererseits weil er ein Junge war, aber auch weil er es faustdick hinter den Ohren hatte. Das führte dazu, dass er zu einem verantwortungslosen Faulpelz wurde, der sich in der Rolle des verwöhnten Muttersöhnchens äußerst wohlfühlte und es sich in unserem Haus, das meine Eltern im Viertel Mirasierra kauften, als sich der Verkauf von Büchern noch lohnte, richtig gut gehen ließ. Ich musste oft auf ihn aufpassen, und je älter wir wurden, desto häufiger gerieten wir uns in die Haare. Vor allem als er im frühen Teenageralter seine Freunde mit nach Hause brachte, die genauso dumm und unreif waren wie er selbst, die in ihrem ganzen Leben noch kein Buch gelesen hatten und sich nur für Fußball, kleine Mädchen, Motorräder und Bob Marley interessierten. Im Grunde hielten mein Bruder und ich es nur miteinander aus, wenn wir mit unseren Eltern auf Reisen waren, zuerst in dem Bücherbus aus der Hippiezeit und später mit Rosinante II, dem Wohnmobil, das in den Achtzigerjahren den Bus ablöste.

Das Schlimmste war, dass Álvaro nie erwachsen wurde. Sein BWL-Studium gab er im dritten Jahr auf, weil er sich entschlossen hatte, Filmregisseur zu werden. Daraufhin gaben meine Eltern ein Vermögen für eine Filmhochschule in New York aus. Und als er seinen Abschluss hatte, verkündete er uns, dass er nun als Discjockey auf Ibiza arbeiten wolle. Natürlich kam diese Karriere auch nicht wirklich in Schwung, sodass sich Álvaro erst einmal für ein paar Jahre aufs Partyfeiern konzentrierte und abwartete, welche von seinen ständig wechselnden kokainabhängigen Freundinnen ihn am längsten ertrug. Von all dem ahnten meine Eltern nicht einmal die Hälfte und waren immer noch äußerst stolz auf ihren Sohn.

Ich schloss mit Álvaro letztendlich so etwas wie ein schweigendes Übereinkommen, das es uns ermöglichte, bei unseren seltenen Begegnungen einigermaßen höflich miteinander umzugehen. Richtig übel wurde es jedoch, als meine Mutter infolge ihres langjährigen Zigarettenkonsums an Lungenkrebs erkrankte. Mein Vater gab daraufhin auf der Stelle das Rauchen auf, um sie darin zu unterstützen, ebenfalls aufzuhören. Das jedoch bereitete ihr größte Probleme, sodass sie sich ihren verzogenen Sohn als Verbündeten suchte.

Als ich sie eines Tages im Krankenhaus besuchte, musste ich erleben, wie sie gerade gegen einen furchtbaren, nicht enden wollenden Hustenanfall kämpfte, bis ihre vergifteten Lungen schließlich einen blutigen Schleim absonderten. Ich konnte es nicht glauben, aber das Zimmer war voller Qualm und auf dem Boden verglühte eine gerade gerauchte Zigarette. Als sie gestand, dass Álvaro ihr die Zigaretten gekauft hatte, knöpfte ich ihn mir rasend vor Wut vor. Mitten im Krankenhausflur packte ich ihn am Hemdkragen und warf ihm alles an den Kopf, was sich die ganzen Jahre über in mir aufgestaut hatte. Dinge, die mindestens so grauenhaft waren wie das, was die Lungen meiner Mutter von sich gegeben hatten. Mehrere Krankenpfleger waren nötig, um uns zu trennen.

Auf der Beerdigung ignorierte ich ihn, und über mehrere Jahre hatten wir so gut wie keinen Kontakt. Seit er wieder in unserem Elternhaus lebte, konnte ich ihm nicht mehr vollständig aus dem Weg gehen, aber unsere Gespräche waren stets äußerst angespannt. Und in jener Nacht in Pips Wohnung fühlte ich mich dermaßen verletzlich, dass ich mir eine Konfrontation lieber ersparen wollte.

Das Telefon klingelte zwei Mal, und natürlich war mein Bruder am Apparat.

»*Dígame?*«

»*Hola, Álvaro.*«

»*Hola, hermana,* gerade habe ich gedacht, wie

gern ich mal wieder dein liebliches Stimmchen hören würde.«

»Pass auf, Álvaro, ich habe keine Zeit für deinen Sarkasmus, zwischen mir und Joaquín ist es aus, und ich bin völlig fertig. Ich würde gern mit Papa sprechen.«

»Scheiße, Schwester! Das ist ja der Hammer! Was ist passiert? Ich wette, er hat 'ne andere Braut, was?«

»Du bist widerlich! Ja, hat er. Und jetzt gib mir Papa!«

»Ich wusste, dass das ein ganz linker Typ ist. Mit seinem ganzen wissenschaftlichen Bullshit, mit dem er einen immer zugetextet hat. Ich hab es dir immer gesagt, aber du wolltest ja nicht auf mich hören. Nur, ehrlich gesagt, ist jetzt nicht gerade der richtige Zeitpunkt, um Papa mit deinen Seifenopern zu behelligen. Der hat grad selbst genug an der Hacke. Wir haben hier nämlich ein ziemliches Problem, und ich fürchte, du wirst uns wohl unter die Arme greifen müssen ...«

»Was für ein Problem? Was ist passiert?«, fragte ich, entsetzt, dass es offensichtlich noch schlimmer kommen sollte.

»Wir sind pleite, Schwesterherz.«

»Was meinst du mit ›pleite‹?«

»Du weißt ja, dass es mit der Buchhandlung nicht mehr so richtig gut lief, aber ... na ja, wir haben dir eben nicht alles erzählt.«

»Aber wovon sprichst du, Álvaro? Jetzt ist wirklich nicht der richtige Moment für deine blöden Witze!«

»Leider ist das kein Witz. Wir haben vor drei Jahren eine Hypothek auf das Haus aufnehmen müssen, um die Schulden und den Umbau des Geschäfts zu bezahlen.«

»Eine Hypothek auf das Haus?«

»Na ja, nicht über die volle Summe. Wir haben dir nichts gesagt, um dich nicht zu beunruhigen.«

»Álvaro, bitte. Aber wie ...«

»Damals hieß es, dass die Krise höchstens ein Jahr dauern würde, vielleicht zwei ... Wir hatten unsere Ersparnisse schon komplett aufgebraucht, und der Umbau schien uns eine gute Lösung, um die schlechten Zeiten zu überstehen und mit den großen Buchhandlungen mithalten zu können.«

Mir fehlten die Worte.

»Schwesterherz?«

»Das heißt, dass der Sportwagen, den du gekauft hast, gar nicht von Papas Ersparnissen finanziert wurde, sondern er hat dafür sein Haus verschuldet. *Unser* Haus! Und deine Reisen? Kuba, Brasilien ...«

»Was soll das? Hast nur du das Recht, dich zu amüsieren, oder was? Woher sollte ich denn wissen, dass die Krise so lange andauern würde?«

»Ich hasse dich, Álvaro. Ich hasse dich wirklich!«

Aber er hörte mir nicht mehr zu. Mein Bruder sprach mit meinem Vater, dessen schwache, beschämte, todmüde Stimme kurz darauf am Telefon erklang.

»*Hola, Sarita,* meine Süße ...«

»Papa!«

Mein Vater brach in Tränen aus, wegen seiner Buchhandlung und seinen Büchern, weil er so einsam war und die Liebe seines Lebens verloren hatte, wegen seines unfähigen und egoistischen Sohnes, weil er mir sein ruinöses Vorhaben verschwiegen hatte und nun seine Tochter um Geld bitten musste. Und so kam es, dass erst einmal ich ihn trösten musste, indem ich ihm versicherte, dass wir eine Lösung finden würden, ihm versprach, dass seine Sarita sich um alles kümmern würde. In diesem Zustand konnte ich ihm nicht erzählen, was mir passiert war. Nicht jetzt, nicht in diesem Moment.

Ich sagte Pip Gute Nacht, die noch einmal aus ihrem Schlafzimmer kam, um mich zu umarmen. Erneut fing ich an zu weinen und wunderte mich inzwischen, wo all diese Tränen herkamen.

»Oh dear, oh dear. That's right. Let it all out.«

Warum sollte ich ihr erzählen, dass nun alles noch viel schlimmer war? Ich hatte ihr an diesem Abend schon genug die Ohren vollgeheult. Und ich war am Ende meiner Kräfte.

9

DER MOMENT DER WAHRHEIT

Trotz meiner Erschöpfung machte ich in jener schwärzesten Nacht meines Lebens kaum ein Auge zu. Ich war vor Wut wie gelähmt und fühlte mich unendlich gedemütigt, dann wieder zitterte ich vor Angst, wenn ich an meine düsteren Zukunftsaussichten dachte, an die Einsamkeit, die finanzielle Unsicherheit, ein bitteres Lebensende in Armut. Sibila lag am Fußende des Bettes und wachte über mich wie eine geduldige Krankenschwester, die einem ab und zu tröstend über den Kopf streicht. Aber sie stahl sich auch in meine wirren Träume, in denen ich wütend kämpfende Katzen vor mir sah, die sich buckelnd anfauchten und mit den Krallen aufeinander losgingen, als wollten sie sich gegenseitig in Stücke reißen.

Was sich im Laufe der Nacht jedenfalls immer mehr herauskristallisierte, war mein Wunsch, mich so schnell wie möglich mit Joaquín zu treffen, um sein Geständnis zu hören und zu sehen, wie er sich wie ein Wurm am Boden wand und dafür um Vergebung bat, dass er mich betrogen hatte. Dieser feige Mistkerl hatte vor, sich mit heiler Haut aus der Affäre zu ziehen.

Er wollte eine friedliche Trennung, weil es angeblich nicht mehr so gut zwischen uns lief, um dann irgendwann die andere Frau zu erwähnen, die er »neulich zufällig kennengelernt« hatte. »Wir sollten uns mal treffen, dann stell ich sie dir vor«, und alles Friede, Freude, Eierkuchen. Aber ich würde ihm einen Strich durch die Rechnung machen. So leicht würde er mir nicht davonkommen, und alle sollten wissen, was er getan hatte.

Als ich am nächsten Morgen gegen sieben Uhr wach wurde und mich mit schwerem Kopf im Bett aufsetzte und das Päckchen mit den Antidepressiva auf dem Nachttisch sah, nahm ich es und feuerte es quer durchs Zimmer. Ich wollte mich nicht besser fühlen. Ich wollte wütend sein!

Um halb acht schickte ich Joaquín eine SMS:

12.30, Kensington Gardens,
am runden Teich.
Möchte über unsere Trennung reden.

Ich hatte entschieden, dass es ein öffentlicher Ort sein musste, damit ich mich sicher fühlte, aber doch auch anonym genug, dass ich ihn anschreien oder ihm eine verpassen konnte, ohne allzu unangenehm aufzufallen.

Um 8.05 Uhr kam die Antwort:

Ok. Geht es Dir gut?

Jetzt will er auch noch den Gentleman spielen, dachte ich. Vielleicht fürchtet er, dass ich etwas herausgefunden haben könnte. Ich beschloss, nicht auf die Nachricht zu antworten. Sollte er sich doch weiter Gedanken machen, ob ich etwas wusste!

Bernie musste samstags um zehn immer nach Greenwich zum Geigenunterricht, und das lag am anderen Ende der Stadt. Daher hoffte ich, dass Pip und der Rest der Familie nicht mehr im Haus sein würden, als ich aus meinem Zimmer kam, um mich zu waschen und zu frühstücken, soweit das überhaupt möglich war. Den Rest des Vormittags verbrachte ich damit, nervös im Wohnzimmer auf und ab zu laufen und immer wieder meine Strategie durchzugehen, meine Worte und meine Tiraden zu überdenken und mich auf jede mögliche Reaktion vorzubereiten, um jede seiner Lügen zu entlarven, ihn zu einem möglichst schmerzlichen Geständnis zu zwingen, um meinen kleinen Triumph so weit wie möglich auszukosten. Der Park würde zum Schauplatz der peinlichen Szene werden, vor der sich der Feigling all die Monate über gefürchtet hatte. Es war eine Verabredung mit der Wahrheit und mit der Gerechtigkeit natürlich, aber davon abgesehen, wollte ich mich an diesem feigen Mistkerl rächen. Und das wollte gut vorbereitet sein. Denn die Rache war inzwischen das Einzige, was mir noch blieb, und ich hatte nur diesen einen Versuch, was bedeutete, dass der Schlag gezielt ausgeführt werden musste, sauber und mit der nötigen Härte.

»Sibila, ich treffe mich nachher mit Joaquín im Park. Kommst du mit?«

Die Katze hatte mich den ganzen Morgen über schweigend aus einer Ecke des Zimmers heraus beobachtet. Jetzt näherte sie sich mir vorsichtig, die Ohren aufgestellt, den Schwanz am Boden.

»Bist du sicher? Glaubst du nicht, dass es besser wäre, noch eine Weile zu warten?«, fragte sie mich wie eine Psychologin, die bemüht ist, ihren Patienten zu beruhigen. »Du scheinst mir ein wenig aufgeregt.«

»Kommst du nun mit oder nicht?«, herrschte ich sie an.

Sibila sprang zur Seite und ging leicht vorgebeugt in Lauerstellung.

»Natürlich, Sara, ich begleite dich.«

Wir gingen zu Fuß, die Katze und ich. Das bedeutete, dass wir etwa eine halbe Stunde unterwegs waren, und die ganze Zeit über ging ich im Geiste meine Rede durch und stellte mir mit Befriedigung Joaquíns entsetztes Gesicht vor, wenn ihm allmählich klar wurde, dass ich bereits alles wusste, und anschließend seine Tränen der Reue, seine Furcht, dass alle Welt es erfahren würde, seine kläglichen Entschuldigungen. Mit jedem Schritt stieg mein Selbstbewusstsein, bis wir schließlich an den Kensington Gardens ankamen.

In diesem Moment begann es zu regnen. Damit hatte ich nicht gerechnet. Ich hatte keinen Regenschirm mitgenommen und war bereits pitschnass, als ich in eine U-Bahn-Station hinuntereilte, wo ein Straßenhändler für drei Pfund winzige, fragile Schirme verkaufte, die sich kaum ruhig halten ließen und bei jedem Windstoß umzuschlagen drohten. Auch meine Schuhe waren nicht wirklich wasserdicht, und als ich den Rasen überquerte, bekam ich nasse Füße.

Der Regen passt eigentlich ganz gut, sagte ich mir, um mich selbst zu ermuntern. So wirkt das Ganze dramatischer, pathetischer.

Doch im strömenden Regen, mit nassen Füßen und einem Schirm, der eher ein Spielball der Windböen war als ein Schutz, schwand mein tolles Selbstbewusstsein. Und als ich dann Joaquín sah, der am Teich bereits mit einem entspannten Lächeln auf mich wartete und in seiner Goretex-Outdoor-Montur perfekt angezogen und mit einem großen, wetterfesten, soliden Schirm perfekt gegen alle Wetter gewappnet war, verspürte ich den Drang, mich umzudrehen und einfach davonzulaufen.

»Ich warte hier auf dich, wenn das in Ordnung ist«, meinte Sibila und kletterte auf den Ast einer Ulme, die eine perfekte Aussicht auf den Teich bot, wo ich mit Joaquín verabredet war.

Ich nickte.

»Eins noch, wenn du erlaubst«, fügte sie zaghaft von oben her an.

»Was?«

»Vergiss nicht zu atmen.«

Ich holte tief Luft, und der Geruch des nassen Grases stieg mir in die Nase. Mit einem Seufzer zwang ich mich, entschiedenen Schrittes weiterzugehen und meine weichen Knie zu ignorieren.

Wir trafen uns in der Mitte der Wiese, wo der Regen in feinen Bindfäden herunterrauschte. In etwa zwei Metern Entfernung blieb ich stehen.

»Hallo, Sara«, begrüßte er mich mit amüsiertem Blick.

»Hallo«, entgegnete ich schlicht und schluckte die Salve an Flüchen herunter, die mir auf der Zunge lag.

»Wollen wir woanders hingehen?«, fragte er angesichts des Regens und meines bedauernswerten Anblicks.

»Nein«, entgegnete ich mit fester Stimme.

»Gut. Wie du willst.« Er lächelte nachsichtig.

Nun, das Lächeln sollte ihm alsbald vergehen. Doch ein heftiger Windstoß sorgte dafür, dass mein Schirm komplett umschlug. Ich nahm ihn in beide Hände und kämpfte wütend gegen den Wind an, während ich versuchte, die Stäbe wieder in die richtige Position zu biegen.

»Komm doch mit unter meinen Schirm«, meinte er und trat ein paar Schritte näher.

»Auf keinen Fall. Bleib, wo du bist!«

»Jetzt komm schon.« Seine Stimme klang leicht gereizt. »Wir wollen uns doch wie zivilisierte Menschen benehmen, oder?«

»Wollen wir das?« Die Ironie lag nun bei mir.

Ich fühlte mich wieder sicher. Jetzt konnte ich mit meinem Vernichtungsschlag beginnen.

»Dann reden wir doch mal über gutes Benehmen. Gibt es da möglicherweise etwas, das du mir nicht erzählt hast, Joaquín? Hast du mir vielleicht etwas verschwiegen?«

Für einen Moment meinte ich durch den Regen zu sehen, wie sich seine Augen misstrauisch verengten, dann sah er mich wieder in aller Unschuld an.

»Wovon sprichst du?«

»Hast du mich vielleicht belogen, Joaquín?«

Er schien aufrichtig getroffen, der perfekte Heuchler.

»Aber nein. Ich habe dich nicht belogen. Wieso sollte ich das tun?«

»Das ist jetzt die letzte Gelegenheit, mir die Wahrheit zu sagen, Joaquín.«

»Du weißt doch, dass ich immer die Wahrheit sage. Was redest du da für einen Unsinn?«

Er wirkte derart aufrichtig, als er es sagte, dass ich selbst ins Zweifeln geriet. Doch dann dachte ich an die Rechnungen aus Étretat, die zuckersüßen Mails und das »galaktische Mädchen« …

»Du weißt ganz genau, was ich meine, Joaquín.«

»Nein, ich habe keine Ahnung.«

»Warum willst du, dass wir uns trennen. Was ist

der wahre Grund?«, fuhr ich fort und ließ ein wenig durchblicken, worauf ich anspielte.

»Das weißt du doch, Sara. Du ... Du hast es ja selbst gesagt: Es läuft nicht mehr gut zwischen uns. So etwas kommt vor.«

Er hatte angefangen zu stammeln und trat unruhig von einem Bein aufs andere. Es war so weit.

»Ich weiß, dass du eine andere hast.«

Ich sagte es ihm eiskalt ins Gesicht. Erteilte ihm, ohne zu zögern, den Stoß mit dem Bajonett. Joaquín wich einen Schritt zurück und versuchte, sich mit hohler Stimme zu verteidigen.

»Das ist nicht wahr ...«

»*Ich weiß es!*«

Ich schleuderte ihm die Worte mit einer Heftigkeit entgegen, dass bei der ruckartigen Bewegung meines Schirms Wasser in seine Augen spritzte. Er schloss sie reflexartig. Dann fixierte er mich aufmerksam wie eine Ratte, die, in die Enge getrieben, überlegt, ob sie angreifen oder fliehen soll. In diesem Moment fügte ich, jedes Wort einzeln betonend, hinzu: »Aber ich will, dass du es mir ins Gesicht sagst.«

»Was glaubst du zu wissen? Was soll ich dir erzählen, Sara?«

Jetzt war ich wirklich wütend. Zumindest das dreiste Lächeln hätte er sich sparen können.

»Du sollst endlich die Wahrheit sagen, sonst nichts!« Ich hatte keine Lust, länger um den heißen Brei zu reden, und ging einen Schritt weiter. »Sagt dir der Name ›Galactic Girl‹ vielleicht etwas? Ja?!«

»Galactic … Das ist ein *nickname*, den eine meiner Kolleginnen benutzt. Was ist mit ihr?«

»Ich weiß es nicht, ich warte darauf, dass du es mir sagst.«

»Sie ist eine Freundin, mehr nicht.«

Er umklammerte seinen Schirm ein wenig zu fest. Allmählich wurde auch er wütend.

»Eine sehr gute Freundin, wie es scheint. Schließlich vögelst du sie! Wie gesagt, ich weiß alles. Glaubst du, ich bin blöd? Ein kleines naives Dummerchen? Seit wann, Joaquín? Seit wann? Sag mir wenigstens das!«

Joaquín wurde rot und schien einen Moment lang wirklich in die Enge getrieben, wie ich mit Befriedigung feststellte. Ich dachte, dass er nun klein beigeben würde, dass ich gewonnen hatte. Aber nein.

»Jetzt hör mal, Sara«, begann er in neuer Tonlage, etwas moderater, doch nun wieder sehr von sich überzeugt. »Ich habe es dir nicht gesagt, weil ich dir nicht wehtun wollte. Es ist gerade erst passiert, erst vor ein paar Wochen. Und es ist nichts Ernstes.«

»Du widerst mich an«, sagte ich, bereit, meine letzte Munition zu verschießen. »Du lügst noch immer. Du wolltest mir nicht wehtun? Das tust du aber gerade; du hast mir das Herz gebrochen und tust es noch, mit jedem Wort, das du sagst, mit jeder Lüge, die dir über die Lippen kommt. Ich weiß alles, Joaquín. Ich habe alle eure Mails gelesen, von der ersten von vor zwei Jahren bis zur letzten. Zwei Jahre! Das Foto in Verona, Joaquín. Du hast mich gebeten, dich zu fotografieren, damit du ihr das Bild schicken konntest …«

Ich musste mich mit aller Kraft zusammenreißen, um nicht in Tränen auszubrechen. Er war es doch, der zusammenbrechen musste. Warum passierte nichts? Wie konnte er einfach so ungerührt dastehen und auf das nasse Gras starren, als hätte er mich nicht gehört?

»Und ich wollte Kinder mit dir haben. Bevor es für mich zu spät ist. Ist dir eigentlich klar, was du mir da angetan hast?«

Joaquín schwieg unter seinem Schirm, das Gesicht in der Kapuze seiner schwarzen Jacke verborgen. Jetzt wurde es ihm wohl endlich bewusst. Er würde leiden. Mich um Entschuldigung bitten. Sein schlechtes Gewissen würde ihn umbringen. Ich kannte ihn. Er hatte ein Gewissen. Irgendwo in seinem tiefsten Inneren hatte er das.

Aber dann sah er mir geradewegs in die Augen und meinte mit sachlich-kühlem Blick, weil er mir das Offensichtliche jetzt auch noch erklären musste:

»Schau, Sara, solche Dinge passieren nun mal. Die Leute verlieben sich, und dann ist die Liebe irgendwann wieder vorbei. Ich habe jemand anderen kennengelernt, und wir haben uns ineinander verliebt. Ja, ich habe es dir nicht gesagt, weil ich dich schonen, dich nicht unnötig verletzen wollte. Du selbst hast immer gesagt, dass ich zu direkt sei. Und nun wollte ich den Schlag ein wenig abmildern. Und wie sich jetzt zeigt, war es richtig, dir nichts zu sagen. Du hast heimlich meine E-Mails gelesen, und jetzt tut es weh?

Dann hättest du das mal besser gelassen! Was soll ich dazu sagen? Wenn man ohne Schirm rausgeht, wird man nass. So ist das.«

Ich war sprachlos. Mit einem Mal begriff ich, dass er nichts bereute. Er würde sich nicht im Staub wälzen. Er würde mich nicht in irgendeiner Weise um Entschuldigung bitten. Und das zog mir den Boden unter den Füßen weg, denn ohne seine Abbitte, ohne seine Reue blieb mir gar nichts. Ich hatte keinen Freund mehr, kein Geld, keine Zukunft, nicht mal mehr ein kleines bisschen Würde, an das ich mich in meinen einsamen Nächten klammern konnte. Ich wollte ihn vor mir auf den Knien sehen, wie auch immer. Und um das zu erreichen, attackierte ich ihn wie eine beleidigte Königin mit dem Erstbesten, was ich zur Hand hatte: meinem Regenschirm.

Es war sicher ein äußerst melodramatischer Auftritt. Mein Schrei schallte durch den ganzen Park:

»Wie kannst du nur so grausam sein!«

Dabei drosch ich auf ihn ein, immer wieder, traf ihn völlig überraschend mit aller Kraft und geriet völlig außer Kontrolle. Beim ersten Schlag flog ihm der Schirm aus der Hand und vollführte im tobenden Wind einen schwungvoll tänzelnden Salto. Mit den folgenden Hieben riss ich ihm die Kapuze vom Kopf und verbog meinen gerade erst erworbenen Schirm, als ich ihn jetzt mit voller Wucht auf Joaquíns Körper niedersausen ließ, bevor dieser sich rückwärts taumelnd in Sicherheit bringen konnte. Joaquín hielt sich den Kopf, er hatte eine Platzwunde an der Stirn und hob nun seinen Schirm auf, wobei er mich nicht aus den Augen ließ, aus Furcht vor einer weiteren Attacke. Nun wirkte er tatsächlich wie eine verängstigte Maus in der Falle. Doch selbst in diesem Moment des Triumphs war mir bewusst, dass ich mich völlig lächerlich machte.

»Du hättest mir ein Auge ausschlagen können«, sagte Joaquín.

»Hätte ich das mal getan!«, giftete ich zurück.

»Verdammt, Sara, jetzt reiß dich mal zusammen! Ich verstehe ja, dass du wütend bist, und ich weiß, dass Eifersucht euch Frauen besonders hart trifft. Vielleicht solltest du mal schwimmen gehen. Schwimmen ist das beste Mittel gegen Stress. Ich glaube, ich habe sogar noch einen Gutschein vom Fitness-Center. Den kannst du gern …«

Dieser Vorschlag war der Tropfen, der das Fass zum Überlaufen brachte. Ich weiß nicht mehr, was danach passierte. Ob er seinen Fitness-Gutschein wirklich aus der Tasche zog oder ob ich ihm vorher meinen Regenschirm ins Gesicht schleuderte. Jedenfalls lag der Schirm nachher mit einigen losen Stangen, die in die Luft stakten wie das Gerippe eines vorzeitlichen Tieres, auf dem Boden und füllte sich allmählich mit Regenwasser. Das Einzige, woran ich mich erinnere, ist, dass ich, nachdem Joaquín gegangen war, noch lange fassungslos dort stand, mitten im Park, und die Wahrheit zusammen mit der Feuchtigkeit eines typischen Londoner Regentages nach und nach in mich einsickerte. Dass Joaquín mich nicht liebte, mich vielleicht nie wirklich geliebt hatte. Dass meine Gefühle ihm völlig egal waren. Dass er eine Art Psychopath war, den ich nicht mehr wiedererkannte. Das ich eine Idiotin war, weil ich es nicht gemerkt hatte. Dass ich die letzten zehn Jahre meines Lebens an ihn verschwendet hatte. Dass Álvaro wahrscheinlich nicht der einzige Mensch in meiner Umgebung war, der das alles schon früher begriffen hatte. Dass ich vierzig Jahre alt war und allein bleiben würde, ohne Haus, ohne Geld, ohne meine Mutter, ohne Kinder und ohne zu wissen, wie es weiterging. Das Einzige, was mir blieb, waren mein egoistischer Bruder, mein am Boden zerstörter Vater und eine sprechende Katze, die nur bewies, dass ich komplett verrückt war.

Ich machte mir keine Illusionen mehr. Ich sah ein, dass der düstere Himmel, in dem es weder einen Gott noch irgendein magisches Wesen gab, seinen Regen ohne jeden tieferen Sinn über mir ausschüttete, einfach, weil es an der Zeit war, nass zu werden. Und genauso würde es eines Tages an der Zeit sein, alt zu werden, zu leiden, zu weinen, Verluste zu erleiden und zu sterben. Denn so war das Leben: kurz und hart. Es war nicht mal ein Betrug. Ich hatte es einfach bisher nur noch nicht kapiert. Ich hatte mir selbst etwas vorgemacht. Hatte an das Märchen von Liebe, einem harmonischen Familienleben, von Erfolg und Glück geglaubt. Hatte gedacht, auf der Sonnenseite zu stehen, während andere, weit entfernt, im Krieg oder vor Hunger starben. Ich hatte meine Augen verschlossen vor der Wahrheit, hatte es Vero nicht geglaubt, als sie gesagt hatte, dass Joaquín genauso war wie die anderen Männer, wenn nicht sogar schlimmer. Hier, in dieser Stadt, lebte ich umgeben von Mördern, Vergewaltigern und Terroristen, die nur auf die passende Gelegenheit warteten, um einen Bus in die Luft zu sprengen. Ich wurde regiert von Politikern, die bereit waren, für mehr Öl blutige Kriege zu führen, von Finanzexperten, die sich weiterhin bereicherten, während sie den Rest der Welt ruinierten. Schlimmer noch: Ich selbst gehörte zu dieser Gruppe Seelenloser, indem ich mich an die Banker, Ölmillionäre und Kriegsherren verkaufte und all die Ideale verriet, die einmal mein Leben bestimmt hatten.

Das Märchen vom ewigen Glück! Ha! Jetzt hatte ich den grausamen Witz endlich verstanden, diesen ganzen großen Beschiss. Das wütende, obszöne, raue Lachen blieb mir im Hals stecken und wandelte sich zu einem heiseren Aufschrei. Vielleicht wurde ich wirklich verrückt, aber inzwischen war mir alles egal. Ich war zu einer armen, unglücklichen Seele geworden.

Der Regen ließ nach. Es wurde dunkel. Frierend setzte ich mich in Bewegung. Ich fühlte mich vollkommen leer. Am Anfang ging ich ziellos durch die Stadt, über Bürgersteige und durch Fußgängerzonen, die immer gleichen, absolut austauschbaren Wege in einem endlosen Labyrinth aus Beton, Asphalt und abgeblätterter Farbe. Ich musste stundenlang mit gesenktem Blick im Kreis gegangen sein, eine erschöpfte, verwirrte Laborratte, die blind nach dem Ausweg sucht. Bis ich an den Fluss kam.

Ich befand mich auf Höhe der Tower Bridge und fühlte mich von dem Glanz der weißen wie Grabsteine aufragenden Türme magisch angezogen. Während ich bis zur Mitte der riesigen menschenleeren Konstruktion ging, fuhr kein einziges Auto an mir vorbei. Das einzige Geräusch machte der Wind, der über die Brücke fegte, dabei die gigantischen Drahtseile in Schwingung versetzte und Klänge erzeugte, die wie das Requiem einer riesigen Harfe klangen. Schließlich gelangte ich zum Ende der beiden Tragwerkteile, die sich mehrmals am Tag hoch in die Luft erhoben. Ich blieb stehen und beugte mich über das Geländer.

In diesem Moment war es nicht die Themse, genauso wenig wie ich mich in London befand. Es war einfach nur Wasser, ein immenser reißender Strom schwarzen, kalten Wassers, in dem sich alle Scham und die Wut der ganzen Welt ertränken ließen. Wasser, das mich aufforderte, alles zu beenden. Ich verspürte den Wunsch, näher heranzutreten. Keine Ahnung, warum. Ich weiß nicht, ob ich tatsächlich überlegte, mich ins Wasser zu stürzen. Noch nie in meinem ganzen Leben hatte ich auch nur im Entferntesten an so etwas gedacht.

Ich legte die Hände auf das feuchte Geländer, stützte mich hoch, schwang ein Bein hinüber und dann das andere. Ich setzte mich auf die Brüstung und ließ meine Beine über dem Fluss baumeln. Eigentlich müsste mir jetzt schwindelig sein, dachte ich. Ich hatte schon immer Probleme mit Höhenangst gehabt. An diesem Abend seltsamerweise nicht. Es wäre leicht, so leicht gewesen, einfach hinunterzuspringen ... Ich erinnerte mich daran, was dieser Mistkerl gesagt hatte: »Schwimmen ist das beste Mittel gegen Stress.« Joaquín hätte wohl nicht gedacht, dass ich in der Lage wäre, ihm diese Grausamkeit auf derart schreckliche Weise zu vergelten. Dann würde er endlich etwas empfinden, würde auch er leiden.

»Woran denkst du?«, hörte ich plötzlich eine leise Stimme neben mir, als spräche dort ein geisterhafter Gesandter meines eigenen Todes.

Vor Schreck wäre ich beinah in den Fluss gefallen.

Mit beiden Händen klammerte ich mich ans Geländer. Mein Herz raste in meiner Brust, und nun hatte mich auch der Schwindel erfasst.

»Sibila! Meine Güte, du hast mich zu Tode erschreckt!« Ich wagte es nicht mal, mich nach ihr umzudrehen.

»Was meinst du, wie du mich erschreckt hast!«, entgegnete Sibila mit Besorgnis in der Stimme. »Ich habe für einen Moment schon gedacht, du willst dich in den Fluss stürzen.«

Für einen Moment habe auch ich daran gedacht, stellte ich mit Schrecken fest und starrte in das dunkle Wasser. Doch das behielt ich für mich. Ich stellte mir vor, wie mein Vater reagieren würde, wenn er die Nachricht erhielt. Oder Vero. Oder Pip und Brian und der kleine Bernie. Wie hatte ich auch nur eine

Sekunde daran denken können! Meine Augen füllten sich mit Tränen, und die Lichter der Stadt verschwammen vor meinem Blick. Da merkte ich, dass Sibila plötzlich neben mir auf dem Geländer saß. Sie hatte die Vorderpfoten auf meinen Schoß gelegt und schmiegte den Kopf an meinen Bauch. Ich spürte die Wärme ihres kleinen Körpers, die mich allmählich beruhigte, bis ich schließlich in der Lage war, eine Hand vom Geländer zu lösen und über ihr weiches Fell zu streicheln.

Es war nicht viel, aber wenigstens etwas, wonach ich greifen konnte. Eine Katze, die bei mir war, mich bis hierhin begleitet hatte, bis zum Ende der Welt. Eine Katze, die bei mir war, um mich zu trösten, ohne dafür eine Gegenleistung zu verlangen. Eine Katze, die einfach so bei mir war. Jetzt. An dem einzigen Ort und in dem einzigen Moment, den es für Katzen gab.

Der Fluss rauschte tief unter uns, und ich streichelte Sibila. Sie sagte nichts, und dennoch verstand ich sie. *Ich gebe dir meine Wärme*, lauteten ihre stummen Worte. *Ich gebe dir meine Zärtlichkeit*. Das Wasser floss unter meinen Füßen dahin wie die Zeit. Und ich spürte auf einmal, dass sich die Erde trotz allem weiterdrehte, das Wasser nicht aufhörte zu fließen und der Wind meine Tränen trocknete. Alles wurde geboren, veränderte sich und starb irgendwann. Meine Beziehung zu Joaquín, ich selbst, die ganze Stadt mit all ihrem Lärm und ihren Lichtern. *Aber jetzt und hier gebe ich dir meine Wärme*, hörte ich die

Katze, die nichts sagte, *gebe ich dir meine Zärtlichkeit.*

»Danke, Sibila.«

»Wofür? Ich habe nichts getan. Nichts gesagt.«

»Das war genau das, was ich gebraucht habe.«

Sibila hob den Kopf. Sah mich mit ihren unergründlichen grünen Augen an, und zum ersten Mal hielt ich ihrem Blick stand.

»Weißt du, Sibila, einen Moment lang dachte ich, mein Leben wäre zu Ende, das habe ich wirklich geglaubt …«

»Und du hattest recht!«, befand Sibila. »Aber dir bleiben noch vier oder fünf.«

»Vier oder fünf?«

»Ja, vier oder fünf Leben.« Die Katze wandte sich um und spazierte über die Brüstung in die andere Richtung. »Ihr Menschen sagt immer, dass wir Katzen sieben Leben haben. Dabei beherrscht ihr diesen Trick genauso gut.«

»Welchen Trick?«

»Aus der Asche wiederaufzuerstehen«, sagte Sibila und drehte sich elegant um sich selbst, um sich dann erneut mir zuzuwenden. »Das Talent, sich neu zu erfinden, wiedergeboren zu werden. Jene Brücke zu überschreiten, die von einem Leben zum nächsten führt.«

Sibila kletterte über meinen Schoß auf die andere Seite der Brüstung, wie um es zu demonstrieren.

»Dein altes Leben kannst du getrost in den Fluss werfen«, fuhr sie fort, während sie sich auf der Brüstung streckte. »Diesen Kadaver, der im Grunde eh schon so gut wie tot war, erstickt in den täglichen Sorgen und der Routine, die jedes Gefühl zum Absterben bringt, und der ständigen Hektik vergeblich hinterherhechelnd.«

Wir blickten beide in das Wasser, das unter der Brücke dahinfloss.

»Es hat durchaus Vorteile, einmal hier angelangt zu sein, an der Schwelle des Todes.« Sibila blickte nach oben zu den beiden Metallstegen, die die Türme der Tower Bridge miteinander verbanden. »Denn wenn man erst mal hier gelandet ist, ist es einem völlig egal, was von nun an geschehen wird. Du wirst mit allem leben können, weil du es aus dieser Fallhöhe betrachtest. Und wenn du bereit bist, das Leben so zu nehmen, wie es kommt, bist du wirklich frei.«

Die Worte der Katze mischten sich mit dem leisen Geräusch des Flusses. Und plötzlich hatte ich das eigenartige Gefühl, tatsächlich gesprungen zu sein, jedoch nicht von der Brücke in den Fluss, sondern vom Fluss auf die Brücke. Ich sah nach unten in die Themse und stellte mir vor, wie ich in den eisigen Fluten dahintrieb, von der Strömung hin und her gerissen, und mit letzter Kraft nach Luft schnappend, bevor ich unterging und schließlich in der Tiefe verschwand, während an der Oberfläche nur ein paar Luftblasen zurückblieben und kleine kreisförmige Strudel für kurze Zeit mein Grab markierten. Dann jedoch tauchte ich aus dem aufspritzenden Wasser wieder auf und wurde schwungvoll nach oben katapultiert, wie in einem zurückgespulten Film. Ich flog mir selbst entgegen und saß schließlich wieder auf dem Brückengeländer, genau an der Stelle, an der ich mich gerade befand.

Ich seufzte tief.

»In Ordnung, Sibila, ich werde es versuchen. Auch wenn ich nicht glaube, dass es so leicht sein wird, wie du sagst.«

»Wer hat gesagt, dass es leicht sein wird?«, meinte Sibila und kam wieder auf mich zu. »Nein, von der Brücke zu springen wäre viel einfacher. Das, was ich dir vorgeschlagen habe, ist der Weg einer Heldin. Es ist ein mühsamer Weg voller Gefahren. Leicht? Absolut nicht. Aber es lohnt sich. Und der Vorteil ist, dass dir ein hervorragender Guide zur Verfügung steht.«

»Du?«, fragte ich, während ich ihr den Kopf kraulte. »Und warum sollte ich dir vertrauen?«

»Wir Katzen versuchen seit Jahrtausenden, euch Menschen den Weg durch das Leben zu weisen. Nicht dass es oft vorkommt, dass einer von euch auf uns hört, aber wir geben nicht auf.«

Sibila erhob sich, lief ein paar Schritte über das Geländer und sprang dann auf die Brücke. Ich schwang die Beine über die Brüstung und drehte mich um, erleichtert, dass ich wieder festen Boden unter den Füßen hatte. Überrascht stellte ich fest, wie hell es auf der angestrahlten Brücke war. Ich hatte kurz das Gefühl, am lichtdurchfluteten Eingang zum Paradies zu stehen.

»Also los, dann sag mir, welchen Weg ich jetzt nehmen soll.«

»Jetzt gehen wir erst mal brav nach Hause zu deiner Freundin, weil du dir sonst eine Lungenentzündung holst.«

ZWEITER TEIL
KATZENTRAINING

10

DER GESCHLOSSENE RAUM

Nach einem warmen Bad und einem von Pip und Brian zubereiteten Abendessen schlief ich in dieser Nacht so gut wie lange nicht mehr. Ich fiel in eine Art Tiefschlaf, und als ich erwachte, wusste ich zuerst weder, wer ich war, noch, wo ich mich befand. Vollkommen desorientiert trieb ich zwischen dunklen Erinnerungen dahin, setzte mich schließlich im Bett auf und suchte in dem fremden Zimmer nach dem Lichtschalter. Schließlich fiel mir wieder ein, warum ich an diesem ungewohnten Ort war: weil ich von zu Hause geflohen war, weil Joaquín mich betrogen hatte, weil er mich nicht mehr liebte, sich in ein junges Mädchen verguckt und sich nicht mal bei mir entschuldigt hatte. Erneut fielen jene Blutegel über mich her, die mich offenbar von der Themse bis hierher begleitet hatten: Angst, Wut, Scham, Schmerz. Ich legte mich wieder hin und zog mir die Decke über den Kopf.

Ich weiß nicht, wie lange ich im Bett blieb. Irgendwann klopfte jemand vorsichtig an die Tür, doch ich tat so, als ob ich noch schliefe. Warum sollte ich aufstehen? Es war Sonntag, und ich wollte niemanden sehen und mit niemandem reden. Hunger hatte ich auch nicht. Und das, was ein wirklicher Neuanfang mit sich brachte – mir eine Wohnung zu suchen, umzuziehen, wieder zu arbeiten, mich an das Single-Dasein zu gewöhnen und meine familiären Probleme anzugehen –, waren Schlachten, die zu schlagen ich noch nicht bereit war.

Ich wälzte mich im Bett hin und her und versuchte, die immer wieder neu auf mich einstürmenden dunklen Gedanken abzuschütteln. Bis plötzlich etwas Größeres, Schwereres, real Existierendes auf mich sprang: die Katze.

»He!«, schrie ich.

»Raus!«, maunzte Sibila.

»Lass mich in Ruhe!«, protestierte ich und zog erneut die Decke bis zu den Ohren.

»Kommt nicht infrage«, entgegnete sie, wühlte mit ihren Krallen im Federbett herum und tatzelte auf meiner Brust.

»He, hör auf damit! Du machst noch das ganze Bettzeug kaputt!«

Mit übermenschlicher Anstrengung richtete ich mich auf und beförderte die Katze mit einem unsanften Stoß aus dem Bett. Dabei bewegte ich mich mit der Leichtigkeit eines Pottwals, und so fühlte ich mich auch – wie ein gestrandeter Wal.

»Warum lässt du mich nicht noch ein bisschen schlafen?«

»Du hast genug geschlafen. Es wird Zeit, dass du dein neues Leben beginnst.«

»Welches neue Leben denn? Ich werde mich schon

daran gewöhnen, aber mein neues Leben wird genauso sein wie mein altes, nur ein bisschen trauriger, einsamer und hoffnungsloser, fürchte ich. Trotzdem danke für deine Unterstützung, das mit den sieben Leben klingt gut, aber die Realität sieht nun mal anders aus.«

Sibila tigerte auf dem blauen Teppich umher, der in Pips Gästezimmer zwischen Bett und Computertisch lag, und murmelte das Wort vor sich hin, das ich soeben ausgesprochen hatte:

»Realität, Realität, Realität.« Dann blieb sie mitten im Zimmer stehen. »Na gut, Sara: Stell dir mal vor, dass um dieses Zimmer herum jemand Mauern errichtet, und zwar so, dass sie auch die Tür und das Fenster verschließen. Das Einzige, was offen bleibt, ist eine kleine Luke, durch die man dir etwas zu essen und zu trinken hereinreicht.«

»Was wird das? Ein Ratespiel?«

»In Ordnung, nennen wir es ein Spiel, auf diese Weise macht es vielleicht mehr Spaß. Wie kommst du aus dem Zimmer raus?«

Mann, ging mir diese Katze auf den Geist! Ich griff nach einer Wasserflasche, die auf dem Nachttisch stand, und trank einen Schluck. Dann machte ich mein Handy an. Wo waren meine Antidepressiva? Ach ja, ich hatte sie ja gestern durch das Zimmer geworfen.

»Ich weiß es nicht, Sibila. Das Spiel ist ein bisschen klaustrophobisch. Ich würde wahrscheinlich versuchen, über Handy bei der Polizei anzurufen.«

»Das habe ich mir gedacht. Immer wird alles von

diesen elektronischen Geräten abhängig gemacht. Aber diesmal würde es nicht funktionieren, weil wegen der Mauern keine Verbindung zustände käme.«

Ich machte mich auf die Suche nach dem Päckchen mit den Tabletten. Wo war es wohl gelandet? Zwischen den Kabeln des Computers vielleicht?

»Und ich nehme an, dass der Computer nicht angeschlossen wäre.«

»Richtig. Man könnte ihn gar nicht erst einschalten, weil es keinen Strom gibt. Das einzige Licht ist das, was durch die Öffnung hereinfällt, durch die das Essen geschoben wird.«

»Aha. Dann würde ich versuchen, mit dem Tisch die Wand zu durchstoßen.«

Das Päckchen mit den Tabletten schien verschwunden zu sein.

»Völlig umsonst«, entschied die Katze. »Die Mauern sind aus massivem Stein.«

»Und was ist mit der Luke für das Essen? Würde ich da nicht durchpassen? Vielleicht wäre ich ja eine Maus.«

»Nein, du bist du. Durch das Loch könntest du gerade mal eine Hand strecken.«

Ich stand auf und sah mich im Zimmer um, suchte nach Möglichkeiten und nebenbei nach meinen Tabletten. Ein paar Blätter Papier auf dem Tisch brachten mich auf eine Idee.

»Und wenn ich eine Nachricht schreibe und versuche, den Typen zu schmieren, der mir das Essen bringt?«

»Schmieren?«

»Wenn ich ihm zum Beispiel eine Million Pfund verspreche ...«

Sibila schüttelte den Kopf.

»Aber du bist doch völlig abgebrannt, Sara.«

»Erinnere mich nicht dran«, sagte ich und legte die Hände an den Kopf. »Na gut, irgendetwas werden meine Entführer doch von mir wollen, oder? Ich könnte sie in einer Nachricht danach fragen.«

»Sie würden dir nicht antworten. Und du hast nichts, was sie interessieren könnte, nicht im Entferntesten. Deine Nachricht würden sie im Kamin verfeuern.«

Ich dachte noch eine Weile darüber nach, während die Katze sich ausgiebig putzte. Allmählich hatte ich keine Lust mehr auf dieses blöde Spiel. Ich schob den Vorhang zur Seite und öffnete das Fenster, um Licht und Luft hereinzulassen. Von dort bot sich mir der Blick auf Pips Garten und die Häuser, die dahinter lagen.

»Ich weiß es nicht, Sibila, ich würde schreien, Dinge zerstören, damit mich jemand hört und befreit.«

»Tut mir leid, aber niemand kann dich hören. Alle möglichen Retter sind zu weit weg, und dein Gefängnis ist perfekt isoliert.«

»Und wenn ich versuche, mich an der Lampe zu erhängen? Oder in Hungerstreik trete? Oder eine Überdosis Antidepressiva nehme, wenn ich sie denn finde? Vielleicht würden sie mich dann ins Krankenhaus bringen.«

»Schon wieder Selbstmordgedanken? Ich dachte, das Kapitel hätten wir gestern abgeschlossen? In jedem Fall würde es dir aber nichts bringen. Dann wärst du zwar tot, aber immer noch in dem Zimmer.«

»Es reicht, Sibila! Du machst dir einen Spaß mit mir. Es gibt nämlich keine Lösung.«

»Im Gegenteil, es gibt eine ganz einfache Lösung.«

Die Katze sprang aufs Bett und von da aus auf die Fensterbank.

»Soll ich sie dir verraten?«, fragte sie kokett.

»Ja, denn ich kann sagen, was ich will, aber nie ist es die richtige Antwort. Wie komme ich also letztendlich aus dem Zimmer raus?«

»Du musst nur einen kleinen Sprung nach vorn wagen«, meinte Sibila und hüpfte von der Fensterbank auf den darunter liegenden Rasen, »und schon bist du draußen.«

»Aber wie?«, fragte ich und trat ans Fenster, während Sibila durch den Garten in Richtung Straße lief. »He! Wohin gehst du? Ich verstehe gar nichts mehr. Erklär's mir!«

»Da gibt es nicht viel zu erklären«, meinte sie, hielt einen Moment inne und drehte sich zu mir um. »Das Gefängnis, die Mauern, die Gefängniswärter, all das existiert nur in deinem Kopf und nicht in der Realität. Es reicht, sich dessen bewusst zu werden, um das Zimmer verlassen zu können.«

»Ich hab's gewusst! Du hast mich an der Nase herumgeführt!«

»Ich? Keineswegs. Vielleicht führst du dich selbst

an der Nase herum. Du redest dir ein, dass dein Leben furchtbar ist, dass du am Ende bist und todunglücklich. Das sind die Mauern, die dich umgeben, und du allein hast sie gebaut. Los, komm raus aus dem Zimmer und richte dich darauf ein, ein bisschen herumzugehen. Wir fangen heute mit dem Training an.«

»Mit welchem Training?«, fragte ich misstrauisch.

»Eine Mauer niederzureißen erfordert viel Kraft, auch wenn es nur eine mentale Mauer ist«, sagte die Katze und wandte sich wieder Richtung Straße. »Man muss es üben. Ich warte hier draußen auf dich. Und vergiss nicht zu frühstücken!«

Ich ging unter die Dusche und zog mich eilig an, wobei ich die ganze Zeit über Sibilas Worte nachdachte. Mir war klar, was sie damit sagen wollte, aber ich war anderer Meinung. Meine Probleme waren real und absolut nicht eingebildet. Ich konnte nicht einfach einen Schritt nach vorn machen, und alle Probleme würden sich in Luft auflösen. Aber offensichtlich hatte Sibila sich vorgenommen, mir zu helfen, diese schwierige Zeit zu überstehen, und ich entschied, ihren Ratschlägen erst einmal zu folgen. Denn ihr vertraute ich inzwischen mehr als mir selbst. Und mit ihrem Rätsel hatte sie immerhin schon etwas erreicht, was ich nicht für möglich gehalten hätte: mich dazu zu bringen, aus dem Bett aufzustehen und – diesmal tatsächlich – das Zimmer zu verlassen.

Als ich die Haustür öffnete, sah ich, dass die Katze mich auf einer der beiden Säulen, die das kleine rote Gartentor flankierten, erwartete.

»So, da bin ich«, verkündete ich, während ich mir einen Schal umband.

»Bist du sicher?«, fragte sie und richtete sich auf dem Pfosten auf.

»Wie ... sicher?«

»Dass du hier bist.«

Anscheinend wollte Sibila das Spiel noch weitertreiben.

»Wo soll ich denn, bitte schön, sonst sein?«, fragte ich, während ich die Haustür abschloss.

Doch als ich mich wieder umdrehte, war die Katze auf einmal verschwunden.

»He! Wo steckst du?«

Ich ging durch den Vorgarten und trat durch das niedrige hölzerne Gartentor. Ich blickte mich um und sah, wie sie bereits etwa zehn Meter weiter vorne den Bürgersteig entlangtrottete, zwischen den Häusern auf der rechten und einer Reihe parkender Autos auf der linken Seite. Ich folgte ihr und fragte mich, wohin sie wohl so eilig unterwegs war. An der nächsten Kreuzung wandte die Katze sich nach rechts und entschwand meinem Blickfeld. Ich beschleunigte meinen Schritt, doch als ich um die Ecke bog, sah ich, dass sie auf mich gewartet hatte. Beinah wäre ich über sie gestolpert.

»Uups, entschuldige. Sag mal, musst du so rennen? Wohin gehen wir eigentlich?«

Die Katze antwortete mit einer Gegenfrage.

»Welche Farbe hat das Auto, an dem du zuletzt vorbeigegangen bist?«

»Bitte? Welche Farbe? Keine Ahnung, darauf hab ich nicht geachtet.«

»Gut, ab jetzt achte darauf.«

Und sie flitzte wieder los, als hätte sie in Reichweite einen Vogel erblickt. Ich machte mich erneut an die Verfolgung, achtete diesmal jedoch genau auf die Farbe jedes Autos: eine himmelblaue Familienkutsche, ein kleiner roter Vauxhall, ein gelber New Beetle, ein schwarzer Mercedes, ein blauer Sportwagen, ein weißer Lieferwagen, noch ein Vauxhall, diesmal silberfarben, ein weißer BMW X4 und so weiter. Wobei ich mich die ganze Zeit über fragte, was dieses Gedächtnistraining sollte.

An der nächsten Ecke wartete Sibila wieder auf mich wie eine Lehrerin bei einem Schulausflug. Ich versuchte, mir die Autos in der richtigen Reihenfolge ins Gedächtnis zu rufen.

»Welche Farbe hatte das Gartentor des dritten Hauses dieses Blocks?«

Die Frage erwischte mich völlig unvorbereitet. Ich hatte ausschließlich auf die Autos geachtet.

»Aber was willst du denn von mir? Dass ich auf die Farbe von allem achte, woran wir vorbeikommen?«

Ohne zu antworten, überquerte Sibila die Straße, um dann wieder dem Bürgersteig zu folgen. Ich ging nun deutlich langsamer und bemühte mich, die Farbe jedes Hauses, jedes Dachs, jeder Blume in jedem

Garten bewusst wahrzunehmen. Unter dem blauen Himmel registrierte ich an dem grauen Bürgersteig, der von weißen Mauern flankiert wurde, einen feuerroten Briefkasten, mehrere olivgrüne Straßenlaternen, Bäume mit hell- oder dunkelbraunen Stämmen, und natürlich auch die weißen, roten, grünen und gelben Autos mit ihren schwarzen Reifen, metallfarbenen Radkappen und weißen, gelben oder schwarzen Nummernschildern. Jeder Garten verfügte über ein Tor – in Rot, Blau, Braun –, das zu einem grünen Rasen und bunt blühenden Blumen führte, und dahinter lagen die Häuschen mit ihren granatroten Backsteinfassaden und den Fenstern, die die kleinen, farblich aufeinander abgestimmten Kompositionen aus Vorhängen, Sofas und Teppichen dahinter wie Rahmen umgaben. Meine Augen blickten aufmerksam, strengten sich an, die unzähligen durch das Licht hervorgerufenen Farbreize aufzunehmen und an mein Gehirn weiterzugeben. Doch es war schlichtweg unmöglich, alles zu sehen, die Hälfte entging mir. Und mit jedem Schritt, mit jeder Bewegung meines Kopfes veränderte sich die Mischung, die Perspektive, kamen neue Farben zum Vorschein, während andere verschwanden.

Als ich wieder mit Sibila zusammentraf, sah ich sie wie eine goldfarbene Silhouette mit braunen Schattierungen auf dem grauen Asphalt sitzen, ihre smaragdgrünen Augen, das weiße Kinn und das rosafarbene Dreieck ihrer Nase. Sie schien zu lächeln.

»Na los!«, ermunterte ich sie von all den Eindrücken leicht überwältigt. »Was willst du wissen? Aber ich werde mich wohl nicht an alles erinnern können, was ich gesehen habe.«

»Das ist kein Problem«, meinte Sibila. »Mit meinen Fragen wollte ich nur erreichen, dass du dich mit der Welt der Farben beschäftigst.«

»Na, das habe ich ja jetzt ausgiebig getan«, entgegnete ich erleichtert.

»Noch nicht genug. Wir werden das noch ein wenig vertiefen.«

Inzwischen waren wir in einer Einkaufsstraße angekommen. Die Katze trat an ein Schaufenster, das mit einem blauen Rahmen eingefasst war.

»Ich möchte, dass du dich jetzt ausschließlich auf die Farbe Blau konzentrierst. Bereit? Dann los!«

Es war erstaunlich, denn plötzlich teilte sich die Straße vor mir in zwei Bereiche: in Blaues und Nicht-Blaues. Durch diesen eigenartigen Farbfilter fiel mir neben dem Himmel und ein paar Autos auf einmal auch das idyllische Meer auf einem Werbeplakat ins Auge, genauso wie die Hose und die Krawatte eines Mannes, der die Straße entlangging, das Logo eines türkischen Restaurants, eine Hundeleine, die Arbeitsoveralls einiger Bauarbeiter, ein paar Taschen und Tücher in einem Schaufenster, jede Menge einzelner Farbtupfer auf den Kisten und Verpackungen eines Lebensmittelgeschäfts, die Augen und die Kleidung eines Babys im Kinderwagen. All diese unterschiedlich gestalteten blauen Flächen, Streifen und Punkte zeigten die Farbe in den verschiedensten Tönen, vom klaren Himmelblau bis zum dunklen Marineblau, von Türkis bis Violett: die Kisten mit gebrauchten Büchern vor einem Buchladen, die Weste des Buchhändlers, einige der Bücher, eine Eingangstür, das Etui eines Handys, die Ohrringe einer älteren Dame, das Blumenmuster auf den Tassen in einem Café.

»Alles klar, ich habe alles Blaue im Blick«, sagte ich, als ich zur nächsten Ecke kam und wieder auf die nicht blaue Katze traf. »Aber was soll das bringen?«

»Jetzt ist grün an der Reihe«, entgegnete sie und lief weiter.

Büsche, Nadelbäume, die Rasenfläche vor einer Kirche, ein Müllcontainer, im Vorbeigehen wahrgenommene Socken, ein Dinosaurier an einer Litfaßsäule, die Straßenlaternen, eine weggeworfene Chipstüte auf dem Boden, eine Wollmütze.

»Jetzt gelb«, sagte Sibila erwartungsgemäß an der nächsten Ecke, was nun gold glänzenden Schmuck, blondes Haar, das kurz aufleuchtende Licht einer Ampel, ein paar Bananen und die Katze selbst ins Blickfeld rückte. Danach war Orange angesagt, gefolgt von Rot, Violett, Braun, Schwarz und Weiß. Und auch wenn mir der Sinn dieses Farbtrainings nicht wirklich klar war, musste ich zugeben, dass es mal eine andere Art war, durch die Straßen zu spazieren. Mehr noch, es lenkte mich für eine ganze Weile von meinen Ängsten ab, die mich am Rande meines Bewusstseins wie Hyänen belauerten. Schließlich erteilte die Katze mir folgende Anweisung: »So, meine Liebe, nachdem du jetzt das Licht in all seinen Farbtönen wahrgenommen hast, wiederhol doch bitte mal das, was du am Anfang versucht hast: Achte auf die Farben. Auf alle Farben!«

Es war, als hätte ich ein Museum betreten und wäre in ein Gemälde hineingeraten. Meine Umgebung hatte sich vollkommen verändert, sie leuchtete in lebendigen, kontrastierenden Farben. Ich bemühte mich nun nicht mehr, jede einzelne Farbe wahrzunehmen oder herauszufiltern. Ich spazierte einfach durch ein buntes Kaleidoskop. Ich glitt durch einen Regenbogen und sog jede einzelne Farbe in mich auf, als wäre es zum ersten Mal. War dies die Art, wie Tiere sahen? Ich bemerkte, wie eine Farbe nachließ und zu einer anderen wurde oder dass das im Sonnenlicht strahlende Rot eines Londoner Autobusses im Schatten eher ins Bräunliche ging. An der Abbessinierkatze selbst konnte man die unterschiedlichsten Gelb- und Brauntöne bewundern; außen leuchtete sie in einem engelsgleichen Goldton, ihr Rücken war milchkaffeebraun mit zimt- und mokkafarbenen Reflexen, und ihr Kopf wies beigefarbene Flecken und Streifen auf.

»Und? Wie ist es?«, fragte Sibila, beglückt wie die Grinsekatze aus *Alice im Wunderland*.

»Wirklich beeindruckend. Ich weiß nicht, was ich sagen soll. Echt erstaunlich.«

»Hrrrrrr.« Die Katze schnurrte befriedigt. »Aber … hast du auch den Vogel gehört?«

Nachdem ich in die Welt der Farben eingetaucht war, ließ Sibila mich auf die Geräusche in der Umgebung achten, dann auf die Gerüche, darauf, wie meine Kleidung sich anfühlte, die Art meines Ganges, wie sich in der Bewegung das Gleichgewicht verlagerte und wie sich die Schwerkraft auswirkte; sie lenkte meine Aufmerksamkeit auf die Temperatur und die Feuchtigkeit meiner Haut und in meinem Körper, auf meine Atmung, auf das, was ich beim Gehen in den verschiedenen Bereichen meines Körpers spürte, vom kleinen Finger bis in die Haarspitzen. Im Laufe dieses Prozesses wurden ihre Anweisungen immer detaillierter: »Urteile nicht, bewerte nichts. Nimm die Dinge einfach nur wahr. Wenn dir etwas gefällt oder nicht gefällt, beobachte deine Reaktion darauf, ohne dich einzubringen. Wenn das, was du siehst oder hörst, einen Gedanken in dir auslöst, betrachte diesen Gedanken wie eine Wolke, die am Himmel schwebt.«

Als ich schließlich Hunger bekam, machten wir eine kleine Pause, und ich kaufte ein paar *Cornish pasties*, gefüllte Teigtaschen, eine für mich und eine für Sibila. Doch gleich nach unserem Imbiss gingen wir weiter. Ich schätze, dass ich an jenem Februartag während unserer ersten Trainingseinheit sicher fünfzehn bis zwanzig Kilometer zurückgelegt habe und dabei kreuz und quer durch die Viertel Notting Hill, Kensington, Maida Vale, St. John's Wood und Hampstead gelaufen bin.

Am Nachmittag bemerkte ich, dass meine Gedanken immer wieder abschweiften. Trotz Sibilas Ermahnungen, mich auf diese oder jene Empfindung zu konzentrieren, ließen sich die Sorgen nicht mehr aus meinem Kopf vertreiben. Ich wusste, dass ich nicht mehr all zu lange bei Pip bleiben konnte und dass ich wohl oder übel auf Wohnungssuche gehen musste, wozu ich überhaupt keine Lust hatte. Noch mehr belastete mich die Vorstellung, wieder zu meinem Arbeitsalltag bei *Netscience* und dem *Royal-Petroleum-*Projekt zurückzukehren. Es war anzunehmen, dass ich Donnerstag oder Freitag im Büro zurückerwartet wurde, wozu ich mich absolut noch nicht in der Lage fühlte. Und auch der Schlamassel in Madrid mit meinem Vater und meinem Bruder, mit dem ich mich bald würde auseinandersetzen müssen, erfüllte mich mit Angst und Schrecken. Und hinter all dem gärte und blubberte wie eine Kloake Joaquíns Verrat – der Schmerz, den er mir zugefügt hatte, und all die unbeantworteten Fragen, die mir immer noch durch den Kopf gingen. Wie er mir das hatte antun können? Ob er mich jemals aufrichtig geliebt hatte? Und was nun aus mir werden würde?

So ging es pausenlos. Bis ich wieder auf Sibila traf, die mich mit ihrer sanften hypnotischen Stimme erneut anleitete und mich zu einer neuen Konzentrationsübung anhielt.

Irgendwann wandte sich Sibila in Richtung Hampstead Head, des riesigen Parks, der sich im Nordwesten über der Stadt erhebt. Zu diesem Zeitpunkt war ich bereits völlig erschöpft von dem weiten Weg, den ich gegangen war, von all der geistigen

Anstrengung und den ungewöhnlichen Aufgaben. An ein solches urbanes Trekking war ich nicht gewöhnt, und mir taten die Füße weh und beinah jeder Muskel in meinem Körper. Ich wollte nur noch zu Abend essen und mich dann ins Bett legen.

»Kehren wir jetzt endlich nach Hause zurück?«

»Noch nicht. Es fehlt noch die letzte Phase der Trainingseinheit.«

»Sibila, ich kann nicht mehr. Wir sollten es für heute gut sein lassen. Bitte!«

»Miau«, maunzte die Katze leise. »Das wundert mich nicht. Du warst außergewöhnlich geduldig und ausdauernd, gratuliere! Ich verspreche dir, es kommt nicht mehr viel, und es lohnt sich. Da du gerade von Ungeduld und Müdigkeit übermannt bist, schlage ich vor, dass du dich jetzt mal genau darauf konzentrierst. Versuche, die Erschöpfung, den Drang, dich auszuruhen, und deine Muskelschmerzen bewusst wahrzunehmen. Ohne sie zu bewerten.«

»Du bist echt nervig«, klagte ich, als ich mich an den beschwerlichen Aufstieg machte. »Und wenn mich jetzt der unwiderstehliche Drang überkommt, dich in einen Sack zu stecken und in den Fluss zu werfen, dann konzentriere ich mich auch darauf, ja? Ohne es zu bewerten?«

Sibila ließ sich nicht zu einer Antwort herab und marschierte unverdrossen bergauf.

Als wir den Park erreichten, wurde es bereits dunkel. Sibila wartete am Eingangstor auf mich, das von mit Efeu bewachsenen Mauern umgeben war, und wir gönnten uns eine kleine Pause, um wieder zu Atem zu kommen. Nach einer Weile sagte sie:

»Jetzt ist der Moment gekommen, alles zu vereinen. Geh durch den Park, bis ganz nach oben, und achte dabei auf alle Farben, Formen, Geräusche, Gerüche, deinen Hunger und deine Atmung, die aktiven und ruhenden Bereiche deines Körpers, dein erschöpftes, aufmerksames Bewusstsein. Sei offen für alles, was geschieht, für alles, was du fühlst. Gib dich hin. Lebe den Moment. Erkunde die Welt wie eine Katze. Bist du bereit?«

Ihre Worte wirkten auf mich wie ein befreiender Zauber. Ich hatte den ganzen Tag über meine Aufmerksamkeit nur auf bestimmte Dinge gerichtet, meine Empfindungen eingegrenzt, meine Wahrnehmung konzentriert, alles durch den Filter einer Farbe betrachtet oder beschränkt auf die Gefühle in meiner linken Hand. Und nun war es, als wären die Ketten meines Bewusstseins plötzlich gesprengt, sodass es sich endlich vollkommen in meinem unermesslichen Körper ausdehnen konnte, in meinen fünfundzwanzig Sinnen, bis in den letzten Winkel meines Seins.

»Ja, ich bin bereit«, sagte ich und spürte dabei das Vibrieren in meiner Kehle; ich versank im Grün von Sibilas Augen, war mir aller Gefühlsregungen bei dieser letzten Aufgabe ganz bewusst. Aufmerksam betrachtete ich den Himmel und seine Spiegelung im nahe gelegenen Teich, den schrägen Horizont und die Silhouetten der Bäume.

Ich setzte mich in Bewegung, wobei ich jeden Muskel bewusst einsetzte und meine Wirbelsäule spürte. Ich sog die moosige, feuchte Luft des Waldes tief in meine Lungen, um sie dann in das innere Feuer umzuwandeln, das mich antrieb. Ich achtete auf die Farben des Sonnenuntergangs, der wie das Fenster einer gotischen Kathedrale in allen Prismen leuchtete. Ich wurde von dem Gesang der Vögel getragen, war mit der Erde unter meinen Füßen fest verbunden, wurde von dem pulsierenden Blut in meinen Adern vorangetrieben, das mein schweres, verletztes, aber noch immer lebendiges Herz klopfen ließ. In meinem Kopf erklangen Worte, die Sibila irgendwann gesagt und deren Bedeutung sich mir damals nicht erschlossen hatte. Nun erst verstand ich, was sie gemeint hatte mit ihrem *Das ist es, was gerade geschieht. Jeder Moment ist der Anfang eines neuen Lebens, so neu wie zu Anbeginn der Zeit. Wenn du läufst, dann lauf«*.

All diese Empfindungen und Gedanken vermischten sich, überlagerten einander, bis sie schließlich alle zusammenflossen, in eine einzige Erfahrung, ein einziges Sein, eine sich verändernde Gegenwart, einen ewigen Moment, der ohne Eile ununterbrochen durch die Zeit reiste. Ein paar Augenblicke lang trat ich mit etwas in mir in Kontakt, das unbesiegbar, ja, unsterblich war, etwas, das jedes Unwetter überstand.

Ich verspürte den Drang zu rennen. Ich rannte den Berg hinauf. Mit ausgebreiteten Armen. Und in meiner Brust wuchs das Bedürfnis, einen tiefen Schrei auszustoßen und den ganzen Schmerz meiner verletzten Seele in die Welt herauszuschreien.

»Aaaaaaaauuuuuuuuu!«

So kam ich schließlich oben an; erschöpft und keuchend gelangte ich zu einer riesigen hundertjährigen, kahlen Eiche, die mitten auf einer Wiese stand. Ich ließ mich auf den Boden fallen, legte mich auf den Rücken, fühlte das letzte Licht der Sonne auf meinem Gesicht. Ich atmete tief ein und aus, bis ich die Katze neben mir spürte. Dann drehte ich mich zur Seite und stützte mich mit dem Ellenbogen ab.

Die ersten Sterne erschienen blass am Himmel. Unter mir lag London. Das Zuhause von Millionen Menschen. Und Katzen. Eine Stadt, die das Schicksal dieses Landes bewegte und Einfluss auf das Geschehen in der halben Welt nahm. Die in den letzten zehn Jahren der Schauplatz meiner Abenteuer und meines Unglücks gewesen war. Von hier aus gesehen, schien sie winzig klein, eine Miniaturstadt für eine Modelleisenbahn.

»Ich glaube, ich bin aus dem geschlossenen Raum herausgekommen«, hörte ich mich plötzlich mit neuer Stimme sagen.

»Das freut mich«, entgegnete Sibila. »Die Aussicht von hier draußen ist bedeutend schöner.«

Wir genossen sie noch eine Weile schweigend.

»Aber ich werde bald wieder darin eingesperrt sein, oder?«, fragte ich schließlich. »Hinter den Mauern.«

»Wir haben gerade erst mit dem Training begonnen«, meinte Sibila. »Aber jetzt weißt du, dass es ein Leben jenseits der Mauern gibt, die du dir selbst errichtet hast. Und das ist schon mal sehr gut.«

Mich überkamen bereits erste Zweifel.

»Da ist etwas, was mich nicht überzeugt, Sibila«, begann ich und sah dabei in ihre Smaragdaugen, die nun in der einbrechenden Dämmerung leuchteten. »Du sagst, dass ich die Mauern um mich herum selbst errichte. Dass sie nicht real sind. Aber meine Probleme sind doch da. Ich kann sie nicht einfach verschwinden lassen. Und der Schmerz hier in meinem Herzen …«

Meine Augen wurden feucht, und erneut fühlte ich mich von Trauer und Angst übermannt.

»Mein Schmerz ist real, Sibila. Zumindest für mich. Er ist genauso vorhanden wie die Farbe Blau oder mein Atem. Er lässt mich nicht in Ruhe. Eben, als ich über die Wiese gerannt bin, musste ich schreien …«

Sibila trat zu mir und legte ihren Kopf auf meine Brust.

»Ich weiß, Sara. Du hast recht. Der Schmerz ist real. Aber der Schmerz bist nicht du, genauso wenig wie du die Farbe Blau bist. Und du wirst lernen, ihm seinen Platz zuzuweisen. Im Moment überwältigt er dich, aber vorhin hattest du ihn beinah vergessen. In einer Weile wird er ganz verschwunden sein. Und dir dann und wann einen Besuch abstatten. Wie die Nacht, die immer wiederkommt, aber mit jedem Sonnenaufgang wieder vergeht. Das, was ich dir beizubringen versuche, wird dir helfen zu vermeiden, dass der Schmerz dich allzu heftig erfasst und mit sich reißt.«

»Wie soll das gehen? Den Schmerz zu beherrschen?«

»Es geht eher darum, sich ihm zu öffnen, wenn er kommt. Ihn mit der gleichen Intensität zu erleben wie den Lauf, der dich hierhergebracht hat, und den Schmerzensschrei, den du dabei ausgestoßen hast. Beides geht, wie alles in dieser Welt, vorbei. Und dann muss man auch den Schmerz gehen lassen. Siehst du, du weinst nicht mehr. Heißt das, dass du dich besser fühlst?«

»Es geht so. Na ja, ein bisschen besser vielleicht. Entschuldige, Sibila, ich bin nicht gut in solchen Dingen. Ich bin eine Idiotin.«

»Im Gegenteil. Dafür, dass du ein Mensch bist, hast du alles hervorragend gemacht. Du hast dir dein Abendessen verdient. Nun ruh dich aus, und lass dich von deinen Freunden ein wenig verwöhnen. Gehen wir?«

11

AUSSICHT AUF EIN BISSCHEN GLÜCK

Am nächsten Morgen gesellte sich zu meiner Niedergeschlagenheit ein heftiger Muskelkater. Aber immerhin schaffte ich es, früh genug aufzustehen, um mit Pip und dem kleinen Bernie zu frühstücken, der die Küche nach und nach mit selbst gemalten Bildern von Sibila füllte. Dann rief ich Grey an und erzählte ihm, dass Joaquín sich von mir getrennt hatte, dass es mir absolut mies ging und dass ich noch etwas Zeit brauchte, um wieder auf die Beine zu kommen. Bevor ich wieder anfangen würde zu arbeiten, musste ich eine Wohnung finden und mein Leben neu ordnen. Und das würde ich bis Mittwoch nicht schaffen. Grey war sehr verständnisvoll und meinte, er könne mir noch eine Woche Zeit geben, mehr jedoch nicht. Ich bedankte mich und versprach, rechtzeitig wieder auf dem Damm zu sein. Auch wenn mir das in dem Moment kaum möglich erschien.

Anschließend rief ich meinen Vater an, weil ich das, was geschehen war, nicht ewig vor ihm verbergen konnte. Also erzählte ich es ihm unter Tränen, »öffnete mich dem Schmerz«, wie Sibila es ausgedrückt hätte. Meinem Vater gelang es, mich ein wenig zu trösten, indem er erklärte, dass Joaquín mich nicht verdient habe und dass es tausend bessere Männer gebe, die nur darauf warteten, sich in mich zu verlieben. Auch wenn ich nicht daran glaubte, tat es mir gut, das zu hören.

Wir sprachen auch über die verschuldete Buchhandlung, über die Hypothek und darüber, dass ich meine Wohnung ja auch noch abbezahlen musste. Vorsichtig machte ich ihm klar, dass er sich wohl mit dem Gedanken befassen musste, das Haus zu verkaufen und mit Álvaro in eine kleinere Unterkunft zu ziehen. Dabei dachte ich ganz nebenbei auch an den Umzug, der mir bevorstand. Ich rechnete mir aus, dass ich in dieser angespannten finanziellen Situation höchstens fünfhundert Pfund im Monat für eine Wohnung bezahlen konnte.

Immerhin raffte ich mich endlich auf und machte mich an die Wohnungssuche. Ein kurzer Blick auf die Wohnungsanzeigen im Netz bestätigte meinen Verdacht, dass das Angebot in dieser Preislage ziemlich deprimierend war. Trotz der Krise waren die Wohnungsmieten in London so hoch wie nie, sodass man, wenn man allein in einer einigermaßen anständigen Wohnung leben wollte, ein Vermögen hinblättern musste. Viertel wie West Hampstead mit all den kleinen Delikatessengeschäften und Modeboutiquen konnte ich vergessen. Ich würde mich wohl mit Gegenden wie Hackney, dem East End oder Brixton anfreunden müssen, die ich bisher grundsätzlich gemieden hatte und die ganz anders waren als das London, das die Touristen zu sehen bekamen. In diesen Vierteln lebten die Menschen in Betonburgen, es lag ein unangenehmer Fettgeruch in der Luft, alles war mit Graffiti beschmiert, auf den Straßen wurde mit Drogen gedealt, die Schulen waren mit Stacheldraht umzäunt, es gab jede Menge Spielotheken, und ständig waren Schreie und Sirenen zu hören.

»Was soll ich nur tun, Sibila?«, fragte ich, während mich der trostlose Anblick, der sich auf den Immobilienseiten im Netz bot, allmählich in Panik versetzte.

»Das wird sich herausstellen«, antwortete die Katze, die sich gerade auf dem Bett räkelte. »Auf jeden Fall empfehle ich dir, von jetzt an immer zu Fuß zu gehen. Denn so kannst du weiter deine Aufmerksamkeit trainieren, wie wir es gestern gemacht haben.«

»Wenn du eine Ahnung hättest, wie weit entfernt diese Viertel liegen, würdest selbst du auf einen solchen Gewaltmarsch verzichten.«

»Nun, du musst sowieso allein gehen, weil ich heute etwas anderes zu tun habe. Ich bin mir sicher, dass du ein schönes neues Heim für uns beide finden wirst.«

»Ein schönes Heim? Wie es aussieht, werden wir in einer grässlichen Klitsche leben!«, meinte ich mit dem Blick auf das erschreckende Angebot an dunklen Löchern, in denen Wohnzimmer, Schlafzimmer und Küchen ohne Fenster auf wenigen Quadratmetern zusammengepfercht waren.

»Woher willst du das wissen?« Neugierig hob die Katze den Kopf. »Bis jetzt habe ich noch keinen

Menschen kennengelernt, der in der Lage ist, die Zukunft vorherzusagen.«

»Weil ich es hier vor der Nase habe«, erklärte ich und wies auf den Bildschirm.

»Ach, du und deine allwissende Kristallkugel«, entgegnete Sibila und legte den Kopf wieder auf die Pfoten. »Wir Katzen haben schon vielen angeblichen Hellsehern Gesellschaft geleistet, und ich kann dir versichern, dass es nicht funktioniert.«

Da ich merkte, dass die Katze mich nicht ernst nahm, sagte ich nichts mehr dazu. Nach einer Weile stand sie auf, streckte sich und kletterte aus dem Fenster. Da erst fiel mir das Päckchen mit den Antidepressiva wieder ein, das ich immer noch nicht wiedergefunden hatte. Nicht dass die Katze irgendetwas damit angestellt hatte! Ich eilte zum Fenster, doch sie war bereits nicht mehr zu sehen.

Je mehr die U-Bahn sich Brixton näherte, desto stärker hatte ich den Eindruck, dass die mitreisenden Passagiere immer zwielichtiger und die Haltestellen immer schmuddeliger wurden. Sogar der Zug selbst wirkte auf einmal viel heruntergekommener. Hier sah die Haupteinkaufsstraße etwas anders aus als bei uns in West Hampstead: Fast-Food-Buden, aus denen mir der ranziger Geruch von altem Fett entgegenwaberte, ein Tattoo-Studio, ein afrikanischer Friseursalon, ein winziges Elektronikgeschäft, in dem sich die Computerware stapelte, ein Billigsupermarkt und mehrere wegen der Krise leer stehende Ladenlokale. Ich hatte einen Stadtplan mitgenommen, weil ich lieber nicht mitten auf der Straße mein Smartphone aus der Tasche ziehen wollte. Allerdings fühlte ich mich auch nicht gerade wohl dabei, unter meinem Schirm den Plan auseinanderzufalten und so den Eindruck zu erwecken, mich verirrt zu haben.

Nach etwa einer Viertelstunde erreichte ich einen kleinen Park, der einer der Gründe gewesen war, warum ich zur Besichtigung einer Wohnung hergekommen war, denn sie lag in der Nähe und hatte möglicherweise eine hübsche Aussicht. Als ich den Park nun vor mir sah, lösten sich meine Hoffnungen jedoch in Luft auf. Der Rasen war in einem furchtbaren Zustand mit vielen kahlen Stellen und Schlammlöchern. Überall lag Müll auf dem Boden. Der Spielplatzbereich war zum Teil abgebrannt, und abgesehen von zwei Skinheads in Jogginghosen und mit Bierdosen in den Händen, die einen Pitbull spazieren führten, war keine Menschenseele zu sehen.

An diesem Ort würde ich nicht mal wohnen wollen, wenn man mir Geld dafür geben würde, dachte ich.

Doch nun war ich schon mal hier und würde nicht gleich aufgeben. Ich erinnerte mich an das, was Sibila gesagt hatte, und konzentrierte mich aufs Atmen, auf meine körperlichen Empfindungen. Tatsächlich fühlte ich mich danach ein wenig besser.

Es war das letzte Haus in einer Straße, die tatsächlich direkt am Park endete. Ich drückte auf die Klingel, die mit einem altertümlichen Ding-Dong meine Ankunft verkündete. Gut, das hatte was. Doch während ich wartete, fiel mir auf, dass das Nachbarhaus offensichtlich leer stand, da die Fenster mit Brettern vernagelt waren. Kurz darauf empfing mich der derzeitige Mieter, ein hoch gewachsener, sympathischer Typ mit verstrubbelten blonden Haaren, der einen Löffel in der Hand hielt und der an diesem Morgen wohl noch nicht zum Duschen gekommen war.

»*Good morning!* Ich bin Craig. Und du musst Sara sein. Komm rein ...«

Wir durchquerten den Eingangsbereich des Hauses, in dem jede Menge Briefe, Werbeprospekte und Telefonbücher herumlagen, und gingen über eine schmale Treppe in die Wohnung im ersten Stock hinauf. Das kleine Wohnzimmer ging zur Straße hinaus und hatte ein winziges Fenster mit Aussicht auf den verwahrlosten Park. Am liebsten wäre ich sofort wieder gegangen, denn es roch unerträglich. Verfault. Nach abgestandenem Bier. Hätte ich meiner Nase vertraut, wie Sibila es immer predigte, hätte ich womöglich sofort die Flucht ergriffen. Doch irgendwie fühlte ich mich verpflichtet, mir die heruntergekommene Bleibe doch noch ein wenig genauer anzusehen.

»Sieh dich ruhig um«, ermunterte mich Craig, den Löffel immer noch in der Hand, und widmete sich dann einer Schüssel Cornflakes.

Ich erinnerte mich, auf dem Foto, das der Wohnungseigentümer ins Netz gestellt hatte, einen kleinen

Küchentisch mit zwei Stühlen gesehen zu haben, ein großes Sofa aus den Achtzigerjahren, einen verschlissenen Teppich und einen gemauerten »Kamin« mit einer Elektroheizung darin. Von all dem war jedoch nichts zu sehen, da Craig die Wohnung komplett mit seinen Sachen zugestellt hatte. Überall ragten Stapel mit alten Büchern in die Höhe, einige waren bereits umgestürzt. In einer bücherlosen Ecke war ein unglaubliches Durcheinander an Verstärkern, Mischpulten und Obstkisten voller Kabel, Mikrofone und anderem Krempel untergebracht. Neben unzähligen Bierflaschen und leeren Bierdosen, versteht sich. Das Sofa ließ sich unter einem Wust an Sweatshirts, Hosen, Socken und einer E-Gitarre nur erahnen. Die Arbeitsfläche in der winzigen Küche war komplett mit diversen Elektrogeräten zugestellt: einer Mikrowelle, deren Glastür eindeutige Spuren des mehrfach explodierten Inhalts aufwies, einem alten Toaster, einer Küchenmaschine mit gelb angelaufenem Glasbehälter, einem Sandwichtoaster, an dem Reste von verbranntem Käse klebten, einem Minifernseher mit Antenne …

»Ich koche sehr gern«, erklärte Craig, während er im Stehen seine Cornflakes mampfte.

»Schauen wir uns doch mal das Schlafzimmer an«, entgegnete ich mit nasaler Stimme, da ich versuchte, ausschließlich durch den Mund zu atmen.

Das Schlafzimmer war dunkel und feucht wie eine Bärenhöhle, und dementsprechend lag ein intensiver tierischer Gestank in der Luft, wie ihn ein langer

Winterschlaf mit sich bringt. Der Raum war gerade groß genug für ein Doppelbett, das nicht gemacht war, mit einem eingeschalteten Laptop auf den grauen Laken, die wohl einmal weiß gewesen waren. Bücher und ausgezogene Anziehsachen bedeckten den knapp bemessenen Boden zwischen dem Bett und der Wand, an der jede Menge alte Konzertposter von Bands hingen, für die Craig offenbar mal gearbeitet hatte.

»Kennst du die Buzzcocks?«, fragte er. »Ich war letztes Jahr mit ihnen in Brighton.«

»Nein, tut mir leid«, antwortete ich im Rausgehen und auf direktem Weg zur Wohnungstür. »Ich hab noch einen anderen Besichtigungstermin. Vielen Dank für die Führung.«

»Warte! Du hast das Bad noch nicht gesehen!«

Ich stürzte angeekelt aus der Wohnung und wunderte mich, dass jemand so im Dreck hausen konnte und sogar den Mut hatte, das Ganze einer völlig fremden Person ohne jegliche Scham vorzuführen.

Draußen hatte es inzwischen aufgehört zu regnen. Ich setzte mich für ein paar Minuten auf eine Bank in dem trostlosen kleinen Park, nachdem ich diese mit einem Taschentuch so gut es ging trocken gewischt hatte. Würde ich in einem solchen Viertel leben können?, fragte ich mich.

»Nicht alle Wohnungen hier werden so schlimm sein wie diese«, sagte ich laut, um mir selbst Mut zu machen.

Der Park war absolut verwaist. Das dachte ich zumindest. Denn plötzlich hüpfte ein Eichhörnchen in meine Richtung. Wie niedlich, dachte ich. Wenigstens gibt es Eichhörnchen in diesem Park. Kurz darauf näherte sich ein weiteres Tierchen und blieb wie das erste nur ein paar Schritte von mir entfernt sitzen. Da fiel mir ein, dass ich ein paar Kekse in der Tasche hatte. Ich zuckte zusammen, als ein drittes Eichhörnchen auf die Bank gesprungen kam und nur wenige Zentimeter neben mir auf der Rückenlehne saß.

»Du hast mich vielleicht erschreckt, mein Kleines«, sagte ich, während ich mich ein wenig unwohl fühlte und erfolglos versuchte, das Tier mit der Hand zu vertreiben.

Und es wurden immer mehr. Sechs, acht, zehn. Sie wirkten bedrohlich wie eine aggressive Mutation des normalen Eichhörnchens. Ich fühlte mich von dieser Nagetier-Gang bedroht. Wo, bitte, war die Katze, wenn man sie ein Mal brauchte?

»Weg!«, schrie ich, während ich aufsprang und drohend meine Tasche schwang.

Sie zogen sich ein wenig zurück, blieben aber in Lauerstellung. Auch wenn ich mir selbst ein wenig dämlich vorkam, verließ ich den Park, so schnell ich konnte, ohne zu rennen. Doch ich wurde die zudringlichen Nager mit dem haarigen Schweif erst los, als ich ihnen meine Kekse zum Fraß vorwarf.

Während des Abendessens war die Anekdote von der »gefährlichen Eichhörnchen-Bande« der Renner. Bernie war begeistert und setzte sich gleich hin, um ein Bild zu malen, das er mir anschließend schenkte.

An diesem Tag hatte ich nicht eine Wohnung besichtigt, die annähernd infrage gekommen wäre, auch wenn keine mehr so schlimm gewesen war wie Craigs Bärenhöhle. Zumindest gewöhnte ich mich allmählich daran, durch Gegenden wie Brixton zu gehen. Ich musste sogar zugeben, dass es ein paar Orte gab, die einen gewissen multikulturellen Charme hatten.

Pip und Brian machten mir immer wieder Mut und gaben mir anhand des Stadtplans Tipps, die sich als sehr nützlich erwiesen, zu einigen Vierteln und Gegenden.

»Ich würde es an deiner Stelle mal in Wandsworth versuchen«, schlug Brian vor. »Das ist auf der anderen Seite der Themse, aber Putney zum Beispiel ist ganz hübsch. Da könntest du etwas Anständiges finden. Außerdem ist die Verkehrsanbindung ziemlich gut. Von der East Putney Station kann man direkt in die City fahren. Dann bist du vielleicht sogar schneller im Büro als von West Hampstead aus. Und bis zu uns sind es nur sechs Haltestellen.«

Sibila sah ich erst, kurz bevor ich zu Bett ging. Ich saß noch am Computer und notierte mir ein paar Adressen von Wohnungen in dem Bezirk, den Brian empfohlen hatte. Als ich die Katze draußen vor dem Fenster miauen hörte, ließ ich sie gleich ins Zimmer.

»Entschuldige, aber ich konnte das Fenster bei dieser Kälte nicht offen lassen«, erklärte ich. »Wie war die Jagd?«

»Ziemlich gut, danke.« Behände sprang Sibila vom Fenster auf den Fußboden. »Und deine?«

»Na ja, die Ausbeute ist eher bescheiden, würde ich sagen. Aber ich gewöhne mich an das Grauen. Ich muss mich wohl damit abfinden, dass ich mir eine Wohnung, die mir einigermaßen gefällt, abschminken kann.«

»Damit abfinden?« Sibila sprang mit einem Satz aufs Bett. »Kommt gar nicht infrage, meine Liebe! Wenn ich bei der Jagd so schnell aufgeben würde, wäre ich schon längst verhungert. Also: Wonach genau suchst du?«

»So hoch sind meine Ansprüche gar nicht. Ich hätte nur gern ein bisschen Platz, um meine Sachen unterzubringen. Du kannst dir nicht vorstellen, was für winzige, vermuffte Wohnungen ich heute gesehen habe, echte Rattenlöcher.«

»Ich glaube nicht, dass es echte Rattenlöcher waren«, entgegnete Sibila, während sie es sich bequem machte. »Ich habe schon einige Rattenlöcher gesehen und zeige dir gern eins, und dann reden wir noch mal darüber.«

»Das ist nur eine Metapher«, klärte ich sie auf. »Ich hätte gern eine Wohnung, die man gut sauber halten kann, ohne diese gruseligen Teppiche und uralten Sofas, in denen sich wahrscheinlich der gesamte Dreck der letzten zehn Mieter angesammelt hat. Und sie sollte in einem anständigen Viertel liegen.«

»Ich verstehe. Und was ist ein anständiges Viertel?«

»Na ja …« Ich wusste nicht, wie ich es einer Katze erklären sollte. »Eine Gegend, in der Menschen leben, die etwas … ich weiß nicht, wie ich es sagen soll … vertrauenswürdiger sind.«

»So wie Joaquín zum Beispiel«, meinte Sibila und betrachtete interessiert die Krallen ihrer rechten Pfote.

»Nein … also, das ist jetzt unfair!«

»Oder die Krawattenträger, die mit ihren dicken Autos durch die City brausen und in diesem riesigen menschlichen Casino mit dem Geld anderer Leute spielen.«

Ich dachte eine Weile darüber nach.

»Okay, möglicherweise ist da was dran.«

Sibila nahm eine vornehme Haltung ein.

»Weißt du, dass in der Downing Street schon viele Katzen zu Hause waren?«

»Ehrlich gesagt, wusste ich das noch nicht«, gab ich zu.

»Es ist eine Art Tradition. Die von Churchill hieß Nelson, nach dem englischen Admiral, dem sie auf dem Platz mit den vier Katzen ein Denkmal gesetzt haben.«

»Du meinst Löwen.«

»Das macht keinen großen Unterschied. ›Affen bleiben Affen, wenn man sie auch in Seide, Sammet und Scharlach kleidet‹, hat mal ein weiser Mensch gesagt. Und die Affen in der Downing Street, Thatcher, Major, Blair, Cameron … jeder von ihnen ist von einer Katze adoptiert worden. Die meisten waren übrigens

Straßenkatzen wie ich. Und die Affenmutter hatte auch mal eine.«

»Die Affenmutter?«

»Die Queen, meine ich natürlich.« Sibila sprach nun katzenhaft majestätisch. »Die Affenmutter Elisabeth. In letzter Zeit umgibt sie sich lieber mit diesen Corgi-Hunden, aber als sie damals in dieser Riesenkirche geheiratet hat, hat ihr jemand eine Siamkatze geschenkt, die ihr ganzes Leben über im Buckingham-Palast gewohnt hat. Aber was ich letztendlich damit sagen will, ist, dass es uns Katzen gleichgültig ist, ob wir in einem Palast oder im East End leben. Uns liegt die königliche Würde sowieso im Blut, und wir lassen uns nicht von irgendwelchen Affen beeindrucken, so vornehm sie auch tun mögen.«

Sibila sprang vom Bett und blickte von unten zu der Stelle hinauf, wo sie kurz vorher noch gelegen hatte.

»Ihr Menschen irrt euch gewaltig, wenn ihr denkt, dass die, die in der Hierarchie über euch stehen, ein schöneres Leben führen. Denn letztendlich ist es besser, eine Katze im Arm zu halten, als irgendwelche chinesischen Vasen zu besitzen oder eine üppige Krawattensammlung oder ein paar Autos mit Chauffeur. Darum fragen wir Katzen uns immer wieder, warum ihr Menschen so sehr an solchen Dingen hängt, obwohl sie euch überhaupt keine Liebe zurückgeben können«, meinte Sibila und wandte sich zum Fenster, »... diese Vorhänge zum Beispiel, die danach schreien, zerrissen zu werden.«

»Nein, Sibila, das nicht!« Ich warf mich schützend vor Pips Vorhänge, um Sibila von ihrem Vorhaben abzubringen.

»Natürlich nicht«, fuhr die Katze fort und tänzelte zum Bett zurück. »Wie ich schon gesagt habe: Ihr verliebt euch ständig in irgendwelche Dinge. Und dabei gebt ihr euch nie mit dem, was ihr habt, zufrieden und kämpft immer um mehr, um in der Hierarchie der Affen weiter nach oben zu kommen.«

Die Katze sprang wieder aufs Bett, um von dort ihren Vortrag zu beenden.

»Und so habt ihr Affen in Menschenkleidung euch den ganzen Planeten unter den Nagel gerissen und in jeder Ecke steinerne Krieger errichtet.«

»Also ich bin zufrieden mit dem, was ich habe«, verteidigte ich mich.

»Das sagst du jetzt, und dann kommst du an einem Geschäft vorbei und siehst im Schaufenster eine Tasche, die nur ein Ding ist, um deine anderen Dinge darin aufzubewahren, und gleich möchtest du sie haben. Dabei hast du schon mindestens fünf davon.«

Ich schwieg und fragte mich, ob Sibila mir hinterherspioniert hatte, als ich mir im Winterschlussverkauf tatsächlich eine äußerst hübsche Tasche gegönnt hatte.

»Na gut, ein gewisses Konsumverhalten lege auch ich an den Tag. Aber es hält sich in Grenzen.«

»Dann sag das mal der Kuh, die die Tasche vorher als Haut getragen hat!«

»Komm, Sibila, sei nicht so gemein. In der nächsten Zeit werde ich mir nicht viel kaufen können, denn ich bin pleite. Deswegen ist es ja auch so schwierig, eine Wohnung zu finden. Ich möchte gern in einer anständigen Wohnung leben. Sie muss nicht groß sein, aber sie sollte einen gewissen Charme haben. Und eine schöne Aussicht. Aber ich sehe schon, dass das utopisch ist.«

»Hmm«, brummte die Katze.

Sie schloss für einen Moment die Augen, und als sie sie wieder öffnete, hob sie den Kopf und sagte: »Ich glaube, was du wirklich suchst, ist eine Wohnung mit Aussicht auf ein bisschen Glück.«

Ich musste lächeln.

»Das klingt gut. Und wie finde ich die? So eine Wohnung war leider nicht im Angebot.«

»Es ist ganz einfach, viel einfacher, als du glaubst. Wir Katzen haben eigentlich kein festes Zuhause, wie du sicher schon gemerkt hast. Wir streunen gern durch ein möglichst großes Terrain, so wie ihr Menschen es früher auch getan habt, bevor ihr angefangen habt, Pflanzen und Tiere zu züchten und immer mehr Dinge anzusammeln, die ihr schließlich einschließen musstet. Wir Katzen sind mal hier und mal dort unterwegs, aber wir suchen uns immer Orte, die wir mögen: Ecken, Nischen, Verstecke, gemütliche Plätze, wo wir es uns für eine Weile bequem machen. Wir brauchen nicht viel: ein wenig Ruhe, eine angenehme Temperatur, ein weiches Lager. Und es sollte natürlich gut riechen. Dort, wo wir uns niederlassen, fühlen wir uns wie eine Königin auf ihrem Thron.«

»Gut und schön, aber ich kann ja schlecht wie eine Katze leben! Ich brauche ein Badezimmer, eine Küche, Möbel, Schränke ...«

»Natürlich, das verstehe ich. Aber im Grunde brauchst du gar nicht so viel Platz und so viele Sachen. Du musst auch nicht unbedingt in einem ›anständigen‹ Viertel leben, wie du gesagt hast. Du brauchst nur eine kleine Wohnung mit Aussicht auf ein bisschen Glück, glaub mir. Und einen solchen Ausblick findest du, wenn du selbst dich öffnest. Wenn du erst mal aufgeblüht bist, wirst du feststellen, dass du überall zu Hause bist. Dass du bereits in einem Palast lebst und die Königin des Universums bist. So wie jede anständige Straßenkatze!«

Eine Weile dachte ich schweigend über ihre Worte nach.

»Ach, noch etwas«, fügte Sibila hinzu.

»Was?«

»Bitte achte darauf, dass die Wohnung ein Fenster hat, durch das ich ohne akrobatische Kletterpartien hineingelangen kann.«

Und nur einen Tag später fand ich meine Wohnung. Ich hatte mehrere Besichtigungstermine in dem Viertel vereinbart, das Brian mir empfohlen hatte, und einer davon führte mich in das Möbelgeschäft von Mr. Masood, dem Chef eines kleinen Immobilienimperiums in der besagten Gegend. Dieser Londoner pakistanischer Abstammung, der ein weites Hemd mit Blumenmuster trug und eine ganze Kollektion an Goldketten um den Hals hängen hatte, ließ mich eine Weile warten, während er in seiner Muttersprache mit einem jungen Mann diskutierte, der offensichtlich sein Sohn war, denn er sah aus wie eine schlankere, jüngere Version seines Vaters. Außerdem waren in dem Geschäft, das gleichzeitig eine Werkstatt war, eine ganze Reihe kräftiger Männer mit osteuropäischem Aussehen damit beschäftigt, Tische herumzutragen und mit blitzartiger Geschwindigkeit irgendwelche Bretter zu sägen.

»Jetzt bin ich für Sie da«, meinte Mr. Masood schließlich. »Sie sind gekommen, um die Wohnung zu besichtigen, richtig? Es tut mir leid, aber sie ist schon weg, ich habe sie vor wenigen Minuten vermietet. Aber keine Sorge, ich habe noch ein paar andere. Bitte kommen Sie mit. Wo sind Sie her? Aaah, aus Spanien! Ihr wisst, wie man lebt – anders als diese verklemmten Engländer, stimmt's?«

Mr. Masood redete ohne Unterlass, und in den wenigen Minuten, die es dauerte, bis wir bei der anderen Wohnung angekommen waren, die sich im selben Gebäude über dem Geschäft befand, hatte er mir bereits seine gesamte Familiengeschichte erzählt und wie sie es zu dem Möbelgeschäft, einem florierenden Taxiunternehmen und einer Reihe zu vermietender Wohnungen gebracht hatten.

»Die Wohnung wird Ihnen gefallen«, sagte er,

nachdem er einen riesigen Schlüsselbund aus der Tasche gezogen hatte. »Sie ist sehr originell.«

Allerdings, originell war sie. Wenn man hereinkam, sah man sich gleich einer weiteren Tür gegenüber, hinter der sich eine kleine Kammer mit einer altmodischen Toilette mit Kettenspülung und einem winzigen Waschbecken von der Größe eines Seifenspenders befand. Nach links führte eine enge, steile Treppe hinauf, die das ungewöhnliche Detail aufwies, dass auf halbem Weg an der rechten Wand eine Badewanne eingebaut worden war.

»Genial, oder?«, meinte Mr. Masood. »So spart man Platz.«

»Aha«, entgegnete ich zweifelnd.

Von der Treppe gelangte man in eine Art Flur, von dem auf der linken Seite eine Kochnische abging, mit einer Kücheneinrichtung, die relativ neu zu sein schien. Der Flur öffnete sich in einen Wohnbereich, der spiralförmig nach rechts oben ging und in einer Mansarde endete, in der, wenn man sich erneut nach rechts wandte, ein Bett stand. Das alles wirkte etwas beengt, aber zumindest war es relativ hell, dank eines großen Fensters im Wohnbereich, das die Aussicht auf ein paar Dächer und den grauen Himmel der Stadt bot. Ein weiterer Pluspunkt war, dass die Wohnung Holzböden und die Mansarde eine Holzdecke hatte. Auch die Möbel waren alle aus Holz. Und es gab keine Teppiche! Offensichtlich hatte hier der Trupp slawischer Tischler ganze Arbeit geleistet. Doch dann fiel mir etwas auf.

»Und wo kann man sich waschen? Ich habe kein Badezimmer gesehen, nur die Toilette unten.«

»*Ah, no problem, no problem.*«

Masood führte mich zurück in den Bereich, wo sich die Kochnische befand. Dort lag hinter einer Schiebetür eine Nasszelle, die mir vorher gar nicht aufgefallen war und in der sich nicht wirklich ein Bad, aber eine etwa einen Quadratmeter große Dusche befand.

»Hm. Es gefällt Ihnen nicht. Das sehe ich in Ihren Augen«, meinte Mr. Masood, ohne seine gute Laune zu verlieren. »*No problem.* Ich habe noch eine andere Wohnung für Sie. Sie werden begeistert sein! Sie ist gerade frei geworden und liegt ganz in der Nähe.«

Auch wenn der Mann mir nicht wirklich vertrauenswürdig erschien, blieb mir noch so viel Zeit bis zu meinem nächsten Besichtigungstermin, dass ich einwilligte, mir die Wohnung anzusehen. Unterwegs kamen wir an seinem Taxiunternehmen vorbei.

»Wir haben nur richtig gute Autos, anders als viele andere. BMW, Mercedes … Hier haben Sie eine Karte. Wir kaufen die Autos aus zweiter Hand, und meine albanischen Jungs richten sie wieder her. Diese Leute aus Osteuropa sind sehr fleißig, anders als die Briten, die vergessen haben, was es heißt zu arbeiten. Schauen Sie, das ist mein Wagen. Ein Aston Martin von '77. Wie der von James Bond! Der gehört nicht zu den Taxis, aber wenn Sie irgendwann mal Lust haben, könnten wir eine kleine Spritztour machen. Wenn meine Frau einverstanden ist!«

Er lachte so sehr, dass die Ketten über seinem weiten Hemd klirrten. Automatisch kam mir das in den Sinn, was Sibila über die Menschen und ihre Liebe zu den Dingen gesagt hatte.

Das Viertel war nicht schlecht, wobei die Wohnung, die wir nun aufsuchten, recht nah an einer stark befahrenen Sraße lag. Und ich hatte unterwegs kaum Geschäfte gesehen.

»*No problem, no problem!* Es gibt einen Supermarkt nur zehn Minuten von hier.«

Das Gebäude, das in der Broomhill Road lag, gehörte ihm. Ursprünglich hatte dort nur eine einzige Familie gewohnt, die sich auf drei Etagen verteilte. Doch Mr. Masood mit seinem Einfallsreichtum und seinen Schreinern hatte sie in acht kleine Apartments unterteilt. Er schloss für mich die Tür mit der Nummer sieben auf, die wie die Wohnung, die wir vorher besichtigt hatten, im Obergeschoss lag, Holzböden hatte und mit Möbeln aus Holz eingerichtet war. Der Unterschied war, dass man nach dem Eintreten sofort die ganze Wohnung sah: ein großes Zimmer mit einem Sofa und einem Tisch mit zwei Stühlen an einem großen Fenster, eine mit dem wichtigsten ausgestattete Kochnische, die Tür, die ins Badezimmer führte (ein normales komplettes Bad, sogar mit Bidet!), und eine kleine Treppe, die auf einer rechteckigen Empore mit Fensterluke endete, auf der gerade mal Platz war für eine Doppelmatratze und eine Kommode.

Die ganze Wohnung hatte höchstens dreißig Quadratmeter. Doch das große Fenster (über einem

Dachvorsprung, also für Sibila gut erreichbar) und die Mansarde mit dem Dachfenster ließen sie viel größer wirken. Man konnte vielleicht nicht sagen, dass es sich um den Palast einer Königin handelte, aber durchaus um ein gemütliches Heim. Was brauchte ich mehr? Während Mr. Masood ohne Unterbrechung redete, fiel mein Blick durch das Fenster auf ein riesiges Werbeplakat, das einen paradiesischen Strand zeigte. Dabei kam mir gleich Sibilas Wohnungsbeschreibung in den Sinn: »Mit Aussicht auf ein bisschen Glück.«

Noch am selben Tag unterschrieb ich den Vertrag. Als ich den Schlüssel für meine neue Wohnung in der Hand hielt, hatte ich das Gefühl, dass nun wirklich mein neues Leben begann. Mir war wesentlich leichter ums Herz, als ich in Pips Wohnung zurückkehrte und ihr und Brian von der guten Neuigkeit berichtete. Dann rief ich noch Vero und meinen Vater an, der Wandsworth für eine gute Wahl hielt. Beruhigt legte ich den Hörer auf. Ich war froh, dass ich mit dieser kleinen, aber charmanten Wohnung auch meine Zuversicht wiedergefunden hatte, und erleichtert, mein Leben nun nicht länger mit dem betrügerischen Joaquín teilen zu müssen. Und ich war äußerst zufrieden, diese persönliche Herausforderung gemeistert zu haben – ein Gefühl, das ich schon ewig nicht mehr empfunden hatte. Man konnte zwar noch nicht sagen, dass ich mein Glück gefunden hatte, doch zumindest die Aussicht darauf.

12

PSYCHOSE

Den Umzug zu organisieren war absolut keine leichte Aufgabe. Ich musste mich erneut mit Joaquín in Kontakt setzen und spürte wieder die Wut in mir aufsteigen, als er mich auch diesmal mit dieser kühlen Gleichgültigkeit behandelte und mich mit meiner Bitte, wenigstens für die Zeit des Auszugs das Haus zu räumen, einfach auflaufen ließ. Erst als ich ihn hysterisch anschrie, willigte er widerstrebend ein, sich dazu zu bequemen, mir für zwei Tage das Haus zu überlassen, damit ich meine Sachen herausholen konnte, ohne ihm ständig über den Weg laufen zu müssen.

Es tat unendlich weh, in mein altes Zuhause zurückzukehren, mich den Erinnerungen zu stellen, die dort wie Gespenster in jeder Ecke hausten, meine Dinge von seinen Dingen zu trennen, Kisten zu packen und vieles verschenken oder wegwerfen zu müssen. Was sollte ich mit den Sachen tun, die er mir geschenkt hatte? Was mit der Bettwäsche? Mit den Fotos der letzten fünfzehn Jahre? Bei jedem Fund, an dem eine Erinnerung hing, brach ich in Tränen aus, und ich hielt Lampen und DVDs in der Hand und wusste nicht, was ich damit machen sollte.

Vero war meine Rettung. Sie hatte kurz entschlossen einen Billigflug nach London gebucht, um mir am Wochenende beim Umzug zu helfen, während Alberto sich zu Hause um die Kinder kümmerte. Und noch größer war die Freude, als sie dann tatsächlich in West Hampstead eintraf, wo ich mit meinen Kisten und meinem Schmerz sehnsüchtig auf sie wartete, denn sie brachte Susana und Patri mit. Die Luchse waren wieder vereint! Ich war überwältigt: Meine drei alten Freundinnen hatten ihre Familien zurückgelassen, um mir zu Hilfe zu eilen! Es folgten zwei Tage voller Tränenausbrüche und Lachanfälle, die mit viel Klebeband und noch mehr Gesprächen gemeistert wurden, bevor wir mein Hab und Gut nach unten schleppten und ein paar heikle Momente mit einem kleinen gemieteten Lieferwagen im Londoner Straßenverkehr erlebten. Nie würde ich vergessen, wie wir in meiner neuen Wohnung unser Lager aufschlugen, in Erinnerung an die sommerlichen Campingausflüge in den Aragonesischen Pyrenäen, die wir zuletzt in unserer Studienzeit gemacht hatten. Susana, Patri und ich lagen wie die Sardinen auf der großen Matratze unter der Dachschräge, während Vero, die wie in alten Zeiten das große Los gezogen hatte, unten auf dem Sofa campierte.

In diesen beiden Tagen spürte ich, dass ich doch nicht so allein war auf der Welt. Meine Freundinnen waren da, um mir beim Umzug zu helfen, mit mir die ersten Einkäufe für die neue Wohnung zu tätigen, mit mir zusammen alles aufzubauen und sauber zu machen und das Ganze ein wenig zu dekorieren. Sie bedachten mich mit Geschenken, um die Wohnung gemütlich zu machen: einem riesigen indischen Tuch, das wir übers Sofa legten, jeder Menge Pflanzen, einem Batik-Bild für die Wand und einem gerahmten Foto, auf dem wir alle vier im Gebirge unsere Köpfe aus dem Zelt streckten. Doch vor allem trösteten sie mich, brachten mich zum Lachen und machten mir Mut. Sibila hatte recht gehabt, wir Menschen brauchten tatsächlich die Unterstützung des Rudels, und ich schwor mir, zukünftig wieder enger mit ihnen in Kontakt zu bleiben. Meine geliebten Luchse hatten alles stehen und liegen gelassen, um bei mir zu sein, als ich sie brauchte. Und das würde ich ihnen nie vergessen.

Leider ging das Wochenende viel zu schnell vorbei, und als meine Freundinnen sich auf den Weg zum Flughafen machten, ließen sie eine gewaltige Leere in meiner Wohnung zurück. Ich erinnere mich, dass ich, nachdem ich sie verabschiedet hatte, noch eine ganze Weile neben der wunderschönen Orchidee saß, die sie mir geschenkt hatten, und aus dem Fenster auf den nicht abreißenden Verkehrsstrom in der West Hill Road starrte, über dem das Werbeplakat mit dem Strand und dem türkisblauen Meer zu schweben schien.

Sibila hatte sich nach draußen verzogen, um die Gegend zu erkunden, während wir die Wohnung einrichteten, und war noch nicht zurückgekehrt. Ich hatte mit einem Mal Angst, dass sie nicht mehr wiederkommen würde oder dass ihr etwas zugestoßen war, und dass ich an diesem fremden Ort völlig allein wäre. Also zog ich meinen Mantel an und ging nach draußen, um spazieren zu gehen und mich eine Weile mit dem zu beschäftigen, was Sibila mir beigebracht hatte: Ich übte, während des Gehens nur zu gehen. Doch es wurde bereits dunkel, und ich fühlte mich unbehaglich und verletzlich. Bei jedem Passanten, der mir entgegenkam, meinte ich, taxierende Blicke und verdächtige Bewegungen wahrzunehmen, sodass ich fünf Minuten später bereits wieder in meine Wohnung zurückkehrte.

Um mich ein wenig aufzumuntern, machte ich die fröhliche Musik von den Jackson Five an, während ich das Abendessen zubereitete. Bis beim Zwiebelschälen ein dumpfes Hämmern gegen die Wand erklang. Die Musik war tatsächlich ziemlich laut. Also drehte ich sie ein wenig leiser. Vielleicht waren die Wände hier sehr dünn. Kurz darauf hörte ich das Hämmern erneut. Ich legte die Zwiebel aus der Hand und dachte, dass es wohl das Beste wäre, mit meinem Wohnungsnachbarn zu reden, um festzustellen, ob es tatsächlich um die Musik ging, und mich mit ihm auf die Lautstärke zu einigen. Während ich mir noch die Hände wusch, hörte ich, wie ein paar Schlösser entriegelt wurden und die Tür der Wohnung nebenan aufging. Kurz darauf hämmerte jemand an meine Tür, und eine heisere Frauenstimme mit fremdländischem Akzent rief: »*Turn it off! You make enough noise today!*«

Ich sollte also die Musik abstellen, weil ich an diesem Tag schon genug Lärm veranstaltet hatte.

Leicht verstört lief ich zur Tür und öffnete, doch die Nachbarin aus Nummer acht verschanzte sich bereits wieder in ihrer Wohnung. Ganz kurz konnte ich einen Blick auf eine Frau in einem pinkfarbenen Bademantel und einem schwarzen Kopftuch erhaschen. Und das wenige, was ich von ihrem Gesicht gesehen hatte, ließ mich erschaudern. Es war ein unangenehmes, missmutiges Gesicht, das mich an eine böse Hexe aus dem Märchen erinnerte. Außerdem meinte ich, in ihrer Hand etwas Metallisches aufblitzen gesehen zu haben, bevor sie hinter der Tür verschwand. Ein Messer?

Trotz des Schrecks, den mir dieser kurze Zwischenfall eingejagt hatte, dachte ich, dass es wohl das Beste wäre, die Angelegenheit so schnell wie möglich zu klären. Schüchtern klopfte ich an die Tür.

»Hallo? Ich bin Ihre neue Nachbarin.«

»Lassen Sie mich in Ruhe!«, keifte die Stimme von drinnen. »Verschwinden Sie!«

»Ich wollte mich nur bei Ihnen entschuldigen …«

»Seien Sie still! Ruhe jetzt!«

Sie schrie, offenbar völlig in Rage, und traktierte ihre Tür von innen mit einem harten Gegenstand, vielleicht mit dem Griff ihres Messers. Entsetzt flüchtete ich mich in meine Wohnung, schloss die Tür ab und legte den Riegel vor. Die Frau war offenbar völlig durchgeknallt. Ich schloss meinen Kopfhörer an mein Smartphone an und steckte es in die Tasche, um weiter die Musik der Jacksons hören zu können, und versuchte zu vergessen, was gerade geschehen war, während ich mich der Zwiebel, dem marinierten Hühnerfilet, dem Blattsalat und der Tomate widmete. Dabei verbot ich mir den Gedanken, dass meine Nachbarin mit dem Messer zurückkommen könnte und dass ich vielleicht doch das falsche Viertel gewählt hatte und von nun an in Angst und Schrecken würde leben müssen.

Trotzdem warf ich alle paar Sekunden einen Blick auf die Wohnungstür. Jetzt erst fiel mir auf, dass sie nicht gerade die Solideste war. Sie sah nicht aus wie eine Wohnungstür, sondern eher wie eine Zimmertür, an der man ein Türschloss und einen Riegel angebracht hatte. Ich erschauderte. Mit einem einzigen Fußtritt könnte selbst ich diese dünne Tür aus den Angeln reißen. Wo war ich hier nur hingeraten?

Während des Essens drehte ich den Stuhl so, dass ich die Tür im Blick hatte, das große Fleischmesser lag in Reichweite. Um mich abzulenken, sah ich mir eine Folge *Friends* auf dem Computer an, immer noch mit dem Kopfhörer auf den Ohren. Doch nichts brachte mich wirklich zum Lachen. Und wo war Sibila? Würde sie nicht mehr zurückkommen?

Nachdem ich gegessen und das Geschirr gespült hatte, wurde ich allmählich wieder ruhiger. Meine Nachbarin war offensichtlich gerade schlecht gelaunt. Sie war bestimmt keine Psychopathin. Ich beschloss, vor dem Schlafengehen noch unter die Dusche zu gehen. Nachdem ich den ganzen Tag sauber gemacht, eingeräumt und die Wohnung hergerichtet hatte, war das mehr als angebracht. Und nebenbei würde ich mich ein wenig entspannen.

Am Morgen hatten wir alle vier die Dusche ausprobiert, und sie hatte tadellos funktioniert. Es kam kein wirklich kräftiger Wasserstrahl heraus, aber das war normal in London. Dafür ließ sie sich leicht regulieren, denn es gab einen Drehknopf für die Temperatureinstellung und einen für die Wasserstärke. Ich zog mich aus und stellte mich unter die Dusche, und alle meine unguten Gefühle wurden mit dem warmen Wasser weggespült. Willkommen in deinem neuen Zuhause, sagte ich mir. Nun wollte ich nur noch ins Bett, und am nächsten Tag würde ich weitersehen.

Doch auf einmal ging im Badezimmer das Licht aus. Vor Schreck stieß ich mit dem Arm an die Duschtür, während ich mit der anderen Hand nach dem Wasserhahn tastete, um ihn zuzudrehen. Ich war völlig hysterisch und hatte plötzlich die furchteinflößende Vision von einer Gestalt im pinkfarbenen Bademantel und mit einem Messer in der Hand vor Augen. Beinah im selben Moment floss das Wasser wieder aus der Dusche, allerdings eiskalt. Ich stieß einen Schrei aus, presste mich an die Wandfliesen, um dem kalten Wasserstrahl auszuweichen, und tastete erneut nach dem Wasserhahn. Als ich ihn endlich gefunden hatte, drehte ich die Knöpfe in alle Richtungen, bis es mir gelang, das Wasser abzustellen. Ich versuchte, mich zu beruhigen, trat aus der Dusche, griff nach dem Handtuch und begann mich abzutrocknen, während ich immer noch vor Aufregung und Kälte zitterte. Ganz ruhig, sagte ich mir. Und vor allem: keine Wahnvorstellungen mehr!

Ich öffnete die Badezimmertür. Auch das Wohnzimmer lag im Dunkeln, nur ein paar Schatten zeichneten sich vor dem schwachen Licht ab, das von der Straße hereinfiel. Nichts passiert, beruhigte ich mich. Die Sicherungen sind herausgesprungen, und das warme Wasser ist an die Elektrizität gebunden.

Ich musste den Sicherungskasten finden. Da hörte ich ein leises Knacken von den Holzdielen. Ich bekam eine Gänsehaut und war mir plötzlich sicher, dass mich jemand beobachtete. War jemand im Zimmer? Etwa diese durchgeknallte Nachbarin? In der Dunkelheit dieses seltsamen Hauses schien mir alles möglich.

Dann sah ich sie. Ein Schatten, der sich im Dunkeln auf mich zubewegte und langsam über den Boden kroch. Aufblitzende Augen, die mich anstarrten. Ich wäre fast in Ohnmacht gefallen.

»Aaaaahhhhh«, schrie ich.

»Miaaaauuuuu!«, maunzte Sibila.

Es war die Katze, die nach ihrer Erkundungstour durch die Nachbarschaft endlich nach Hause zurückgekehrt war.

»Meine Güte, Sibila, du bist das!«, rief ich mit einer Hand auf meinem pochenden Herzen.

»Wen hast du denn erwartet? Eine Riesenkobra?«

»Nein, meine Nachbarin«, erklärte ich und ging zum Fenster, um es zu schließen. »Die Frau, die neben uns wohnt, hat nämlich einen Knall, und sie hasst mich jetzt schon.«

»Einen Knall? Wenn die wüsste, dass du mit einer

Katze sprichst …«, brummte Sibila. »Und was machst du hier im Dunkeln? Da seht ihr Menschen doch sowieso nichts …«

»Das Licht ist plötzlich ausgegangen«, sagte ich und nahm mein Smartphone vom Tisch.

Ich schaltete die Taschenlampenfunktion ein und machte mich auf die Suche nach dem Sicherungskasten. Der war jedoch nirgends zu entdecken.

»Der Sicherungskasten ist wohl draußen auf dem Flur. Aber um die Uhrzeit gehe ich nicht mehr raus. Darum kümmere ich mich morgen.«

Mit Sibila in der Wohnung fühlte ich mich gleich sicherer, auch wenn sie nicht gerade die Stärke eines Tigers hatte. Allmählich gewöhnten sich meine Augen an die Dunkelheit, und ich konnte wieder etwas sehen. Ich trocknete mich ab und zog meinen Pyjama und meine Lieblingssocken an, die ich mir im Bad bereitgelegt hatte. Dabei fiel mir auf, dass an einer Stelle der Holzbohlen ein wenig Licht durchschimmerte. Ich ging auf die Knie, um der Sache auf den Grund zu gehen. Was ich daraufhin feststellte, war unglaublich: Durch die Ritzen konnte ich das Licht sehen, das aus der Wohnung im zweiten Stock heraufleuchtete. Offensichtlich war zwischen der Holzdecke meines Nachbarn und meinem Fußboden nichts als Luft. Wenn ich mich flach auf den Boden legte und ein Auge dicht über die Ritze hielt, konnte ich einen Schatten erkennen, der sich in der Wohnung unter mir bewegte. Und natürlich konnte man jeden seiner Schritte hören.

»Stell dir vor, Sibila«, flüsterte ich. »Ich kann den Nachbarn von unten in seiner Wohnung sehen!«

»Ja, und ich kann ihn riechen«, sagte die Katze, die am Boden entlangschnüffelte.

»Was für ein Baupfusch! Wenn mir mal eine Tasse mit Kaffee runterfällt, bekommt der Nachbar umsonst eine heiße Dusche.«

»Warum sollte dir eine Tasse Kaffee runterfallen?«

Ich seufzte. »Damit will ich nur sagen, dass dieses Haus eine Bruchbude ist! Ich wusste, dass an der Sache etwas faul ist!«

»Ich finde die Hütte gar nicht so übel«, meinte Sibila und wälzte sich wohlig auf dem Sofa. »Es ist schön warm und bequem. Mit gefällt es hier.«

»Dieser Pakistani hat mich übers Ohr gehauen«, insistierte ich, während ich über die kleine Treppe zur Mansarde hinaufstieg. »Elektroleitungen aus dem neunzehnten Jahrhundert, Wände aus Pappe und eine Psychopathin nebenan.«

Schimpfend kroch ich zum Kopfende des Bettes, weil die Decke so niedrig war, dass man sich nicht wirklich aufrichten konnte, ohne sich den Kopf zu stoßen. Dann ließ ich mich erschöpft und fertig mit der betrügerischen Welt in mein Bett fallen und zog das Federbett über mich.

Kurz darauf hörte ich Sibilas Stimme in der Dunkelheit:

»Hast du wirklich gedacht, ich wäre deine Nachbarin?«

»Ja, hab ich.« Allmählich wurde mir klar, wie

absurd das Ganze war. »Ich hab mich zu Tode erschreckt!«

»Das hat man gemerkt. Du hast ja laut genug geschrien.«

»Allerdings! Schließlich war ich allein in der Wohnung, plötzlich ging das Licht aus, und diese Frau war wirklich unheimlich. Ich weiß nicht, was mit dieser Person los ist, aber die ist echt nicht normal. Sie ist genauso wie die Hexen im Märchen, ich schwör's.«

»Eine Hexe?«, maunzte Sibila. »Es ist noch gar nicht so lange her, da hat es gereicht, wenn eine Frau mit einer Katze zusammenlebte, um sie der Hexerei zu bezichtigen. Diese armen Geschöpfe wurden gehängt oder im Fluss ertränkt, gar nicht weit von hier.«

»Willst du damit sagen, dass *ich* die Hexe bin?«

»Was ich sagen will, ist, dass du etwas vorsichtiger sein solltest mit dem, was du über andere sagst. Vielleicht, wenn du sie etwas besser kennen würdest ...«

»Ich will sie aber nicht besser kennenlernen.«

»Und sie will dich auch nicht kennenlernen. Was nicht bedeutet, dass ihr euch nicht mal ein bisschen näher beschnuppern solltet.«

»Was?« Die Worte der Katze irritierten mich. »Woher weißt du das so genau? Warst du etwa bei ihr?«

Sibila antwortete nicht. Ich sah in den Wohnraum hinunter und versuchte, doch noch eine Antwort zu bekommen, doch die Katze schwieg beharrlich. Schließlich gab ich mich geschlagen, legte mich wieder hin und kuschelte mich in die Decke, die allmählich warm wurde. Durch das Dachfenster waren die blassen Sterne über der Stadt zu sehen. Was hatte meine Katze mit dieser Nachbarin zu schaffen?

»Weißt du, Sara«, erklang da plötzlich Sibilas Stimme. »Es gibt einen Unterschied zwischen der realen Welt und der Welt, wie du sie siehst. Oder zu sehen glaubst.«

»Aha«, sagte ich zweifelnd.

Wieder herrschte Stille. Ich sah eine Wolke am Himmel.

»Es gibt immer mal wieder dunkle Momente im Leben«, fuhr die Katze schließlich fort. »Und wenn du nicht die Augen einer Katze hast, scheint so mancher Schatten der einer Hexe zu sein.«

Ich schwieg.

»Vor allem, wenn du eigentlich nur darauf wartest. Es befürchtest. Dann verwandeln deine Ängste jeden Schatten in eine Hexe, ein Monster, ein Gespenst. Und jede dieser schrecklichen Erscheinungen verstärkt deine Furcht, sodass du am Ende vor Angst wie gelähmt bist.«

Draußen begann es zu nieseln. Kleine Tropfen trommelten auf das Dachfenster, und plötzlich dachte ich wieder an meine letzte Begegnung mit Joaquín im Park.

»Mit Joaquín war es umgekehrt. Ich habe ihn für einen ehrlichen Menschen gehalten, und dann hat sich herausgestellt, dass er ein Monster ist.«

»Es hat sich herausgestellt, dass er *gelogen* hat«, milderte die Katze mein Urteil ein wenig ab. »Was unter euch Menschen relativ oft vorkommt. Ohne dass ihr alle gleich Monster seid. Aber du hast schon recht damit, dass sich wunderbare Vorstellungen und Hoffnungen oft als Irrtum erweisen.«

Es überzeugte mich nicht wirklich, wie Sibila die Dinge relativierte, aber ich widersprach ihr nicht.

»Du hast gesagt, es gibt einen Unterschied zwischen der realen Welt und der Welt, wie ich sie sehe«, wiederholte ich.

»Genau.«

Eine Weile lauschte ich dem Regen, der gegen die Scheibe trommelte.

»Und was kann ich tun, um die wirkliche Welt zu sehen? Denn was ich mit meinem Blick erfasse, ist ja immer nur das, was ich sehe, und demnach nicht die Realität. Das heißt, dass es unmöglich ist. Ich kann es nicht ändern.«

»Es sei denn, du wärst eine Katze.«

»Natürlich, sehr schlau!«

Der Regen über meinem Kopf wurde intensiver.

»Aber es gibt etwas, was es euch Menschen ermöglicht, der wirklichen Welt etwas näherzukommen.«

Ich drehte mich halb auf die Seite und richtete mich ein wenig auf, um Sibilla sehen zu können. Doch alles, was ich von ihr sah, war ein schwarzer Schatten auf dem Sofa.

»Wirst du es mir sagen, oder muss ich es raten?«

Sie hob den Kopf, und ich sah ihre Augen im Dunkeln aufblitzen.

»Der Trick ist, dir selbst dabei zuzusehen, wie du die Welt siehst.«

Mir selbst dabei zusehen, wie ich die Welt sehe. Die einzelnen Wörter vermischten sich mit dem Geräusch des Regens. Ich ließ mich zurück aufs Kissen sinken und betrachtete die Regentropfen, die auf die Fensterscheibe fielen, aufeinandertrafen und ineinanderflossen und dabei flüchtige Formen bildeten, die sich ständig veränderten, unfassbar und unbeschreiblich waren und die Lichter einer ganzen Stadt, vielleicht der ganzen Welt reflektierten. Ich erinnerte mich an ein Bild von M. C. Escher, das Joaquín und ich in einer Ausstellung des holländischen Künstlers in Amsterdam gesehen hatten. Auf diesem Stich war ein Museumsbesucher zu sehen, der ein Bild von einem Ort am Meer betrachtet, in dem es ein Museum gibt, in dem ein Besucher ein Bild betrachtet ... Ich schloss die Augen, die ich vor Müdigkeit nicht mehr offen halten konnte. Als ich einschlief, stellte ich mir vor, dass ich meinen Körper verließ und mir selbst dabei zusah, wie ich im Bett lag und einzuschlafen versuchte, woraufhin ich auch diesen neuen Körper verließ, um ihn von einem dritten Körper aus zu betrachten, dann von einem vierten und immer so weiter, bis ich rückwärts in einen endlosen Abgrund fiel.

Plötzlich weckte mich das äußerst reale Gefühl von etwas Nassem und Kaltem, das mir auf die Stirn platschte: ein Wassertropfen.

»Oh nein!«, stöhnte ich.

»Was ist los?«, hörte ich Sibilas Stimme.

»Also – das bilde ich mir jetzt wirklich nicht ein.

Hier ist irgendwo eine undichte Stelle. Mir tropft Wasser aufs Gesicht!«

»Mmmmh«, schnurrte Sibila. »Wenn du willst, können wir uns das Sofa teilen.«

»Sibila! Ich habe es gewusst. Diese Wohnung ist eine Katastrophe!«

Wieder einmal war mir zum Heulen zumute. Ich zog mir die Decke über den Kopf, doch auch so merkte ich noch, wie die Wassertropfen auf mich niedergingen, sodass ich schließlich mit der Decke unter dem Arm deprimiert und todmüde die steile Treppe hinunterging. Doch meine Verzweiflung hielt nicht lange an. Sobald ich auf dem Sofa lag, fiel ich neben der Katze in tiefen Schlaf.

13

KATZENYOGA

In einer Sache hatte Sibila jedenfalls recht: Die Wohnung war nicht ganz so furchtbar, wie ich in jener Nacht geglaubt hatte. Am nächsten Tag schickte Mr. Masood einen seiner albanischen Schreiner, um die undichte Stelle zu reparieren, wofür ein wenig Silikon ausreichte. Mein Vermieter erklärte mir auch, was es mit dem Stromausfall auf sich hatte. Der beruhte auf einer besonderen Art der Stromversorgung in der Wohnung. Da es für das ganze Gebäude nur einen Stromanschluss gab, war jede Wohnung mit einem kleinen schwarzen Metallkasten ausgerüstet, in den Geld eingeworfen werden musste, damit der Strom floss. Wenn man das nicht tat, ging das Licht aus. Das war zwar eine äußerst eigenartige Art der Stromversorgung und wahrscheinlich illegal, aber zumindest behielt man so den Überblick und man konnte damit leben. Also gewöhnte ich mir an, jedes Mal vor dem Duschen zu kontrollieren, ob die Energieversorgung gesichert war.

Angesichts meiner finanziellen Lage war die Wohnung gar nicht so übel. Auch wenn ich mich noch nicht wirklich zu Hause fühlte. In den ersten Tagen überfiel mich draußen auf der Straße immer ein mulmiges Gefühl, vor allem, wenn es dunkel wurde, und da konnte ich mir Sibilas kluge Worte über selbstschaffene Monster und Hexen sooft ins Gedächtnis rufen, wie ich wollte. Außerdem fand ich die Gerüche, die mir permanent aus der unteren Wohnung entgegenwaberten, sehr gewöhnungsbedürftig. Es hatte sich herausgestellt, dass dort ein Ire lebte, der ein Faible für gebratenen Speck und billiges Rasierwasser hatte. Daher gewöhnte ich es mir an, immer ein paar Räucherstäbchen im Haus zu haben.

Außerdem musste ich lernen, mich möglichst geräuschlos in meiner Wohnung zu bewegen, um nicht den Unmut von Mrs. Uzelak zu erregen, wie die Hexe von nebenan laut des Namens an ihrem Briefkasten hieß. Beim leisesten Ton hämmerte sie an die Wand oder verließ türenschlagend ihre Wohnung, um mich mit ihrem seltsamen Akzent lautstark aufs Heftigste zu beschimpfen. In derartigen Momenten war es nicht gerade leicht, nicht den Mut zu verlieren, sich nicht von der Einsamkeit, dem Schmerz, meinem schweren Herzen und der traurigen Zukunft, die vor mir lag, unterkriegen zu lassen.

Das Schlimmste war, dass der Tag, an dem ich wieder zur Arbeit gehen musste, unaufhaltsam näherrückte. Ich konnte nicht länger wegbleiben, das hatte mir Grey klipp und klar gesagt.

»Bei allem Verständnis für deine Situation, Penélope, aber die zwei Wochen, auf die wir uns geeinigt haben, sind jetzt wirklich mal langsam um.«

»Aber das ist nicht mal die Hälfte der Zeit, die die Agentur mir für all die Überstunden in den letzten Jahren schuldet. Außerdem bin ich krankgeschrieben.«

»Ich weiß, Sara, ich verstehe sehr gut, dass du gerade eine schwere Zeit durchmachst, aber du weißt, wie die hier sind. Außerdem ertrinken wir in Arbeit, und *Royal Petroleum* hat sich auch für uns entschieden. Hab ich dir das eigentlich erzählt?«

»Äh, nein. Na dann ... Herzlichen Glückwunsch also, oder?«

»Dein Enthusiasmus ist wirklich ansteckend, meine Liebe. Aber im Ernst, Sara, Anne wird allmählich nervös, sie hat schon davon gesprochen, einen neuen Chef-Webdesigner einzustellen, wenn du den Job nicht auf die Reihe kriegst.«

»Wie bitte?«

»Keine Panik, ich habe ihr versichert, dass du fast schon wieder die Alte bist und ab Donnerstag wieder voll zur Verfügung stehst. Ich schicke dir mal ein paar Unterlagen, damit du wieder auf den Geschmack kommst. Sicher hast du schon Sehnsucht nach uns ...«

Tatsächlich fehlte mir die Arbeit ein bisschen, zumindest die Struktur: die tägliche Routine, die Tatsache, etwas zu tun zu haben, sogar der tägliche Stress, die Deadlines, die schwierigen Kunden. Ich sehnte mich danach, wieder einen Grund zu haben, morgens vor elf Uhr aufzustehen und vor vier Uhr nachts zu Bett zu gehen, um die Begegnung mit Joaquín im Park zu vergessen, um dem Impuls zu widerstehen, am

Eingang von Joaquíns Firma zu lauern, um ihm und seiner galaktischen Geliebten hinterherzuspionieren. Die Arbeit wäre sicher ein guter Weg, um nicht länger stundenlang heulend mit Sibila und einer Packung Taschentücher auf dem Sofa zu liegen und im Selbstmitleid zu zerfließen – unfähig, endlich dieses Leben loszulassen, das ich mir so sehr gewünscht hatte, an der Seite eines Mannes, der nicht mehr der meine war oder so, wie ich ihn mir erträumte, vielleicht niemals existiert hatte.

In diesen Tagen verbrachte ich viel Zeit mit meinem Tablet-Computer, um in den sozialen Netzwerken meine Trennung zu verkünden, Freundschaften bei Facebook zu löschen, Leuten zu antworten, die es nicht glauben konnten und sich nicht trauten, mich anzurufen, und vor allem in dem Versuch, mich von meinen Erinnerungen abzulenken. Ich sah die kompletten Staffeln von *Seasons* und *Breaking Bad*, las eine unendliche Anzahl an Artikeln und Blogs, unterzeichnete Aufrufe, um die Welt zu retten, schaute mir bei YouTube ein Video nach dem anderen an und weidete mich am Seelenstriptease anderer Leute, indem ich mir Fotos von glücklichen Menschen ansah, denen es so viel besser ging als mir, Menschen mit neugeborenen Babys oder Paaren, die sich fröhlich zuprosteten, Reisen nach Thailand machten, die lächelten, sich umarmten, sich küssten. Immer wieder konsultierte ich Internet-Foren, in denen es um Schwangerschaften bei Frauen über vierzig ging; ich informierte mich über das Risiko, das Kind zu verlieren, oder mögliche

Probleme bei der Entbindung, über die verschiedenen Möglichkeiten der Geburtshilfe, über Meinungen und Erfahrungen von Ärzten und Müttern. Und auch wenn es mich eher abschreckte, konnte ich der Versuchung nicht widerstehen, mich auch ein wenig über jene neuen Websites schlauzumachen, die es inzwischen für Leute gab, die so traurig und mitleiderregend waren wie ich und doch noch einen neuen Partner zu finden hofften. *Hoffnunglosefaelle.com*. Dabei musste ich gleich wieder zum Taschentuch greifen.

Ja, es würde mir guttun, wieder zu arbeiten. Dabei war mir durchaus bewusst, was das bedeutete. Ich würde wieder jenes ruhelose Leben führen, das voll von künstlichem Licht und geschäftigem Getöse war und in dem im Grunde absolute Leere herrschte. Ich würde wieder für seelenlose Unternehmen arbeiten, mit Kollegen, die ständig unter Strom standen, dabei aber ihre Gefühle ausknipsten, die ein Croissant ablehnten, um jeden näheren Kontakt zu vermeiden. Mir war klar, dass es eine Art war, sich zu betäuben – ein künstliches Leben, das mich vereinnahmte, während das wahre Leben an mir vorüberzog, mein Körper langsam dahinalterte, sämtliche sozialen Kontakte verkümmerten und sich schließlich nur noch auf knappe virtuelle Grüße in den sozialen Netzwerken beschränkten. Wenn ich nicht immer derart beschäftigt gewesen wäre, wäre die Sache mit Joaquín sicher anders verlaufen. Und dieser Gedanke quälte mich.

Zum Glück hatte ich Sibila. Ich weiß nicht, was ich ohne sie gemacht hätte. Sie blieb geduldig an meiner

Seite, hörte mir aufmerksam zu, ertrug meine unendlichen Heulkrämpfe und meine unzusammenhängenden Vorträge, in denen ich mich beklagte, mich selbst geißelte und Trost suchte, während der Haufen an gebrauchten Taschentüchern neben uns immer höher wurde. In diesen Momenten sprach sie nicht viel, vielleicht weil sie in ihrer unendlichen Katzenweisheit verstand, dass viele Worte hier nicht gefragt waren. Sie ließ sich bereitwillig streicheln, damit ich ihr weiches Fell und die Wärme ihre Körpers spürte, der mir einfach nur sagte: »Alles ist gut. Ich bin bei dir, meine Liebe, hier und jetzt. Das ist das Einzige, was zählt.« Die Katze war der Anker in meinem Leben. Ihre Gegenwart, die Ruhe, die sie verbreitete, und die Geduld, mit der sie meine emotionalen Ausbrüche ertrug, waren in dieser schlimmsten Zeit meine Rettung. Durch Sibila wurde die neue Wohnung zu meinem Zufluchtsort, an dem ich mich in dieser traurigen, hektischen, kalten, dunklen und regnerischen Stadt geborgen fühlte.

Inzwischen war ich mir ziemlich sicher, dass sie es gewesen war, die das Päckchen mit den Antidepressiva hatte verschwinden lassen. Zunächst wich sie meinen Fragen dazu aus oder ignorierte sie einfach, während sie sich zu putzen begann, als ob sie das Ganze gar nichts anginge. Doch bei einer dieser Gelegenheiten, als endlich auch das letzte Haar ihres Fells sauber und ordentlich an der richtigen Stelle lag, gestand sie mir schließlich:

»Natürlich habe ich sie dir weggenommen.« Sie

sagte es wie nebenbei, während sie noch einmal ihr Fell inspizierte. »Das Zeug ist Gift.«

»Für dich mag es Gift sein, mir aber hat ein Arzt diese Medikamente verschrieben, und sie tun mir gut in diesen schwierigen Zeiten. Du siehst doch, wie beschissen es mir geht!«

»Wenn du willst, gebe ich sie dir wieder.« Sie stand auf, als ob sie ihr Wort sofort in die Tat umsetzen wollte. »Aber dann bin ich weg. Warum sollte ich meine Zeit damit verplempern, mit dir zu trainieren, wenn dein Glück am Ende nur von dieser Droge abhängt?«

Ich wusste nicht, was ich darauf antworten sollte. Stattdessen schwieg ich und konzentrierte mich darauf, ihren Katzenratschlägen zu folgen und die von ihr angeordneten Übungen zu absolvieren.

Mehrmals am Tag forderte mich Sibila zu einem Spaziergang auf.

»Wo bist du gerade?«, maunzte sie und kam zum Sofa herüber, wo ich wie so oft entweder mit meinem Tablet-PC gerade in der virtuellen Welt unterwegs war oder mich der traurigen Düsternis meiner Gedanken hingab.

»Was?« Abrupt und leicht verwirrt kehrte ich wieder in die Realität zurück. »Na ja, ich bin hier. Wo sollte ich sonst sein?«

»Ich hatte den Eindruck, dass du ziemlich weit weg bist«, meinte die Katze. »Los, auf, wir trainieren ein bisschen, damit du dich wieder mehr auf deinen Körper konzentrierst und die Grübeleien sein lässt.«

Unsere Streifzüge durch die Stadt waren immer recht lang, mindestens eine Stunde, sodass ich das Viertel, in dem ich nun wohnte, bereits ganz gut kannte, sowohl die »besseren« als auch die »schlechteren« Gegenden von Wandsworth. Sibila leitete mich dabei an, »während des Gehens zu gehen«, was mir jedoch nie wirklich gelang. Unermüdlich wiederholte sie immer die gleichen Sätze. *Öffne dich dem, was hier und jetzt geschieht; nimm wahr, was du siehst, ohne es zu beurteilen; mach dir deine Reaktionen bewusst.* Ich gab mein Bestes. Und manchmal schaffte ich es tatsächlich, zumindest für ein paar Sekunden, mich ganz der Bewegung hinzugeben, wobei ich mich beim Gehen so leicht fühlte und meine Sinne so geschärft waren, wie es bei Sibila der Fall war, die mit katzenhafter Eleganz ein paar Millimeter über dem Boden dahinzuschweben schien. Aber diese Momente waren immer schnell wieder vorbei. Und gleich darauf suchten mich wieder die wildesten Theorien über die Identität des galaktischen Mädchens heim, die Sorge, am Ende zu sein, die Angst, irgendeiner zwielichtigen Gestalt über den Weg zu laufen … und weg war meine Konzentration auf das Hier und Jetzt, von der katzenhaften Eleganz ganz zu schweigen. Dennoch taten die Spaziergänge mir gut, und jedes Mal freute ich mich, ein bisschen vor die Tür gekommen zu sein.

Diese Momente nutzte Sibila immer wieder, um mich davon zu überzeugen, zukünftig nicht mehr mit der U-Bahn zur Arbeit zu fahren, sondern zu Fuß zu gehen.

»Der menschliche Körper ist dafür geschaffen zu laufen. Und ihr verbringt die meiste Zeit im Sitzen. Der Stuhl ist wirklich die übelste Erfindung, auf die die Menschheit jemals gekommen ist.«

»Das mag ja alles sein, Sibila, aber dann wäre ich zwei Stunden unterwegs, um ins Büro zu kommen, und zurück bräuchte ich noch mal zwei Stunden.«

»Deine Vorfahren haben vor der Erfindung des Stuhls und der ungesunden Idee, den größten Teil der Zeit in geschlossenen Räumen zu verbringen, jeden Tag solche Strecken zurückgelegt, wenn nicht noch weitere.«

»Meine ›Vorfahren‹, wie du sie nennst, hatten auch nichts anderes zu tun! Wenn ich wieder anfange zu arbeiten, werde ich für solche Gewaltmärsche weder die Zeit noch die Kraft haben.«

»Wenn du wieder anfängst zu arbeiten, ist es besonders wichtig für dich, zum Ausgleich viel zu laufen.«

»Kann sein, aber es ist nun mal nicht möglich.«

»Und du willst wirklich wieder in dieses Loch in der Erde kriechen?«

»In die U-Bahn, ja.«

»Das ist etwas für Ratten, nicht für Menschen.«

»Einverstanden. Es ist furchtbar, vor allem in den Stoßzeiten. Das kannst du dir gar nicht vorstellen!«

»Dann geh da nicht rein, Sara«, sagte die Katze ehrlich besorgt.

»Es muss sein, Sibila. Was das angeht, habe ich wohl keine andere Wahl, als wie eine Ratte zu leben.«

»Na gut«, murmelte sie. »Das hat auch sein Gutes, denn Ratten sind überaus glückliche Tiere.«

Am letzten Tag meiner Auszeit raffte ich mich schließlich dazu auf, mich mit den Unterlagen zu dem *Royal-Petroleum*-Projekt zu beschäftigen, die Grey mir geschickt hatte. Ich verbrachte den ganzen Tag mit meinem MacBook am Tisch sitzend und machte mir Notizen, wobei Sibila mir Gesellschaft leistete und aus dem Fenster sah.

Irgendwann stand die Katze entschieden auf, streckte sich vom Kopf bis zum Schwanz, drehte sich auf dem Tisch um und stemmte ohne jede Vorwarnung die Vorderpfoten gegen die Bildschirmrückseite des MacBooks, sodass sich dieses mit einem klackenden Geräusch schloss.

»He, was soll das!?«

»Das reicht jetzt«, meinte Sibila und setzte sich auf den Laptop.

»Sibila!«, rief ich empört.

Ich machte Anstalten, sie zu verscheuchen, doch sie fauchte mich mit gesträubtem Fell und aufgerichtetem Schwanz an. Das war jedes Mal ziemlich effektiv. Ich setzte mich wieder.

»Also: Was ist los?«

Sibila ließ sich erneut auf dem Computer nieder.

»Die ganze Zeit hängst du vor dieser Kiste, das ist los!«

»Ich nenne das arbeiten.«

»Das heißt, von morgen an machst du das den ganzen Tag?«

»Leider ja.«

»Schließ die Augen!«

»Hör mal, Sibila …«

»Los!«

Ich seufzte und machte die Augen zu.

»Wie fühlen sich deine Schultern an?«

»Extrem verspannt.«

»Der Rücken?«

»Tut weh.«

»Der Hals?«

»Grauenvoll.«

»Du hast dich die ganze Zeit nur mit deinem Kopf beschäftigt und deinen armen Körper völlig vergessen.«

»Stimmt«, gab ich zu und öffnete die Augen wieder. »Und ich habe zwei Wochen nicht gearbeitet und bin echt aus der Übung. Wir können gleich ein bisschen spazieren gehen, aber jetzt lass mich bitte noch etwas arbeiten, damit ich morgen zumindest ansatzweise vorbereitet bin.«

»Kommt nicht infrage. Das, was ich dir jetzt zeigen werde, ist die beste Vorbereitung – für morgen und überhaupt. Nimm dir eine Decke und breite sie einmal gefaltet auf dem Boden aus. Dann hast du es ein wenig bequemer.«

»Bequemer? Wobei?«

»Bei den Dehnübungen. Dir ist sicher schon aufgefallen, dass alle Tiere, und wir Katzen sowieso, die gesunde Angewohnheit haben, uns ab und zu zu strecken, vor allem, wenn wir lange in derselben Position verharrt sind. Unerklärlicherweise habt ihr Menschen euch das abgewöhnt.«

»Na hör mal, ich gehe immerhin regelmäßig ins Fitnessstudio.«

»Ja, hab ich gesehen. Du gehst, wenn es hochkommt, einmal alle vierzehn Tage in einen Raum voller Lärm und Maschinen, um dort deinen Körper zu quälen, während du in Gedanken ganz woanders bist. Los, leg dich auf die Decke. Fangen wir an.«

»Jetzt sag nicht, dass du mir eine Yogastunde geben willst ...«

»Wer, glaubst du, hat den alten Hindus die Dehnübungen beigebracht?«

»Jetzt sag bloß nicht, die Katzen«, entgegnete ich ironisch.

»Genau, die Katzen«, antwortete Sibila sehr ernst.

Und so kam ich zu meiner ersten Stunde »Katzenyoga«, wie ich es schließlich nannte. Sibila zeigte mir ein paar einfache, aber wirksame Übungen, um den Körper, vor allem den Hals und die Wirbelsäule, zu strecken, zu beugen, zu drehen und zu stärken. Das war etwas ganz anderes als Spinning oder Aerobic im Fitnessstudio. Wenn die Katze sah, dass ich in einer Übung verkrampft war, sagte sie: »Vergiss alles, was du im Fitnessstudio gelernt hast. Es geht nicht darum zu leiden. Mach nichts mit Gewalt, beweg dich ganz natürlich, finde in jedem Moment den für dich optimalen Punkt der Dehnung. Es darf dich ruhig ein wenig anstrengen, aber du darfst nichts erzwingen. Hör auf deinen Körper. Trete in Kontakt mit dir.«

Es fühlte sich ganz anders an als die körperlichen Ertüchtigungen, die ich gewohnt war, und war eher eine Art Selbstmassage, wobei ich meinen eigenen Körper, die Schwerkraft und den harten Untergrund nutzte, um meine Muskeln und Sehnen zu strecken und zu entspannen. Ohne dass ich Joaquín, seine blöde Massagematte und seine professionellen Öle brauchte.

Während jeder Übung bestand Sibila darauf, dass ich dieser meine volle Aufmerksamkeit schenkte, wie vorher schon bei unseren Gehübungen.

»Beobachte genau deinen Körper. Nimm jeden Nerv und jede Faser bewusst wahr. Konzentriere dich darauf, wie jeder Atemzug dir neue Energie bringt, wie mit dem Ausatmen die Müdigkeit und die Anspannung schwinden. Wenn deine Gedanken woanders sind und du es merkst, konzentriere dich wieder auf deinen Körper, auf den Rhythmus deiner Atmung.«

Am Schluss der Übungsstunde forderte Sibila mich auf, mich auf den Rücken zu legen und die Füße mit angezogenen Beinen auf den Boden zu stellen, damit sich die gesamte Wirbelsäule ausruhen konnte. Dabei ließ sie mich bewusst den Kopf, den Hals, die Schultern und den Rest meines Körpers bis nach unten zu den Füßen hin entspannen. Am Ende fühlte ich mich, als schwebte mein ganzer Körper hoch oben auf den Wolken, zehntausend Meter über dem angespannten Zustand, in dem ich mich wenige Minuten zuvor noch befunden hatte.

»Miauuu. Miauuu. Miauuuu.«

Ich erwachte aus einer angenehmen Schläfrigkeit und reckte mich ein wenig, indem ich die Arme über dem Kopf ausstreckte.

»Miau.« Ich lächelte. »Das war nicht übel.«

»Jetzt bist du bereit, wieder zu arbeiten«, sagte Sibila, wobei sie sich selbst kräftig streckte und sich dann wie vorher auf dem Tisch neben dem Laptop niederließ.

»Aufstehen!«

Das laute Maunzen der Katze ließ mich aufschrecken. Ich spürte ihr Gewicht auf meinem Körper. Draußen war es noch dunkel, und Sibilas dunkle Silhouette erhob sich im schwachen Licht der Straßenlaternen, das durch das Dachfenster hereinfiel.

»Wie viel Uhr ist es denn?«

»Ihr Menschen immer mit diesem zwanghaften Beachten der Zahlen auf euren Uhren!«

»Es ist noch nicht mal sechs!«, protestierte ich nach einem Blick auf mein Handy. »Heute ist mein erster Arbeitstag, Sibila, lass mich noch ein bisschen schlafen!«

»Genau, es ist dein erster Arbeitstag, das heißt, dass das Training jetzt intensiviert werden muss.«

»Aber es ist noch so früh!«, stöhnte ich.

»Genau deswegen ist es gut. Die Menschen schlafen noch. Es sind fast keine Autos unterwegs. Und gleich wird es hell. Der optimale Zeitpunkt also.«

Ich drehte mich auf die Seite und zog die Decke über mich, doch die Katze sprang aufs Kopfkissen und stellte eine Pfote auf meinen Kopf. Dann die andere. Anschließend hob sie die erste wieder an und stellte sie auf mein Ohr. Und so ging es weiter. Auf diese Art schaffte sie es, mich so weit zu nerven, dass ich mich aufsetzte.

»Du bist extrem lästig, weißt du das?«

»Ja, weiß ich«, meinte sie, während sie die Treppe hinunterging. »Nimm das Federbett und das Kissen mit.«

Sie bat mich, die Decke, die wir am Vortag schon benutzt hatten, auf dem Boden auszubreiten und dann das Kissen zusammen mit den kleineren Sofakissen darauf zu einem weichen Turm zu stapeln, auf den ich mich mit gekreuzten Beinen setzen sollte.

»Habt ihr Katzen diese Position auch den alten Yogis beigebracht?«, fragte ich gähnend.

»So wie ihr Menschen gebaut seid, ist das die beste Position für euch, um mit möglichst wenig Anstrengung den Rücken aufzurichten«, erklärte sie mit der Autorität einer Physiotherapeutin. »Mach es dir bequem.«

Ich gab mein Bestes, wobei ich den Gedanken zu

meditieren äußerst befremdlich fand. Denn das war etwas, das meine Mutter in ihrer Hippiezeit praktiziert hatte und für das mir jegliches Verständnis fehlte. Joaquín hatte Meditation immer als »die bestmögliche Zeitverschwendung für hirnlose Esoteriker« bezeichnet. Und Tatsache war, dass ich an diesem Tag nicht für neue sonderbare Erfahrungen und Visionen offen war, sondern einen klaren Kopf brauchte. Denn heute kehrte ich ins wahre Leben zurück. Heute würde ich mich Anne stellen müssen und dem *Royal-Petroleum*-Projekt, den Designern, Programmierern, dem Marketingteam des Kunden. Wenn ich nur daran dachte, wurde mir schon schlecht.

»Was soll das werden, Sibila?«

»Ganz einfach: ein bisschen mentale Hygiene.«

»Dentale Hygiene?«

»Mental, nicht dental. So wie wir Katzen uns jeden Tag mehrere Stunden lang putzen müssen, um unser Fell rein und gesund zu halten, müsst ihr Menschen eine tägliche Säuberung eures gestressten, komplexen Gehirns vornehmen. Sonst gerät es völlig durcheinander, es sammelt sich jede Menge Mist in eurem Kopf an, und eure Gedanken sind nicht bei der Sache. So wie jetzt, zum Beispiel: Du tust so, als ob du mir zuhörst, denkst aber schon über deinen ersten Arbeitstag nach.«

Dem war tatsächlich so. Ich beschäftigte mich bereits intensiv mit dem neuen Internet-Auftritt von *Royal Petroleum*.

»Du machst dir vorab Sorgen um die Dinge, die

kommen werden, anstatt dich um das zu kümmern, was du gerade vor der Nase hast.« Die Katze stützte ihre Pfoten auf meine Knie und näherte ihre Schnauze meinem Gesicht, sodass ihre Schnurrhaare mich beinah berührten. »Dabei ist das, was du jetzt tust, genau das, was dir helfen wird, dem, was kommt, entgegenzutreten.«

»Alles klar«, erklärte ich gähnend. »Und was soll ich also tun?«

»Eigentlich gar nichts«, sagte Sibila, während sie wieder von mir runterkletterte. »Du sollst nur genau auf das achten, was in jedem Moment geschieht. Allerdings ist das leichter gesagt als getan. Also los, schließ die Augen.«

Ich gehorchte. Draußen war das Geräusch eines Autos zu hören, das so früh schon unterwegs war, und das Bellen eines Hundes. Dann drang wieder Sibilas Stimme an mein Ohr.

»Achte auf deine Atmung. Wie die Luft hereinströmt und wieder hinaus. Das ist das Einzige, was du in den nächsten Minuten tun sollst.«

Das Ganze hatte absolut nichts Mysteriöses. Es war wie während des Gehens zu gehen, nur ohne zu gehen. Eine Art Sein, um zu sein. Ich konzentrierte mich auf meine Atmung. Auf das Einatmen und auf das Ausatmen. Herein und hinaus. Immer wieder. Es war angenehm. Ich fühlte mich ruhig und war gleichzeitig aufmerksam, und ich fragte mich, ob Sibilas Training mir wirklich helfen würde ...

»Wenn deine Gedanken abschweifen ...«, war erneut Sibilas Stimme zu hören, die damit den inneren Monolog unterbrach, der meine Aufmerksamkeit kurzzeitig abgelenkt hatte, »konzentriere dich wieder auf deine Atmung.«

Ich versuchte es erneut. Einatmen, ausatmen, rein, raus. Auf der Straße draußen waren näher kommende Schritte zu hören. Einatmen, ausatmen. Die Schritte entfernten sich wieder. Es war unglaublich, wie leicht mein Bewusstsein sich ablenken ließ. Ich hatte mich nicht mal eine Minute konzentriert. Vielleicht fehlte mir einfach die Begabung dafür ...

»Es ist nicht schlimm, wenn du dich ablenken lässt«, sagte Sibila, als könnte sie meine Gedanken lesen und hätte meine nachlassende Konzentration bemerkt. »Das ist völlig normal. Das menschliche Bewusstsein ist wie ein rebellisches Äffchen, das bei jeder Gelegenheit versucht, sich deiner Kontrolle zu entziehen. Aber das ist kein Problem. Wenn du es merkst, konzentriere dich immer wieder auf deine Atmung.«

So versuchte ich eine Weile, mich zu konzentrieren, und meine Gedanken schweiften immer wieder ab. Sie führten mich einmal hierhin, einmal dorthin, tatsächlich wie ein Äffchen, das sich von Ast zu Ast schwang: von meinen Kollegen im Büro zu dem Projekt, das vor mir lag, zu den Erlebnissen der letzten Tage, den Regenschirmen im Park, der insolventen Buchhandlung meines Vaters, meinem Beinah-Sprung von der Brücke, dem geschlossenen Raum, dem Spaziergang durch Hampstead Heath, dem Campinglager in meiner neuen Wohnung mit meinen Freundinnen, Mr. Masoods seltsamer Art der Stromversorgung, dem aufblitzenden Messer meiner Nachbarin, dem Katzenyoga und dieser einfachen und doch so schwierigen Übung. Manchmal schaffte ich es, den Affen von seinem nächsten Sprung abzuhalten. Dann wieder sah ich vor lauter Bäumen den Wald nicht mehr. Dabei kam mir jener kryptische Satz in den Sinn, den Sibila in unserer ersten Nacht in meiner neuen Wohnung geäußert hatte: »Der Trick ist, dich selbst dabei zu sehen, wie du die Welt siehst.«

Nach einer Weile miaute Sibila dreimal leise und forderte mich auf, mich aus der sitzenden Position zu lösen und meinen Körper auszustrecken.

»Wie war's?«, fragte sie mich, während auch sie sich streckte. »Wie fühlst du dich?«

»Das ist ganz schön schwer!«, entgegnete ich.

»Du machst das sehr gut.« Sie ließ sich erneut vor mir nieder. »Allerdings braucht es tatsächlich sehr viel Übung. Aber wie auch immer, du hast meine Frage nicht beantwortet. Lass dich nicht ablenken. Erlebe bewusst den Moment, nimm Kontakt mit deinem Körper und deinen Sinnen auf. Und sag mir, wie du dich fühlst.«

Ich schloss noch einmal die Augen und versuchte dem Gefühl nachzuspüren.

»Gelassen. Ruhig. Aufmerksam. Jetzt verstehe ich das mit der mentalen Hygiene. Ich fühle mich innerlich gereinigt. Danke, Sibila. Man merkt, dass ihr Katzen viel von diesen Dingen versteht.«

Ich öffnete die Augen wieder. Sibila saß immer noch unbeweglich vor mir, das Licht des Morgens fiel auf sie.

»Das freut mich. Versuche, diesen Zustand den ganzen Tag über aufrechtzuerhalten. Aufmerksam und bewusst alles aufzunehmen, was geschieht. Lebe jeden Moment, denn jeder Moment, den du erlebst, ist dein Moment, deine Zeit, dein Leben. Er gehört nicht dem Unternehmen, für das du arbeitest. Er gehört allein dir. Lass dir das von niemandem nehmen.«

Schöne Worte, die ich, noch bevor ich das Gebäude von *Netscience LTD* in der Wood Street im Herzen der Stadt betrat, wieder vergessen hatte.

14

HUNDERT TAGE REGEN

Die Rückkehr an meinen Arbeitsplatz demonstrierte haargenau, was Sibila mir zu sagen versucht hatte: dass es völlig nutzlos ist, sich schon im Vorhinein Gedanken um etwas zu machen. Ich hatte mich tagelang ängstlich gefragt, was meine Kollegen nun wohl von mir dachten, nachdem ich während meiner grenzwertigen Präsentation in Ohnmacht gefallen war und mich danach zwei Wochen nicht mehr hatte blicken lassen. Ob sie mich seltsam ansehen würden? Wie ich ihnen all das erklären sollte, was in meinem Leben geschehen war? Ob ich im Büro vor allen Leuten in Tränen ausbrechen würde oder ob mich vielleicht sogar eine neue Panikattacke überkäme, sodass ich wieder ins Krankenhaus musste.

Doch im Endeffekt war alles halb so schlimm. Ich hatte keine Anfälle beunruhigenden Unwohlseins, und die anderen schenkten mir längst nicht so viel Beachtung, wie ich befürchtet hatte. Jeder war mit seinen eigenen Dingen beschäftigt, hatte seine eigenen Sorgen und Nöte, und außerdem waren alle von der Arbeit derartig gefordert, dass sie kaum noch dazu kamen, sich über irgendetwas anderes Gedanken zu machen. Natürlich erfuhr Grey alles, was passiert war, genau wie Cathy, eine der Webdesignerinnen, zu der ich ein recht enges Verhältnis hatte, nachdem wir bereits zahlreiche dienstliche Abenteuer und Ausnahmezustände zusammen überstanden hatten. Bei den anderen hielt ich mich zurück. In England war es einfach nicht üblich, dass man sich allzu sehr mit dem Privatleben der anderen beschäftigte. Und wenn doch jemand nachfragte, waren das Beziehungsaus mit meinem Lebensgefährten und die Tatsache, dass ich hatte umziehen müssen, Erklärung genug für ein seelisches Tief von entsprechender Tragweite. Ich versicherte dann halbherzig, dass es im Grunde das Beste war, was mir passieren konnte. Damit gaben sich alle zufrieden, und von da an behandelten sie mich wieder wie zuvor, und wir kehrten zur üblichen stressigen Routine zurück.

Viel schwieriger war es für mich, mich wieder an den Rhythmus des Arbeitsalltags zu gewöhnen, nun, nachdem ich es gewohnt war, das Leben im Büro aus der Perspektive einer Katze zu betrachten. Wenn ich spätabends in der überfüllten U-Bahn saß, um in das »Rattenloch« zurückzukehren, oder in den wenigen ruhigen Momenten, nachdem mein Gehirn viele Stunden lang auf Hochtouren gelaufen und mein Körper auf dem Stuhl wie festgewachsen gewesen war, ertappte ich mich immer wieder bei dem Gedanken, dass dies kein Leben war, jedenfalls kein gutes. Wenn ich mittags geistesabwesend mein Sandwich vor dem Computer mampfte und meine E-Mails checkte, kam ich manchmal kurz zu mir und fragte mich *Wo bist du eigentlich?*, so wie Sibila es wohl getan hätte. Dankenswerterweise hielt mein Katzencoach an der Gewohnheit fest, mich jeden Morgen früh zu wecken, um den Tag mit ein wenig mentaler Hygiene zu beginnen, und abends forderte sie mich regelmäßig zu ein wenig Katzenyoga oder einem achtsamen Spaziergang auf. Manchmal fiel es mir schwer, mich dazu aufzuraffen, aber im Nachhinein war ich ihr jedes Mal dankbar.

In dieser Zeit legte Sibila mir immer wieder nahe, doch mal zu Fuß zur Arbeit zu gehen, als wäre ich eine Massai in den weiten Ebenen Afrikas. Manchmal spielte ich mit dem Gedanken, mir ein Fahrrad zuzulegen, mit dem ich in weniger als einer Stunde in die City gelangen könnte, doch wegen des anhaltend schlechten Wetters in jenem Frühjahr hielt sich meine Begeisterung dafür in Grenzen. Außerdem schien mir eine solche tägliche Radtour durch den Londoner Verkehr, zwischen all den Bussen, Autos, Lastwagen und Motorrädern, lebensgefährlich. Dank Joaquín kannte ich sämtliche Statistiken über Fahrradunfälle in London und hatte inzwischen genauso viel Angst wie er. Auch wenn wir nun nicht mehr zusammenlebten, war mein Kopf noch immer voll von Gedanken und Gefühlen, von denen ich nicht wusste, ob sie seine oder meine waren.

Ein anderes Lieblingsprojekt der Katze war es, mich dazu anzuhalten, auch im Büro regelmäßig zu meditieren und meine Dehnübungen zu machen.

Seufzend versuchte ich ihr klarzumachen, dass das nicht so einfach war.

»Ich möchte nicht wissen, wie die Leute im Büro gucken würden, wenn ich plötzlich eine Matte ausrollen und mich auf allen vieren darauf niederlassen würde, um den Katzenbuckel zu machen!«

»So was Albernes hab ich ja noch nie gehört«, konterte die Katze. »Ist mir egal, wie die gucken. Was mir jedoch nicht egal ist, ist dein Rücken.«

»Okay, es ist albern. Aber das kann ich wirklich nicht bringen.«

»Wie? Du kannst vor den anderen nicht deinen Körper strecken? Du musst den ganzen Tag in derselben Stellung auf deinem Stuhl sitzen?«

»Oder stehen.«

»Und wie ist es mit hinlegen?«

»Nein, hinlegen geht auch nicht. Na ja, es gibt ein paar Sofas, auf denen man es sich mal ein wenig bequem machen kann.«

»Wirklich? Ihr Menschen seid wirklich seltsame Wesen. Wie viele Grenzen und Steine ihr euch selbst in den Weg legt! Was für lächerliche Komplexe ihr habt. Im Reich der Tiere seid ihr die Lachnummer …«

Während all der regnerischen Tage, Wochen und Monate in jenem Frühjahr war es auch in meinem Herzen düster und trostlos. Vielleicht nicht mehr ganz so extrem wie in den Tagen nach der Trennung von Joaquín, doch mit der gleichen Hartnäckigkeit, mit der der grau bedeckte Himmel immer wieder mit einem Nieselregen oder einem Wolkenbruch aufwartete. Bereits eine Kleinigkeit reichte aus, damit ich in Tränen ausbrach: ein Song im Radio, ein Foto in meinem Computerarchiv, ein Typ auf der Straße, der Joaquín auch nur entfernt ähnlich sah, ein Anruf oder eine E-Mail eines gemeinsamen Bekannten oder auch von Joaquíns Eltern, denen das, was geschehen war, sehr naheging.

Immerhin gelang es mir – dank Sibilas »Training« – nach und nach, die Veränderungen in meinem Leben zu akzeptieren, mich ihnen zu öffnen, sie zuzulassen und »mich dabei zu sehen, wie ich die Welt sah«. Ich begann den Unterschied zu verstehen, der zwischen meiner Gefühlslage und jener viel größeren, strahlenden, wunderbaren Wirklichkeit bestand, die immer noch existierte und über allem schwebte wie ein paradiesisches leuchtendes Wolkenmeer unter einem klaren blauen Himmel – so wie man ihn erst zu sehen bekommt, wenn man mit einem Flugzeug den Boden verlässt und jene ewig graue Schicht durchstößt. Und wenn mir das an manchen Tagen nicht gelang, war da immer noch meine geduldige Lehrerin, die sich in meinen Schoß kuschelte und streicheln ließ, um mir eine tröstende Zuflucht zu sein und manchmal auch der Blitzableiter, den ich immer mal wieder dringend benötigte.

Die Agentur mit ihrer täglichen Routine sorgte

dafür, dass die Wochen und Monate vergingen, ohne dass es mir bewusst wurde. Von Montag bis Freitag war ich jeden Tag vollauf damit beschäftigt, in irgendwelchen Konferenzen zu sitzen oder auf dem Bildschirm mit Pixeln zu jonglieren, um die gesteckten Ziele zu erreichen und *Royal Petroleum* seinen neuen, ökologisch-grünen Auftritt zu verleihen. Wenn ich abends von der Arbeit nach Hause kam, erwartete Sibila mich mit ihren Lektionen, und wenn es mal spät wurde, schimpfte sie mit mir, weil ich dem Training nicht genügend Zeit widmete. Manchmal verabredete ich mich mit Pip, die mein plötzlich erwachtes Interesse an östlicher Philosophie, an Yoga und Meditation ihrem guten Einfluss zuschrieb. Sie schenkte mir eine bequeme Yogamatte und ein echtes Meditationskissen.

An den Wochenenden, wenn ich mal keine Arbeit aus dem Büro mit nach Hause nahm, half ich meinem Vater bei der Schließung seiner Buchhandlung, dem Verkauf des Hauses in Mirasierra und dem Umzug in meine Wohnung in Argüelles, was uns für den Moment als die beste Lösung erschien. In dieser Zeit flog ich mehrmals nach Madrid, einerseits um meine Freundinnen zu besuchen, andererseits um meinem Vater in dieser schweren Zeit der Veränderungen beizustehen.

Meine Beziehung zu Álvaro war nach wie vor ziemlich angespannt, und wir versuchten uns möglichst aus dem Weg zu gehen, auch wenn mein Vater mich zur Versöhnung drängte.

»Wir könnten in diesem Sommer doch noch mal alle zusammen Urlaub machen. So wie in alten Zeiten.«

»Papa, wir können nicht zusammen Urlaub machen. Es ist nicht mehr wie früher. Mama ist nicht mehr da, und Álvaro und ich bekommen spätestens nach drei Tagen Streit …«

»Genau deswegen habe ich es ja vorgeschlagen. Damit ihr endlich mal die Gelegenheit habt, euch auszusprechen und eure Differenzen auszuräumen. Außerdem würde ein Urlaub dir in dieser schwierigen Zeit auch guttun, Sara, du kannst ruhig mal auf deinen Vater hören. Wir könnten mit Rosinante II noch einmal in die Picos de Europa fahren, zu diesem Campingplatz in Fuente Dé …«

»Bist du verrückt, Papa? Diese Rostlaube würde nicht mal eine Fahrt nach Colmenat Viejo überstehen.«

»Rosinante II ist in einem hervorragenden Zustand. Und sie hat einen leistungsfähigen VW-Motor, wie sie heute gar nicht mehr hergestellt werden. Beste deutsche Qualität. Der ist noch genauso gut wie vor dreißig Jahren.«

»Vergiss es, Papa.«

Doch er vergaß es nicht, und jedes Mal, wenn wir miteinander sprachen, kam er wieder mit seinem absurden hippiemäßigen Friedensplan.

Unterdessen gewöhnte ich mich allmählich daran, in Wandsworth zu leben, an die eigenwillige Stromversorgung des Hauses und an die Leichtbauweise, die mich nahezu geräuschlos und auf Strümpfen durch die Wohnung gehen ließ. Auch war ich zu der Auffassung gelangt, dass die ewig schimpfende Mrs. Uzelac im Grunde eine relativ harmlose Person war, wobei mich immer noch eine leichte Nervosität beschlich, wenn ich an ihrer Tür vorbeimusste. Seltsamerweise schien sie ihre Wohnung niemals zu verlassen. Hin und wieder empfing sie Besuch und erhielt Kisten mit Warenlieferungen aus dem Supermarkt, doch ich traf sie niemals unten im Treppenhaus an. Unser nachbarschaftliches Verhältnis blieb also angespannt.

Sibila war nach wie vor für eine Überraschung gut. Es ging meiner grünäugigen Lehrmeisterin nicht nur darum, die praktischen Übungen, die sie mir beigebracht hatte – wie das achtsame Spazierengehen oder das Katzenyoga –, regelmäßig zu wiederholen. Immer wieder überfiel sie mich mit provokanten Fragen, die oft genug in wilden Diskussionen endeten, oder sie traktierte meine Möbel mit ihren Krallen, und wenn ich mich beschwerte, konnte ich mir eine Tirade über meine überzogene Liebe zu den toten Dingen anhören. In meinen düstersten Momenten gab es dann wieder die reine Kuscheltherapie: Zärtlichkeiten, Ruhe, Liebe. In weniger dramatischen Zeiten bestand ihre bevorzugte Strategie darin, sich von hinten anzuschleichen, wenn ich geistesabwesend auf den Bildschirm starrte, und mich überraschend zu attackieren, um mir zu beweisen, wie zerstreut ich war, oder um zu fragen, warum es mich überhaupt störte, wenn sie mich unterbrach, oder um mir vorzuwerfen, dass ich zu viel grübelte, oder einfach so, um mich zu nerven. Manchmal – wenn auch selten – war Sibila nicht da, wenn ich nach Hause kam, und überließ mich meinen Zweifeln. Dann fragte ich mich, ob sie mir eine Ruhepause gönnte, ob sie einfach nur auf der Jagd war oder ob sie entschieden hatte, mich allein zu lassen, um zu testen, was ich machen würde, wie ich zurechtkäme und ob ich auch ohne sie meine praktischen Übungen absolvieren würde.

In jenem Frühjahr erteilte meine Katzen-Lehrerin mir viele Lektionen, und es gäbe viele Anekdoten zu erzählen, doch ich möchte mich auf jene beschränken, die mein restliches Leben bestimmten.

Eine dieser denkwürdigen Lehrstunden begann mit einer harmlosen Floskel – jener Frage, mit der man üblicherweise in England und wohl überall begrüßt wird und auf die ich in letzter Zeit mit einem gewissen Unbehagen reagierte. Eines Samstagnachmittags im März spazierte die Katze durch das Fenster in meine Wohnung herein und sprang auf die Lehne des Sofas, auf dem ich gerade alle viere von mir streckte.

»Wie geht es dir?«

Ich starrte schon eine kleine Ewigkeit an die Decke und kaute an meinen Gedanken wie an einem Kaugummi, der schon längst keinen Geschmack mehr hatte, den man jedoch auch nicht ausspucken wollte.

Kurz zuvor hatten Jonathan und Amy angerufen, Freunde von Joaquín, mit denen ich viele lustige Abende, Partys und Wochenenden verbracht hatte und die genau das hatten wissen wollen: Wie es mir ging. Sie waren sehr nett gewesen und hatten mir erneut jegliche Art von Unterstützung angeboten, wie sie es bereits getan hatten, als sie von der Trennung erfahren hatten. *Wenn wir dir helfen können, sag einfach Bescheid.* Doch wir wussten alle drei, dass unsere Beziehung nie mehr so sein würde wie früher. Wir konnten uns nicht einfach mehr so treffen, wie wir es sonst getan hatten. Die Trennung von Joaquín bedeutete unvermeidlicherweise auch das Ende gewisser Freundschaften, die mich zu sehr an Joaquín erinnerten. Ich konnte meine verletzten Gefühle nicht mit Menschen teilen, die auch ihm freundschaftlich verbunden waren. Ich hatte ihnen nicht einmal alle Einzelheiten darüber erzählen können, wie schäbig sich ihr Freund mir gegenüber verhalten hatte. Inzwischen hatten Jonathan und Amy Joaquíns Version der Geschichte gehört. Sehr bald würden sie die Galaktische kennenlernen, wenn es nicht schon geschehen war. Dann würden sie gemeinsame Wochenenden mit ihr verbringen. Nachdem ich den Hörer aufgelegt hatte, fiel ich in ein tiefes Loch.

»Wie geht es dir?« Sibila ließ nicht locker und starrte mich von der Sofalehne aus aufmerksam an.

»Na ja, wie soll es mir schon gehen«, entgegnete ich seufzend und ohne sie anzusehen, wobei ich weiterhin auf die Unregelmäßigkeiten an der Zimmerdecke starrte. »Ohne Mann, ohne Geld, ohne etwas, worauf ich mich freuen kann, und mit quälenden Gedanken, die mir nicht aus dem Kopf gehen. Ich lebe in einer Gegend, die ich nicht mag, in einem Land, das ich nicht mag, mit einem Job, den ich nicht mag ... und um dem Ganzen die Krone aufzusetzen, fängt es jetzt auch noch an zu regnen.«

»Hmm«, meinte Sibila und sah zum Fenster hinüber, wo der Regen an die Scheibe prasselte. »Und deine Zähne?«

Ich glaubte, ihre Frage nicht richtig verstanden zu haben.

»Wie?«

»Was ist mit deinen Zähnen?«, wiederholte die Katze ungeduldig, während ihr Schwanz schlangenförmige Zeichen in die Luft malte.

»Meine Zähne?«

»Ja, deine Zähne.« Sie öffnete ihr Maul, um mir ihr eigenes Gebiss voller kleiner weißer spitzer Zähne zu zeigen.

»Hast du Zahnschmerzen?«

»Nein ...? Aber ich verstehe nicht, warum du mich ...«

»Also hast du keine furchtbaren Zahnschmerzen.«

»Nein, ich habe keine furchtbaren ...«

»Keine intensiven, unerträglichen, stechenden Schmerzen, so als würde dir jemand mit einem Hammer Nägel ins Zahnfleisch schlagen?«

»Aahh!« Allein die Vorstellung ließ mich aufschreien. Ich fuhr mir unwillkürlich mit der Hand an den Mund. »Hör auf, wovon redest du da? Nein, nein!«

»Natürlich nicht«, sagte Sibila, während sie auf der Sofalehne auf und ab spazierte, als wäre ihr jetzt erst aufgefallen, wie offensichtlich das Ganze war. »Denn wenn es so wäre, würdest du jetzt nicht wegen Joaquín oder dem Wetter rumjammern. Du würdest vor Schmerzen stöhnen und mit dem Kopf gegen die Wand schlagen, was uns davon abhalten würde, dieses nette Gespräch zu führen, und schon längst Mrs. Uzelac auf den Plan gerufen hätte.«

Empört setzte ich mich auf. Immerhin das hatte das Katzenvieh erreicht.

»Ich verstehe nicht, warum du so gemein zu mir bist.«

»Und ich verstehe nicht, warum du so gemein zu *dir* bist.«

»Wie?«

»Nun – du grübelst den ganzen Tag über Dinge nach, die du nicht hast, die du vermisst oder die du verloren hast, über Dinge, die du niemals haben wirst oder über Dinge, die du hast, die dir aber nicht gefallen …«

Wie ein Drahtseilartist drehte die Katze sich auf der schmalen Sofalehne ein paar Mal um sich selbst.

»Ach das«, sagte ich und ließ mich wieder zurücksinken.

»Ja, das.« Sibila sprang auf das Polster hinunter und saß nun zu meinen Füßen. »Du denkst nur an schreckliche Dinge. Aber es gibt noch andere Dinge im Leben. Ziemlich positive Dinge. Wunderbare

Dinge sogar. Zum Beispiel diese schrecklichen Zahnschmerzen, die du nicht hast.«

Ich musste kichern, einerseits über diese seltsame Idee und andererseits, weil die Katze sich zwischen meinen Beinen hindurchquetschte und mit ihren Pfoten auf meinem Bauch herumtretelte, was ziemlich kitzelte.

»Aber das ist doch totaler Unsinn, Sibila!«

»Überhaupt nicht. Wenn du nämlich tatsächlich derartige Zahnschmerzen hättest, wäre das überhaupt kein Unsinn. Es wäre für dich das Wichtigste auf der Welt. Du würdest unablässig daran denken, wie wunderbar es wäre, wenn du keine Zahnschmerzen hättest, wie glücklich du wärest, wenn du sie irgendwie loswerden könntest.«

Dem konnte ich nicht widersprechen. Ich würde niemals den unsäglichen Schmerz vergessen, den mein Zahnarzt mir bei meiner letzten Wurzelbehandlung zugemutet hatte. Genauso, wie ich mich noch allzu gut an den langwierigen Heilungsprozess meines Kreuzbandrisses nach einer Bergtour erinnerte, als ich zweiundzwanzig war.

»Also dann herzlichen Glückwunsch«, fuhr Sibila fort, während sie die Vorderbeine streckte und sich auf mir aufrichtete. »Du solltest dich freuen, dass du dein wunderbares Leben ohne Zahnschmerzen genießen kannst. Und wegen unzähliger anderer Dinge auch! Anstatt ständig an all das Negative zu denken. Warum führst du dir nicht mal die positiven Dinge in deinem Leben vor Augen?«

»Wie meinst du das?« Spielerisch schob ich sie zur Seite.

»Sag mir alles, was gut ist in deinem Leben.« Wie eine Sprungfeder hüpfte sie wieder auf mich. »Worüber kannst du froh sein?«

Eine tolle Frage! Aber durchaus mal eine andere Art, die Dinge zu sehen. Erneut schob ich sie zur Seite.

»Na los!«, insistierte Sibila. »Zähl auf!«

»Also ... tja ... ich weiß nicht ...« Ich nahm die Katze mit beiden Händen hoch und stand auf. »Darüber, dass mein Knie nicht wehtut, vielleicht. Es ist vor ein paar Jahren operiert worden.«

»Was du nicht sagst!«, rief Sibila aus, während sie mit gesträubtem Fell aus meinen Armen sprang, als hätte ich sie zu Tode erschreckt. »Dein Knie tut nicht weh! Herzlichen Glückwunsch, Sara, du kannst also gehen? Einen Fuß vor den anderen setzen, dich fortbewegen, tanzen, laufen.«

Sibila sprang wie ein Derwisch um mich herum, was mich zum Lachen brachte.

»Was noch?«

»Na ja, ich habe ein Dach über dem Kopf und werde nicht nass, wenn es regnet.« Ich grinste. »Vorausgesetzt es gibt keine weiteren undichten Stellen, natürlich.«

»Schutz! Wärme! Glückwunsch, meine Liebe!«

»Du bist wirklich verrückt«, sagte ich und schmunzelte über ihre Verrenkungen. »Ich wünschte, die Wohnung läge in einem hübscheren Viertel, aber ...«

»Schhhhh«, zischte sie mir zu. »Nichts Negatives. Ich will jetzt nur Positives hören.«

»Okay, entschuldige.« Ich räusperte mich. »Ich habe etwas zu essen im Kühlschrank.«

Die Katze gelangte mit einem Sprung auf den Kühlschrank.

»Heute kannst du dich mal richtig satt essen, Sara! Was für ein Glück! Denk mal daran, wie viele Menschen in der Welt das nicht von sich behaupten können.«

»Und ich habe ein gemütliches Sofa«, sagte ich und ließ meinen Blick durch die Wohnung schweifen, während die Katze weiterhin wie ein Irrwisch herumhüpfte. »Einen Toaster, eine Dusche mit warmem Wasser, eine wunderschöne Orchidee, einen hochmodernen Laptop, ein Tablet, ein Smartphone, einen Arm, einen zweiten Arm, zwei funktionierende Augen, meine Brüste, die ich im Übrigen sehr mag …«

Ich musste lachen. Sibila wirbelte weiter durch die ganze Wohnung.

»Meine Freundinnen Vero, Susana und Patri, Pip und ihre Familie, meinen Vater, meinen furchtbaren Bruder, eine weise, tänzerisch äußerst begabte Katze …«

Und so fuhr ich fort, und es wurde eine unendlich lange Liste, die von »Ich lebe weder in einer Diktatur noch in einer Polarregion« bis hin zu »Ich kann Fahrrad fahren und habe schon mal vom Strand in Galicien aus Delphine gesehen« reichte. Es mochte wie ein Spiel für Kinder wirken, doch als ich fertig war, fühlte ich mich wesentlich glücklicher, reich wie eine Königin oder, besser gesagt, reich wie eine Straßenkatze. Von diesem Tag an hörte mir Sibila geduldig zu, wann immer ich über mein grausames Schicksal klagte, sie kuschelte sich tröstlich schnurrend an mich, damit ich sie streicheln konnte, und fragte mich schließlich, ob ich Zahnschmerzen hätte.

Eines Freitags im April – ich war gerade von der Arbeit nach Hause gekommen – fand ich, dass es an der Zeit war, etwas zu tun. Ich meldete mich, wenn auch nur aus Neugier, bei lovebirds.com an, um mir einen ersten Eindruck zu verschaffen, wie im einundzwanzigsten Jahrhundert unter Singles in meinem Alter geflirtet wurde. An diesem Abend studierte ich mehrere Stunden lang die Profile von in London lebenden Engländern und Spaniern meines Alters, die sich alle als »normale, humorvolle, freundschaftliche« Menschen beschrieben, um nur ein paar der typischen Charaktereigenschaften aufzuzählen. Vorerst wagte ich noch nicht, mein Foto einzustellen oder jemanden zu kontaktieren. Dazu fühlte ich mich noch nicht bereit. Doch allzu viel Zeit durfte ich nicht mehr verlieren, denn ich hörte laut und deutlich das Ticken meiner biologischen Uhr, die mich mahnte, einen netten Mann für mich zu finden, der idealerweise auch der Vater meiner zukünftigen Kinder sein konnte.

Ich war ziemlich aufgeregt, als ich mit meinem Tablet in der Hand vor dem Fenster stand und mir eine Haarsträhne um den Finger wickelte. Meine Nervosität war mir offenbar deutlich anzusehen, denn als Sibila durch das Dachfenster hereinschlüpfte und mich so sah, sagte sie: »Ich weiß nicht, was los ist, Schätzchen, aber vergiss nicht zu atmen, okay?«

Ich atmete tief durch, seufzte und streichelte die Katze, die sich neben mir auf dem Tisch niederließ.

»Mal sehen, ob du mir vielleicht helfen kannst, Sibila. Was soll ich tun, um die wahre Liebe zu finden?«

Die Katze legte den Kopf schief.

»Die wahre Liebe finden?«

»Du weißt schon, was ich meine. Einen Lebensgefährten, einen Partner, jemanden, an den ich mich nachts ankuscheln kann.«

»Ankuscheln, aha«, meinte die Katze und schmiegte sich zärtlich an meine Taille. »Das heißt, du bist rollig.«

»Sibila!«

»Das ist nicht zu übersehen.«

»Nein, das ist es nicht. Jedenfalls nicht nur.« Ich biss mir auf die Lippe. »Ich bin schließlich keine Katze.«

»Bedauerlicherweise, denn sonst würdest du deine Bedürfnisse in die Welt hinausmiauen, und sämtliche Männer aus der Nachbarschaft stünden Schlange unter deinem Fenster.«

Ich versuchte mir die Szene bildhaft vorzustellen und musste lächeln. Wenn es so zwischen uns Menschen funktionieren würde, wären die Dinge vielleicht einfacher.

»Ach weißt du, einer würde mir schon reichen. Aber ich will nicht noch mal so einen Reinfall erleben. Diesmal muss es die wahre Liebe sein. Ich habe keine Zeit mehr zu verlieren.«

»Die wahre Liebe«, wiederholte Sibila und lief nachdenklich auf dem Tisch auf und ab. »Wirklich seltsam, wie ihr Menschen euch manchmal ausdrückt! Ich muss zugeben, dass euer Paarungsverhalten für mich immer ein Buch mit sieben Siegeln bleiben wird. Was das angeht, seid ihr wirklich einzigartig. Aber eins kann ich dir garantieren, meine Süße, nämlich, dass du die wahre Liebe niemals finden wirst.«

Mein Herz krampfte sich schmerzhaft zusammen, als sie das sagte.

»Bitte sag so was nicht, Sibila.«

»Du wirst sie nicht finden, weil Liebe nichts ist, was man verliert.« Sibila verschwand kurz hinter der Gardine und tauchte dann wieder auf. »Oder was man einfach so findet.«

Sie kam zu mir und schnupperte misstrauisch an meinem Tablet.

»Es hat keinen Sinn, sie zu suchen, vor allem nicht in einem so kalten und harten Gerät. Liebe muss gelebt werden. Sie ist eine Kunst.«

»Gut, aber ich möchte jemanden haben, mit dem ich sie leben kann. Jemanden, der es wert ist.«

»Und was ist mit dir?«, fragte Sibila und heftete

ihren unergründlichen Katzenblick auf mich. »Denkst du, dass *du* es wert bist?«

Ich legte das Tablet auf den Tisch. Mit einem Mal überkamen mich sämtliche Selbstzweifel.

»Warum sagst du das, Sibila?«

Die Katze sprang vom Tisch und spazierte zu ihrem Wassernapf hinüber.

»Damit dir klar wird, dass du selbst nicht davon überzeugt bist, liebenswert zu sein. Und solange du selbst an dir zweifelst, wird der Mensch, den du suchst, auch nicht an dich glauben.«

Entmutigt ließ ich mich auf mein Sofa sinken.

»Und nun? Was kann ich jetzt machen?«

Sibila widmete sich eine Weile ausschließlich ihrem Trinkwasser. Sie ließ sich Zeit, und als sie fertig war, meinte sie: »Vergiss die Suche nach einem solchen Menschen. Vergiss die Suche nach der Liebe. Versuche sie lieber zu leben.«

»Aber wie?«

Sibila durchquerte das Wohnzimmer und ging zur Treppe hinüber, die zum Schlafbereich führte.

»Indem du endlich aufwachst«, meinte sie auf der ersten Stufe, und dann auf der zweiten: »Trau dich, das zu tun, was du wirklich aus ganzem Herzen tun willst.«

Die Katze kletterte weiter die Treppe hinauf und fuhr damit fort, von jeder Stufe aus einen Satz zu verkünden.

»Vergiss das, was du zu brauchen meinst. Gib der Welt das Beste von dir, wie eine Blume der Welt ihren Duft schenkt oder ein Vogel seinen Gesang. Öffne dein Herz gegenüber den Menschen, die dich umgeben. Auch deiner Nachbarin, die dir so auf die Nerven geht. Auch deinem verantwortungslosen Bruder. Auch Joaquín gegenüber. *Das* ist die wahre Liebe.«

Sibila hatte mein Bett erreicht und war offensichtlich fertig mit ihrem Vortrag, denn sie sprang durch das geöffnete Mansardenfenster wieder aufs Dach und ließ mich mit meiner Sprachlosigkeit und meiner Verblüffung allein zurück.

Eines Tages im Mai kam ich sehr spät am Abend von der Arbeit nach Hause. Es war nicht das erste Mal, denn neben der Beschäftigung mit *Royal Petroleum* arbeitete ich noch an zwei weiteren Projekten und hatte ständig das Gefühl, mit der Arbeit nicht hinterherzukommen. Ich betrat meine Wohnung, legte die Schlüssel und meine Jacke auf den Tisch und ließ mich aufs Sofa fallen.

»Sag mal, was machen die im Büro eigentlich mit dir?«, fragte Sibila und sprang auf meinen erschöpften Körper.

Ich brummte irgendetwas Unverständliches ins Kissen.

»Wie bitte?«

»Die pressen mich bis auf den letzten Tropfen aus«,

sagte ich, nachdem ich mein Gesicht ein wenig zur Seite gedreht hatte.

»Tatsächlich?«, meinte die Katze. »Aber dann wissen sie nicht, wie man das richtig macht. Darf ich dich auch mal auspressen?«

Sibila stellte ihre Vorderpfoten auf meinen Kopf und begann mit einer äußerst wohltuenden Massage. Es tat so gut, dass ich fast angefangen hätte zu schnurren. Dummerweise wandte sie sich gleich darauf meinem Rücken zu und fing an, mich mit ihren Krallen zu traktieren.

»Nein, so nicht!«, rief ich und drehte mich herum, um ihren Attacken auszuweichen.

»Na gut«, sagte Sibila und ließ sich auf den Boden fallen. »Wenigstens liegst du jetzt nicht mehr da wie eine Tote.«

Ich setzte mich auf und suchte meine Haut nach Kratzern ab.

»Sag mal, Sara«, begann die Katze dann, »was willst du eigentlich werden, wenn du erwachsen bist?«

»Wie wenn ich erwachsen bin? Ich bin erwachsen.«

»Mal sehen«, meinte sie. »Ich würde gern mal mit der zehnjährigen Sara reden, mit dem Mädchen, das noch immer irgendwo in dir steckt.«

»Bring mich nicht noch mehr durcheinander, Sibila«, sagte ich und raffte mich mühsam auf, um mir ein Käse-Schinken-Sandwich zuzubereiten. »Mein armer Kopf ist heute Abend schon konfus genug.«

Ich nahm zwei Scheiben Weißbrot und steckte sie in den Toaster. Dann öffnete ich den Kühlschrank, um die Plastikpackungen mit dem Schinken und dem Käse herauszunehmen sowie eine Tüte Fertigsalat. Nachdem ich zum Sofa zurückgekehrt war und die ersten Bissen gegessen hatte, war ich in der Lage, über das, was sie mich gefragt hatte, nachzudenken.

»Wenn du mir diese Frage gestellt hättest, als ich zehn Jahre alt war, hätte ich womöglich gesagt, dass ich Schriftstellerin werden will. Und mit fünfzehn wahrscheinlich auch noch.«

»Und warum?« Sibila sprang neben mich aufs Sofa.

»Na ja, wegen meiner Eltern, wegen ihrer Buchhandlung und ihrer Leidenschaft für Literatur. Ich habe schon sehr früh gelernt, dass man mit jedem Buch zu anderen Kontinenten reisen kann, Abenteuer, Liebesgeschichten und Revolutionen miterleben kann, hochmütige Königinnen, mächtige Zauberer und gutherzige Piraten kennenlernen kann und – wenn ich es jetzt überdenke – auch sprechende Katzen.«

Ich kraulte Sibila, die sich inzwischen auf den Rücken gelegt hatte, den Bauch.

»Tatsächlich?«, meinte sie, während sie sich meine Zuwendung gefallen ließ.

»Ja, stell dir vor, es gibt ein paar.« Ich strich ihr gedankenverloren über das Fell. »Und als meine Eltern ihre Buchhandlung eröffnet hatten, kamen dort Schriftsteller aus der ganzen Welt zu Besuch. Ich habe José Saramago, Toni Morrison, Salman Rushdie, Isabel Allende und Almudena Grandes kennengelernt. Und verständlicherweise wollte ich einmal genauso sein wie sie. Daher habe ich schon sehr früh meine ersten ›Romane‹ geschrieben oder sie zumindest zu schreiben begonnen. Denn die Wahrheit ist, dass ich nie über das erste Kapitel hinausgekommen bin. Meine ganze Jugend über habe ich geschrieben, und schließlich habe ich Journalismus studiert, um weiterhin schreiben zu können.«

»Das heißt …«, unterbrach mich Sibila und drehte sich auf den Bauch, »… du wolltest nicht Schriftstellerin sein, sondern du warst eine Schriftstellerin!«

»Nein, nein. Genau das war ja das Problem. Dass ich keine Schriftstellerin war. Denn wenn ich meine ›Werke‹ mit dem verglich, was Saramago oder Isabel Allende geschrieben hatten, kamen sie mir äußerst stümperhaft vor. Eines Tages, mit zweiundzwanzig Jahren, es war bei der Lektüre von *Die Stadt und die Hunde*, stellte ich fest, dass Mario Vargas Llosa etwa in meinem Alter zu schreiben begonnen hatte. Das hat mich wie ein Peitschenhieb getroffen; ich ging nach Hause und warf alles, was ich je zu Papier gebracht hatte, in den Müll. Ich entschied, die Romane den wahren Schriftstellern zu überlassen, und konzentrierte mich auf mein Journalismusstudium, also auf das Schreiben ohne größere literarische Ansprüche.«

»Hmmm«, brummte Sibila mit gesenktem Kopf. »Das heißt, du hast aufgehört zu spielen.«

Das sagte sie, als hätte sie mir gerade eine Todesnachricht verkündet.

»Zu spielen?«, fragte ich, ohne zu verstehen, was sie damit meinte.

»Ja, das passiert euch Menschen immer. Als Kinder erlaubt man euch zu spielen, mit Farben, mit Geräuschen, mit Worten, mit eurem Körper und eurem Geist. Alles macht euch Spaß, ihr lebt den Moment. Ihr probiert alles aus, versucht dies und das, denkt euch die tollsten Dinge aus. Doch wenn ihr älter werdet, sagen euch die Erwachsenen, dass ihr genug gespielt habt, dass nun der Ernst des Lebens beginnt, dass es nun heißt zu arbeiten – mit anderen Worten: zu kämpfen und zu leiden unter dem, was man tut. Sie beurteilen euch, sie vergleichen euch mit anderen, sie benoten euch, alles, was ihr sagt und tut, wird bewertet. Bis es so weit kommt, dass das, was euch vorher Freude gemacht hat, euch nun Angst bereitet, euch belastet, sodass ihr es möglichst schnell hinter euch bringen wollt, ohne Spaß daran zu haben oder stolz auf das Erreichte zu sein. Ihr habt das Spielen verlernt. Wir Katzen und die Kinder fordern euch auf, mit uns zu spielen, und manchmal macht ihr mit. Aber es fällt euch sehr schwer …«

»Na ja, ganz so schlimm ist es nicht, Sibila. Es gibt viele Leute, die ihre Arbeit sehr gern tun. Früher hat auch mir die Arbeit viel Spaß gemacht …«

Ich musste an die erste Zeit bei *Buccaneer Design* zurückdenken, als es in den Konferenzen immer etwas zu lachen gab und Grey noch seinen Korsarenbart trug und uns zu jeder Gelegenheit aufforderte, mit seinen Gummischwertern zu kämpfen. Ich war immer sofort dabei, weil es mich an die Zeit erinnerte, als ich als Betreuerin in Jugendcamps mit den

Luchsen in den Pyrenäen unterwegs war. Es war meine Idee gewesen, die gesamte Belegschaft mit einem gemeinsamen Kinoausflug zu überraschen, um die neueste Episode der Star-Wars-Saga zu sehen. Ganz zu schweigen von dem »Discoschalter«, den wir im Büro installierten, einen altmodischen Hebel, der aussah, als käme er direkt aus dem Labor von Doktor Frankenstein, bei dessen Betätigung das normale Licht ausging und eine Art Discobeleuchtung einsetzte; zusätzlich ging dann noch die Stereoanlage an, sodass man den gesamten Arbeitsbereich auf einen Schlag in eine einzige große Tanzfläche umwandeln konnte und der improvisierten Party nichts mehr im Weg stand. Wegen dieser Idee war ich sogar von der Zeitschrift *Wired* interviewt worden.

»Früher haben wir auch gespielt, Sibila«, erklärte ich dann. »Vielleicht war es nicht der absolute Top-Job, aber wir hatten wirklich viel Spaß. Erst seitdem *Netscience* uns aufgekauft hat, sind die Leute so langweilig geworden.«

»Dann musst du das eben wieder ändern«, meinte Sibila mit den Pfoten auf meiner Brust.

»Ich? Das ist völlig unmöglich.«

Die Katze zog sich zurück und ging in Angriffsstellung.

»Im Spiel ist nichts unmöglich.«

»Sibila, das ist kein Spiel. Ich bin auf mein Gehalt am Monatsende angewiesen. Was ist mit der Jagd? Ist die Jagd für dich etwa ein Spiel?«

»Miaauuu«, maunzte Sibila. »Aber sicher!«

»Aber du nimmst sie doch ernst.«

»Spielen ist ja auch eine sehr ernste Sache«, meinte sie und bearbeitete meine Oberschenkel. »Und je mehr Zeit du mit Spielen verbringst, desto unterhaltsamer ist das Ganze. Also: Wann fängst du wieder an zu schreiben?«

»Au!« Sie hatte mir in den Zeh gebissen. »Bist du verrückt? Ich hab dir doch eben erklärt, dass ich keine Schriftstellerin bin.«

Nun sprang die Katze auf den Tisch und spielte mit meinem Kugelschreiber herum. Sie stieß ihn immer wieder an, bis er schließlich auf den Boden fiel.

»Um eine Schriftstellerin zu sein, musst du nur schreiben. Also fang einfach an, dann bist du eine.«

»So leicht ist das nicht«, protestierte ich.

»Doch, ist es.« Mit der Pfote beförderte Sibila den Stift unter das Sofa und schoss hinterher. »Du sträubst dich nur, weil das Schreiben für dich inzwischen Arbeit bedeutet und du es nicht als ein Spiel ansehen kannst. Spiel doch einfach mal, eine Schriftstellerin zu sein. Wie damals, als du zehn Jahre alt warst. Es ist nie zu spät, eine glückliche Kindheit zu haben!«

»Du hast Ideen, Sibila!« Ich stand auf und sah ihr dabei zu, wie sie auf der anderen Seite des Wohnzimmers immer noch ihrer »Beute« hinterherjagte. »Das geht nicht. Dazu habe ich gar nicht die Zeit.«

Endlich gelang es Sibila, den Stift mit einer Pfote festzuhalten.

»Deine Antwort ist immer: ›Das geht nicht.‹«

»Na gut. Genug für heute, Sibila. Ich bin völlig erschöpft und gehe jetzt schlafen.«

Doch als ich im Bett lag, fand ich keinen Schlaf und blieb noch lange wach.

15

KATZEN-CUISINE

Der Sommer stand vor der Tür. Die Tage wurden länger. Und nach den nicht enden wollenden Regenfällen im Frühjahr ebbten schließlich auch die Unwetter in meiner Seele ab, und mein Herz wurde wieder von ein wenig Licht und Wärme erfüllt. Dank Sibila hatte ich mich mit meinem neuen unabhängigen Single-Dasein abgefunden, fand Freude an einfachen Dingen und begann sogar zu glauben, was ich mir immer wieder aufsagte wie einen Kinderreim: dass die Trennung von Joaquín zu meinem Besten war.

Unterdessen regelten sich nach und nach auch die Probleme in Madrid. Mein Vater schloss nach einem finalen Räumungsverkauf mit einem großen Abschiedsfest endgültig seine Buchhandlung, was von *El País* mit einer liebevollen Kolumne gewürdigt wurde. Er schickte mir den Artikel, zu dem auch ein Foto abgedruckt worden war, das Papa mit seinem Fünfzigerjahrehut, gebändigtem Hippiezopf und weißem Bart stolz vor seiner Buchhandlung zeigte. Das Wichtigste jedoch war, dass es uns gelang, einen Käufer für das Haus in Mirasierra zu finden, sodass wir die Hypothek abbezahlen konnten, was während der derzeitigen Immobilienkrise alles andere als selbstverständlich war. Die Vertragsunterzeichnung sollte in der ersten Juliwoche erfolgen. Angesichts all dessen hatte ich das Gefühl, dass mein Leben allmählich wieder in normalen Bahnen verlief.

An einem Nachmittag Anfang Juni, an dem ich etwas früher als sonst von der Arbeit zurückgekommen war, machte ich Pläne für die Sommerferien. Ich wollte mir eine Woche freinehmen, um meinem Vater in Madrid beim Umzug zu helfen und ihm bei dem Notartermin zur Seite zu stehen. Und dann wollte ich mir einen alten Traum verwirklichen, was all die Jahre mit Joaquín über nicht möglich gewesen war: ein Stück des Jakobswegs zu gehen. Ich dachte, dass dies die ideale Gelegenheit wäre, Sibilas Lehren zu vertiefen und mich wieder der Natur anzunähern, die mir so sehr fehlte, und vielleicht – warum nicht? – zwischen Roncesvalles und Nájera einen sympathischen jungen Pilger kennenzulernen. Außerdem würde mir nach einer körperlich und emotional äußerst anstrengenden Woche mit meinem Vater und unvermeidlicherweise auch mit meinem Bruder ein entspannender Urlaub sicher sehr guttun.

Doch einmal mehr entwickelte sich alles ganz anders, als ich gedacht hatte. Während ich mich mit der Liste der Dinge beschäftigte, die erfahrene Pilger auf die Reise mitzunehmen empfahlen – Vaseline für die Füße, Socken ohne Nähte, verschiedene Arten von Stöcken und Rucksäcken –, kam die Katze mit einem kleinen Vogel im Maul herein.

Ich wusste, dass Sibila Vögel und Nagetiere fing. Am Anfang unserer Bekanntschaft hatte sie sich von mir mit Milch und Fleisch- oder Fischstückchen füttern lassen. Das jedoch nur, wie ich später feststellte, um mir näherzukommen. Denn normalerweise jagte sie ihr Essen selbst. Bisher aber hatte sie noch nie ihre Beute mit nach Hause gebracht.

Da ich gerade konzentriert in meinen Computer sah und die Katze nur aus dem Augenwinkel bemerkte, nahm ich zunächst gar nicht richtig wahr, was sie da bei sich hatte. Als ich mich dann zu ihr umdrehte, versuchte sie, meiner Bewegung zuvorzukommen, und schoss wie der Blitz unters Sofa. Doch ein flüchtiger Blick reichte, um zu realisieren, welch schändliche Last sie in ihrem Maul trug: Federn, ein Schnabel und … Blut.

»Sibila!«, kreischte ich.

Sie reagierte nicht auf mein Geschrei. Dafür regte sich meine Wohnungsnachbarin sofort, die anlässlich meiner lautstarken Schreie mehrere Male kräftig gegen die Wand klopfte.

»Raus hier, sofort!«, befahl ich leise, aber entschieden.

Keine Bewegung. Kein Laut.

»Sibila, hast du mich gehört?«

Nichts. Sie stellte sich taub und stumm. Und ich hatte absolut keine Lust, auf die Knie zu gehen und unters Sofa zu schauen, um Zeuge des blutigen Schauspiels zu werden, das die Katze mit ihrem Opfer zelebrierte. Doch schließlich blieb mir keine andere Wahl, und ich beugte mich genervt herunter.

»Sibila, kommst du bitte sofort he... Igitt, Sibila, ich bitte dich, das ist ja entsetzlich!«

Ich verzichte darauf zu beschreiben, was sich, nachdem ich den Überwurf des Sofas angehoben hatte, vor meinen Augen abspielte. Es reicht, zu sagen, dass das Raubtier wie ein Leopard in der afrikanischen Steppe gerade dabei war, seine Beute gierig zu verschlingen. Als Sibila mich auf Augenhöhe auftauchen sah, ließ sie den leblosen Körper kurz aus ihren Fängen, um sich über die blutige Schnauze zu lecken.

»Mal probieren?«, fragte sie, während ihr Schwanz in der Dunkelheit durch die Luft zischte.

»Sibila ...« Ich versuchte, mich zu beruhigen und die aufsteigende Übelkeit zu bekämpfen. »Könntest du dein ... Essen bitte nach draußen bringen?«

»Was ist denn los, Sara? Fürchtest du, dass ich etwas schmutzig mache? Du weißt doch, dass ich mich benehmen kann.«

Ich weiß nicht, ob sie mich provozieren wollte. Auf jeden Fall gelang es ihr, mich damit endgültig auf die Palme zu bringen.

»Das ist ein toter Vogel, Sibila, verstehst du das nicht? Das ist ekelhaft! All das Blut und ... zum Glück ist es keine Maus, denn dann würde ich dich nicht mehr in die Wohnung lassen!«

Sibila lachte frech und spielte herausfordernd mit dem Flügel des Vogels. »Ehrlich gesagt, hab ich das mit der Maus durchaus in Erwägung gezogen, aber dann habe ich beschlossen, ein braves Kätzchen zu sein.«

»Bitte? Was willst du damit sagen? Du hast das Tier nur hier reingeschleppt, um mich zu ärgern? Das ist geschmacklos und überhaupt nicht witzig! Und jetzt raus hier, denn ich finde das Ganze äußerst abstoßend!«

Ich setzte mich in sicherer Entfernung auf die Holzdielen, sodass die Katze mit ihrer Beute abziehen konnte, ohne mir zu nahe zu kommen. Diesmal gehorchte Sibila und kam mit dem armen Vogel im Maul unter dem Sofa hervor. Sie legte ihn wie eine zerbrochene Puppe auf dem Boden ab und setzte sich daneben.

»Isst du eigentlich Fleisch, Sara?«

Ihre Frage irritierte mich.

»Wie …? Fleisch? Ja. Aber nicht so.«

»Und was heißt ›so‹?«

Ich holte tief Luft. »Jetzt hör mal zu: Ich habe nichts dagegen, dass du Mäuse und Vögel fängst und was sonst noch so auf deinem Speiseplan steht. Ich verstehe, dass ihr Katzen das nun mal so macht, aber das muss ja nicht direkt vor meiner Nase passieren, okay? Außerdem mag ich Vögel. Ich weiß nicht … Es tut mir weh, sie so zu sehen.«

»Es tut dir weh …«, wiederholte Sibila mit einem Ton in der Stimme, der mir nicht gefiel.

Ich wusste nicht, worauf sie hinauswollte, aber ich fühlte mich wie bei einem Katz-und-Maus-Spiel, bei dem ich eindeutig nicht die Katze war.

»Ja, es tut mir weh. Ich mag ihren Gesang. Ich freue mich, wenn ich Vögel sehe, wenn sie durch die Luft fliegen, wenn sie auf den Bäumen nisten, so frei … und du bringst dieses arme Vögelchen her, nachdem du es brutal niedergemetzelt hast.«

»Aber du isst Tiere …«

»Ja, richtig, das stimmt.«

»Auch Hühnchen? Puten?«

»Ja, natürlich.«

»Und das sind keine Vögel?«

»Doch, das sind auch Vögel, aber, ich weiß nicht, es ist nicht das Gleiche.«

»Weil sie nicht so hübsch singen? Weil sie nicht herumfliegen oder in Bäumen nisten?«

Allmählich fühlte ich mich von ihren Fragen in die Enge getrieben.

»Na gut, vielleicht ist es doch das Gleiche. So hab ich das Ganze noch nie betrachtet. Aber ich esse sie nicht so, wie du es machst. Ich kaufe ein Hähnchen und grille es im Ofen, oder ich mache panierte Hühnchenbrust. Vielleicht bin ich ein bisschen zu empfindlich, aber als ich den armen Vogel so gesehen habe …«

»Du meinst, du tötest das Huhn nicht mit deinen eigenen Händen?«, fragte die Katze mit der Kaltblütigkeit eines Auftragskillers.

»Äh … nein, natürlich nicht.«

»Das heißt, jemand anderes erledigt das für dich?«

»Jemand … na ja, ich nehme es an.« Unbehaglich setzte ich mich auf meine Hände. »Es gibt Leute, die das professionell machen.«

»Jemand tötet das Huhn, rupft es, schlägt ihm den Kopf und die Füße ab, entfernt das Blut und die Eingeweide, macht es sauber, packt es in eine Plastiktüte und friert es ein.«

Ich schwieg und versuchte, auf meinen Händen sitzend, das Gleichgewicht zu halten.

»All das, damit du es nicht sehen musst«, fuhr sie mit einer Geste in Richtung des zerfetzten Vogels fort, der mit geöffnetem Schnabel dalag und mich mit leerem Blick ansah.

»Na ja, ich weiß nicht, ob das der Grund ist, Sibila. Es ist eben ihr Job.«

»Ach ja, ihr Menschen teilt euch die Arbeit ja gerne auf. Die einen hacken den ganzen Tag auf einer Computertastatur herum, und die anderen schlagen Köpfe ab und wischen das Blut weg. Wäre das auch ein Job für dich? Hast du so was schon mal gemacht?«

Ich merkte, wie mir schlecht wurde. Ich stand auf, um das Fenster etwas weiter zu öffnen, und holte tief Luft.

»Hör zu, Sibila, ich möchte jetzt nicht weiter darüber reden, okay?«

»Natürlich. Du möchtest lieber nicht darüber reden und am liebsten auch nichts davon wissen, Sara. Aber ich weiß sehr wohl, was du in deinem Kühlschrank hast, was täglich auf deinem Teller landet und in deinem Körper. Und ich bin mir nicht sicher, ob du dir auch nur im Geringsten klar darüber bist. Bis jetzt habe ich mich, was das angeht, zurückgehalten, aber da wir nun schon beim Thema sind, musst du dir das jetzt anhören. Vielleicht stört es dich zu sehen, dass ich auf die Jagd gehe und mich von diesem Vogel ernähre. So wie es mich stört, und zwar gewaltig, dass du und die Mehrheit deiner Artgenossen irgendwelche Dinge in euch hineinstopft, ohne auch nur im Geringsten darüber nachzudenken, wo euer Essen herkommt. Dass ihr euch nicht die Bohne dafür interessiert, ob jemand dafür leiden musste, dass ihr kein bisschen dankbar seid für das Opfer, das dafür nötig war. Ihr bringt nicht mal den Mut auf, es zu sehen oder etwas darüber zu hören. Es stört mich, dass es im Meer immer weniger Fische gibt und dass die Erde von den Exkrementen und dem Blut der Millionen und Abermillionen armen intelligenten und empfindsamen Tiere beschmutzt wird, die nur geboren werden, um eines Tages fett genug für das Schlachthaus zu sein, armselige Kreaturen die auf engstem Raum zusammengepfercht leben müssen – ohne Licht, ohne Luft und ohne Aussicht auf irgendeine Freude, außer der, endlich sterben zu dürfen. Es stört mich, dass ihr Menschen euch einen Dreck darum schert, solange ihr es nicht sehen müsst und jede Woche im Supermarkt euer sauber in Plastik eingeschweißtes Fleisch vorfindet.«

Mein Magen zog sich zusammen. Niemals zuvor hatte ich mir solch schlimme Vorwürfe anhören müssen. Zwar hielt ich es nicht für ein Verbrechen, ein Filet zu essen, doch wusste ich auch nicht, wie ich mich gegen derartige Anwürfe verteidigen sollte.

»Verdammt, Sibila, was ist eigentlich in dich gefahren!«, sagte ich schließlich.

Ich griff nach meinen Schlüsseln, ging nach draußen und ließ die Katze mit ihrer Beute allein in der Wohnung zurück.

Ein paar Tage lang sprach ich kein Wort mit Sibila. Sie führte ihr Leben, ich meines. Aber was sie gesagt hatte, ging mir nicht aus dem Kopf. Es war mir unangenehm, die Kühlschranktür zu öffnen und das Paket mit dem York-Schinken, die Hühnchenbrust und das Kalbsfilet vor mir zu sehen, die dort fein säuberlich abgepackt lagen. Allerdings wollte ich das Essen auch nicht wegwerfen. Doch jedes Mal, wenn es in der Küche nach gebratenem Fleisch roch, verließ Sibila demonstrativ durch das Fenster die Wohnung, sodass ich mich wie ein Henker fühlte, der gerade seine blutige Arbeit verrichtet.

In dieser Woche recherchierte ich ein wenig zum Thema Fleischindustrie, um Sibila zumindest sagen zu können, dass ich mich der Realität gestellt hatte. Ich gebe zu, dass ich bereits die eine oder andere Mail erhalten hatte, in der Tierschützer auf gewisse Missstände hinwiesen, oder auf der Straße an einem Stand vorbeigekommen war, wo Fotos von Tieren unter furchtbaren Bedingungen gezeigt wurden, die ich mir jedoch lieber nicht angesehen hatte. Als ich es nun tat, stellte ich fest, dass Sibila, was das tägliche Grauen in der Nahrungsindustrie anging, nicht übertrieben hatte: Schweine, die sich in schmutzigen Betongefängnissen drängten. In engen Käfigen zusammengepferchte Hühner. Kälber, die sich nicht bewegen durften, damit man besonders weißes Fleisch erzielte. Gänse, die über ein Metallrohr in der Kehle gewaltsam gemästet wurden, um ihre Leber für die beliebte *foie gras* anschwellen zu lassen. All das waren Praktiken, von denen sicher jeder schon mal gehört hatte, von denen man irgendwie wusste, deren unmenschliche Grausamkeit einem aber erst klar wurde, wenn man sich wirklich damit beschäftigte.

Am Freitagabend rang ich mich dann endlich dazu durch, ins Wohnzimmer zu gehen, um mit meiner Katze zu reden, die zusammengerollt auf dem Sofa lag und vor sich hin döste. Ich hockte mich direkt vor sie auf den Boden, legte die Arme aufs Sofa und sah sie an.

»Was soll ich denn deiner Meinung nach tun? Mich selbst auf die Jagd nach meinem Fleisch begeben?«

Die Katze öffnete die Augen, erhob sich, um sich einmal vom Kopf bis zum Schwanz zu strecken, ließ sich dann wieder nieder und sah mich an.

»Hmm ... Das wär mal was! Und es wäre bestimmt lustig, dir dabei zuzusehen. Aber ich frage dich lieber erst mal: Musst du unbedingt Tiere essen?«

Ich kannte viele Vegetarier, zumal England nach Indien das Land mit den meisten Menschen war, die Fleisch von ihrem Speiseplan gestrichen hatten. Ich konnte diese Entscheidung verstehen, respektierte sie und wusste, dass es eine gesunde Art der Ernährung war, dass man auf tierisches Fett gut verzichten konnte und es auch ökologische Vorteile mit sich brachte. Aber für mich konnte ich mir das nicht vorstellen.

»Allerdings muss ich das, Sibila. Was soll ich denn sonst essen? Grünzeug? Ich bin doch keine Kuh. Wir Menschen sind nun mal Fleischfresser.«

»Ach, tatsächlich?«, sagte Sibila und hob mit nach vorn gerichteten Ohren den Kopf, wie um ihre Überraschung auszudrücken.

Dann nahm sie ohne Vorwarnung mein Gesicht zwischen ihre Pfoten, wobei sie ihre spitzen Krallen äußerst vorsichtig an meine Wangen legte.

»Zeig mal deine Zähne!«, befahl sie.

Dieses Tier kostete einen wirklich den letzten Nerv! Was hatte es jetzt schon wieder vor? Ergeben öffnete ich den Mund und ließ die Katze mein Gebiss inspizieren. Sie musterte meine Zähne, wobei sie ihre eigenen spitzen Fänge demonstrativ zur Schau stellte.

»Es tut mir leid, dir das sagen zu müssen, meine Liebe«, erklärte sie schließlich in dem ernsten Tonfall eines besorgten Zahnarztes, »aber was ich hier sehe, sind die flachen Kauwerkzeuge eines Pflanzenfressers, die eindeutig nicht dazu taugen, Beute zu reißen und zu zerlegen. Okay, du hast da so was wie, na ja, *Fangzähne* kann man das nicht wirklich nennen ...«

Sibila ließ meinen Kopf wieder los, sprang vom Sofa und näherte ihre Schnauze meinen Fingern, um diese aus der Nähe zu betrachten.

»Über deine Krallen reden wir besser gar nicht. Oder deinen Geruchssinn ... Weißt du, wozu meine Schnurrhaare da sind?«

Sie kletterte an mir hoch, präsentierte mir nur ein

paar Zentimeter vor meinem Gesicht ihre Schnurrhaare wie einen Fächer und schloss die Augen.

»Sie reagieren so empfindlich auf jegliche Bewegung der Luft, dass ich sogar in der Dunkelheit mit ihnen die Position und die Form meiner Beute ausmachen kann.«

Die Katze öffnete die Augen wieder und kletterte von mir herunter.

»Gib auf, Sara! Ihr Affen habt schon immer Blätter, Nüsse und Obst gefressen … vielleicht mal ein Insekt oder hin und wieder ein kleines, verirrtes Tierchen. Aber … Fleischfresser? Dass ich nicht lache!«

Während sie das sagte, gab die Katze eine beeindruckende Vorstellung ihrer Schnelligkeit und Gewandtheit, indem sie wie ein Blitz durchs Zimmer schoss, dabei auf einen Stuhl und dann auf den Tisch sprang, geschickt einen bunten Gummiball attackierte, den ich ihr in einer Tierhandlung gekauft hatte, ihn mit den Zähnen festhielt, wieder losließ und erneut danach schnappte und ihn so von einer Seite zur anderen schleuderte.

»Jetzt mach aber mal halblang!«, versuchte ich sie zu bremsen. »Wir Menschen stammen vielleicht von den Affen ab, aber wir sind schon immer auf die Jagd gegangen, schon vor Millionen von Jahren …«

»Mag sein!«, maunzte die Katze, nachdem sie den Ball aus ihren Fängen gelassen hatte. »Aber ihr seid keine echten Fleischfresser, denn ihr müsst das Fleisch kochen, bevor ihr es esst, und es dann mit euren Messern zerkleinern. Und trotzdem tut es euch nicht gut, eure Ärzte sagen es immer wieder, doch ihr schert euch nicht darum. Wieso solltet ihr auch auf sie hören, wenn ihr nicht mal eure eigenen Instinkte beachtet?«

»Mein Instinkt sagt mir, dass ich gern Schinken esse. Ganz zu schweigen von einem leckeren Steak.«

»Vielleicht liegt das daran, dass du noch nie mit einem Schwein befreundet warst. Die sind nämlich genauso intelligent wie Hunde und Katzen und ebenso empfindsam. Aber, stimmt ja, in China isst man Hundesuppe mit Ingwer, und in der Schweiz wird der Katzenbraten traditionell mit Thymian gewürzt.«

»Sibila!«

»Die Frage ist«, fuhr die Katze ungerührt fort, »ob es unbedingt sein muss, dass du zwei Mal am Tag Fleisch oder Fisch isst? Oder anders gesagt: Glaubst du, dass deine Lebensgewohnheiten es wert sind, dafür so viele Leben zu opfern?«

»Meine Güte, Sibila, natürlich, wenn du es so darstellst …«

»Wie soll ich es deiner Meinung nach denn sonst darstellen?«

»Ich verstehe ja, was du meinst. Die industrielle Tierhaltung stößt auch mich ab, und ich kann versuchen, in Zukunft Bio-Fleisch zu kaufen und Eier von freilaufenden Hühnern und solche Dinge. Ich kann gut ohne Gänseleberpastete leben und, wenn's sein muss, auch ohne Kalbfleisch. Aber jetzt verlange nicht, dass ich Vegetarierin werde. Das mag unter ethischen Aspekten korrekter sein, das will ich gar nicht bestreiten. Ich bewundere die Leute, die so leben. Aber für mich ist das nichts. Ich kann das nicht. Dazu esse ich zu gern Fleisch. Wenn ich kein Fleisch zwischen die Zähne kriege, habe ich das Gefühl, gar nichts gegessen zu haben, verstehst du?«

Ich schüttelte den Kopf.

Langsam stolzierte Sibila zum Sofa zurück. Sie sprang hinauf und ließ sich wieder auf einem der Kissen nieder.

»Du sagst ziemlich oft, dass du etwas ›nicht kannst‹. ›Ich kann nicht zu Fuß ins Büro gehen.‹ ›Ich kann nicht das tun, was mir gefällt.‹ ›Ich kann mich nicht recken und strecken, wenn andere dabei zusehen.‹ ›Ich kann mein Herz nicht öffnen.‹ ›Ich kann nicht glücklich sein.‹ Und wenn sich herausstellen würde, dass du es doch kannst? Was wäre dann?«

Diese Katze argumentierte einen zu Tode. Seufzend stand ich auf.

»Ich weiß es nicht, Sibila. Ich weiß nicht, was dann wäre, aber du machst mich völlig kirre. Ich gehe jetzt zu Bett, weil ich total erledigt bin.«

»Kannst du nicht weiter darüber reden?«, fragte sie spöttisch und wälzte sich spielerisch auf den Rücken.

»Du bist wirklich unerträglich«, entgegnete ich und begann mich auszuziehen.

Aber so leicht gab Sibila keine Ruhe. Während ich mir das Gesicht wusch, ging sie von der Badezimmertür aus erneut zum Angriff über.

»Sara, ich mache dir einen Vorschlag«, meinte sie,

während sie sich wohlig am Türrahmen rieb. »Sieh es als eine Art Spiel.«

»Oje, was soll das jetzt wieder? Was hast du nun mit mir vor?«

Die Katze machte einen Satz aufs Waschbecken und stand mir beinah auf Augenhöhe gegenüber. Dann rückte sie mit ihrem Vorschlag raus: »Wie wäre es, wenn du morgen mal nur Obst isst?«

»Obst?«

»Nur frisches Obst.«

»Den ganzen Tag über? Frühstück, Mittag- und Abendessen?«

»So oft du willst. Und Trockenobst gilt nicht. Auch keine Avocados. Bananen sind okay.«

»Ach.« Ich lachte. »Da bin ich aber erleichtert!«

»Wie bitte?«

Tatsächlich war der Vorschlag gar nicht so übel. Ich hatte schon immer gern Obst gegessen, oft nur nicht die Zeit dazu gefunden. Ab und zu aß ich mittags eine Banane. Oder einen Apfel oder ein paar Erdbeeren zum Nachtisch, aber erst, wenn ich vorher schon etwas anderes gegessen hatte. Am Morgen trank ich Orangensaft, fast immer aus dem Tetrapak und in aller Eile. Manchmal kaufte ich im Supermarkt in einem Anfall von Gesundheitsbewusstsein Berge an Frischobst, aber oft musste ich später die Hälfte davon wegwerfen, weil sie verschrumpelt oder verschimmelt war.

»Ein Obsttag? Darauf könnte ich mich einlassen. Jetzt, da der Sommer vor der Tür steht, wäre das sicher nicht schlecht. Und es heißt, dass es eine gute Art ist, den Körper zu entschlacken.«

»Sind wir uns einig, ja oder nein?«, insistierte Sibila.

Dieses Tier ließ einem wirklich keine Ruhe!

»Ja, abgemacht.«

16

PURER GENUSS

Am Samstagmorgen erwachte ich voller Tatendrang, neugierig, was der Tag und Sibilas eigentümlicher Vorschlag bringen würden. Ich entschied, den Einkauf auf dem Borough Market, dem ältesten Markt der Stadt, zu erledigen. Denn ich erinnerte mich, dort einen äußerst beeindruckenden Obststand gesehen zu haben, und dies war die perfekte Gelegenheit, ihn aufzusuchen. Außerdem öffnete der Borough Market früh genug, um nach dem Einkauf noch zu einer angemessenen Zeit frühstücken zu können. So betrat ich bereits um kurz nach acht, während die Stadt noch schlief, das alte schmiedeeiserne Jugendstilgebäude mit seinen Marktständen, auf denen Fleisch, Fisch, Obst, Gemüse, Backwaren und Delikatessen aus der ganzen Welt, französische Käsesorten, asiatische Gewürze, deutsche Würste, belgische Schokolade oder italienische Pestos angeboten wurden. Ich entdeckte sogar einen Stand, an dem gerade eine riesige Paella zubereitet wurde.

Auf dem Weg zum Obststand musste ich einigen Versuchungen widerstehen, vor allem dem köstlichen buttrigen Duft einiger goldgelber, knuspriger Croissants. Doch meine Mission stand fest, und so steuerte ich mit festem Schritt auf mein Ziel zu.

»*Can I help you, madam?*«, fragte mich eine junge Frau mit rosigen Wangen, die in einen appetitlichen weißen Kittel mit einer grün gestreiften Schürze gekleidet war. Sie lächelte zuvorkommend.

Tatsächlich fiel es mir nicht leicht, mich zu entscheiden. Vor mir lag ein Füllhorn an Köstlichkeiten, das einem Gelage römischer Kaiser würdig gewesen wäre. Ich begann mit den wunderbaren roten Erdbeeren, die wie üppige Rubine in der Sonne glänzten, und einer Auswahl schmackhafter Juwelen aus den englischen Wäldern: Brombeeren, Himbeeren und Blaubeeren. Dann bat ich um eine Handvoll Kirschen und zwei große Pfirsiche, deren rötlich-orangene Farbe perfekte Reife versprach. Dazu wählte ich unter den vielen Apfelsorten jeglicher Geschmacksrichtung säuerliche und süße Früchte. Und zum Abschluss noch etwas Exotisches: eine kleine Ananas, eine schöne rote Mango, eine halbe Papaya und dazu ein paar große gelbe Bananen.

Die rotwangige Obsthändlerin packte mir alles sehr sorgsam und kunstvoll in braune Papiertüten, die sie dann in meine Stofftaschen legte, die ich von zu Hause mitgebracht hatte.

Anschließend transportierte ich, bereits ziemlich hungrig, meine Beute mit dem Bus nach Hause, wo Sibila sofort die Taschen inspizierte, denen eine köstliche, fruchtige Duftmischung entstieg.

»Ausgezeichnet«, lobte die Katze, während ich die

Papiertüten herausnahm und auf die Anrichte legte. »Ich sehe, dass du unser Spiel ernst nimmst. Und nun die Regeln …«

»Welche Regeln?«, fragte ich mit knurrendem Magen.

»Na, es ist doch wohl klar, dass du das nicht einfach so hinunterschlingen kannst. Ich möchte, dass du dir ein unvergessliches Frühstück zubereitest.«

»Ich möchte eigentlich nur endlich in eine von diesen Bananen beißen, bevor ich vor Hunger ohnmächtig werde!«

»Ganz ruhig!«, maunzte die Katze. »Wenn du ohnmächtig werden solltest, krieg ich dich schon wieder wach …«

Sibilas Anweisungen waren überaus präzise, und sie begann damit, mich für mein Frühstück zu instruieren.

»Achte genau auf das, was du tust«, befahl sie vom Tisch aus wie eine Chefköchin. »Spüre, wie sich die Schale anfühlt, das Gewicht jeder Frucht, atme ihren Duft ein, atme richtig, füll deine Lungen. Sieh dir genau die Abstufungen der Färbung an. Konzentriere dich auf das, was du siehst.«

Danach folgte der Prozess des Waschens, Schälens und Zerteilens des Obsts.

»Ganz vorsichtig, nimm dir Zeit. Spüre, wie das kalte Wasser über deine Hände fließt. Jetzt nimm das Messer. Schneide nicht mit Kraft, mit Gewalt. Such die beste Stelle, um das Messer anzusetzen, und lass dich von deiner Hand leiten, bis das Messer wie von allein in die Frucht eindringt.«

Schließlich war es so weit, dass das Obst auf den Teller gelegt werden konnte, aber sogar dabei musste ich mir Sibilas Vorgaben anhören.

»Nimm einen Teller, den du magst. Und nun ordne die Obststücke so an, wie es dir am appetitlichsten erscheint. Denk nicht darüber nach. Lass dich von deiner Intuition leiten. Ich möchte, dass du ein regelrechtes Kunstwerk erstellst.«

Allmählich fand ich diese penible Vorgehensweise etwas ermüdend.

»Ich möchte ja nicht ungeduldig erscheinen, Sibila, aber diese ganze Theater … Warum? Das Obst wird dadurch nicht anders schmecken. Ihr Katzen macht das doch auch nicht …«

»Wir Katzen brauchen das auch nicht, aber ihr Menschen habt andere Bedürfnisse. Ihr seid eben seltsame Wesen! Vertrau mir, und mach einfach, was ich dir sage. Du wirst sehen …«

Keine Chance. Ich musste das Prozedere bis zum Ende durchstehen. Also wählte ich einen hübschen blauen Glasteller, den Joaquín und ich einmal in Prag gekauft hatten und den ich beim Auszug zu meinem Eigentum erkoren hatte. Dann begann ich mit den Bananenscheiben und ein paar Mangoschnitzen, die ich abwechselnd am Tellerrand drapierte. Anschließend formte ich einen Stern aus Ananasstücken und verband die Enden mit halbkreisförmigen Apfelscheiben. Am Schluss dekorierte ich die noch vorhandenen Lücken und die Tellermitte mit roten und blauen Beeren und mit kleinen Papayawürfeln.

Das Ergebnis war einzigartig. Etwas Ähnliches hatte ich noch nie gesehen: ein Mandala aus köstlichen Früchten, ein geometrisches Spiel der Genüsse, welches das kulinarische Vergnügen, das mir nun endlich bevorstand, ins Unendliche perpetuierte. Bei dem Gedanken, dieses Kunstwerk verspeisen zu dürfen, lief mir das Wasser im Mund zusammen.

»Gut. Kann ich es jetzt endlich essen?«, fragte ich voller Stolz auf mein Werk. »Ich hab keine Lust, noch länger zu warten.«

»Wirklich eine gute Arbeit«, lobte Sibila, während sie den bunten Teller inspizierte und ihre kleine Nase gefährlich nah an das Obst brachte. Einen Moment lang dachte ich, sie würde alles verschlingen oder auf den Boden schmeißen – bei diesem unberechenbaren Tier wusste man ja nie, mit welcher Provokation es als Nächstes aufwarten würde. Kurz darauf jedoch drehte Sibila sich sichtlich zufrieden um, ging auf die andere Seite des Tischs und ließ sich dort in aller Ruhe nieder.

»Lass dir Zeit. Setz dich hin, und du brauchst keine Gabel. Richte dich auf und spüre deinen ganzen Körper, atme das Aroma der Früchte ein, bereite dich auf das Festessen vor.«

Ich brauchte mich nicht lange vorzubereiten. Nach der langen Zeit des sehnsüchtigen Wartens gab es für mich im ganzen Universum nichts anderes mehr als diesen Obstteller. Ich hatte das Gefühl, dass jede Faser meines Seins angesichts der orangen, gelben, roten und violetten Farbtöne vibrierte, dass jede meiner Zellen noch stärker vom Zentrum dieses Mandalas angezogen wurde, als es die Schwerkraft je vermocht hätte. Die Katzen-Meisterin wusste, was sie tat, das war eindeutig.

»Schließ die Augen«, befahl sie, und ich gehorchte. »Ich möchte, dass du von nun an mit höchster Aufmerksamkeit, Bedächtigkeit, Empfindsamkeit und Umsicht vorgehst. Stell dir die Geduld eines Baumes vor, der aus einem Samenkorn erwuchs, Millimeter für Millimeter, in Richtung des unendlich weit entfernten Himmels, bis er in der Lage war, eine Frucht zu erzeugen, deren Samen von den Vögeln mitgenommen wurden, hinauf, bis weit über die Wolken, bis sie schließlich wieder zur Erde zurückkamen, um zu neuen Bäumen und neuen Früchten zu werden, über Jahre, Jahrhunderte und Jahrtausende, in einem ewigen Kreislauf, bis der gesamte Planet von Bäumen, Früchten und Samen bedeckt war. Nimm mit der Wärme der Sonne Kontakt auf, mit der Güte der Erde und der Lebendigkeit des nährenden Wassers. Trete mit der Weisheit und dem Bemühen der Menschen in Verbindung, die diese Bäume gepflegt und die Früchte geerntet haben, damit sie bis hierhin gelangen konnten.«

Sibilas Worte trugen mich durch Zeit und Raum, hin zu Obstbäumen in der ganzen Welt, zu kühlen Nächten und sonnenwarmen Nachmittagen, in denen keine andere Bewegung wahrzunehmen war als das zarte, kaum merkliche Wachsen der Äste, der Blätter, der Blüten; zu den fleißigen Männern und Frauen, die diese Früchte gesät, gegossen, beschnitten, geerntet und eingepackt hatten; zu den in Lastwagen oder auf Schiffen zurückgelegten Wegen bis hin zu dem Markt, wo ich sie an diesem Morgen bekommen hatte, ohne viel dafür tun zu müssen, aus der Hand jener freundlichen Obsthändlerin. All das erschien mir auf einmal wie ein Wunder.

»Nimm dir einen Moment Zeit«, fuhr Sibila fort, »um diesem Baum, dieser Sonne, diesem Regen, dieser Erde, diesen Vögeln, diesen Menschen für das Geschenk, das sie dir gemacht haben, zu danken.«

Es war nicht nötig, dass sie mich dazu aufforderte. Denn ich war bereits zutiefst dankbar für dieses Privileg.

»Jetzt öffne die Augen.«

Erneut lag das Mandala vor mir, doch nun erschienen mir die Farben strahlender, die Formen noch harmonischer, die Früchte noch appetitlicher auf dem feinen böhmischen Glas angeordnet: ein wahrhaft paradiesischer Anblick.

»Mit all dieser Dankbarkeit, diesem Respekt und vor allem ohne Eile wähle nun das erste Obststück.«

Meine rechte Hand bewegte sich wie in Zeitlupe in Richtung des Tellers, hin zu einer großen prallen roten Erdbeere, die in der Mitte lag. Ich fasste sie mit Daumen und Zeigefinger und nahm sie, spürte ihre feste und doch weiche Konsistenz und ihr leichtes Gewicht, als ich sie anhob und ganz behutsam zum Mund führte.

»Und nun rieche an der Frucht und atme noch einmal ganz bewusst ihren Duft ein.«

Es gab kein betörenderes Aroma als das, was mir in die Nase stieg, als ich Sibilas Anweisungen jetzt befolgte. Zum ersten Mal schien sich die wahre Essenz einer Erdbeere vor meinen Sinnen zu entfalten, und wie ein kleines Mädchen stand ich diesem neuen Wunder gegenüber. Wieder lief mir das Wasser im Mund zusammen.

»Jetzt öffne deinen Mund, und leg die Erdbeere auf deine Zunge; schließ den Mund wieder, aber zerbeiß sie noch nicht.«

Meine Empfindungen steigerten sich zu maximaler Intensität. Mein Mund schien auf die Größe einer Höhle angewachsen zu sein, und ich glaubte, verrückt zu werden, als ich diese Köstlichkeit hineinlegte, als sie das Innere meines Mundes berührte, der sie umschloss wie der Körper eines Geliebten. Meine Zunge strich über die poröse Oberfläche und erschauderte, als sie die ersten Tropfen des Saftes empfing, die dem Inneren der Frucht entströmten. Mit jedem Atemzug stieg der intensive Duft von tausend Erdbeerfeldern in jeden Winkel meines Gehirns und tauchte alles in einen rosaroten Farbrausch.

Und dann sagte Sibila die magischen Worte: »Jetzt kannst du sie ganz langsam kauen, und wenn du dir sicher bist, dass der Moment gekommen ist, dann schluck sie hinunter.«

Mit der Zunge schob ich die Erdbeere vorsichtig auf die rechte Seite meines Mundes und öffnete dabei die Kiefer gerade so weit, dass sie zwischen meine Zähne passte, und spürte, wie der Saft in einer Kaskade herausströmte, als ich sie behutsam zerdrückte – diese Erdbeere, die köstlichste Erdbeere, die jemals ein Mensch gegessen hatte, die Quintessenz des ersehnten Genusses.

Ich weiß nicht, wie lange die Begegnung mit dieser unbeschreiblichen Süße andauerte. Ich verlor mich zwischen unerwarteten Geschmacksnuancen. Ich dehnte die Freude bis ins Unendliche aus, schmeckte, kaute, lutschte, schluckte infinitesimale Mengen an Fruchtfleisch. Und als ich schließlich auch den letzten Rest dieses herrlichen Nektars gekostet hatte, fühlte ich mich bereits wie ein anderer Mensch.

»Wow«, sagte ich.

»Jetzt weißt du, was Genuss wirklich bedeutet«, meinte Sibila zufrieden von der anderen Seite des Tisches her.

»Einfach unglaublich!« Es fiel mir nicht leicht zu sprechen, da mein Kinn zitterte und meine Zunge wie elektrisiert schien. »Ich habe noch nie eine so köstliche Erdbeere gegessen. Ich weiß nicht, ob ich überhaupt schon mal etwas so …«

»Schhhh«, machte die Katze, wobei sie sich kurzzeitig aufrichtete. Ich verstummte, und sie legte sich wieder hin. »Es liegt nicht an der Erdbeere. Nicht nur jedenfalls. Es liegt an deiner Konzentration, deiner vollen Aufmerksamkeit. Das ist der Schlüssel. Verlier ihn nicht. Und jetzt nimm dir noch ein Stück Obst. Vielleicht eine andere Sorte. Wie du möchtest. Und dann wiederholst du die gleiche Prozedur mit der gleichen Langsamkeit und der gleichen Aufmerksamkeit.«

Das tat ich. Und brauchte etwa eine Stunde, um einen Obstteller zu essen, den ich normalerweise in fünf Minuten verspeist hätte. Es war, als wäre ich plötzlich durch das goldene Tor ins Paradies getreten. Meine Überraschung hätte nicht größer sein können. Das hier war eine völlig neue Erfahrung. Zum ersten Mal verstand ich, was es im eigentlichen Sinne hieß zu essen. Begriff ich, was es bedeutete, mich zu ernähren, meinem Körper Nahrung zuzuführen, die von da an ein Teil von mir war, ein Teil meines Seins. Ich spürte die essenzielle Verbindung, die ich mit der Nahrung einging, mit den Kräften der Natur, die ich in mir trug, mit dem Universum, das sie hervorgebracht hatte. Ich verstand, dass Essen nicht nur ein biologisches Erfordernis war, ein mechanischer, chemischer Prozess, eine tägliche, unverzichtbare Routine oder der Vorwand für ein geselliges Zusammensein. Es war ein magischer, ein geheiligter Moment wie ein Sonnenuntergang, den man in aller Ruhe betrachtete, um ihn in seiner ganzen Herrlichkeit zu erleben und nicht einmal mehr aus Gedankenlosigkeit, Eile oder Dummheit zu verpassen. *Wenn du isst, dann iss, um zu essen.*

Nachdem ich das Geschirr abgewaschen hatte, legte ich mich auf den Holzboden und spürte die Sonne, die warm durch die geöffneten Fenster hereinfiel. Ich war trunken von Leben. Hin und wieder musste ich lachen, einfach so, ohne Grund. Und mir wurde klar, dass es überhaupt nicht schwer war, einen ganzen Tag lang »nur« Obst zu essen.

17

AUF DER ANDEREN SEITE
DES SPIEGELS

Der Tag verging überraschend schnell dank der Rituale der Nahrungsaufnahme, die ich sieben Mal zelebrierte – dazwischen machte ich einige Dehnübungen, einen Spaziergang durch das Viertel und einige Arbeiten im Haushalt. Dieser Tag war wie ein großes Abenteuer gewesen, eine Reise, die mich in andere Dimensionen katapultierte. Und doch war es auch wieder genau das Gegenteil davon, denn es ließ mich zu den alltäglichen, den essenziellen Dingen zurückkehren. Und als ich am Abend zu Bett ging, kam mir folgender Gedanke: Wenn selbst der einfache Akt der Nahrungsaufnahme für mich zu einem Mysterium geworden war, was gab es dann wohl noch alles zu entdecken?

Genau wie am Vorabend strich Sibila mir um die Beine, als ich mich im Badezimmer wusch.

»Und? Hat dir unser kleines Spiel gefallen?«

»Du ... bist gut. Ich weiß nicht, wie du das machst, aber ...«

»Also hat es dir gefallen.«

»Ja.« Ich lachte. »Es war unglaublich! Wenn ich das Obst nicht eigenhändig gekauft hätte, würde ich denken, dass du irgendeine magische Zutat hineingemischt hast. Nicht mal in den besten Restaurants habe ich das Essen so sehr genossen.«

»Und das, ohne Tiere zu essen.«

»Mag sein, aber ich kann schließlich nicht jeden Tag Obst essen. Ganz auf Fleisch verzichten werde ich nicht …«

Sibila ignorierte meinen letzten Satz und sprang aufs Waschbecken.

»Morgen schlage ich dir ein anderes Spiel vor.«

»Das habe ich befürchtet«, sagte ich und schraubte den Deckel auf die Cremedose, die ich gerade in der Hand hielt. »Allein bei der Vorstellung fange ich schon an zu zittern.«

»Und es wird ein noch unterhaltsameres Spiel sein. Es geht darum, den ganzen Tag über nichts zu essen.«

»Was!?«

Sibila schüttelte angesichts meiner entsetzten Reaktion den Kopf.

»Kommt überhaupt nicht infrage; du bist wirklich verrückt! Das mit dem Obst ist eine Sache, aber wenn ich den ganzen Tag über nichts essen darf … Ich fass es nicht! Du weißt nicht, wie ich mich aufführe, wenn ich nicht pünktlich etwas zu essen bekomme. Ich gehe die Wände hoch, ich werde unerträglich, noch schlimmer als meine Nachbarin in der Wohnung nebenan. Einen Tag ohne einen Bissen zu essen! Das halte ich nicht durch, Sibila, ich schwöre es! Ich bin absolut nicht zum Asketen geboren!«

Sibila wandte sich zum Spiegel, stellte sich auf

die Hinterbeine, legte die Vorderpfoten an die glatte Fläche und betrachtete sich von oben bis unten.

»Diese Katze sieht mir äußerst ähnlich.«

Ich erinnerte mich daran, mal gelesen zu haben, dass es Katzen nur schwer verständlich war, dass es sich bei dieser »anderen« Katze um ihr eigenes Spiegelbild handelte. Dass sie manchmal den »fremden Artgenossen« sogar schlugen oder auf eine andere Art angriffen.

»Natürlich sieht sie dir ähnlich, Sibila. Das bist du!«

»Glaubst du wirklich?« Sibila drehte sich zu mir um und betrachtete dann wieder ihr Spiegelbild.

»Ich glaube das nicht nur, es ist so. Diese Katze bist du, genau wie diese alternde Frau hier im Spiegel ich bin.« Ich schnitt eine Grimasse.

»Siehst du, genau das ist dein Problem, Sara«, meinte die Katze daraufhin, nahm die Vorderpfoten wieder herunter und wandte sich mir zu.

»Was? Ich kann dir nicht folgen.«

»Dass du glaubst, dieses Spiegelbild wärst du. Es ist nur ein Spiegelbild und nicht die Wirklichkeit. Ein absolut lebloses, gefühlloses und sogar geruchloses Spiegelbild. Aber du glaubst so fest an dieses Bild, dass du nichts tun würdest, was dein Spiegelbild nicht auch tun würde. Und so lebst du dein Leben, in dem du die Bewegungen deines Spiegelbildes imitierst, anstatt dass dein Spiegelbild, wenn es dir folgen will und dazu in der Lage ist, dich imitiert.«

Mit diesen Worten sprang die Katze auf den Boden und war einen Moment später aus dem Badezimmer verschwunden, als wollte sie die »andere Katze« herausfordern, das Gleiche zu tun. So ließ sie mich mit meinem Spiegelbild zurück, das das traurige Gesicht einer jungen Frau wiedergab, die bereits zu altern begann – mit ein paar grauen Haaren und den ersten Falten und all den Spuren der im Laufe ihres Lebens getroffenen Entscheidungen, die sich nun nicht mehr rückgängig machen ließen.

Ich glaube das nicht nur, es ist so. Der Satz hallte in meinem Kopf wider. Das bin ich. Ich machte das Licht aus, um die Frau nicht mehr zu sehen, aber in der Dunkelheit war sie noch da.

In dieser Nacht schlief ich alles andere als gut. Ich fühlte mich von widerstreitenden Gefühlen hin und her gerissen, während ich zu entscheiden versuchte, wie ich auf Sibilas Vorschlag reagieren sollte. Der Obsttag war in der Tat eine bewusstseinserweiternde Erfahrung für mich gewesen. Nicht nur die Tatsache, Obst zu essen, sondern wie ich es gegessen hatte. Oder besser, die sorgsame, intensive, behutsame Art, jegliche Freude auszukosten. Aber überhaupt nicht zu essen? Was gab es da zu genießen? Es wäre eine Tortur, sonst nichts. Das würde ich niemals schaffen.

Andererseits war es nicht das erste Mal, dass Sibila mit einem Vorschlag kam, der mich zunächst abschreckte. Würde sie auch diesmal recht behalten? Wäre es vielleicht sogar eine bereichernde Erfahrung? Ein weiterer Schritt in ein neues Leben, ein persönlicher Triumph?

Dann wieder musste ich daran denken, wie ich in Restaurants die Geduld verloren und mit Joaquín gestritten hatte, weil wir meiner Meinung nach zu lange aufs Essen warten mussten. Warum sollte ich mir so etwas freiwillig antun? Was wollte die blöde Katze eigentlich von mir? Warum ließ sie mich nicht in Ruhe? Sollte sie sich doch jemand anderen für ihre Spielchen suchen!

So ging es die ganze Nacht, und ich wälzte mich unablässig im Bett hin und her. Wenn ich meinte, eine Entscheidung getroffen zu haben, war ich mir kurz darauf wieder unsicher; war ich im einen Moment angetan von der Idee, schreckte sie mich im nächsten Moment wieder ab. Und wenn ich endlich einmal eingeschlafen war, überfielen mich in meinen Träumen Visionen von gebratenen Hähnchen mit leckeren Pommes frites, zartem Tintenfisch, auf galicische Art mit viel Paprikapulver zubereitet, knusprigem, großzügig mit Schinken belegtem Brot, saftigen Grillsteaks, Reisgerichten mit Meeresfrüchten, Linsensuppe mit Paprikawurst, Pizzas mit zerlaufenem Käse und Süßigkeiten ohne Ende: Schokoladentorte, Sahnepudding mit weichen Keksen, Eis im Hörnchen, Milchreis ... Und ich fiel wie ein ausgehungertes Tier darüber her, völlig außer Kontrolle, über Tische und Theken springend, stopfte mir das Essen mit den Fingern in den Mund oder schleckte es direkt aus den Schüsseln und von den Tellern.

Als ich schließlich am nächsten Morgen erwachte, sah ich direkt in die grünen Augen von Sibila, die neben mir auf dem Kissen saß.

»Und? Wie hast du dich entschieden?«

Ich hatte mich noch gar nicht entschieden. Ich war hin und her gerissen. Mal wollte ich es wagen, dann fürchtete ich, dass es eine einzige Qual werden und dass ich den ganzen Tag über schlecht gelaunt sein und vor Hunger verrückt werden würde.

Sibila sah mich amüsiert an.

»Ich sehe, du verhungerst schon, bevor du überhaupt angefangen hast. Na, nun mach dir mal nicht ins Hemd, bevor es so weit ist! Hab keine Angst vor der Angst! Hör auf zu grübeln und warte ab, was passiert! Versuch es einfach.«

Ich musste lächeln. Meine Katzenmeisterin hatte recht, genauso war es: Ich hatte Angst vor der Angst.

»Unter uns Katzen seid ihr Menschen für eure verfrühten Ängste bekannt.« Sibila stellte sich auf die Hinterbeine und legte die Vorderpfoten auf den Rand des Mansardenfensters, um aufs Dach hinaussehen zu können. »Was denkst du, wie oft die Leute die Feuerwehr rufen, um ihre Katze vom Dach holen zu lassen, weil sie glauben, die Katze hätte Angst und käme allein nicht mehr herunter?«

»Keine Ahnung. Ich denke, dass das ziemlich oft vorkommt.«

»Jeden Tag.« Sibila ließ sich aufs Bett fallen. »Dabei haben wir Katzen viel größere Angst vor den Feuerwehrleuten als vor der Höhe. Noch nie wurde auf einem Baum oder einem Dach das Skelett einer Katze gefunden. Wir kommen immer allein runter. Es braucht nur ein wenig Geduld, und es gibt keinen Grund zur Panik, denn die Katze macht sich schon irgendwann von allein an den Abstieg.«

Ich sah aus dem Dachfenster. Am wolkenlosen Himmel schimmerte das erste rosafarbene Tageslicht durch. Ich atmete tief ein. Und dann entschied ich mich, keine Angst vor der Angst zu haben. Ich beschloss, jenes »Ich kann nicht« erst mal außen vor zu lassen und es zu versuchen.

»In Ordnung, Sibila, ich probier's. Auch wenn ich nicht weiß, was passieren wird.«

»Aber das ist doch das Beste, was es gibt!« Ihre grünen Augen funkelten. »Nicht zu wissen, was passiert! Nur deshalb lohnt es sich, am Morgen aufzustehen.«

Die Katze spazierte einmal quer übers Bett und stieg die ersten Stufen zum Wohnbereich hinunter. Dort hielt sie inne, hob den Kopf, sodass sie über die Matratze sehen konnte, und sagte: »Und? Was ist? Frühstücken wir?«

»Wie?« Ich musste lachen. »Haben wir nicht gerade beschlossen, dass ich nichts esse?«

»Sicher. Aber das heißt nicht, dass du dich nicht ernähren wirst.«

Sibila ging weiter die Treppe hinunter und dann über den Holzboden zu dem Topf mit der Orchidee, der am Fenster stand.

»Siehst du diese Pflanze?«, fragte sie mich.

Sie war herrlich, voller rosafarbener, üppiger Blüten, die von den ersten goldenen Sonnenstrahlen beleuchtet wurden. Sibila sprach weiter, während ich ins Wohnzimmer hinunterging.

»Sie ernährt sich von drei Dingen: Sonne, Sauerstoff und Wasser. Und heute werden wir mit ihr zusammen frühstücken. Hol bitte zwei Gläser Wasser, denn der Rest ist schon hier. Und sei so nett und füll auch meine Schüssel.«

Ich versorgte zuerst Sibila mit Wasser, und während sie aus ihrem Napf trank, füllte ich die beiden Gläser. Anschließend stellte ich die Gläser auf die Fensterbank neben die Orchidee und sah der Katze zu, wie sie Schluck für Schluck das Wasser aufschleckte. Dabei wirkte sie äußerst konzentriert, ruhig und geduldig, so wie nur eine Katze zu trinken versteht. Als sie fertig war, richtete sie sich auf und sagte: »Die Sonne, die Luft und das Wasser solltest du auf die gleiche aufmerksame Art zu dir nehmen wie gestern das Obst. Heute wird dein Frühstück etwas frugaler und leichter sein, aber deswegen nicht weniger genussvoll oder nahrhaft.«

Wie der zuvorkommende Chefkellner in einem Fünf-Sterne-Restaurant lud Sibila mich ein, mich auf meinem Meditationskissen niederzulassen und bewusst meinen Körper wahrzunehmen. Die Sonnenstrahlen umfingen mich mit ihrer Wärme, und durch die geschlossenen Lider konnte ich das rosafarbene Licht erahnen. Nachdem ich mich ein paar Minuten lang auf meine Atmung konzentriert hatte, hörte ich erneut Sibilas Stimme.

»Nun wirst du deine Atmung nach und nach ausweiten, indem du tiefer aus dem Bauch heraus einatmest und deine Lungen beim Ausatmen so weit wie möglich leerst. Sei dir der Energie bewusst, die über den Sauerstoff in dich strömt. Sei dir der Art und Weise bewusst, in der dein Körper, wie der Körper jedes Lebewesens, an dem Akt des Ein- und Ausatmens teilnimmt. Sei dir der wahren Natur der Atmung bewusst.«

Ich folgte dem Weg der Luft, die kühl durch meine Nasenhöhlen strich, durch den Hals bis in die Lungen und dann der wärmeren verbrauchten Luft aus den Lungen nach draußen. Ein ums andere Mal. Und mit jedem Atmen nahm ich deutlicher wahr, dass dieser einfache alltägliche Prozess, den ich seit meiner Geburt vollzog und der mich bis zum Tod begleiten würde, mich tatsächlich mit Nahrung versorgte, einem leichten, luftigen Gebilde, das köstlich, erfrischend und essenziell war. Auch wenn es offensichtlich war, hatte ich nie zuvor mit einer solchen Klarheit den Sauerstoff als unser nötigstes Nahrungsmittel empfunden, ohne das wir nicht einmal wenige Minuten überleben können. Und ich gab mich dem Genuss dieses Frühstücks hin. Unbeweglich wie eine Pflanze, nahm ich über einen unbestimmten Zeitraum die Sonne und die Luft in mich auf, und ich fühlte mich leicht, ätherisch und von Licht erfüllt. Ich spürte, wie ich aufblühte.

Als ich schließlich die Augen öffnete, erschien mir alles heller, reiner, wirklicher: der blaue Himmel, die schaumigen Wolken, die glänzende cremeweiße Farbe des Fensterrahmens, die zarten Blüten der Orchidee an ihrem feinen Stängel, der sich unter ihrem Gewicht leicht nach unten bog. Dann erfasste mich ein angenehmes Schaudern, als die Millionen kleiner Haare von Sibilas weichem Fell im Vorbeigehen gegen die nackte Haut meines rechten Arms strichen. Die Katze setzte sich mir gegenüber.

»Möchtet ihr ein Glas Wasser? Vielleicht willst du zuerst der Orchidee eines servieren. Der Höflichkeit halber.«

Mit einem Lächeln des Einverständnisses und ohne etwas zu sagen, löste ich meine Beine aus dem Yogasitz und erhob mich mit einem schwebenden Gefühl zu den beiden Wassergläsern. Auf einmal erschien mir meine Wohnung größer als das neue Londoner Olympiastadion, und ich hatte den Eindruck, alles aus enormer Höhe zu betrachten.

Ich entdeckte den ausgeklügelten Mechanismus meiner rechten Hand: Haut, Venen, Nerven, Muskeln, Sehnen, Knochen, die sich wie durch Zauberei in Richtung des ersten der beiden mit dem durchsichtigen Wasser gefüllten Gläser steuern ließen, das nicht nur in der Sonne glitzerte, sondern auch die es umgebende Welt reflektierte, zum Beispiel meine Hand, die kurz darauf das Glas umschloss.

Ich hob es an – überrascht von der Kühle und der Glätte des Materials, dem leichten Widerstand der

Schwerkraft, der lebendigen Gegenwart der Pflanze, die sich geduldig und vertrauensvoll öffnete, um den Guss zu empfangen – und beugte das Handgelenk, sodass ich das Wasser in den Blumentopf gießen und dabei Stängel, Blätter und Blüten benetzen konnte.

»Wohl bekomm's, meine Schöne«, sagte ich mit leiser mütterlicher Stimme und atmete dabei den Duft der feuchten Erde ein.

Dann stellte ich das leere Glas auf die Fensterbank und nahm das volle. Kurz überkam mich der Impuls, es in einem Zug auszutrinken, doch gleich darauf erinnerte ich mich an das, was ich am Vortag gelernt hatte. Langsam näherte ich das Glas meinen Lippen, vollkommen ruhig, während Sibila mich von unten her wie eine stolze Lehrerin beobachtete. Schließlich glitt der Rand des Glases zwischen meine Lippen, die vom Wasser benetzt wurden. Ich öffnete den Mund und fühlte, wie die ersehnte Flüssigkeit hineinlief. Meine Zunge kokettierte in einem köstlichen, mühelosen Hin und Her mit ihren schlüpfrigen Formen, so lange ich es vermochte, bis schließlich, nach einem ersten Schluck, mein ganzer Körper in dem Gefühl eines Meeres vibrierte, das nach langer Trockenheit den Regen aufnimmt. Dabei hatte ich noch das ganze Glas vor mir.

»Und? Wie ist das Frühstück?«, fragte Sibila, als ich das Wasser nach einer Weile ausgetrunken hatte. »Energiespendend? Erfrischend?«

Ich lachte.

»Ich würde sogar sagen überwältigend. Ich fühle

mich satt! Und jetzt? Was nun? Soll ich den ganzen Tag über so weitermachen? Und wie eine Pflanze am Fenster Sonne tanken?«

»Nein, nein. Überhaupt nicht«, entgegnete Sibila und wandte sich zur Tür. »Nimm eine Flasche Wasser mit, wir machen einen Ausflug.«

»Wohin?«

»Keine Ahnung. Stürzen wir uns ins Abenteuer. Gehen wir, wohin du Lust hast. Wie du bereits gemerkt hast, sind deine Sinne im nüchternen Zustand geschärft, fühlst du dich leichter, ist dein Kopf freier. Das solltest du ausnutzen. Mach Ferien in deiner eigenen Stadt! Dir ist sicher bewusst, dass Menschen aus der ganzen Welt herkommen, um sie zu besichtigen.«

»Aber werde ich mich nicht zu schwach fühlen? Muss ich mich nicht ausruhen?«

»Keine Sorge, für einen Fastentag hat dein Körper genug Energie gespeichert. Ist dir mal aufgefallen, wie viel Energie du zum Einkaufen, Kochen, Essen und Verdauen brauchst? Dein Verdauungssystem kann mal eine Pause einlegen, und das wird ihm guttun. Und wenn du müde wirst, halte einen Moment inne und nimm die Energie, die du brauchst, aus der Sonne und dem Wasser. Los! Auf ins Vergnügen!«

Das war der Beginn eines denkwürdigen Tages, ohne Übertreibung einer der besten meines Lebens. Es war ein Tag, der ein ganzes Jahr zu dauern schien und in den Sommerfarben meiner Kindheit leuchtete, den Ausflügen mit den Luchsen und den Reisen im Wohnmobil mit meiner Familie. Ich setzte mich auf dem Oberdeck eines Londoner Busses in die erste Reihe und fühlte mich, als wäre ich zum ersten Mal in der Stadt. Alles erschien mir neu und sehenswert: die hohen Bäume, die Backsteinhäuser, die Kebab-Restaurants, die alten roten Telefonzellen, die Waschsalons, die klassischen Pubs, die Sikhs mit ihren Turbanen und die Punks mit ihren Stachelhalsbändern. Ich hatte das Gefühl, dass jeden Moment die Beatles über einen Zebrastreifen laufen oder James Bond in einem Sportwagen auftauchen könnte.

Anschließend bestieg ich einen anderen Bus Richtung Westminster, fuhr an dem Riesenrad London Eye vorbei und über die Themse und stieg am Big Ben aus. Ich spazierte am neugotischen Palace of Westminster, dem Sitz des Parlaments, vorbei, der auf mich wie der Höhepunkt der britischen Kultur wirkte und wahrscheinlich genau aus diesem Grund erbaut worden war.

Ich betrat die Westminster Abbey, die spektakuläre Kirche, in der die britischen Könige gekrönt wurden, heirateten und beerdigt wurden, und dachte an das, was die Katze mir über die englische »Affenmutter«, ihre Siamkatze und ihre Hunde erzählt hatte. Dann durchquerte ich den St. James's Park, grüßte die Pelikane und die Schwäne auf dem Teich und ging anschließend am Buckingham Palace vorbei, der pompösen Residenz der Queen und ihrer Welsh Corgis, vor deren hohem Gitterzaun sich wie immer die Touristen drängten, in der Hoffnung, ein Foto von Elisabeth II. ergattern zu können. Dabei fragte ich mich, ob sie sich in dem riesigen Gebäude nicht einsam fühlte. Und ob sie die Kunst beherrschte, wenn sie aß, zu essen, um zu essen.

Als Nächstes führte mich mein Spaziergang in den Green Park, wo ich mich mal vom Duft eines Rosengartens, mal von einem reizvollen Weg zwischen den Bäumen verlocken ließ, bis ich zu einer riesigen Platane kam, deren Schatten auf das weiche Gras fiel und zum Verweilen einlud, um ein bisschen Luft und Wasser zu Mittag zu »essen«, wobei ich mich reicher fühlte als jeder Herrscher. Nachdem ich den Park verlassen hatte, schlenderte ich an den Schaufenstern von Mayfair vorbei, wo die Geschäfte sonntags wie werktags geöffnet waren.

Eigenartigerweise verspürte ich nicht die geringste Lust, irgendetwas zu kaufen, als befände ich mich in einem riesigen Museum. Zugegebenermaßen erregten hin und wieder ein Kleid, ein Schmuckstück, ein Paar Schuhe oder auch eine weitere Tasche für meine Sammlung mein Interesse, doch dann tat ich, was Sibila mir empfohlen hatte: Ich sah mir die Dinge an und ging weiter. Allerdings konnte ich der Versuchung nicht widerstehen, einen Hutladen zu betreten und so zu tun, als hätte ich eine Einladung für den Ascot Gold Cup.

Auf die Art wurde mir bis nachmittags kaum bewusst, dass ich noch immer »nüchtern« war. Bis zu diesem Moment war es mir überhaupt nicht schwergefallen, nichts zu essen, obwohl ich bereits zwei Mahlzeiten ausgelassen hatte. Natürlich machten meine Augen und vor allem mein – in diesem Zustand äußerst sensibler – Geruchssinn mich auf sämtliche Eiswagen, Schokoladengeschäfte, Sandwich-Shops, Restaurants und Cafeterien aufmerksam. Noch nie war mir ihre beträchtliche Anzahl aufgefallen, denn nie zuvor hatten mich selbst die schäbigsten Fast-Food-Lokale derart interessiert. Dennoch war es während der ersten Stunden überhaupt kein Problem für mich, die Verlockung zu ignorieren oder zu unterdrücken, indem ich mich wie eine Touristin ablenkte oder die Kunst anwandte, mir des Gefühls bewusst zu werden, ohne der Versuchung zu erliegen. Während ich die James Street entlangging, fiel mir auf, wie leicht und lebendig ich mich fühlte, und zum ersten Mal kam mir der Gedanke, dass Sibila recht hatte. Es war durchaus möglich, dass mein Ärger über verspätete Essenszeiten nicht der Tatsache entsprang, nicht zu essen, sondern nicht zu essen, *wenn ich zu essen entschieden hatte.*

Dann jedoch kam ich an *Tonino's* vorbei, einem meiner bevorzugten Orte in der Stadt, einem italienischen Delikatessengeschäft mit einer exquisiten Auswahl an Käsesorten, Wurstwaren, Weinen und Konserven, sowie einer hervorragenden Konditorei und Bäckerei. Und das Schlimmste war, dass die leckeren italienischen Speisen auch direkt vor Ort in einem Restaurantbereich serviert wurden.

Auf einmal waren meine Nasenhöhlen, mein Mund, meine Kehle und meine Lungen angefüllt von einer herrlichen italienischen Sinfonie kulinarischer Düfte, mit Melodien von Tomate mit Mozzarella,

Basilikum und Kapern, von Parmaschinken und toskanischem Wein. Bevor ich es merkte, hatten meine Füße bereits den Weg hinein gefunden, und dort, umgeben von einer gastronomischen Auswahl, die ich nur zu gut kannte, erwachte in mir jenes wilde Tier, das in meinen Träumen, einmal losgelassen, alles verschlang, dessen es habhaft werden konnte. Ich sah mich bereits in der Auslage, mit den Händen in der Lasagne, als eine zuvorkommende Angestellte, die ihre Uniform und eine zierliche Brille mit rotem Gestell mit Mailänder Eleganz trug, mich mit deutlich mediterranem Akzent fragte, wie sie mir helfen könne.

Die Frage katapultierte mich zurück in die Zivilisation, wenn auch ohne die nötige Selbstkontrolle, ihr angemessen zu begegnen. Ich stammelte irgendetwas Unzusammenhängendes und drehte mich zu einem Regal voller Flaschen mit Öl, Essig und diverser Pestos um. Während ich konzentriert auf das Etikett eines Glases mit Pesto Genovese starrte, erinnerte ich mich an etwas, was Sibila gesagt hatte: *Wenn du bereit bist, alles zu akzeptieren, was es auch sei, dann bist du wirklich frei.*

Ich wandte mich wieder zur Auslage um und trat so nah wie möglich an die dort zur Schau gestellten appetitlichen Versuchungen heran. Während ich meinen Blick über die ausgebreiteten Köstlichkeiten schweifen ließ – schmackhafte Käsesorten, gefüllte Auberginenröllchen, verschiedene Salamis, würzige Oliven, noch dampfende Gnocchi –, atmete ich ruhig und tief ein, sodass jede einzelne der exquisiten

Duftnuancen bis in das tiefste Innere meines Seins vordrang, und versuchte bewusst, mich allein davon zu nähren. Der erste Atemzug war der intensivste. Der zweite ein göttlicher, jedoch bereits bekannter Genuss. Der dritte ein Nachtisch und ein würdiger Abschluss.

Anschließend fühlte ich mich eigenartigerweise völlig befriedigt. Ich stieß zitternd einen tiefen Seufzer aus, mit dem sich das wilde Tier in mir noch einmal für eine Weile zurückzog und zur Ruhe legte. Dann hob ich den Blick und stellte fest, dass die Angestellte mich irritiert ansah.

»Entschuldigen Sie«, sagte ich, »ich faste gerade und kann nichts essen.«

»Ah, ich verstehe«, entgegnete sie mit mitleidigem Blick.

Vielleicht dachte sie, ich hätte irgendeine furchtbare Krankheit. Da kam mir plötzlich ein Gedanke von eulenspiegelhafter Qualität, und ohne weiter darüber nachzudenken, fragte ich: »Wie viel kostet es, den Duft zu genießen?«

Überrascht lachte die Angestellte auf und wandte sich dann mit lauter Stimme an den Geschäftsinhaber, einen kleinen dunkelhaarigen Mann mit einem dichten Schnurrbart, der gerade mit einem Messer in ein riesiges Stück Parmesankäse schnitt.

»Ehi, Tonino, quanto facciamo pagare la signorina per odorare la lasagna?«

Ohne mit der Wimper zu zucken, antwortete Tonino auf Englisch: »Drei Pfund. Aber es reicht, wenn wir das Klingeln der Münzen hören.«

Gesagt, getan. Feierlich nahm ich drei Pfundmünzen aus meinem Portemonnaie, legte sie auf die Theke über der Auslage und steckte sie wieder ein. Mehrere Leute, die darauf warteten, bedient zu werden, oder an den Tischen im Restaurantbereich saßen, lächelten, da sie verstanden, dass Tonino und diese seltsame Kundin miteinander scherzten, wenn ihnen auch die Details entgangen waren. Nie zuvor hatte ich in einem Geschäft eine derartige Vorstellung geboten. Offensichtlich war man im nüchternen Zustand erfinderischer und verfügte über das Selbstvertrauen, das auch zu zeigen.

»*Brava, brava*«, sagte Tonino beeindruckt. »*Grazie, signorina. Buona giornata.*«

Ich verließ den Delikatessenladen wie eine Bergsteigerin, die während der Besteigung des Mount Everest in einen Schneesturm gerät und als sie ihn überstanden hat, den Gipfel in Reichweite vor sich sieht.

»Sibila, ich habe es geschafft!«, sagte ich laut.

Mein Magen reagierte darauf mit einem lauten Knurren.

»Ganz ruhig, mein Kleiner«, beruhigte ich ihn streichelnd. »Morgen kommen wir wieder her.«

Es ist erstaunlich, was man alles in Ruhe erledigen kann, wenn man nicht drei Mal am Tag die Zeit aufwenden muss, um sich etwas zu essen zu machen, sich hinzusetzen und zu kauen und danach das Geschirr abzuwaschen und einzuräumen. An diesem Tag, der so viel mehr Zeit zu haben schien als alle anderen, kam ich auf die Idee, das Natural History Museum zu besuchen, das ich noch von meiner Kindheit her gut in Erinnerung hatte und das mich erneut begeistert hatte, als ich vor etwa zehn Jahren gemeinsam mit Joaquín noch einmal dort gewesen war. Wieder war ich staunend durch die alten Säle mit den ausgestopften Raubvögeln, den vielen unheimlichen tropischen Insektenarten und den Unmengen wunderschöner Schmetterlinge, Fossilien von prähistorischen Muscheln, Meteoriten, Edelsteinen und dem berühmten und unvergesslichen Skelett eines Diplodocus gegangen. Und auch damals hatte mich am meisten der Raum mit den Säugetieren beeindruckt, eine Sammlung von Skeletten, ausgestopften Tieren und Reproduktionen in Originalgröße von Exemplaren, die alle zu dieser Gattung gehörten, die uns Menschen am nächsten war, einschließlich eines Löwen (oder einer Katze, wie Sibila sagen würde), eines Rinozeros, eines Nilpferds, einer Giraffe, eines Bären, eines Pferds, eines Zebras und eines Schafs, neben vielen Affen, Nagetieren und – von der Decke hängend – mehreren Delphinen, Orcas und Walen. Das Ganze wurde von einem riesigen blauen Wal in der Mitte des Saales dominiert, dem größten Tier, das je auf der Erde gelebt hatte.

Als ich diese spektakuläre Sammlung unterschiedlicher Kreaturen so plötzlich und auf einen Blick vor mir sah, die gleichzeitig dem Menschen so ähnlich waren, Verwandte desselben Stammbaums, große und kleine, mit Fell und ohne, wilde und gezähmte, auf der Erde oder im Wasser lebend, aber jedes mit seinem eigenen Herzen und Gehirn, seiner eigenen Sichtweise und seinem eigenen Atemrhythmus, seinen Bedürfnissen und Ängsten, seinem Geburtsschmerz, seiner Zärtlichkeit beim Säugen der Jungen, die wie wir alle im Laufe der Generationen in einem uns in einer Herkunft vereinenden, einer Stammmutter zuordnenden Zyklus geboren wurden und starben, spürte ich in diesem höhlenartigen Raum das, was der Ursprung des religiösen Glaubens sein musste, ein primitives Gefühl des Erschreckens und der Verbundenheit, einen Moment der Vereinigung mit dem Fluss des Lebens.

Und genau dort entschied das in Kleider gehüllte Affenmädchen, der Diät ihrer Vorfahren zu folgen. In diesem Moment wollte ich aufhören, *Tiere zu essen*, wie Sibila es nannte, und gleichzeitig verstand ich, dass dieser Schritt nicht unmöglich war, wie es mir mein Spiegelbild immer versichert hatte, die andere Sara, an die ich bisher geglaubt hatte. Wenn es möglich war, mich nur von Obst, Wasser und Luft zu ernähren und dabei glücklich zu sein, wusste ich, dass ich es tun konnte. Es würde nicht einmal besonders schwierig sein. Im Gegenteil. Es wäre ganz leicht. Und wenn das tatsächlich machbar war, wenn das wirklich so einfach war, welche anderen Dinge lagen dann wohl noch im Bereich meiner Möglichkeiten? Wenn ich aufhörte, an das Bild im Spiegel zu glauben, wozu wäre ich dann wohl noch in der Lage?

DRITTER TEIL
DAS NEUE LEBEN DER SARA LEÓN

18

FREI

In dieser Nacht hatte ich einen Traum. Zuerst war ich zwischen so engen Wänden eingesperrt, dass ich regelrecht zusammengequetscht wurde wie in einem viel zu kleinen Schneckenhaus. Da ich kaum noch Luft bekam, drückte ich in der Dunkelheit ängstlich gegen die Wände, doch je mehr ich mich anstrengte, desto enger wurde es. Bis ich plötzlich eine Stimme hörte, eine zuversichtliche, heitere Stimme von außen.

»Vergiss nicht, dass du nur träumst! Vergiss nicht, dass du fliegen kannst!«

Es stimmte. Es war nur ein Traum. Und allein der Gedanke reichte aus, um die Mauer zu durchdringen, um das Ganze von außen zu betrachten: Ich war noch immer in dem engen Raum, der in Wahrheit ein weißer Kokon war, der am Stängel der Orchidee in meinem Wohnzimmer hing. Auch Sibila war dort und blickte ihn an. Oder war ich Sibila? Doch dann war ich wieder die Kreatur in dem Kokon und sammelte alle meine neu erstarkten Kräfte. Und plötzlich breitete ich meine Flügel aus und durchstieß die Mauer, die dünn und zerbrechlich war. Ich badete im Sonnenlicht und sah mich zum ersten Mal so, wie ich wirklich war, erleuchtet wie ein Engel, ein Schmetterling, der in Zeitlupe mit seinen riesigen goldfarbenen Flügeln schlug, die all meine Weisheit zu enthalten schienen, verschlüsselt in seltsamen geheimen spiralförmigen, fraktalen rötlichen Zeichen. Sibila begann mit mir zu spielen, erhob sich auf die Hinterbeine, versuchte mich mit ihren riesigen Tatzen zu fangen, und ich flatterte um sie herum, neckte sie, ließ sie sich um sich selbst drehen.

»Du hast recht, Sibila, ich kann fliegen!«, rief ich ihr mit meiner zarten Schmetterlingsstimme zu.

»Natürlich, meine Liebe«, erwiderte sie mit einem lauten Miauen. »Und nun flieg!«

Und ich flog. Über Dächer, Straßen und Gärten, ließ mich von einem Luftzug tragen, sprang zum nächsten hinüber, machte Tausende akrobatischer Kunststücke, genoss die reine Freiheit der Bewegung und die Kraft meiner Flügel. Ich flog über die ganze Stadt, über meine alte Wohnung in West Hampstead hinweg, an dem Gebäude von *Netscience* vorbei, über die Tower Bridge und über die Themse, bis ich den Kanal erreichte, der durch Camden Town fließt, und dann weiter bis zum Regent's Park, zwischen zwei baumbestandenen Wegen hindurch. Ich schwebte über die Wellen des Kanals, zwischen Schwänen und Libellen hindurch, an den Gräsern und Blumen der Ufer vorbei, bis ich zu einem Boot kam, das meine Aufmerksamkeit erregte.

Es war ein langes, schmales blauweißes Boot, ein ungewöhnliches schwimmendes Haus in dieser Wasseroase in der Stadt. An Deck sprang ein kleines Mädchen umher. Es hatte blondes lockiges Haar, und sein Gesicht, das bei meinem Anblick aufleuchtete, war mir irgendwie vertraut. Ich flog auf ihre Hand zu, umflatterte sie und schickte mich an, mich auf ihrem Finger niederzulassen. Und meine Freude darüber war so groß und ich war von einem solchen Glücksgefühl erfüllt, dass ich erwachte und die Augen öffnete.

An diesem Montag im Juni begann mein neues Leben als Vegetarierin. Mein Frühstück an diesem Morgen würde ich nie vergessen: frisches Obst, Toast mit Butter und Erdbeermarmelade. Und was für mich äußerst ungewöhnlich war: Ich versuchte, auf den Kaffee zu verzichten. Zur Mittagszeit hielt ich mein Versprechen, erneut zu *Tonino's* zu gehen, wo ich ein Spaghettigericht mit Avocado, Olivenöl, Zitronensaft und Nüssen bestellte, und dann kaufte ich in einem Buchladen mehrere Bücher über vegetarische Küche und Ernährung. Zum Abendessen probierte ich ein erstes einfaches Rezept aus, das ich in einem der Bücher fand: ein Hummus aus Kichererbsen zu einem frischen Salat. Und all das nahm ich auf die Art zu mir, die Sibila mir gezeigt hatte; wenn ich aß, aß ich, um zu essen, in dem Wissen, dass ich niemals mehr Hunger auf Fleisch verspüren würde, da ich mich derzeit mit höchstem Genuss von Getreide, Gemüse und

Obst ernährte. Und das genügte meinem Körper vollkommen.

Ich lernte, Linsen mit Kräutern und Gewürzen anstatt mit Chorizo und Schinken zuzubereiten, und aß mehr Trockenfrüchte und vollwertiges Getreide. Ich entdeckte für mich Tofu, Seitan, Tahina und Erdnusscreme. Ich nahm weiterhin Eier und Milchprodukte zu mir, achtete jedoch immer darauf, dass sie aus ökologischer Quelle stammten, von Zuchtbetrieben, die auf das Wohl der Tiere bedacht waren. Sofort begann ich mich besser zu fühlen, hatte viel mehr Energie und vor allem ein ruhiges Gewissen. Von da an betrachtete ich die Tiere mit anderen Augen. Ich weiß nicht, wie ich es erklären soll. Es war, als gäbe es eine geheime Übereinkunft zwischen uns, eine Art »Komplizenschaft«.

Dabei war die Veränderung meiner Ernährung noch das Geringste. Irgendetwas hatte sich auch in meinem Inneren verändert. Es war etwas Kleines, Unauffälliges, von außen nicht zu Bemerkendes, das jedoch für mich eine riesige Umstellung bedeutete. Ich begann, die Realität jener Frau im Spiegel infrage zu stellen, die verkündete, dass ich dieses oder jenes nicht konnte. Ich begann, mehr zu spielen und weniger zu arbeiten. Allmählich glaubte ich, dem geschlossenen Raum entfliehen zu können. Mehr noch. Ich fühlte, dass ich bereits hinausgelangt war, dass ich Flügel hatte, dass ich fliegen konnte.

An jenem ersten Morgen meines neuen Lebens beschloss ich gleich nach dem Frühstück, mich zum Schreiben hinzusetzen. Im Grunde war es nicht einmal ein Beschluss, sondern ich verspürte den unwiderstehlichen Drang, meinen Laptop zu öffnen und gleich zu beginnen. Und als ich auf diese Weise auch diese andere lange Fastenzeit unterbrach, schrieb ich in einem Zug die erste Seite meiner Geschichte:

Beim ersten Mal erschien sie völlig unerwartet – in etwa so wie der Geist aus Aladins Wunderlampe. Natürlich ohne Rauchschwaden oder Harfenklänge und auch ohne, dass ich über irgendetwas hätte reiben müssen – höchstens über meine Stirn, weil ich es einfach nicht fassen konnte ...

Ich schrieb eine halbe Stunde lang. Mehr Zeit hatte ich nicht, bevor ich das Haus verlassen musste. Aber diese dreißig Minuten erlebte ich äußerst intensiv. Ich kostete sie voll aus. Während ich schrieb, schrieb ich, um zu schreiben. Als ich die erste Seite fertig hatte, stand ich wie elektrisiert vom Tisch auf. Was hatte ich getan? Dort, auf dem leuchtenden Bildschirm, waren die Worte schwarz auf weiß zu sehen. Ich konnte ihre Schwingungen regelrecht spüren. Ich atmete tief ein, um den Moment zu feiern. Dann schloss ich den Laptop wieder. Klack.

Am Nachmittag geschah im Büro von *Netscience* etwas Ungewöhnliches. Ich arbeitete gerade an einer Grafik, als auf einmal Wendy, die junge Frau vom Empfang, mit einer Packung Kekse hereinkam.

»Was ist das?«, fragte ich sie.

»Keine Ahnung. Das sind handgemachte Kekse von *Tonino's*. Die sind umwerfend! Jemand hat sie einfach so am Empfang hinterlassen, gleich neben der Kaffeemaschine.«

»Wer?«, fragte ich unschuldig.

»Das ist das Spannende daran: Niemand weiß es«, erklärte sie und zog dabei eine Augenbraue hoch. Der geheime Bote hat als einziges Indiz nur diese Nachricht hinterlassen.«

Sie zeigte mir einen Zettel, auf den ich selbst eine Stunde zuvor mit verstellter Schrift die folgenden Worte geschrieben hatte:

1. Eat.
2. Enjoy.
3. Share.

Was so viel bedeutete wie »Iss, genieße und teile«. Daneben war als eine Art Unterschrift ein Pfotenabdruck zu sehen, der wirklich niedlich geworden war.

»Sieht aus wie der Abdruck einer Katzenpfote, oder?«, meinte Wendy.

»Oder der eines Katers«, entgegnete ich kauend, nachdem ich mir ein Plätzchen genommen, es in den Mund geschoben und genießerisch zerbissen hatte.

»Wer auch immer es gewesen ist, hat hoffentlich nicht zum letzten Mal seine Schnauze in diese Räumlichkeiten gesteckt.«

Etwas Ähnliches hatte ich mir zuletzt als Betreuerin während einer der Campingfreizeiten meiner Studentenzeit einfallen lassen. Doch die Reaktion, die dieses kleine köstliche Manöver bei den britischen Consultants auslöste, war durchaus mit der der zehnjährigen spanischen Kinder zu vergleichen: Überraschung, Neugier, komplizenhaftes Gelächter. Womit der Mythos von *The Cat* geboren war.

Von den drei Millionen Menschen, die sich unter der Erde täglich durch die Tunnel des Londoner U-Bahn-Systems schoben, fiel niemandem auf, dass von diesem Tag an eine der regelmäßigen Mitfahrerinnen fehlte. Und an der Oberfläche beachtete man genauso wenig das plötzliche Auftauchen eines funkelnagelneuen Fahrrads in goldfarbenen und rötlichen Farbtönen, das mit beachtlicher Geschwindigkeit wie ein bunter Schmetterling durch die City flog, am Fluss entlang, über die Blackfriars Bridge bis nach Wandsworth in die Broomhill Road. Doch für die gerade wiederauferstandene Radfahrerin, ein Mädchen von beinah vierzig Jahren, das jeden Tritt in die Pedale aufs Höchste genoss, war es ein Ereignis, das an Glanz und Bedeutung die königliche Hochzeit von Prinz

William überstrahlte, eine sportliche Leistung, die mehr wog als jeder Wettbewerb bei den Olympischen Spielen 2012, ein bedeutenderer Sieg als der von Lord Nelson in Waterloo.

Eine wirkliche Überraschung erlebte an jenem Tag meine Nachbarin Ivana Uzelac. Irgendwann bemerkte sie wohl, dass jemand einen Briefumschlag unter der Tür hindurchgeschoben hatte. Als sie ihn öffnete, fand sie eine handbeschriebene Karte darin, auf der stand:

Liebe Mrs. Uzelac,
    ich bin Ihre Nachbarin von nebenan, Sara. Ich bin Spanierin, jedoch in London geboren. Ich bin neununddreißig Jahre alt und Schriftstellerin, auch wenn die Welt das noch nicht weiß. Ich lebe hier mit meiner Katze Sibila, die Sie, glaube ich, schon kennengelernt haben. Sie hat grüne Augen und ein goldfarbenes Fell.
    Hiermit möchte ich mich für alle Unannehmlichkeiten, die ich durch mein zu lautes Verhalten verursacht habe, entschuldigen. Bitte sagen Sie mir, wenn ich etwas für Sie tun kann.
    Herzliche Grüße
    Sara

Nach einer Weile, während der ich ein paar Dehnübungen auf meiner Matte machte, hörte ich, dass die Tür der Nachbarwohnung geöffnet wurde, und gleich darauf entdeckte ich die Ecke eines Umschlags, die unter meiner Tür hervorlugte. Ich ging hinüber und zog den Umschlag hervor. Er war klein und aus cremefarbenem Papier. Darin war ein mehrfach gefaltetes Blatt, auf das ein paar Worte geschrieben waren. In einem etwas eigentümlichen Englisch, dennoch war es der schönste Brief, den ich je erhalten hatte. Mit folgendem Inhalt:

Liebe Sara,
　vielen Dank für Ihren Brief. Entschuldigung, wenn ich manchmal unfreundlich bin. Dafür bitte ich Gott und die Jungfrau um Vergebung. Ich hatte Unfall. Ich leide Hyperakusis. Ertrage keinen Lärm. Alle Geräusche sind für mich zu laut. Ich bin wütend und kann es nicht kontrollieren.
　Der Unfall hat mein Gesicht verbrannt. Ich bin entstellt und gehe selten aus dem Haus.
　Auch ich schreibe, aber bin Kalligraphin.
　Ihre Katze ist sehr weise.
　Seien Sie gesegnet
　Ivana

Als ich den Brief gelesen hatte, schämte ich mich für meinen falschen Eindruck von dieser Frau, für die Angst, die ich ihr bereitet hatte, für das absurde Bild, das ich mir von ihr gemacht hatte. Sibila hatte recht.

In diesem Fall hatte die Realität äußerst wenig mit meiner Art, sie zu sehen, gemein.

Auf einmal spürte ich, wie mein Herz sich weitete, denn ich hatte nicht nur Ivana hineingeschlossen, sondern dazu noch viele andere unbekannte Menschen, die ich nie wieder auf den ersten Blick verurteilen würde. Und es öffnete sich auch wieder für die Menschen, die mir im Grunde viel näherstanden, denen ich es jedoch lange Zeit verschlossen hatte.

»Ja?«

»Hallo, Álvaro.«

»Ah. Hallo, Schwesterherz. Ich gebe dir Papa.«

»Nein, nein ... warte! Ich möchte eigentlich mit dir reden.«

»Worum geht's?«

»Hör mal, Álvaro, ich möchte mich bei dir entschuldigen. Ich denke, dass ich mich in der letzten Zeit dir gegenüber nicht richtig verhalten habe. Wobei, wenn ich sage, in letzter Zeit ... na ja eigentlich schon ziemlich lange.«

Für eine Weile herrschte Schweigen.

»Bist du noch da?«

»Ja, Sara. Ich höre dir zu.«

»Du hast recht in einigen Dingen, die du gesagt hast. Du ... du hast dich all die Jahre über um Papa gekümmert und ihn unterstützt, während ich weit weg von zu Hause war, weit weg von allem, mit meinen eigenen Problemen befasst und immer beschäftigt ... Wir beide sind uns in vielen Punkten nicht einig, aber du warst immer da, um Entscheidungen zu treffen. Ich habe kein Recht, dich zu kritisieren.«

»Äh. Na ja ... nun übertreib mal nicht, Sara. Ich ... weiß, dass ich Mist gebaut habe. Ich hätte dir sagen müssen, dass wir eine Hypothek auf das Haus aufnehmen. Da habe ich mich falsch verhalten.«

»Gut. Dann sind wir uns, was das angeht, einig.« Ich freute mich, dass er das zugegeben hatte. »Da hast du echt einen Bock geschossen.«

»Kann man so sagen«, meinte Álvaro und musste lachen, »so wie damals, als ich an dem Abhang in Portugal bei Rosinante II die Handbremse gelöst habe.«

Ich hatte jenen Moment der Panik noch genau vor Augen, als das Wohnmobil immer schneller im Rückwärtsgang auf einen tiefen Abgrund zuraste. Alles im Inneren des Wagens zitterte und hüpfte, Landkarten, Plastikbecher und Dominosteine fielen auf den Boden, und meine Eltern, aus ihrer Siesta gerissen, stürzten schreiend und halb nackt aus ihrem Hochbett. In dem Moment wuchs ich als Zwölfjährige über mich hinaus und zog heldenhaft mit aller Kraft an dem Hebel der Handbremse, bis es mir gelang, die Höllenfahrt zu stoppen. Ein paar Meter weiter, und wir wären alle vier in die Tiefe gestürzt und hätten unser Leben verloren. Ich glaube, dass das der Ursprung meiner Höhenangst war.

»Ja, ungefähr so.« Ich lachte.

»Vielen Dank, dass du uns auch diesmal wieder gerettet hast, *hermanita* ...«

»Schon in Ordnung«, entgegnete ich, »was blieb mir anderes übrig.«

Dann erzählte mir Álvaro einiges über ihre Umzugspläne, wobei ich jedoch nur mit halbem Ohr zuhörte, weil mir gerade eine völlig absurde, grandiose, eines Don Quijote würdige Idee gekommen war.

»Sag mal, Álvaro, habt ihr sie eigentlich schon verkauft?«, unterbrach ich ihn eilig.

»Wen?«

»Na, Rosinante II.«

»Äh, nein. Es waren ein paar Leute da, die sie sich angeschaut haben, aber die Karosserie ist nicht im besten Zustand, und ich bin auch noch nicht dazu gekommen, sie innen richtig sauber zu machen. Mehr als 3000 Euro werden wir für die Gute wohl nicht mehr bekommen. Und wenn wir sie nicht bald loswerden, werden wir sie wohl zum Schrottplatz bringen müssen, denn in dem Viertel, wo wir hinziehen, gibt es keine Parkmöglichkeit.«

»Aber der Motor? Ist der wirklich noch so gut in Schuss?«

»Keine Ahnung, aber wenn du Papa fragst, ist der noch so gut wie neu. Ich versteh nichts von Motoren. Man müsste es ausprobieren.«

»Sollen wir es tun?«

»Was? Den Motor ausprobieren?«

»Sollen wir in Urlaub fahren?«

»Hä?«

»In die Picos. Nach Fuente Dé!« Ich bekam eine Gänsehaut, als ich es sagte.

»Meinst du wirklich?«

»Na klar. Nach dem Umzug. Ich habe mir eine Woche freigehalten, um den Jakobsweg zu gehen, aber das gefällt mir jetzt viel besser: die letzte Reise von Rosinante II!«

»Aber glaubst du, dass Papa noch …?«

»Es ist sein Traum. Er spricht seit Jahren davon. Und wir können uns am Steuer abwechseln. Du musst nur mit der Handbremse aufpassen!«

»He, he, sehr witzig!«

19

DIE LETZTE REISE VON ROSINANTE II

Zwei Wochen später landete ich mit meinem Koffer auf dem Madrider Flughafen, zum ersten Mal nach fast fünf Monaten ohne meine geliebte Katze. Ich hatte versucht, sie zu überzeugen, mitzukommen. Zu gern hätte ich sie bei dieser Reise dabeigehabt. Aber sie weigerte sich rundweg.

»Fliegen ist nur etwas für Vögel«, befand sie. »Ich bleibe schön hier auf meinem Territorium.«

Der Umzug in London war schon nicht leicht für mich gewesen, doch dieser zweite Umzug brach mir beinah das Herz. Im Auto, auf dem Weg vom Flughafen nach Mirasierra, erzählte mir mein Vater, dass er neben all den Möbeln, Einrichtungsgegenständen und sonstigen Dingen, von denen er sich hatte trennen müssen, auch gut die Hälfte seiner Bibliothek verkauft hatte, die einen großen Teil der Wände unseres Hauses einnahm. Luismi, ein Freund, der mit gebrauchten Büchern handelte, hatte sie ihm abgenommen.

»Und weißt du was?«, begann er, um mich und sich selbst aufzumuntern. »Es ist besser so. Ich habe die behalten, die mir wirklich etwas bedeuten, die Gedichtbände deiner Mutter zum Beispiel, Bücher mit Widmung und andere, die es wert sind, aufbewahrt zu werden. Mir bleibt eh nicht mehr genug Zeit, alles zu lesen. Inzwischen konzentriere ich mich auf die Klassiker. Shakespeare, Cervantes, Dante, Tolstoi, Platon ... viel mehr braucht man eigentlich nicht.«

»Ja, aber Luismi hätte dir schon etwas mehr als 500 Euro bezahlen können für all das, was er mitgenommen hat«, klagte Álvaro, während er in Herrera Oria die Ausfahrt nahm.

»Na ja, er muss sie ja auch erst mal verkauft kriegen«, erwiderte mein Vater. »Und du weißt ja, wie schwierig das im Moment ist. Könnte nicht schlimmer sein. Nur gut, dass ich mich mit diesen Dingen nicht mehr beschäftigen muss. Vom Geschäftsleben habe ich wirklich genug.«

Ich beglückwünschte meinen Vater, dass er sich dazu durchgerungen hatte, sich von seinen geliebten Büchern zu trennen, die er all die Jahre über gesammelt, sortiert, gehegt und gepflegt hatte. Doch als ich durch die Haustür trat und mit eigenen Augen die halb leeren staubigen Regale im Wohnzimmer, im Büro und in den Fluren erblickte, wurde mir schwer ums Herz. Noch schlimmer war es jedoch, dabei zuzusehen, wie am nächsten Tag die Möbelpacker kamen und in Windeseile alles zerlegten. Am liebsten hätte ich sie gestoppt und gefragt, was, zum Teufel, sie da mit der Welt, in der Álvaro und ich aufgewachsen waren, taten, als sie dunkle Schatten dort hinterließen, wo vorher Fotos und Bilder gehangen hatten, als sie das Geschirr einpackten, Teppiche zusammenrollten, Sofas auseinanderbauten und alles in Kisten in den riesigen Lastwagen luden, den sie vor dem Haus abgestellt hatten. Bei unserem letzten Rundgang durch die geplünderten, leeren Räume, in denen unsere Schritte seltsam laut widerhallten, und durch den Garten mit dem leeren Schwimmbad und dem kaputten Trampolin, hatten wir alle drei, ohne etwas sagen zu müssen, das Gefühl, hier auch den Geist meiner Mutter zurückzulassen.

Aber immerhin hatten wir ja noch Rosinante II. Wir begleiteten den Umzugswagen in unserem geliebten Wohnmobil, in das wir die letzten Kisten und Koffer geladen hatten und das in bester Form zu sein schien. In dem alten Vehikel stieg unsere Laune wieder. Als wir aus Mirasierra hinausfuhren, hinterließen wir einen bleibenden Eindruck, da mein Vater ein beeindruckendes Hupkonzert veranstaltete und wir alle unser Lebewohl durch die Wagenfenster hinausschrien.

»Eigentlich haben wir nie wirklich hierhergepasst«, meinte Papa und strich sich über den weißen Bart, als wir das Wohngebiet verließen. »Eure Mutter wollte unbedingt hier wohnen, weil die Häuser mit den Gärten in dieser Gegend sie an England erinnerten. Aber im Grunde leben hier nur Snobs!«

Ein paar Tage waren wir damit beschäftigt, in der neuen Wohnung die Möbel aufzubauen, auszupacken, alle möglichen Dinge zu regeln, sauber zu machen, bis alles für das neue Leben meines Vaters und meines Bruders bereit war. Als ich die beiden so bei der Arbeit zusammen sah, fiel mir zum ersten Mal auf, wie sehr sie sich ähnelten oder sich mit der Zeit immer ähnlicher wurden. Álvaro hatte inzwischen auch schon einen Bauchansatz. Er hatte zwar keinen Bart, trug aber mit fünfunddreißig Jahren immer noch einen Pferdeschwanz. Und mit zunehmendem Alter wurde er allmählich genauso phlegmatisch und schwerfällig wie mein Vater.

Ich nutzte meinen Aufenthalt in Madrid nebenbei auch dazu, mich nacheinander mit jeder meiner drei besten Freundinnen zu treffen, und anschließend verbrachten wir alle gemeinsam einen Abend zu Hause bei Vero, um beim Abendessen noch einmal über alles zu reden, was in den letzten Monaten geschehen war. Sie waren aufrichtig beeindruckt von mir, von dem Roman, den ich zu schreiben begonnen hatte, von meiner vegetarischen Ernährungsweise, von meinen Yoga- und Meditationsübungen und von meiner brieflichen Korrespondenz mit meiner Nachbarin Ivana. Vero machte sich ein wenig Sorgen, dass die Trennung von Joaquín meine geistige Stabilität angegriffen haben könnte, dabei hatte ich vorsichtshalber keinem von meiner samtpfotigen Lehrmeisterin erzählt. Das konnten sie dann später in meinem Roman lesen, wenn ich ihn jemals veröffentlichen sollte.

Schließlich, nachdem wir beim Notar den Hausverkauf unterschrieben hatten, machten mein Vater, mein Bruder und ich uns gemeinsam auf den Weg nach Fuente Dé. Wir begannen unsere Reise im Morgengrauen, nicht wirklich wegen der Verkehrssituation, sondern eher aus Tradition. Als wir mit der alten, heißgeliebten Rosinante II auf die Straße nach Burgos fuhren, Álvaro am Steuer, mein Vater neben ihm und ich dahinter, hatte ich das Gefühl, mich auf einer Zeitreise zu befinden.

Mein Bruder hatte in einem der Schränke des Wohnmobils jede Menge alte Musikkassetten gefunden, von denen man einige wunderbarerweise tatsächlich noch anhören konnte. So sangen wir unterwegs fröhlich einige Lieder mit, von José Luis Perales, Luis Eduardo Aute, Mina, George Brassens, den Beatles, Pink Floyd und sogar von den Machucambos.

Es waren ein paar wunderbare Tage, an denen ich für eine Weile alles vergessen konnte, während wir einige der mythischen Orte aufsuchten, an denen wir früher immer gewesen waren. Am ersten Tag machten wir genau wie damals Zwischenstation in León, wegen unseres Nachnamens, obwohl es keinen stichhaltigen Beweis dafür gab, dass unsere Familie aus dieser Stadt stammte. Wir aßen in einem Restaurant auf der eleganten Plaza Mayor und setzten dann unseren Weg beinah bis nach Asturien fort, um am Stausee Embalse de los Barrios de la Luna zu übernachten, mit Blick auf die lange Brücke über dem See, die wir etwa zwanzig Jahre zuvor zum ersten Mal überquert hatten.

Dann fuhren wir ein paar Tage an der asturischen Küste entlang und genossen es, an den wunderbaren Stränden zwischen Naves und Andrín, die meine Mutter so geliebt hatte, schwimmen zu gehen und in der Sonne zu liegen.

Jeden Tag erinnerte sich einer von uns an eine der vielen Anekdoten über unsere Reisen durch Spanien, Portugal, ganz Europa und sogar nach Nordafrika. Zum Beispiel als wir in einem marokkanischen Dorf zu einer Hochzeit eingeladen wurden und mein Vater zusammen mit den Frauen feierte, weil die Feier der Männer seiner Meinung nach viel langweiliger war. Oder als wir in Le Mans eine Panne hatten, ausgerechnet an dem Tag, als das 24-Stunden-Rennen stattfand, sodass es beinah unmöglich war, einen Mechaniker aufzutreiben, der Zeit hatte, sich mit unserer Rosinante zu befassen. Oder an einen Unfall in Italien, bei dem nichts Schlimmes passiert war, es aber zunächst den Eindruck machte, als hätte es mehrere Tote gegeben, bis sich herausstellte, dass das, was Blut zu sein schien, in Wirklichkeit Tomatensoße war, die jemand in einem Topf auf seinem Schoß transportiert hatte.

Schließlich kamen wir ins Gebirge, an Orten wie Panes und Potes vorbei und näherten uns allmählich unserem Ziel. Kurz vor Fuente Dé sprachen wir immer weniger und wurden immer nachdenklicher. Das letzte Stück des Weges über eine schmale Straße, die in Serpentinen einen Berg mit steilen Abhängen hinaufführte, legten wir schweigend zurück. Als wir schließlich in das Tal hineinfuhren und zu dem Campingplatz kamen, konnten wir feststellen, dass während draußen in der Welt die Twin Towers eingestürzt waren und das Internet seinen Siegeszug um die Welt angetreten hatte, im Herzen der Picos alles gleich geblieben war. Noch immer ragten die Felsen des Circo de Fuente Dé steil in die Höhe. Noch immer lag der Campingplatz zwischen dicht belaubten Bäumen. Alles war genau so, wie wir es in Erinnerung hatten.

Im Eingangsbereich hielten wir am Empfangshaus und stellten den Motor ab. Mein Vater strich ein paar Mal über das Armaturenbrett und sagte: »Bravo, Rosinante.«

Wir öffneten die Türen und stiegen, überwältigt von dem grandiosen Blick und der reinen Bergluft, aus dem Wohnmobil. Wir hatten unser Ziel erreicht.

Womit wir nicht gerechnet hatten, war, dass Rosinante II in diesem Moment endgültig den Geist aufgab. Sie blieb stur im Eingangsbereich des Campingplatzes stehen, und nachdem Rafa, der Eigentümer des Platzes, der ein guter Mechaniker war, sich eine Stunde lang mit dem Motor beschäftigt hatte, erklärte er diesen für tot. Da er den Wagen an sich jedoch gut gebrauchen und an Gäste vermieten konnte, gab er uns fünfhundert Euro dafür, womit wir unsere Rückreise mit Bus und Bahn finanzieren konnten. Vorerst schleppte er das Fahrzeug allerdings zu einem hübschen Platz im Schatten einiger Hecken ab, damit wir dort die drei Tage verbringen konnten, die uns noch blieben.

Tagsüber machten Álvaro und ich lange Wanderungen, während mein Vater auf dem Campingplatz blieb, um die Bücher, die er mitgebracht hatte, zu lesen und anschließend zu verkaufen. Ganz nebenbei versuchte er auch mich an den Mann zu bringen.

»Sara, ich hab jemanden für dich gefunden. Er ist aus Pamplona. Ein toller Typ, er hat Kundera gelesen. Ich hab ihm von dir erzählt.«

»Papa, bitte!«

»Übrigens sieht er ziemlich gut aus. Nicht ganz so gut wie dein Vater, aber gar nicht übel.«

»Ich bin nicht hier, um einen Mann aufzureißen!«

Wobei ich zugegebenermaßen durchaus ein Auge auf einen der anwesenden Bergsteiger geworfen hatte, vor allem, wenn dieser in Shorts und T-Shirt zum Waschbereich ging.

Was mich und meinen Bruder betraf, war es das erste Mal seit vielen Jahren, dass wir so viel Zeit allein miteinander verbrachten. Vielleicht sogar, seit wir das letzte Mal an diesem Ort gewesen waren. Jeden Tag wählten wir eine andere Wanderstrecke, und am letzten Tag stellte ich mich meiner Höhenangst. Wir fuhren mit der Seilbahn ins Hochgebirge hinauf, um dort zwischen den Bergwiesen, Gipfeln und Granitfelsen entlangzugehen.

Mein Vater hatte recht gehabt. Ich weiß nicht, ob es an dem Telefongespräch lag, das Álvaro und ich geführt hatten, oder an der sehnsüchtigen Erinnerung an die gemeinsamen Reisen in unserer Kindheit, jedenfalls war die Spannung, die normalerweise zwischen uns herrschte, verschwunden. Wenn wir auch nicht wirklich wussten, worüber wir reden sollten. Winzig in dieser atemberaubenden Umgebung zwischen den gigantischen Felsen, gingen wir schweigend einher, oder wir flüchteten uns in die Erinnerungen an die Vergangenheit und beschränkten uns darauf, uns nur über das Nötigste zu verständigen: in welche Richtung wir gehen und wann wir eine Rast einlegen wollten, die Feldflasche, das Fernglas …

Nachdem wir ein paar Stunden gewandert waren, kamen wir an eine Wegkreuzung, an der ein älterer Mann mit einem kleinen Lieferwagen Postkarten, Getränke und etwas zu essen verkaufte. Wir fragten ihn, wie weit es noch zur Seilbahn sei, und er meinte, dass wir in fünf Minuten da sein müssten.

»Wie spät ist es?«, fragte Álvaro.

Ich sah auf die Uhr und stellte fest, dass es erst halb acht war. Die letzte Seilbahn fuhr um acht.

»Wir haben noch zwanzig Minuten. Genießen wir noch ein bisschen die Aussicht?«

Wir traten ein paar Schritte näher an den Bergrand

heran, wo sich uns ein spektakulärer Blick über die Gipfel bot. Allerdings achtete ich darauf, nicht allzu nah an den Abgrund zu treten, denn ich würde nachher in der Seilbahn auf dem Weg nach unten noch genug gegen meine Höhenangst zu kämpfen haben. Wir stellten unsere Rucksäcke auf den Boden und ließen uns auf der Wiese nieder.

Nach ein paar Minuten fragte mich Álvaro: »Und, *hermanita*, wie geht es dir? Ich meine, nach dem, was Joaquín dir angetan hat.«

»Besser«, sagte ich, ohne den Blick von der bodenlosen Tiefe vor mir abzuwenden. »Inzwischen viel besser. Am Anfang war es furchtbar, es war einfach zu viel auf einmal. Und das Schlimmste war, dem Menschen, der mir am meisten bedeutet hatte, nicht mehr vertrauen zu können. Damit hatte ich den Glauben an alles und jeden verloren.«

»Verständlich«, meinte er, und nach längerem Schweigen fügte er hinzu: »Hör mal ... es tut mir leid, dass ich so taktlos reagiert habe, als du es mir erzählt hast. Ich war damals unheimlich angespannt wegen all dem, was mit der Buchhandlung passiert ist, und ...«

»Ich weiß, Álvaro, ist schon in Ordnung.« Ich sah ihm in die Augen. »Aber danke, dass du es mir gesagt hast.«

Für eine Weile wandten wir uns wieder den Farben des Sonnenuntergangs zu. Die Sonne war bereits hinter den Bergen verschwunden, und ihr Licht tauchte ein paar kleine Wolken in ein glühendes Rotorange.

»Und du?«, fragte ich ihn. »Wie geht es dir?«

Álvaro schlang die Arme um die Knie und seufzte.

»Ehrlich gesagt, nicht so toll. Ich weiß nicht so richtig, was ich mit meinem Leben anfangen soll.«

»Willkommen im Club«, sagte ich.

»Komm, Schwesterherz, du hast doch schon immer gewusst, was zu tun ist. Die Katastrophe in der Familie bin ich.«

»Glaub das nicht. Auch mein Leben war in den letzten Jahren ziemlich daneben, und das nicht wegen Joaquín, sondern meinetwegen. Ich war ständig in Hektik, habe meine Beziehung vernachlässigt, und im Job ist es auch nicht optimal gelaufen. Irgendwie bin ich vom richtigen Weg abgekommen. Und jetzt versuche ich gerade, mich neu zu orientieren.«

»Also wenn du glaubst, dass du in die falsche Richtung galoppiert bist, was soll ich denn dann sagen? Ich habe noch nie etwas richtig gemacht, keine Berufsausbildung abgeschlossen, und jetzt, ohne die Buchhandlung, bin ich arbeitslos. Ich habe keine Ahnung, was ich machen soll. Wenn du irgendeine Idee hast … Ich bin für jeden Rat dankbar.«

Was sollte ich ihm raten? Was würde Sibila ihm raten? Ich konnte mich nicht erinnern, wann mein Bruder mich das letzte Mal um Rat gefragt hatte.

»Weißt du, Álvaro, ich habe eine Freundin, die sehr weise ist, und die sagt immer, dass es das Beste ist, die Vergangenheit und die Zukunft erst mal zu vergessen und sich auf das zu konzentrieren, was im Moment wirklich zählt, und das ist die Gegenwart. Und ich glaube, dass wir beide gerade jetzt, hier in Fuente Dé, endlich mal genau das Richtige tun.«

»Deine weise Freundin. Das gefällt mir. Vielleicht lerne ich sie ja mal kennen. Ist sie hübsch?«

»Na ja, auf ihre Art schon ... sagen wir, sie ist ein ziemlich sinnlicher Typ. Aber vergiss es, du passt nicht in ihr Beuteschema.«

»Schon klar, sie ist sicher zu weise für mich. Aber um wieder auf die Gegenwart zurückzukommen: Wie spät ist es?«

»Halb acht.«

»Ah, gut«, meinte er.

Plötzlich fiel uns beiden das Herz in die Hose.

»Halb acht? Das kann doch nicht sein!« Álvaro sprang auf.

»Oh Gott!«, rief ich aus, sprang ebenfalls auf die Füße und griff nach meinem Rucksack. »Gerade jetzt muss meine Uhr stehen geblieben sein!«

So schnell wir konnten, rannten wir querfeldein unter dem immer dunkler werdenden Himmel in Richtung Seilbahnstation. Doch als wir dort ankamen, war sie bereits geschlossen, niemand war mehr da, alles war totenstill. Etwa eine Minute lang starrten wir wie versteinert auf die dicken Metallseile, die ins Tal hinabführten und im Wind leise vor sich hin surrten.

»Was machen wir denn jetzt?«, fragte ich schließlich. »Wir können doch nicht die ganze Nacht hier oben bleiben!«

In kurzer Zeit war die Temperatur rapide gesunken. Außer unseren Regencapes hatten wir nichts, um uns vor der Kälte zu schützen.

»Du hast tatsächlich recht, Schwesterherz. Auch du bist eine Katastrophe. Wie kann deine Uhr denn gerade jetzt stehen bleiben?«

»Und was sollen wir nun tun?«

»Mein Handy hat hier kein Netz. Wenn wir nicht zufällig auf ein paar Bergsteiger mit Zelten stoßen ... Warte! Der Typ mit den Postkarten! Vielleicht ist er noch da.«

Wir legten einen zweiten verzweifelten Spurt in Richtung der Kreuzung hin, wo wir den Verkaufsstand gesehen hatten, in der Angst, auch dort keine Menschenseele mehr vorzufinden.

Doch als wir die Spitze des Hügels erreicht hatten, sahen wir, dass der Lieferwagen glücklicherweise noch da stand. Die Ware war bereits mit einer blauen Plane zugedeckt.

»Hallo!«, schrien wir und winkten mit den Armen. »Warten Sie!«

Der Mann hörte uns und stieg aus dem Wagen, der im Grunde nicht mehr war als ein motorisiertes Dreirad mit einer kleinen Ladefläche. Im Näherkommen sahen wir, dass noch eine zweite Person im Führerhaus saß, offenbar seine Frau. Als wir ihm unsere Lage geschildert hatten, meinte er: »Ich würde euch gern helfen, aber wie? Hier vorn können nur zwei Personen sitzen, und hinten ist alles voll ...«

Wir gingen um den Wagen herum und stellten

fest, dass tatsächlich alles dicht vollgepackt war. Für uns war kein Platz mehr.

»Es muss doch eine Möglichkeit geben«, sagte Álvaro. »Warten Sie! Was ist, wenn wir uns hier oben hinsetzen?«

Álvaro kletterte auf den Wagen und ließ sich oberhalb der niedrigen Metalltür hinten an der Ladefläche nieder; er lehnte sich gegen die Kästen mit den Erfrischungsgetränken und den Süßigkeiten und hielt sich an der Plane und der Tür fest, während er sich mit dem Fuß auf einem schmalen Trittbrett abstützte. Der Mann sah ihn wortlos mit skeptischem Blick an.

»Álvaro, bist du verrückt?«, fragte ich ihn.

Auf keinen Fall würde ich da raufsteigen. Ich sah bereits lebhaft vor mir, wie diese Konservendose auf Rädern zwischen gähnenden Abgründen mit aufheulendem Motor über einen schmalen Ziegenpfad den Berg hinunterfuhr, während wir hintendrauf auf und ab hüpften, ständig in der Gefahr, in die Tiefe zu stürzen. Allein bei der Vorstellung wurde mir schon schwindelig.

»Keine Sorge, Sara«, meinte Álvaro und versuchte zu demonstrieren, wie gut man auf diesem Notsitz mitfahren konnte. »Das geht prima.«

»Da setze ich mich nicht hin. Nie im Leben!«

»Ganz ruhig, Sara. Komm, steig auf!«

»Nein!«

»Los, komm schon! Wenn wir dann feststellen, dass es zu gefährlich ist, steigen wir wieder ab. Aber lass es uns versuchen.«

»Es ist eure Entscheidung«, sagte der Mann und setzte sich ans Steuer, »ich muss jetzt jedenfalls los.«

Die Panik lähmte mein Hirn, was mir durchaus bewusst war. Ich konnte beinah hören, wie Sibila zu mir sagte, dass ich nicht vergessen sollte zu atmen. Also versuchte ich, mich auf meinen erschöpften Körper zu besinnen, auf meine schmerzenden Füße, auf die Erde darunter, auf den indogoblauen Himmel, die ersten Sterne, die Schatten der Gipfel, die kalte Luft, meine Aufgewühltheit, meine Angst, die Gegenwart.

Ich sah meinen Bruder an, blickte direkt in seine Augen. Und ich verstand, dass er mich in diesem Moment, jetzt und hier, bat, ihm zu vertrauen, sein Urteil zu respektieren, ihm die Möglichkeit zu geben zu beweisen, dass er seine große Schwester aus der Katastrophe retten konnte, die sie herbeigeführt hatte. Er forderte dies von mir, weil die Berge es erforderten. Weil der Moment es erforderte.

»Genau so«, sagte er und gab mir seine Hand.

Ich suchte mir die beste Position und bemühte mich, meine Panik unter Kontrolle zu halten, während ich mich an der Plastikplane und der kalten Metalltür festklammerte.

Der Motor ging an, und wir setzten uns in Bewegung. Alles wackelte wie bei einem Erdbeben. Mein Herz raste, und ich fürchtete schon jetzt, vor Angst zu sterben. Stürz nicht in den Abgrund, bevor du fällst, hätte Sibila gesagt. Stürz nicht in den Abgrund, bevor du fällst, wiederholte ich. Stürz nicht …

»*Ayer se fueee* …«, schrie Álvaro auf einmal über

den Lärm des Motors, der über die Steine holpernden Räder und der unter der Plane aneinanderrumpelnden Ware hinweg: *Gestern brach er auf?* Was sollte das?

»Was?«, schrie ich zurück, da ich dachte, nicht richtig verstanden zu haben.

»*Tomó sus cosas y se puso a navegaar*« – *Er nahm seine Sachen und machte sich auf die Reise* ...

Mein Bruder sang. Es war ein Lied von José Luis Perales, eines von denen, die wir auf unseren Reisen immer gesungen hatten.

»*Una camisa, un pantalóon vaquero, y una canción. Dónde iráaa? Dónde irá?*« – *Ein Hemd, eine Jeans und ein Lied. Wohin wird er gehn? Wohin wird er gehen?*

Er sang mit der Ruhe eines Seemannes, der sich während eines Unwetters an den Mast seines Schiffs klammert. Ein irrer Typ, mein Bruder! Er brachte mich tatsächlich zum Lachen, und schließlich stimmte ich ein.

»*Se despidióo, y decidió batirse en duelo con el mar, y recorrer el mundo en su velero, y navegaar, nai, na, na ... navegaar!*« – *Er nahm Abschied und beschloss, sich dem Kampf gegen das Meer zu stellen und mit seinem Boot die Erde zu umsegeln.*

Am Ende stellte sich wie so oft heraus, dass meine Angst unbegründet gewesen war. Der Weg ins Tal hinunter führte nicht an steilen Abgründen vorbei, wie ich es mir vorgestellt hatte, sondern in einer größeren Schleife über sanfte Hügel, zwischen Bergwiesen hindurch, auf denen Kühe grasten, mit Blick auf das noch schwach im letzten Tageslicht leuchtende Meer.

Trotzdem waren wir, als wir am Campingplatz ankamen, völlig erschöpft, uns war schlecht von der Ruckelei, unsere Arme waren steif, weil wir uns die ganze Zeit auf dem Wagen festgeklammert hatten, und unsere Hinterteile vom vielen Auf- und Abhüpfen leicht deformiert.

Als unser Vater, der friedlich auf einem Klappstuhl saß und Proust las, uns kommen sah, brach er in schallendes Gelächter aus.

»Wo kommt ihr denn her? Ihr seht aus, als wärt ihr in einen Sandsturm gekommen!«

Als ich mir Álvaro im Licht der Campinglampen ansah, wurde mir klar, was mein Vater meinte. Mein Bruder war von oben bis unten mit Sand und Staub bedeckt, von den Stiefeln bis hinauf zu seiner Brille und dem zerzausten Haar. Ich prustete los, zumal ich sehr wahrscheinlich genauso aussah. Wir bekamen einen derartigen Lachkrampf, dass wir in unserer Erschöpfung und der Erleichterung, dieses Abenteuer heil überstanden zu haben, einfach auf den Boden sanken, was Sibila wahrscheinlich mit einem interessierten Blick quittiert hätte, während mein Vater uns nur verständnislos ansah.

An jenem Abend, nach einer herrlichen Dusche und einem fröhlichen Abendessen, bei dem wir die Ereignisse des Tages noch einmal Revue passieren ließen, machte ich einen Spaziergang außerhalb des erleuchteten Campingbereichs. Ich kam zu einer Lichtung, von der aus der ganze sternenübersäte Himmel zu sehen war, wobei die Milchstraße wie ein leuchtender Wasserstrahl dem Schatten der Berge entsprang. Ich hatte das Gefühl, irgendwo mitten im Universum zu schweben. Was im Grunde ja auch wirklich so war, woran Sibila mich in diesem Moment sicherlich erinnerte hätte, wäre sie denn bei mir gewesen.

Eine Weile blickte ich durch das Fenster des Himmels in die Unendlichkeit. Dabei musste ich an meine Mutter denken. Wie sehr sie solche Nächte geliebt hatte! »Genießt es, meine Küken!«, hatte sie dann immer zu uns gesagt. »Lasst eure Augen sich an all der Schönheit sattsehen.« Währenddessen hatte sie, wie eine Königin auf ihrem Liegestuhl thronend, eine Zigarette geraucht. Oder sie hatte ein Buch mit Gedichten aus dem Wohnmobil geholt und uns daraus vorgelesen.

In Wirklichkeit war unsere ganze Reise dem Gedenken an meine Mutter gewidmet. Es war ihre Liebe zur Natur gewesen, mit der es ihr gelungen war, meinen Vater aus der Stadt loszueisen, ihr Drang nach Freiheit, der sie dazu gebracht hatte, die beiden Rosinantes zu kaufen, und ihre Intuition, mit der sie stets entschieden hatte, wo wir Station machen würden, was unser Ziel sein würde, wann wir anhalten und wann wir wieder weiterfahren würden. Diese letzte Fahrt unseres alten Wohnmobils war eine Pilgerreise entlang einer ihrer bevorzugten Strecken, hin zu ihrem Lieblingsort. Eine Hommage.

Dabei hatten wir all die Zeit über kaum über sie gesprochen. Wenn in einem Gespräch die Rede auf sie kam oder uns irgendetwas besonders an sie erinnerte, verstummten wir. Doch jetzt, in der Stille der Nacht, suchte ich sie zwischen den Sternen.

Dabei fiel mir ein Gespräch ein, das ich eine Woche zuvor mit Sibila geführt hatte. Es war in der ersten heißen Londoner Sommernacht gewesen, und die Katze hatte mich auf ihr Dach vor meinem Dachfenster eingeladen. Natürlich traute ich mich nicht ganz nach draußen, doch ich hatte den Kopf durchs Fenster gestreckt und mich mit den Ellenbogen auf die Dachziegel gestützt, um die Lichter der Stadt und den Himmel darüber sehen zu können. Irgendwann im Laufe unseres Gesprächs erwähnte Sibila die Tatsache, dass die alten Ägypter ihre Toten manchmal zusammen mit ihren Katzen bestattet hatten, was mich auf den Gedanken brachte, Sibila zu fragen, wie die Katzen über das Leben nach dem Tod dachten.

»Mmh«, machte die Katze. »Ihr Menschen verkompliziert dieses Thema. Die Realität ist viel einfacher. Doch gleichzeitig reichen die Worte aller menschlichen Sprachen nicht aus, um es zu erklären.«

»Das heißt, Katzen halten den Glauben an das Paradies, die Wiedergeburt oder an Geisterwesen für falsch ...?«

»Das Problem ist nicht der Glaube der Menschen an das Leben nach dem Tod, sondern euer Glaube an den Tod.«

»Wieso das? Wie könnte ich nicht an den Tod glauben? Alles stirbt irgendwann. Jede Pflanze, jede Katze, jeder Mensch. Niemand weilt für ewig unter den Lebenden. Meine Mutter hat einmal gelebt, und ist nun nicht mehr da.«

»Natürlich ist deine Mutter noch da. Im Universum gibt es nichts, was einfach so verschwindet, genau wie es nichts gibt, was einfach so auftaucht. Das, was da ist, bleibt. Aber man muss wissen, dass es sich verändert. Diese riesige Stadt war vor gar nicht allzu langer Zeit ein kleines Dorf, und davor wuchsen hier nur Bäume. Irgendwann wird die Stadt, so wie sie jetzt ist, hier nicht mehr sein. Dennoch wird die Materie der Gebäude, Brücken und Straßen weiterhin existieren, genauso wie sie bereits vorhanden war, bevor die Römer die ersten Steine herschafften.«

Sibila stieg zum Dachfirst hinauf, und ich sah, wie sich ihre schwarze Silhouette vor dem Sternenhimmel abhob. Von dort fuhr sie mit ihrer Rede fort: »Auch wenn es nicht so scheint, rast unser Planet mit hoher Geschwindigkeit durch den Weltraum, und in jedem Staubkorn sind ganze Universen enthalten, die sich in Bewegung befinden. Immer und ohne Ausnahme verändert sich alles, bewegt sich, dreht sich, tanzt. Was auf eine gewisse Art durchaus irgendwie magisch ist. Aus einem Stern wird ein Planet geboren. Aus dem Planeten die Erde und das Wasser. Aus der Erde und dem Wasser geht ein Baum hervor, der Flug eines Vogels und das Heulen eines Wolfs. Doch dann kommen die Menschen mit ihrer Wissenschaft und verkünden, dass der Stern und der Planet tot sind, dass die Erde leblos und die Materie geistlos ist. Was soll das heißen? Die Erde, aus der die Frucht erwächst, die nun ein Teil von dir ist, ist sie nicht bereits lebendig? Wenn dein Körper eines Tages zerfällt und wieder in den Wind, den Fluss und die Erde zurückkehrt, um sich dann in eine Blume, einen Käfer oder, wenn du Glück hast, in eine Katze zu verwandeln, bleibt er dann nicht am Leben?«

Sibila kam vom Dachfirst wieder zu mir herunter.

»Aber letztendlich lohnt es sich nicht, großartig darüber nachzudenken«, meinte sie abschließend. »Atme, fühle, sieh genau hin. Alles, was du wissen musst, ist hier.«

In jener Londoner Sommernacht erschloss sich mir nicht die wirkliche Bedeutung dessen, was Sibila mir sagen wollte. Aber vielleicht hatte sie es genau so gewollt. Vielleicht hatte sie ihre Worte so gewählt, dass ich mich hier in Fuente Dé an sie erinnern würde, umgeben von Bäumen, Vögeln und Wölfen, unter diesem Himmel, der mir auf einen Blick das halbe Universum zeigte.

Ich atmete tief ein. Ich ließ zu, dass das vielfarbige Licht der Sterne nach seiner langen Reise durch den Weltraum auf mich niederging. Und ich spürte, dass meine Mutter bei mir war. Im Licht und in der Dunkelheit. In der Luft und in der Erde. In der Weisheit einer Katze. In mir.

Auf einmal überkam mich der dringende Wunsch, zum Campingplatz zurückzukehren. Mir war eine Idee gekommen. In einem Anflug von Romantik. Oder einfach aus dem Wunsch heraus, den meine Mutter in mir zum Ausdruck bringen wollte.

Mein Vater und Álvaro hatten sich unter dem Sternenhimmel gerade jeder ein Glas Whiskey eingeschenkt.

»Ich hab euch erwischt!«, sagte ich.

»Willst du auch einen?«, fragte Álvaro.

»Ja, aber ich entscheide, worauf wir anstoßen.«

Sie servierten mir den Whisky in einem roten Plastikkelch aus den Achtzigerjahren, während ich in meinem Smartphone nach den magischen Worten suchte, die meine Mutter uns mit ihrer tiefen Stimme vorgetragen und die uns alle so oft verzaubert hatten. Ich richtete mich auf, wie sie es immer getan hatte, und stellte mir mich mit einer Zigarette in der Hand vor. Dann las ich mit lauter Stimme von dem erleuchteten Display ab:

Los álamos de plata
se inclinan sobre el agua,
ellos todo lo saben,
pero nunca hablarán.

Die Silberpappeln,
die sich über das Wasser beugen,
sie wissen alles,
doch brechen sie ihr Schweigen nie.

Diese ersten Worte reichten aus, dass meinem Vater und Álvaro Tränen in die Augen traten. Dieses Gedicht von Federico García Lorca hatte meine Mutter uns vor Jahren an genau diesem Ort vorgelesen. Mit diesen Versen beschwor ich ihre Gegenwart herauf, und in diesem Moment fügte sich das Geheimnis ihres Todes und ihres Lebens zu all dem hinzu, was die Pappeln verschwiegen. Meine Stimme brach. Doch der nächste Gedanke des Dichters gab mir die Kraft fortzufahren:

El lirio de la fuente
no grita su tristeza.
¡Todo es más digno que la Humanidad!

So wie die Lilie an der Quelle
ihre Trauer nicht hinausschreit,
um die Würde zu wahren,
wie es die Menschheit nicht versteht!

Mir wurde bewusst, dass ich das Gedicht bis zu diesem Augenblick nicht verstanden hatte, sondern erst jetzt, nachdem ich verloren und gelitten hatte, geklagt und geweint, nachdem ich mich der Weisheit und der Würde der Natur in Gestalt einer Katze gestellt hatte, die nun zweifellos sehr stolz auf mich gewesen wäre, verstand ich seinen Sinn.

La ciencia del silencio frente al cielo estrellado,
la posee la flor y el insecto no más.
La ciencia de los cantos por los cantos la tienen
los bosques rumorosos
y las aguas del mar.
El silencio profundo de la vida en la tierra,

nos lo enseña la rosa
abierta en el rosal.

Das Wissen um die Stille im Angesicht der Sterne
ist nur der Blume und dem Insekt gegeben.
Das Wissen von den Liedern um der Lieder willen
nur den rauschenden Wäldern
und dem Wasser des Meeres.
So wie die Rose uns
die tiefe Stille des Lebens auf Erden lehrt,
wenn sie erblüht.

Dafür waren wir nach Fuente Dé gekommen. Wir alle drei wussten es. Doch bis jetzt hatte keiner von uns es gewagt, es anzusprechen oder es sich auch nur vorzustellen.

¡Hay que dar el perfume
que encierran nuestras almas!
Hay que ser todo cantos,
todo luz y bondad.
¡Hay que abrirse del todo
frente a la noche negra,
para que nos llenemos de rocío inmortal!

Lasst den Duft entströmen,
der in unseren Seelen gefangen ist!
Lasst uns Lieder, Licht und Güte sein.
Begegnen wir allem in vollkommener Offenheit,

*im Angesicht der schwarzen Nacht,
damit der unsterbliche Tau uns erfüllt!*

Ich spürte, dass es endlich so weit war. Dass ich die Kunst zu lieben lernte, von der Sibila gesprochen hatte. Ich begann zu wachsen, erwachsen zu werden, den richtigen Weg zu finden, ich selbst zu werden, zu blühen.

*¡Hay que acostar al cuerpo
dentro del alma inquieta!
Hay que cegar los ojos con luz de más allá,
a la sombra del pecho,
y arrancar las estrellas que nos puso Satán.
¡Hay que ser como el árbol
que siempre está rezando,
como el agua del cauce
fija en la eternidad!*

*Lasst uns den Körper
in der unruhigen Seele
zur Ruhe betten!
Die Augen geblendet von jenseitigem Licht,
im Schatten der Brust.
Und die Sterne herausreißen,
die Satan erschuf.
Lasst uns wie der Baum sein,
immerfort im Gebet,*

*wie das Wasser im Flussbett,
unerschütterlich bis in alle Ewigkeit.*

Mein Vater nahm meine Hand zwischen seine Hände und begann sie sanft zu streicheln.

*¡Hay que arañarse el alma con garras de tristeza
para que entren las llamas
el horizonte astral!*

*Lasst uns mit den Krallen der Trauer
die Seele aufschlitzen,
damit die Flammen des sternenübersäten Horizonts
dort eindringen können!*

Meine Mutter war bei mir. Und ich wusste, dass sie mich niemals verlassen würde. Weil es nicht möglich war. Sie war hier, bei mir, jetzt und für immer, wie die Sterne, die, ob sie zu sehen waren oder nicht, weiterhin um unsere Leben kreisten.

*Brotaría en la sombra del amor carcomido
una fuente de aurora
tranquila y maternal.
Desaparecerían ciudades en el viento.
Y a Dios en una nube
veríamos pasar.*

*Denn dann wird im Schatten der verwitterten Liebe
ein Quell der Morgenröte entspringen,*

ruhig und mütterlich.
Die Städte wären im Winde verweht.
Und ein Gott zöge in einer Wolke
vor unseren Augen vorüber.

Ich legte das Handy auf den Tisch zu den drei Gläsern, die keiner von uns angerührt hatte. Mein Vater stand auf und umarmte mich, und auch Álvaro trat zu uns, um uns beide zu umarmen, dort, unter den Sternen, die seit dem Anbeginn der Zeit ihre Kreise zogen, um diesen Moment zu würdigen.

20

WIE EINE KATZE

Als ich nach London zurückkehrte, nahm ich das Wunder von Fuente Dé mit. Jeden Morgen nach dem Weckerklingeln setzte ich mich zwanzig Minuten lang hin, um bewusst zu atmen und über die Atmung den gegenwärtigen Moment zu erleben. Inzwischen wusste ich, dass diese Übung mehr war, viel mehr, als eine mentale Reinigung. Es bedeutete, mit der Welt in Kontakt zu treten, mit jener Welt, die ich unter dem Sternenhimmel in den Picos de Europa erfahren hatte. Die ewige, sich verändernde Welt, die sich nicht in menschliche Worte fassen ließ. Die wunderbare Realität meiner physischen Existenz, meine spirituelle Materie, meine ursprüngliche Energie. Die Realität meiner winzigen Probleme und Hoffnungen gegenüber dem riesigen Universum. Je mehr Tage vergingen, desto wacher, würdiger, freier, mächtiger, weiser und schöner fühlte ich mich. Ich fühlte mich – kurz gesagt – wie eine Katze.

Dies war die Sara, die wie eine Katze in aller Ruhe ihr Frühstück einnahm und sich dann genüsslich zurechtmachte, um anschließend eine halbe Stunde lang zu schreiben. Die Sara, die spielte, Schriftstellerin zu sein, und auf diese Weise tatsächlich eine Schriftstellerin war, jenseits dessen, was sie tat, um ihre Rechnungen zu bezahlen. Die Sara, die dann mit dem Fahrrad an der Themse entlang durch die Stadt fuhr und die Vitalität ihres sich bewegenden Körpers spürte.

In der Agentur ließ *The Cat* inzwischen beinah täglich von sich hören. Während Sara, das unschuldige Alter Ego jenes mysteriösen und immer populäreren Wesens alle mit ihrer guten Laune, ihrer kreativen Arbeit und ihrer führenden Rolle in den Konferenzen überraschte – ganz abgesehen von ihrer neuen frechen halblangen Frisur mit den rötlichen Farbreflexen. Auf den Tafeln in den Konferenzräumen standen auf einmal kryptische Botschaften (Vergiss nicht zu atmen) und lustige Zitate neben drolligen Zeichnungen, alles mit der Katzenpfote signiert. Eines Tages fand Lise Andersen, eine sehr kompetente, aber auch äußerst ernste schwedische Key-Account-Managerin, einen wunderbaren Blumenstrauß auf ihrem Schreibtisch vor. Niemals zuvor hatte man sie derart glücklich lächeln sehen. Zu dem Blumenstrauß gab es ein mit der Katzenpfote unterschriebenes Blatt Papier, auf dem zu lesen stand:

1. Erfreu Dich eine Viertelstunde lang an diesen Blumen.
2. Gib sie dann an jemanden weiter, bei dem Du Dich bedanken oder den Du zu etwas beglückwünschen möchtest, oder einfach so, um sein Gesicht zu sehen!
3. Bitte ihn darum, anschließend das Gleiche zu tun.

Im Laufe des Tages wanderte der Blumenstrauß durch sämtliche Büros, einschließlich der Finanzabteilung, und sorgte für ein großes Hallo, rührende Momente, aber auch lustige Szenen, zum Beispiel als Grey ihn auf den Knien dem Vertriebsleiter überreichte, mit dem er normalerweise ständig im Streit lag.

Zu anderen Gelegenheiten meldete *The Cat* sich per E-Mail, immer unter der Adresse *thecat@office. com*. Zum Beispiel um mit der folgenden Nachricht eine scheinbar zufällig zusammengestellte Gruppe an Leuten in der Mittagspause zum Picknick in den Park zu bestellen:

Heute scheint die Sonne – eine perfekte Gelegenheit, um mit ein paar netten Leuten zusammen das Leben zu feiern. Daher finde Dich bitte um 12.30 Uhr am Eingang ein. Wenn Du aus irgendeinem Grund dieser Einladung nicht folgen kannst, schenke sie jemandem in Deiner direkten Umgebung.

Tatsächlich war auch Sara León unter den beim ersten Mal Eingeladenen. Und während wir im Park an der Saint Paul's Cathedral unsere Sandwiches genossen, amüsierte ich mich dabei, mit den anderen über die geheimnisvolle Katze zu debattieren: Wer steckte dahinter? Warum hatte sie gerade uns zu diesem Picknick ausgewählt? Was würde sie als Nächstes tun? Was hielt Anne Wolfson von all dem?

Neben den Picknick-Aktionen bat *The Cat* Leute zu kurzen »Katzenyoga-Übungen« in den Mehrzweckraum. Oder zu einem Papierfliegerwettbewerb in den Flur. Oder zum gemeinsamen Applaus für eine besonders gelungene Arbeit. Und das Beste war, dass an *thecat@office.com* E-Mails geschickt wurden, die Vorschläge für ähnliche Aktionen enthielten. Grey, der bei all dem wieder etwas von seinem früheren Elan zurückerlangte, brachte höchstpersönlich einige Vorschläge ein, darunter einen »Piratentag«, an dem seine geliebte Verkleidung und das Gemälde seines angeblichen Vorfahren zum Einsatz kommen sollten. *The Cat* zögerte nicht, seinen Traum Wirklichkeit werden zu lassen, lud die gesamte Belegschaft zu diesem außergewöhnlichen Ereignis ein und ernannte Captain Greybeard zum Gastgeber des Tages.

Nur ein einziges Mal wurde ich auf frischer Tat ertappt, als ich gerade einen Teller mit Keksen und ein Glas Nutella auf den Tisch im Konferenzraum gestellt hatte, in dem kurz darauf eine Sitzung mit einem neuen Kunden anberaumt war. Ich war noch dabei, mit der Schokocreme die berühmte Katzenpfote auf einen der Kekse zu malen, als Phil, ein Systemtechniker, mit einem Projektor und einem Lautsprecher den Raum betrat.

»Was machst du denn da?«, fragte er mich mit Blick auf die ungewöhnliche Näscherei.

Auf diese Frage war ich vorbereitet.

»Damit hat mich *The Cat* heute Morgen beauftragt.«

»Beauftragt? Erteilt sie jetzt auch Aufträge?«

Es war deutlich zu sehen, dass die Vorstellung ihm gefiel. Er zweifelte nicht einen Moment an meiner Antwort. Und er versicherte mir, dass er einer der Ersten gewesen sei, der einen solchen »Auftrag« erhalten habe, nämlich um mit genau diesem Lautsprecher und einem pompösen Musikstück aus dem Soundtrack von *Der Herr der Ringe* einer Gruppe von Vertriebskollegen, die von einer wichtigen Dienstreise nach Brüssel zurückkamen, einen triumphalen Empfang zu bereiten.

Seit meiner Rückkehr aus Spanien sprach Sibila viel weniger mit mir. Sie hatte wohl entschieden, dass allzu viele Worte nicht mehr nötig waren. Manchmal hatte ich den Eindruck, aus ihrem Schnurren und Maunzen ganz leise einen kurzen Satz herauszuhören, doch im Prinzip verstanden wir uns inzwischen ohne Worte. Es reichte aus, dass die Katze sich ein wenig streckte, um mich daran zu erinnern, dass ich mich etwas bewegen sollte, oder dass sie in einem bestimmten Tonfall miaute, um mich dazu anzuhalten, »während des Geschirrspülens das Geschirr zu spülen«. Abgesehen davon war es leicht, von ihr zu lernen. Es reichte, sie dabei zu beobachten, wie sie sich putzte oder spielerisch meinem Schuh nachjagte. Ihre Unabhängigkeit, ihr lebhaftes Wesen und ihre absolute Hingabe an den Augenblick hörten nicht auf, mich zu inspirieren.

Ich meinerseits redete weiterhin mit ihr. Auf dem Sofa sitzend und über ihr weiches Fell streichelnd, erzählte ich ihr von Dingen, die mich beschäftigten, von Ideen, die mir gekommen waren, oder von dem, was ich während der Meditation erfahren hatte. Joaquín war immer seltener Gegenstand dieser Monologe. Hin und wieder ging es noch um ihn, im Zusammenhang mit meiner Wut über seinen Verrat, meiner Frustration, zu viel Zeit meines Lebens an ihn verschwendet zu haben, oder meiner manchmal sehnsüchtigen Gedanken an unsere gemeinsame Vergangenheit und die Zukunft, die wir uns ausgemalt hatten. Gleichzeitig wurde Joaquín zu einer Figur in meinem Roman, und mit dieser Fiktionalisierung gelang es mir, auf andere Art zu verarbeiten, was in den vergangenen Monaten geschehen war. Auch ich selbst wurde zu einer literarischen Figur, und mit dieser Art, mich zu sehen, mit meinen schwarz auf weiß formulierten Gedanken und Gefühlen, erreichte ich das, was Sibila gemeint hatte, als sie davon sprach, »mich dabei zu sehen, wie ich die Welt sah«.

Von all dem erzählte ich meiner schweigenden Katze, genauso wie von den Neuigkeiten über Vero, Susana, Patri und Pip, von Ivanas Briefen und von dem neuen Rentnerleben meines Vaters – der bereits dabei war, mit ein paar seiner ehemaligen Kunden aus dem Viertel einen Leseclub zu gründen – sowie von dem Englischunterricht, den Álvaro inzwischen gab. Sibila beschränkte sich darauf, mit ihren riesigen Ohren zuzuhören, ohne einen Kommentar abzugeben, und bot mir großzügig die Wärme ihres Körpers. Und die Gewissheit, einen derart interessierten und neugierigen Zuhörer zu haben, beruhigte mich, wenn ich aufgeregt war, und half mir, meine Gedanken zu verarbeiten oder sogar das ein oder andere Problem zu lösen.

So war es zum Beispiel, als ich eines Tages von der Arbeit zurückkam und nach dem Abendessen ein Thema zur Sprache brachte, mit dem ich mich noch nicht näher auseinandergesetzt hatte, das mir jedoch in der letzten Zeit immer wieder im Kopf herumging.

»Weißt du, Sibila, die Arbeit macht mir jetzt wieder mehr Spaß. Die Atmosphäre ist deutlich besser geworden. Die Leute lächeln und grüßen ... wie in alten Zeiten. Und ich bin so kreativ wie noch nie. Aber nach wie vor habe ich meine Probleme damit, dass ich für Unternehmen arbeite, die die Welt nicht verbessern, sondern verschlechtern.«

Sibila erhob sich und ging von einer Seite des Zimmers zur anderen, wobei sie aufmerksam der feinen Linie zwischen zwei Holzdielen folgte.

»Ja, ich weiß, ich sollte auf meine Intuition hören. Aber im Moment weiß ich nicht, was meine Intuition mir sagt.«

Ich trat ans Fenster und blickte auf die Lichter der fahrenden Autos: zwei Streifen weißen Lichts in die eine Richtung und zwei Streifen roten Lichts in die andere – ein maschinelles Netz, das die gesamte Stadt und sämtliche Städte der Welt bedeckte und in seinem Inneren verbrannte, was seit Millionen von Jahren auf der Erde gewachsen war. Selbst bei geschlossenen Fenstern konnte ich den Geruch des Kohlenmonoxids riechen. Und ich arbeitete seit Monaten daran, den größten Ölkonzern des Landes als ökologische Marke zu präsentieren. Mir drehte sich der Magen um.

Sibila kam zu mir herüber, und ich ging in die Hocke, um sie zu streicheln, wobei ich ihre feinen Schnurrhaare an meiner Hand spürte. Sie blickte mich an, und in ihren Augen lag die Geduld einer Rasse, die seit Jahrtausenden darauf wartet, dass die Menschen endlich mit klarem Verstand agieren.

»Es gibt da etwas, das ich nie jemandem erzählt habe. Nicht einmal mein Vater weiß davon.«

Die Katze spitzte noch ein wenig mehr die Ohren.

»Ein paar Jahre nach dem Tod meiner Mutter wurde mir ein Projekt für einen Tabakkonzern namens *Kensington Cigarettes* zugeteilt. Es war keine große Sache, eine Werbekampagne für aromatisierte Zigaretten, die sich vor allem an junge Leute richtete. Nach all dem, was mit meiner Mutter passiert war – Raucherhusten, Krebs, Abhängigkeit –, waren mir die Folgen des Rauchens vollkommen bewusst, und dieser Auftrag war der Horror für mich. Ich wollte das nicht tun. Aber wir waren gerade von *Netscience* gekauft worden, an allen Ecken wurde gespart, und ich ... ich wollte meinen Job nicht riskieren. Also schluckte ich meine Skrupel hinunter. Ich habe es getan. Und ich habe mich furchtbar gefühlt. Ich fühle mich noch immer furchtbar deswegen.«

Ich streichelte Sibila, und sie ließ sich streicheln.

»Und weißt du, was das Schlimmste war? Als die Kampagne dann veröffentlicht wurde, tauchte kurz darauf unter einer fast identischen Internetadresse eine zweite Website im Netz auf, die mein Design kopierte, aber einen anderen Inhalt hatte. Es war eine Art Parodie, und die verschiedenen Aromen der Zigaretten trugen ziemlich geschickt gewählte zynische Namen wie ›Krebs tropical‹, ›Mentastase‹ oder ›Schokoleiden‹. Außerdem wurde detailliert über die Auswirkungen des Rauchens auf die Gesundheit informiert sowie über die Strategien der Tabakvermarktung … Das Ganze war von einer Gruppe von Online-Aktivisten erstellt worden, die sich auf die satirische Aufbereitung von Werbung spezialisiert hat. Sie nennen sich *Badverts*. Unser Kunde war natürlich furchtbar wütend und verklagte die Aktivisten. Aber all das hatte für *Kensington Cigarettes* und die gesamte Tabakindustrie äußerst negative Auswirkungen. *Kensington* verlor den Prozess, und zudem löste der Fall eine öffentliche Debatte aus und trug schließlich dazu bei, dass in Großbritannien Tabakwerbung generell verboten wurde.«

Ich richtete mich auf und ging im Zimmer auf und ab. Die Erinnerung an die Ereignisse hatte mich aufgewühlt.

»Warum war ich damals auf der Seite der Tabakindustrie, Sibila? Und nicht an der Aktion von *Badverts* beteiligt? Warum ist es möglich, dass gute Menschen furchtbare Dinge tun? Das ist es nämlich, was mich besonders wütend macht. Und genauso ist es jetzt mit

Royal Petroleum. Manchmal denke ich, dass ich selbst eine Gegenkampagne zu dem erstellen sollte, was wir gerade für *RP* ausarbeiten. Was natürlich unmöglich ist.«

Sibila schüttelte den Kopf.

»Ja, ich weiß, das typische ›Ich kann nicht‹. Aber stell dir das doch mal vor, Sibila! Stell dir vor, es kommt heraus, dass ich … he! Was tust du da?«

Die Katze attackierte mit ihren Tatzen spielerisch meine Füße. Ich ging wieder in die Hocke und lenkte sie mit meinen Händen von dem Angriff ab, um sie gleich darauf wieder herauszufordern. Während ich so mit ihr spielte, dachte ich an die originellen Kampagnen, die wir mit der studentischen Umweltorganisation während meiner Studienzeit in Madrid auf die Beine gestellt hatten. Ich war damals immer für die unterhaltsamen Texte, die einfallsreichen Titel und sonstige kreative Ideen zuständig gewesen. Einmal hatte ich die Idee gehabt, während der ersten schwül-heißen Sommertage auf dem ganzen Campus Pappfächer zu verteilen, die neben Informationen über den Klimawechsel ein Bild von einer Wüste zeigten – der Wüste, zu der Spanien werden würde, wenn sich die Energiepolitik nicht änderte. Wir konnten den Hausmeister davon überzeugen, während einer Veranstaltung, an der ein Vorstandsmitglied des größten spanischen Ölkonzerns teilnahm, die Klimaanlage auszuschalten. Da deswegen in dem Raum eine extreme Hitze herrschte, musste selbst der Ölmagnat auf unseren Fächer zurückgreifen, was an jenem Tag sogar in den Fernsehnachrichten gezeigt wurde. Wie sehr ich diese Zeiten vermisste!

»Vielleicht hast du recht«, sagte ich schließlich lächelnd zu Sibila. »Es wäre ein Riesenspaß …«

Ein paar Tage später fühlte ich mich wie eine Doppelagentin in einem Spionagethriller, denn ich war nach der Arbeit in der Nähe der King's Cross Station mit einem gewissen Tom Terrier in der englischen Filiale von *Badverts* verabredet. Diese hatte ich mir als einen winzigen Raum in einem alten, heruntergekommenen Haus vorgestellt, wie es sie in jener Gegend gab, mit zusammengestückelten Computeranlagen, einem Papierchaos auf dem Schreibtisch und der Maske aus *V wie Vendetta* an der Wand.

Die Realität sah jedoch ganz anders aus. Es stellte sich heraus, dass *Badverts* kein eigenes Büro hatte, sondern mit etwa zweihundert anderen Aktivisten, Künstlern und sozialinnovativ tätigen Menschen, die alle das Ziel hatten, mit ihrer Arbeit zur Verbesserung der Welt beizutragen, eine Bürogemeinschaft teilte. Der Ort nannte sich *Dream Station* und befand sich in einer ehemaligen Werkhalle, in der einmal Lokomotiven repariert worden waren.

Der Eingang war in ein riesiges Metalltor eingelassen, das mit einem auffälligen Graffiti bemalt war. Darauf war unser Planet in einer Version dargestellt, in der es hauptsächlich Häuser mit Gärten oder grünen Dachterrassen gab, Fahrräder, die auf den Straßen fuhren, Wälder voller frei lebender Tiere, mit Solarzellen überbaute Wüsten und Ozeane voller Fische. Darüber stand zu lesen: *Work. Play. Create the Future.* Joaquín hätte das für hoffnungslos naiv gehalten. Ich war begeistert.

Aufgeregt betrat ich den riesigen, hallenartigen Raum, der eine enorm hohe Decke hatte, in deren Mitte sich ein Dachfenster befand, das von einer Seite zur anderen reichte und das Licht der Sonne hereinließ. Von oben hingen ein paar altmodische Fesselballons in Miniaturform herunter, einer rot-weiß, einer blau-gelb gestreift und ein dritter in Himmelblau mit weißen Wolken. Auf dem Holzboden standen sechs oder sieben große runde Tische, jeder in einer anderen Farbe, an denen etwa vierzig Leute arbeiteten – die meisten hatten einen Computer vor sich. Die einen arbeiteten schweigend und konzentriert, während andere angeregt miteinander sprachen. Am hinteren Ende des Raums war ein Ensemble aus modernen Lampen, einem Vorhang und einem weißen Klavier zu sehen. Neben dem Eingang erhoben sich rechts und links zwei Apfelbäume, die in zwei große mit Erde gefüllte Löcher gepflanzt worden waren. An einer Seite des Raums waren mehrere kleine Büros mit Wänden und Glastüren abgetrennt worden, und darüber befand sich ein erhöhter Bereich, in dem drei halbrunde Tische an der Wand standen. Über dem Eingang hingen eine alte Bahnhofsuhr und ein Plakat, das die

Haltestelle benannte, an der man sich befand: *Dream Station*.

»Herzlich willkommen«, sagte ein großer Mann mit blonden Locken und kurzem Bart, der einen riesigen Kopfhörer um den Hals trug. »Ich bin Tom.«

Tom war ein kanadischer Designer, der seit fünf Jahren in London lebte. Er erklärte mir, dass es sich bei *Badverts* um ein globales Netzwerk handelte, dessen Zentrale in Vancouver saß und das sich kritisch mit dem Konsum und der Werbung auseinandersetzte. Nicht wenige der Betreiber lebten in London, und man traf sich zum Arbeiten und Besprechen in der *Dream Station*, wobei der größte Teil der Arbeit und der Kommunikation jedoch online abgewickelt wurde.

»Ich zum Beispiel habe so meine Probleme damit, zu Hause zu arbeiten. Wenn ich mich nicht zusammenreiße, bin ich mittags noch im Schlafanzug, bis mein Hund mich knurrend zurechtweist. Deshalb komme ich lieber an einen Ort wie diesen, wo ich nette Leute treffe, woraus sich manchmal sogar noch das eine oder andere Projekt ergibt.«

»Was für einen Hund hast du?«

»Einen sehr intelligenten Labrador. Er heißt Ben. Hast du auch einen Hund?«

»Ich habe eine Katze. Sibila. Und ich kann dich sehr gut verstehen. Auch sie ruft mich zur Ordnung, wenn es nötig ist. Und auch wenn sich das jetzt merkwürdig anhört, im Grunde war sie es, die mich ermuntert hat, euch zu kontaktieren.«

»Seit ich mit Ben zusammenlebe, halte ich alles für möglich.«

Tom führte mich durch die *Dream Station* und stellte mir einige Leute vor, die alle eine monatliche Summe bezahlten, um hier arbeiten zu dürfen. Ich lernte Silvia und Brendan kennen, die gerade eine alternative Reiseagentur aufbauten, die Hilfsprojekte in der ganzen Welt an freiwillige Helfer vermittelte, die mal auf eine andere, solidarische Art ihre Ferien verbringen wollten. Ich entdeckte einen Verkaufsautomaten mit Bio-Säften, ökologischen Sandwiches und vollwertigen Süßigkeiten, und Tom stellte mir Karen vor, die es sich zur Aufgabe gemacht hatte, diese Automaten an Firmen in ganz England zu vertreiben. In der Küche tranken eine hochschwangere Yogalehrerin, ein Mann mit Krawatte, der eine ethische Bank leitete, und eine Violinistin, die in Krankenhäusern Musikunterricht für Kranke gab, zusammen Tee. An einem Arbeitstisch saßen drei Geschäftspartner zusammen und arbeiteten einen Plan für einen Ort aus, den sie Playcafé nannten, eine Cafeteria mit einem Spielbereich für Kinder.

»Hier will ich auch arbeiten«, sagte ich zu Tom.

»Das verstehe ich sehr gut«, meinte er nickend. »Auch ich habe mich hier direkt zu Hause gefühlt.«

»Was muss ich dafür tun?«

»Na ja, du müsstest ein passendes Projekt finden«, sagte Tom, während er die Glastür zu einem der kleinen Räume öffnete, an dessen Wänden jede Menge Skizzen, Grafiken und Blätter mit Notizen hingen.

»Oder schließ dich einem der Projekte an, an denen gerade gearbeitet wird. Ich bekomme kein Gehalt von *Badverts*, sondern mache das ehrenamtlich wie fast alle hier. Meinen Lebensunterhalt verdiene ich als Designer, wobei ich sowohl für alle möglichen Unternehmen arbeite als auch an Projekten der *Dream Station*.«

»Das heißt, du arbeitest auch für die dunkle Seite.« Ich lächelte.

»Genau. Wir bei *Badverts* arbeiten fast alle irgendwo im Marketing und haben deswegen ein schlechtes Gewissen.«

Wir setzten uns an einen Tisch, und ich nahm meinen Laptop aus der Tasche. Aus dem Raum nebenan, wo eine Informationsveranstaltung über die Finanzierung von sozialen Projekten stattfand, war Gelächter zu hören.

»Also pass auf, Tom, als Erstes muss ich dir sagen, dass die Informationen, die ich dir geben möchte, vertraulich sind und dass …«

»Keine Sorge.« Er lächelte. Es war ein Lächeln, dem man vertrauen konnte. »Niemand wird davon erfahren, dass du etwas mit der Sache zu tun hast. Solange du in der Angelegenheit nicht deine dienstliche Mailadresse benutzt!«

»Klar.« Auf den Gedanken wäre ich niemals gekommen. »Natürlich nicht.«

Ich zeigte ihm, was *Royal Petroleum* in Sachen *Rebranding* vorhatte. Tom wusste bereits, dass der Konzern mehrere Unternehmen für erneuerbare Energien gekauft hatte.

»Alle Ölkonzerne wollen sich jetzt auf diese Art präsentieren. Das ökologische Gewissen gewinnt immer mehr an Bedeutung, sodass sie sich ein grünes Deckmäntelchen zulegen müssen. Wir haben schon einige Kampagnen zu dem Thema realisiert. Aber, klar, wenn du uns genauer darüber informieren kannst, was sie vorhaben, ist es für uns leichter, etwas Passendes auszuarbeiten.« Er grinste.

»Genau daran habe ich gedacht. Wenn wir exakt dann zuschlagen, wenn *Royal Petroleum* mit seiner neuen Image-Kampagne an die Öffentlichkeit geht, können wir die Aufmerksamkeit in den Medien nutzen. Dann geht der Schuss nach hinten los.«

»Dann ist der grüne Lack gleich ab, und sie sind wieder schwarz.«

»Das ist genau das, woran ich gedacht habe: das neue grüne Logo, mit Ölflecken beschmutzt.«

»Sehr schön. Und aus den Initialen *RP* kann man auch etwas Hübsches machen. *Räuberisches Petroleum* zum Beispiel.«

Wir lachten beide.

»Das gefällt mir«, meinte ich und notierte es im Computer. »Außerdem habe ich mir überlegt, die sozialen Netzwerke zu nutzen. Zum Beispiel jedem User die Möglichkeit zu geben, sich am *Rebranding* von *Royal Petroleum* zu beteiligen. Slogans vorzuschlagen. Oder sonst etwas Interaktives.«

»Super«, meinte Tom. »Und das Geniale dabei ist, dass das Ganze dann tatsächlich auf der Website von *Royal Petroleum* auftaucht. Denn wenn wir das Originaldesign kennen, können wir es perfekt kopieren, sodass keiner merkt, dass die Slogansuche ein Fake ist. Das wird in den sozialen Netzwerken wie eine Bombe einschlagen!«

Wir überlegten, welche provokativen Fotos wir für die gefakte *Royal-Petroleum*-Kampagne nutzen könnten: Eisbären, die im arktischen Schmelzwasser schwammen, mit zähem Öl verklebte Vögel, Ölplattformen in der Karibik ... Schon nach wenigen Minuten mündete der erste Austausch über die konspirative Aktion in ein fröhliches Festival kreativer Ideen. Der junge Kanadier mit den glänzenden blauen Augen gefiel mir immer besser. Er konnte zuhören, ging auf mich ein, und ich spürte in seiner Gegenwart ein aufgeregtes Kribbeln, wie ich es schon lange nicht mehr empfunden hatte. Außerdem roch er ausgesprochen gut. Nach Vanille. Ich spürte, wie ich mich in seiner Gegenwart anfing wohlzufühlen wie eine Katze vor dem Rahmtopf.

21

BRIEFE

Während die beiden Webauftritte von *RP* – der offizielle und die Parodie – allmählich Gestalt annahmen, wurde mein nachbarschaftlicher Kontakt zu Ivana immer intensiver, wenn er sich auch nach wie vor auf den Austausch von Briefen beschränkte, da sie sich immer noch davor scheute, sich persönlich mit mir zu treffen. In ihren ersten Briefen stellte sie mir viele Fragen über mein Leben und erzählte nur wenig über sich selbst.

Nachdem ich ihr Komplimente für ihre elegante Schrift gemacht hatte, erklärte sie mir, dass sie nach ihrem Unfall großen Trost in der Kunst der Kalligraphie gefunden hatte. Es war eine stille Beschäftigung, und anders als die Malerei erforderte sie keine große künstlerische Begabung. Ivana machte mich darauf aufmerksam, dass sich alle Buchstaben aus verschiedenen Kombinationen der gleichen vier oder fünf Pinselstriche zusammensetzten, und zeigte mir verschiedene Buchstabentypen, die sie nach und nach gelernt oder sogar selbst abgewandelt hatte: in humanistischer, gotischer, englischer, rustikaler, Unizial- oder Trajan-Schrift.

Ihr anderes großes Thema war die Religion. Nach ihrem Unfall waren die Bibel und die Marien-Erscheinungen und Botschaften der Jungfrau von Medjugorje das gewesen, was sie ihrer Meinung nach gerettet hatte. Und diese beiden Leidenschaften, die Kalligraphie und die Religion, vereinte sie nun in einem außergewöhnlichen Projekt, mit dem sie sich seit ein paar Jahren beschäftigte: eine mit der Hand gefertigte Abschrift der Bibel auf Latein, wie die mittelalterlichen Schreiber sie erstellt hatten.

Über ihr sonstiges Leben und ihre Familie schrieb sie mir fast nichts, abgesehen von der Erwähnung einer alten Tante, die ebenfalls in London lebte und die ich hin und wieder gehört hatte, wenn sie zu Besuch gekommen war. In einem meiner ersten Briefe fragte ich Ivana nach ihrer Nationalität, worauf sie jedoch nicht antwortete. Wegen ihres Nachnamens, ihrer Verehrung der Jungfrau von Medjugorje und ihres Schweigens in dieser Angelegenheit vermutete ich jedoch, dass sie aus dem Balkan stammte und möglicherweise während des blutigen Krieges dort in den Neunzigerjahren sehr gelitten hatte. Allerdings wagte ich es nicht, sie danach zu fragen.

Die Bestätigung erhielt ich dann nach meiner Rückkehr aus Fuente Dé. In mehreren aufeinanderfolgenden Briefen erzählte sie von ihrer Kindheit im kommunistischen Jugoslawien, von ihrem Mann Andrej und ihrer Tochter Anja, davon, dass sie kurz vor dem Fall der Berliner Mauer Lehrerin geworden war und an einer katholischen Schule in Sarajewo unterrichtet hatte. Ich befürchtete das Schlimmste, denn ich kannte die Einzelheiten des grausamen Konflikts, der dort in den Neunzigerjahren entbrannt war, gut. Ich hatte ihn während meiner Zeit an der Universität aufmerksam aus der Ferne verfolgt und kaum glauben können, dass etwas Derartiges in Europa geschehen konnte.

Schließlich erzählte Ivana mir, dass sie und ihre Familie während der vier Jahre der serbischen Besetzung in Sarajewo festgesessen hatten. In ihren Briefen berichtete sie von dem Leben zwischen den Bomben, in dem Versuch, in einer Stadt ohne Lebensmittel, Elektrizität und ausreichend Wasser den Anschein einer normalen Existenz aufrechtzuerhalten. Sie hatte beinah die ganze Zeit über an der Schule unterrichtet, jedoch oft den Unterricht im Granatenhagel unterbrechen müssen, der Tausende von Männern, Frauen und Kindern verstümmelt hatte.

Dennoch wurde ihre Familie von der Tragödie überrascht, die sich schließlich ereignete. Ihr Mann hatte zusammen mit einem Nachbarn Gasrohre in der Wohnung installiert, offensichtlich nicht wirklich fachgerecht. Eines Abends, als ihre Tochter Anja um Licht gebeten hatte, um ins Bad gehen zu können, hatte Andrej ein Streichholz entzündet. Ivana schrieb:

Ich kann mich nur an gleißendes Licht erinnern und daran, dass ich versuchte, mein Gesicht mit den Händen zu bedecken. Und an den furchtbaren Knall, den ich immer noch höre. Jeden Tag. Jedes Geräusch wird für mich zu diesem höllischen Knall, was mich völlig verrückt macht. Ständig benutze ich Ohrstöpsel und kann weder Radio hören noch telefonieren. Und beim Fernsehen muss ich den Ton ausstellen.

In der Zeit im Krankenhaus, wo sie sich von ihren Verletzungen erholte, hatte sie eine Muslimin kennengelernt, die sie in die Kunst der Kalligraphie einführte, zunächst anhand des arabischen Alphabets.

Nach dem Krieg half ihr eine mit einem englischen Rechtsanwalt verheiratete Tante, nach London auszuwandern, und sie war in diese Wohnung gezogen. Wegen ihrer Lärmunverträglichkeit und ihres erschreckenden Anblicks wurde sie zur Eremitin, war beinah komplett von der Außenwelt abgeschnitten, abgesehen von den gelegentlichen Besuchen ihrer Tante. Daher war, wie ich aus ihren Briefen schloss, der Kontakt zu mir das Bedeutendste, was ihr in den letzten Jahren widerfahren war. *Liebe Sara, gesegnet seist du –* so begann sie alle ihre Briefe. *Ich danke Gott und der Jungfrau dafür, eine neue Nachricht von dir gefunden zu haben.* Dann äußerte sie sich immer zu dem, was ich ihr zuletzt geschrieben hatte, meinte, dass sie dafür bete, dass ich einen guten Mann finden würde, und erzählte mir von ihrem Leben während der Tito-Diktatur, den Kindern in der Schule, der Besetzung der Stadt, von Andrej und Anja, die im Himmel auf sie warteten, den »göttlichen« Erscheinungen in Medjugorje und den Botschaften der Jungfrau an die Menschheit.

Diese ungewöhnliche Kommunikation mit meiner Nachbarin Ivana bereicherte mich trotz all der Unterschiede zwischen uns und der seltsamen Tatsache, dass ich sie trotz unserer räumlichen Nähe noch nie wirklich gesehen hatte, um eine wichtige Erfahrung. Als ich ihre Geschichte las, wurde mir bewusst, wie sehr Sibila recht gehabt hatte, als sie meinte, dass meine Probleme völlig unbedeutend seien und ich mich glücklich schätzen könne. Wie lächerlich es war, wenn ich mich über Einsamkeit, Unrecht und Leid beklagte. Mit wurde klar, dass ich keine Ahnung hatte, was wirkliche Grausamkeit oder echter Schmerz bedeuteten. Und zu allem Überfluss behauptete Ivana, den Serben, die ihre Stadt besetzt hatten, verziehen zu haben:

Ich habe die Serben gehasst. Ich hätte jeden von ihnen mit meinen eigenen Händen erwürgen können. Sie haben Sarajewo zerstört, sie haben die Kinder in meiner Schule mit Bomben beworfen, wegen ihnen mussten wir leben wie die Ratten. Aber jetzt weiß ich, dass die Serben genau wie ich einem Irrtum erlegen sind. Ihr Hass ist wie mein Hass. Er ist falsch. Dank Jesu und der Jungfrau habe ich gelernt zu verzeihen. Die Liebe Gottes ist für alle gleich.

Das war etwas, was ich nicht verstand. Was ich nicht glauben konnte. Denn ich konnte nicht einmal Joaquín verzeihen. Wie konnte sie den Menschen vergeben, die ihr Volk, ihren Mann und ihre Tochter ermordet hatten? Das ging mir einfach nicht in den

Kopf. Dabei erinnerte ich mich daran, dass Sibila etwas ganz Ähnliches gesagt hatte: »Öffne dein Herz gegenüber den Menschen, die dich umgeben. Auch deiner Nachbarin, die dir so auf die Nerven geht. Auch deinem verantwortungslosen Bruder. Auch Joaquín gegenüber.«

In jenen Tagen kaufte ich mir eine Schreibfeder und begann, die schönen Buchstaben, die Ivana kalligraphierte, nachzuzeichnen, bis ich sie schließlich nicht nur in den Briefen an meine Nachbarin verwendete, sondern auch bei meinem morgendlichen Schreiben. Es war anders, auf einmal mit der Hand und der Feder zu schreiben. Es verband mich mit dem zehnjährigen Mädchen, das ich einmal war und das eine wesentlich elegantere Handschrift hatte als mein nachlässiges Gekritzel, das nach all den Jahren an Tastatur und Bildschirm übrig geblieben war. Und es gefiel mir zuzusehen, wie der Roman, den ich schrieb, vor meinen Augen und in dieser schönen Schrift nach und nach Gestalt annahm. Ich kam mir vor wie Cervantes ...

Trotzdem fühlte ich mich nach einer Weile von Ivana ein wenig bedrängt. Wenn ich ihr schrieb, fand ich jedes Mal nur wenige Stunden später einen langen Antwortbrief unter meiner Tür. Und wenn ich einmal nicht gleich am nächsten oder übernächsten Tag antwortete, erhielt ich einen weiteren Brief von ihr mit der Frage, warum ich ihr noch nicht zurückgeschrieben hatte, ob mir vielleicht etwas passiert sei, denn sie vermisse mich und bete für mich.

Es wurde mir allmählich ein wenig zu anstrengend, nicht nur Ivana Uzelacs beste Freundin zu sein, sondern auch ihr einziger Kontakt mit der Außenwelt. Denn im Grunde hatten wir nicht viel gemeinsam. Von meiner Arbeit konnte ich ihr kaum etwas berichten, da sie von moderner Technologie keine Ahnung hatte und auch nicht daran interessiert war. Und angesichts all des Leids und des Unrechts, das sie erfahren hatte, hielt ich es nicht für angebracht, ihr gegenüber meine Probleme zu erwähnen. Ich fühlte mich verpflichtet, ihr mehr Aufmerksamkeit zukommen zu lassen, als ich eigentlich konnte und wollte, was schließlich meine positive Einstellung ihr gegenüber untergrub.

Mehrmals versuchte ich mit Sibila über dieses Dilemma zu reden, und sie hörte mir aufmerksam zu, aber inzwischen sprach sie kaum noch mit mir. Im besten Fall antwortete sie mit einem Miauen, das ich dann zu interpretieren versuchte. Allmählich fragte ich mich, ob Sibila vorher tatsächlich mit mir gesprochen hatte oder ob das alles nur meiner Phantasie entsprungen war.

Was Ivana betraf, gab es nur zwei Worte, die ich ab und zu aus dem Miauen meiner Katze herauszuhören glaubte: »Hör zu.« Dabei lag das Problem ja genau darin, dass ich mich nicht mehr in der Lage fühlte, dieser einsamen Frau weiterhin in dem Maße zuzuhören, so leid sie mir auch tat.

Logischerweise wurde das Ganze noch schlimmer, als die Arbeit für *Royal Petroleum* in die Endphase kam. Der Marktauftritt war für den 1. September geplant, und ich durfte mich nicht um einen Tag verspäten. Alles kam zusammen, die letzten *Usability*-Tests, die Revision und Korrektur von Tausenden Seiten und Funktionalitäten und der Einstieg in zwei andere Projekte, die mir zugewiesen worden waren. Gleichzeitig war ich äußerst nervös, was die Erstellung der falschen *RP*-Website anging und die möglichen Konsequenzen, die diese mit sich bringen würde. Und dann war da noch Tom, der mir immer besser gefiel, obwohl ich beinah nichts über ihn wusste. Nicht einmal, ob er eine Freundin hatte. Oder einen Freund.

Eine Woche lang häuften sich die ungeöffneten Briefe von Ivana in meiner Wohnung, und allein diesen Stapel zu sehen machte mir schon Angst. Bis eines Abends, als ich wieder einen neuen Brief zu den anderen legte, Sibila wieder jenes Miauen erklingen ließ, aus dem ich jedes Mal die Worte »Hör zu« heraushörte.

»Hör zu, hör zu ... Du bist wie eine Schallplatte, die einen Sprung hat, Sibila. Ich habe genug davon, Ivana zuzuhören. Warum muss immer ich ihr zuhören? Warum kann das nicht mal jemand anderes machen? Ich bin nicht die Richtige für sie, sie sollte andere Leute kennenlernen, Leute, die mehr Interesse für sie aufbringen, für ihre Kalligraphie, ihr Land, ihre Stadt, ihren Krieg, ihre Tragödie und die verdammte Jungfrau von Medjugorje ...«

Die Katze antwortete mir nicht, und meine Worte verhallten im Zimmer. Also hörte ich mir selbst zu.

Und ich hörte, worum Ivana in Wirklichkeit bat. Ich verstand, was Sibila mir sagen wollte.

Also schrieb ich Ivana folgenden Brief:

Liebe Ivana,
ich habe ein Geschenk für dich. Aber ich muss es dir persönlich übergeben. Kann ich irgendwann mal rüberkommen?
Sara

An jenem Abend erhielt ich keine Antwort auf meinen Brief. Auch nicht am folgenden Tag. Und so näherte sich der Vorabend des doppelten Marktauftritts von *Royal Petroleum*.

Ich war noch nie gut darin gewesen zu warten und vor lauter Anspannung extrem nervös.

An diesem Abend raste ich nach Hause, trat, so heftig ich konnte, in die Pedale, um möglichst viel Stress abzubauen. Dennoch arbeitete mein Gehirn auf Hochtouren, und meine Gedanken überschlugen sich. Zu allem Überfluss stieß ich in der Nähe der Wandsworth Bridge auch noch auf eines der unzähligen Werbeplakate mit dem neuen Gesicht von *RP*, das gerade aufgehängt wurde. Am nächsten Tag würde das Land mit Anzeigen in der Presse, im Radio und im Fernsehen überschwemmt werden. Und der gigantische neue korporative Webauftritt war in all seinen Varianten für Tablets, Smartphones und die sozialen Netzwerke bereit für den großen Auftritt. Genau wie die etwas bescheidenere, aber wesentlich beeindruckendere satirische Variante. Ich wusste noch nicht genau, welchen Effekt ich mir dafür wünschen sollte. Im Moment hätte ich mich am liebsten in einem Loch in der Erde verkrochen.

Als ich nach Hause kam, hoffte ich, bei Sibila ein wenig Unterstützung zu finden. Ich hatte das Bedürfnis, mit ihr zu reden, sie zu streicheln und zu spüren, dass die Welt in Ordnung war. Doch die Katze war nicht da. Meine Versuche, mich der Meditation und dem Katzenyoga zu widmen, scheiterten kläglich, da mir zu viel im Kopf herumging. Hunger hatte ich auch nicht. Ich hätte gern Tom angerufen, verdrängte den Gedanken aber gleich wieder, weil er mich noch nervöser machte. Unterdessen lag Ivanas Geschenk immer noch eingepackt auf dem Tisch. In der letzten Zeit waren ihre Briefe mir lästig gewesen. Jetzt wartete ich komischerweise auf ihre Antwort. Wie es schien, hatte ich sie mit meiner letzten Nachricht verschreckt.

Plötzlich hörte ich ein Geräusch auf dem Treppenabsatz. Die Tür der Nachbarwohnung war geöffnet worden. Ich erstarrte.

»Miauu.«

Das war Sibila. Was machte sie da draußen? Ich öffnete die Tür und sah mich der Katze gegenüber, die ein gefaltetes Blatt Papier im Maul trug. Die schöne kalligraphierte Schrift darauf besagte:

Komm vorbei, wenn du möchtest, Sara.

Ich nahm das Geschenk, ein rechteckiges Päckchen, vom Tisch, das ich in ein Stück blauen Stoff gewickelt hatte, um allzu lautes Papierrascheln beim Auspacken zu vermeiden. Anschließend hatte ich ein gelbes Band darumgebunden. Ich trat auf den Treppenabsatz und sah, dass Ivana ihre Tür nur angelehnt hatte. Die Wohnung dahinter lag im Dunkeln. Für einen Moment kam mir die paranoide Idee, dass Ivana mich mit einem Messer in der Hand erwarten könnte.

Von der Türschwelle aus sah ich, dass Ivana in einer Ecke der Wohnung stand, neben einem Vorhang, der das einzige Fenster verdeckte. Sie trug den Kittel, den ich bereits an ihr gesehen hatte, und um den Kopf ein dunkles Tuch, hinter dem die Hälfte ihres Gesichts versteckt war. In der rechten Hand hielt sie eine versilberte Kalligraphiefeder. Erst da kam mir der Gedanke, dass das wohl das »Messer« gewesen war, das ich damals gesehen hatte.

Für eine Weile standen wir beide ganz still da. Ivana hielt den Kopf ein wenig gesenkt, sodass der Teil ihres Gesichts, der nicht verdeckt war, im Schatten lag. Ich trat ein und schloss die Tür so geräuschlos wie möglich. Die Wohnung war etwas größer als meine, hatte jedoch keine Mansarde. Auf einem Tisch lagen neben einer alten Lampe mehrere Papierstapel fein säuberlich geordnet. Die Küche war genau wie meine, und auch das Sofa war ähnlich, das Bett jedoch war schmaler und mit einem blumengemusterten Stoffüberwurf bedeckt. Über dem Kopfende des Bettes hing ein großes Kruzifix an der Wand, und auf dem

Nachttisch und dem Schreibtisch standen mehrere Marienfiguren. Einige hingen sogar an den Wänden.

Ich trat ein paar Schritte näher und hielt ihr das Geschenk entgegen. Sie nahm es mit beiden Händen und hob ein wenig den Kopf. Nun konnte ich ihre Augen sehen, die in der Dunkelheit glänzten und mich aus einem völlig deformierten und verbrannten Gesicht anschauten. Doch hinter dieser Maske des Grauens verbarg sich meine Freundin Ivana. Ich lächelte, und da begannen auch ihre Augen zu lächeln.

Sie ging zum Tisch hinüber und begann, das Geschenk auszupacken, ungeduldig wie ein kleines Mädchen am Tag seines Geburtstages. Es war ein Tablet-Computer mit harter, kühler Oberfläche. Auf der einen Seite schwarz, flach und glatt. Auf der anderen Seite versilbert mit kurvigen Linien. Ivana betrachtete ihn von beiden Seiten und entdeckte am Rand auf der schwarzen Oberfläche einen kleinen runden Knopf. Als sie ihn drückte, flammte der Bildschirm auf und auf dem hell erleuchteten Hintergrund stand in schwarzen Buchstaben:

Liebe Ivana,
diese neue Erfindung wird dir gefallen. Sie ist sehr leise, aber du kannst damit mit der ganzen Welt kommunizieren, ohne dein Gesicht zeigen zu müssen. Auch die Bibel ist darin zu finden, die Botschaften der Jungfrau von Medjugorje, Fotos von Sarajewo, die verschiedenen Arten der Kalligraphie und noch viel mehr. Wenn du möchtest, zeige ich dir, wie man sie benutzt.

Ich berührte die über Touchscreen zu bedienende Tastatur und fügte hinzu:

Okay?

Ivana nahm den Apparat vorsichtig mit den Fingerspitzen wieder entgegen und betrachtete ihn ein paar Sekunden lang mit ungläubigem Staunen. Dann sah sie mich an und gleich darauf wieder dieses seltsame Wunderding. Sie legte es auf den Tisch und probierte ein paar der Tasten auf der Oberfläche des Geräts aus, überrascht, gleich darauf die Buchstaben auf dem Bildschirm erscheinen zu sehen. Wieder sah ich ein Lächeln in ihren Augen. Ich zeigte ihr die Taste, mit der man die Buchstaben wieder löschen konnte, und schrieb erneut:

Okay?

Ivana zögerte, sie wirkte unsicher. Dann schrieb sie langsam mit einem Finger:

Unmöglich. Ein viel zu teures Geschenk.

Ich antwortete:

Wenn ich einen guten Mann finde und ihn heirate, dann bitte ich dich, mit deiner wunderschönen Schrift die Einladungen zu schreiben!

Ivana lächelte erneut und schrieb dann ein entschiedenes:

Okay!

Dann umarmte sie mich, und diesen Moment würde ich mein ganzes Leben nicht vergessen. Und Sibila saß an der Tür und beobachtete diese beiden seltsamen menschlichen Wesen, die still zusammen weinten.

22

HUND UND KATZE

Am nächsten Tag erhielten die Zeitungs-, Radio- und Fernsehredaktionen weltweit per E-Mail zwei Presseerklärungen zu dem neuen Auftritt des altbekannten *Royal-Petroleum*-Konzerns. Beide waren sich im Ton und im Inhalt sehr ähnlich. Sie hatten den gleichen Titel: *RP: Neue Energie* und trugen das gleiche aus einer grünen Sonne bestehende Logo. Tatsächlich ging man in vielen Redaktionen davon aus, die gleiche Meldung doppelt erhalten zu haben. Dabei gab es zwei fundamentale Unterschiede.

Zum einen waren sowohl die Webadresse als auch die Kontaktdaten nicht ganz identisch. Wobei beinah niemandem der kleine Unterschied zwischen *rp.com* und *rpglobal.com* auffiel, geschweige denn die leichten Abweichungen im Design. Zumal die meisten Verknüpfungen auf *rpglobal.com* den User wiederum zur echten Seite *rp.com* führten. Der zweite, wesentlich bedeutendere Unterschied bestand darin, dass nur eine der Meldungen nachdrücklich auf die innovative Initiative von *RP* hinwies, die die User dazu aufforderte, sich kreative Slogans für die neue Werbekampagne von *RP* auszudenken, unter denen dann die besten ausgewählt würden. Nur wenige Journalisten konnten der Versuchung widerstehen, diese neue Art der Nutzung des Internets für eine Marketingaktion auszuprobieren, die im Geiste der neuen Ära sozialer Netzwerke daherkam, aber auch ein wenig riskant war. Die Reaktion war überwältigend.

Als ich das Büro von *Netscience* betrat, sah ich, dass sich sechs oder sieben Leute um Phils Computer geschart hatten und laut lachten oder fluchten.

»*Come here, Sara!*«, rief Phil mir zu. »Du wirst nicht glauben, was es hier zu sehen gibt.«

»Ja? Was ist los?«

Ich bemühte mich, mir meine Nervosität nicht anmerken zu lassen. Mein Herz klopfte wie wild, und ich hatte das Gefühl, jeder müsste es mir ansehen. Aber die anderen waren nicht weniger aufgeregt und riefen laut durcheinander. Ich trat näher und konnte auf einen Blick feststellen, dass die Gegenkampagne, die Tom und ich entworfen hatten, ein voller Erfolg war. Bereits zu dieser frühen Stunde waren Dutzende »Werbeanzeigen« von Internet-Usern, die dem Ölkonzern eindeutig kritisch gegenüberstanden, eingegangen. Einige waren äußerst geistreich. Was mich jedoch am meisten beeindruckte, war die Tatsache, dass Cathy, Wendy, Phil und die anderen Kollegen sich genauso darüber amüsierten wie ich, auch wenn sie sich sichtlich zusammenrissen, sobald einer der Vorgesetzten in der Nähe war.

Die erste Anzeige, die ich sah, zeigte ein Foto von

einer Ölplattform in einem paradiesischen azurblauen Meer, und der Text dazu lautete:

Vergesst das Mittelmeer und entdeckt die englische Küste. Ein Hoch auf die globale Klimaerwärmung!
RP: Neue Energie.

»Die Leute von *Royal Petroleum* werden Gift und Galle spucken!«
»Was für ein Hammer!«
»Wer wohl dahintersteckt?«
Die Kommentare waren unter dem allgemeinen Gelächter kaum zu hören, denn inzwischen begutachteten bereits alle das nächste Foto, das eine Ölraffinerie von *RP* im Irak zeigte:

Eine Welt ohne Krieg? Nein, danke.
RP: Neue Energie.

»Oh mein Gott!«
»Das trifft doch den Nagel auf den Kopf.«
»Echt heftig!«
»He Leute, schaut mal: #RPbadvert ist *Trending Topic* auf Twitter!«
Während meine Kollegen lachend darüber diskutierten, ob man es wohl wagen konnte, einen eigenen Slogan hinzuzufügen, ging ich zu meinem Schreibtisch hinüber und schaltete den Computer ein, um mir unsere gefakten Anzeigen in Ruhe anzusehen. Ich stellte fest, dass das beliebteste Bild das des schmel-

zenden arktischen Eises war, zwischen dem Eisbären schwammen.

Keine Angst mehr vor Eisbären!
RP: Neue Energie.

Jede Katastrophe birgt ungeahnte Möglichkeiten!
RP: Neue Energie.

Das Eis wäre in der Hölle eh geschmolzen!
RP: Neue Energie.

Jede Minute erschienen neue Anzeigen auf dem Bildschirm. Und als ich *RP* New Energy bei Google eingab, sah ich, dass sich die Schlagzeilen der Presse auch schon mit dem *RP*-Debakel befassten: *Werbedesaster für die neue RP*, *RP und die Gefahren der neuen Medien*, *RP: Riesiges Pech*. Offensichtlich waren einige Zeitungen tatsächlich in unsere Falle getappt und hatten geglaubt, der Ölkonzern selbst hätte den Werbeaufruf tatsächlich gestartet, was den zurückhaltenderen Medien eine eigene Meldung wert war. So titelte zum Beispiel die BBC: *Falsche Webadresse macht RP-Kampagne zunichte.*

Um zehn wurde das gesamte Team zu einer Krisensitzung in den großen Konferenzraum bestellt. Insgesamt waren wir mehr als dreißig Leute, sodass einige stehen mussten. Anne Wolfson sprach mit dem Ton einer Generalin, die Köpfe rollen sehen will, ohne den Schuldigen zu kennen.

»Ich gehe davon aus, dass bereits alle über die Ereignisse informiert sind. Gerade habe ich mit Richard von *RP* gesprochen und ihm unser völliges Entsetzen mitgeteilt. Die Situation ist sehr ernst, und es steht nicht nur die Beziehung zu einem wichtigen Kunden auf dem Spiel, sondern der Ruf unserer Agentur.«

Irgendjemand machte eine witzige Bemerkung, und Annes Gesicht verfärbte sich tiefrot.

»Sie finden das lustig?« Als sie in die Richtung des Schuldigen hinüberging, knallten ihre wütenden Absätze direkt an mir vorbei. »Und – haben Sie Ihren Spaß gehabt?«

»Nein«, sagte jemand leise mit zu Boden gerichtetem Blick. »Sorry.«

Im Raum herrschte absolute Stille.

»Wir sind alle ganz bei dir, Anne«, sprang Grey ein, um die Situation zu entkrampfen. »Aber man muss zugeben, dass die Initiative genial gemacht ist. Es ist eine beispielhafte Art, das Internet für einen solchen Angriff zu nutzen und …«

»Die kreativen Fähigkeiten dieser Leute sind mir scheißegal«, unterbrach Anne ihn mit eisiger Stimme. »Wir alle haben eine absolut eindeutige Vertraulichkeitsklausel unterschrieben. Ich kann nur hoffen, dass keiner aus unserem Team etwas mit der Sache zu tun hat. Natürlich habe ich Richard versichert, dass wir alle Möglichkeiten nutzen werden, intern nach der undichten Stelle zu suchen. Daher frage ich Sie gleich hier: Weiß jemand irgendetwas darüber?«

Mein Moment war gekommen.

»Anne«, begann ich zögernd. »Ich glaube, ich weiß tatsächlich etwas.«

Alle Blicke im Raum richteten sich auf mich.

»Ach ja? Und was?«, fragte sie überrascht.

Ich machte einen Schritt nach vorn, dann einen zweiten. Bis ich bei Anne angelangt war. Grey riss die Augen auf.

»*Excuse me, Anne*«, sagte ich, als ich direkt vor ihr stand. »Könnten Sie ein bisschen zur Seite rücken?«

Anne verstand nicht, was ich wollte, aber sie tat mir den Gefallen. Und damit wurde eine Nachricht sichtbar, die jemand mit blauem Edding auf die weiße Tafel geschrieben hatte.

Ich habe es im Namen aller Tiere getan.
Euch eingeschlossen!

Darunter war der allseits bekannte Pfotenabdruck von *The Cat* zu sehen. Captain Greybeard konnte nicht mehr an sich halten und brach in schallendes Gelächter aus, womit er den halben Raum ansteckte, während Anne, als sie sich wieder umdrehte, weißer war als die Wand. Das war der letzte Auftritt von *The Cat* bei *Netscience*, doch er machte sie unsterblich.

Am späteren Vormittag erhielt ich eine SMS von Tom:

Zur Feier des Tages möchte ich Dich sehr herzlich zum Essen einladen. Ben wird auch dabei sein. Bringst du Sibila mit?

Die Adresse, zu der er mich bestellte, lautete 16 Prince Albert Road, was sich laut des Plans auf meinem Smartphone in der Nähe des Regent's Park in Richtung Camden Town befand. Den ganzen Tag über wagte ich es nicht, Tom vom Büro aus anzurufen oder ihm über meinen Computer bei *Netscience* eine Nachricht zu schicken. Ungeduldig, aufgeregt und glücklich, meine Freude endlich mit jemandem teilen zu können, fuhr ich schließlich mit dem Fahrrad und mit Sibila im Korb zu der Verabredung. Ich fühlte mich gut in meinem neuen weißen Kleid mit den roten Blumen, mit meiner neuen Frisur und den sportlichen Radfahrerbeinen.

War da etwas zwischen Tom und mir? Wir waren uns zwar nur ein paar Mal persönlich begegnet, immer in der *Dream Station*, doch jedes Mal war mir dabei leicht schwindelig geworden, auf eine angenehme Art. Ich hatte völlig vergessen, wie sich das anfühlte. Ich hatte das Flirten verlernt. Aber ich spürte, wie ich aufblühte, dass ich es verdiente, geliebt zu werden, und natürlich auch, dass dieser jungenhafte Mann mir ausgesprochen gut gefiel. Und das konnte ja nur bedeuten, dass ich meine gescheiterte Beziehung mit Joaquín endlich überwunden hatte. Es gab auch noch andere Männer auf der Welt!

Als ich bei der angegebenen Adresse ankam, konnte ich das Haus mit der Nummer 16 nirgendwo finden. Nummer 14 und 15 waren vorhanden und gehörten zu zwei großen, eleganten weißen Häusern. Wenn dies also das Viertel war, in dem Tom lebte, musste er wesentlich reicher sein, als es den Anschein hatte. Hinter dem Haus mit der Nummer 15 befand sich eine alte, aus grauem Stein erbaute Kirche, an der keine Hausnummer zu finden war. Und dahinter lag Haus Nummer 17. Auf der anderen Seite gab es keine Hausnummern, denn dort floss der Kanal am Rand des Regent's Park entlang. Auf Höhe der Kirche wurde dieser von einer kleinen Brücke in Richtung Park überspannt, dessen Eingang von zwei weißen Säulen flankiert wurde. Ich stieg vom Rad, schob es in die Mitte der Brücke und lehnte es an das schwarze Geländer.

Als ich mit Sibila dort stand und wir beide in das unterhalb der Brücke fließende Wasser blickten, erinnerte ich mich an die düstere Nacht auf der Tower Bridge, die so anders gewesen war als dieser strahlende Tag, so wie das wirbelnde Wasser der Themse sich von der ruhigen, glatten Oberfläche des Kanals unterschied, der sich friedlich zwischen den Bäumen des Parks entlangschlängelte. Ich dachte an all das, was ich seitdem gelernt hatte: meinen Körper und meinen Geist zu pflegen, für alles Gute dankbar zu sein und das Schlechte zu akzeptieren, in der Nähe meiner Herde zu bleiben, die Träume meiner Kindheit aufleben zu lassen, die Wände des geschlossenen Raums zu durchbrechen, das Tier in mir zu entdecken, mich von meinem Spiegelbild zu befreien, mein Herz zu öffnen, zu spielen, zu genießen, zuzuhören, zu beobachten und – vor allem – den Moment zu leben. Tatsächlich hatte ich in dieser Zeit so viele intensive, bewusste, glückliche Momente erlebt, dass ich kaum glauben konnte, dass ich erst vor sechs Monaten begonnen hatte, mit meiner Katzenmeisterin zu trainieren.

»Vielen Dank, dass du mir geholfen hast, mein altes Leben zu beenden, liebe Freundin«, sagte ich zu meiner Katze, wobei ich ihr über den Kopf und den Hals strich. »Mein neues Leben gefällt mir bedeutend besser.«

Sibila schnurrte, drehte sich im Korb auf den Rücken und streckte mir ihren Bauch entgegen. Ich kraulte sie, wobei ich ihr die volle Aufmerksamkeit zuwandte, so wie sie es mich gelehrt hatte; ich spielte mit ihr und sah ihr in die Augen, in diesem einzigartigen Einverständnis, das sich nach all der Zeit zwischen uns eingestellt hatte.

»Du wirst nicht mehr mit mir sprechen, stimmt's, meine Süße? Auch wenn ich weiß, dass du jedes Wort verstehst ...«

Sibila schnurrte nur. Und in diesem Moment wusste ich, dass meine Trainingszeit beendet war. Ich spürte, dass ich angekommen war. Nicht am Ende oder am Ziel. Sondern auf dem richtigen Weg. Auf meinem Weg. Oder – wie Sibila es gesagt hätte – ich hatte die Kunst des Laufens wieder entdeckt. Zu laufen, während ich lief. Zu leben, während ich lebte. Manchmal voller Zuversicht, manchmal ängstlich, manchmal zufrieden, manchmal traurig, jedoch immer offen für Veränderungen, für den Tanz der Sterne, für den Wandel der Existenz. Ich war bereit, meinen Schritten zu folgen, wohin sie mich auch führten. Mit oder ohne Traumjob, mit oder ohne den idealen Mann, mit oder ohne Kinder.

Plötzlich erregte etwas Sibilas Aufmerksamkeit, und sie wandte blitzartig den Kopf. Es war ein Schmetterling, der über dem Korb in der Luft tanzte. Ein Schmetterling in gelben und orangenen Farbtönen. Sibila drehte sich um, stützte eine ihrer Vorderpfoten auf den Rand des Korbs und haschte mit der anderen nach dem Schmetterling. In dem Moment fiel mir der Traum wieder ein, den ich vor einiger Zeit gehabt hatte: der Kanal, der Schmetterling, die Katze ...

»Sara!«

Es war Tom, der über die Brücke auf mich zukam. Jetzt tanzten die Schmetterlinge in meinem Bauch. Er trug Jeans und ein rot-weiß gestreiftes Hemd. Sein Hund Ben ging an der Leine neben ihm her: ein wunderschöner eleganter Labrador Retriever, dessen Fell so golden war wie die Locken seines Besitzers.

»Benutze deine Nase, und dann sag mir, was du denkst«, flüsterte ich Sibila zu.

Tom zeigte sein breites Lächeln, während sein Hund mit dem Schwanz wedelte. Wir umarmten uns. Es war das erste Mal, dass wir das taten, doch unsere Körper schmiegten sich so natürlich und freudig aneinander, als wären wir schon unser ganzes Leben lang miteinander vertraut.

»Ich gratuliere dir, Sara«, sagte er. »Du hast es geschafft.«

»Und ich gratuliere dir«, sagte ich. »Auch zu diesem wunderschönen Hund. He, du bist ja ein ganz Lieber!«

Ich streichelte den Labrador, der mich äußerst interessiert beschnüffelte und heftig mit dem Schwanz wedelte. Die Katze beobachtete uns von ihrem Korb aus, den sie zunächst noch nicht zu verlassen wagte. Ihr Fell war leicht gesträubt, die Ohren und den Schwanz hatte sie aufgestellt.

»He, Sibila, ganz ruhig«, sagte ich und meinte dann, an Tom gewandt: »Ob das eine gute Idee war? Ein Hund und eine Katze …?«

»Warten wir es ab. Auf jeden Fall sollten wir bei der gegenseitigen Vorstellung sehr diplomatisch vorgehen.«

Es brauchte eine Weile, um die beiden zu beruhigen und aneinander zu gewöhnen. Ich streichelte Sibila, die sich mit ausgefahrenen Krallen in ihrem Korb verschanzt hatte, beruhigend übers Fell, während Tom den Labrador an der Leine zurückhielt. Nachdem sich die beiden eine Zeitlang beschnuppert und Sibila mehrmals die Pfote nach der Schnauze des Hundes ausgestreckt hatte, akzeptierten sie allmählich die Gegenwart des anderen. Schließlich begriff Sibila, dass der Hund von Tom sicher an der Leine gehalten wurde, sodass sie dann doch bereit war, ihren Korb zu verlassen, und Ben in sicherem Abstand aufgeregt umkreiste.

»Wohnst du wirklich hier?«, fragte ich Tom, während ich mein Fahrrad an das Geländer kettete.

»Ja, ich wohne ganz in der Nähe.«

»Ein nobles Viertel!«

»Ja, nicht schlecht«, meinte er und wechselte gleich darauf das Thema. »Ben will unbedingt spazieren gehen. Kommt ihr mit?«

Zu viert machten wir einen kleinen Rundgang durch den Regent's Park. Es war ein wunderschöner Nachmittag, und der Park war voller junger Leute, die in der Sonne lagen, Angestellter, die die Krawatten ausgezogen hatten, und Kindern, die den Enten hinterherrannten. Während Ben und Sibila schließlich alle Vorsicht fahren ließen und miteinander herumtollten, redeten Tom und ich ausführlich über unseren Erfolg, die lustigsten »RP-Anzeigen«, und ich erzählte ihm von der Szene mit meiner Chefin und der mysteriösen Botschaft von *The Cat*.

»Das heißt, sie haben dich nicht gleich gefeuert?«

»Bisher nicht.«

»Eigentlich schade, ich hab schon gedacht, dich jetzt jeden Tag in der *Dream Station* zu sehen.«

»Na ja, ehrlich gesagt, hab ich da so eine Idee.«

»Ach ja?«

»Ich muss noch ein wenig darüber nachdenken, aber ich versuche gerade, einer Nachbarin, die nicht aus dem Haus gehen kann, zu helfen, über Internet mit der Außenwelt in Kontakt zu treten. Ich überlege, ob man nicht einen Service ins Leben rufen könnte, um behinderten Menschen, die nur wenig Erfahrung mit der neuen Technologie haben, auf diese Art zu helfen. Zum Beispiel in Form einer NGO, die von irgendeinem IT-Unternehmen finanziert wird. Vielleicht sogar von *Netscience* direkt, wer weiß?«

»Möglich wäre es. Wäre es nicht lustig, wenn dieselben Leute dich für eine so völlig andere Arbeit bezahlen würden? Und nach dem, was du heute fertiggebracht hast, habe ich keinen Zweifel daran, dass es dir gelingen wird. Du hast dich wirklich mächtig ins Zeug gelegt!«

»Na ja, dabei hat mir meine Katze ganz schön geholfen …«

Von da an drehte sich unser Gespräch um Sibila und Ben, um Hunde und Katzen im Allgemeinen und um die Weisheit der Tiere. Bei der Gelegenheit erfuhr ich, dass Tom sich ein paar Jahre zuvor von seiner Frau Clara hatte scheiden lassen.

»Nach meiner Scheidung hat Ben mich sozusagen adoptiert«, meinte er lächelnd, während er sich auf dem Rasen niederließ und seinen Hund streichelte. »Damals hatte ich den Glauben an das Leben verloren, an die Menschen und überhaupt an alles. Aber die Lebensfreude dieses Tiers ist absolut ansteckend. Man muss nur zusehen, wie er über die Wiese tollt. Er hat mir alles beigebracht, was ich weiß.«

»Ich verstehe genau, was du meinst. Nach der Trennung von meinem Freund hat diese Katze mir das Leben gerettet. Im wahrsten Sinne des Wortes, stimmt's, meine Kleine?«

Auch ich setzte mich auf die Wiese, dort, in der Nähe des Sees. Mehrere Boote waren darauf unterwegs, und ich erinnerte mich, dass Joaquín und ich in unserem ersten Londoner Jahr auch einmal ein solches Boot ausgeliehen hatten. Doch die Erinnerung daran tat nicht mehr weh. Meine Wut auf ihn war verschwunden. Hatte ich ihm verziehen? Sein Verrat war noch immer genauso grausam, egoistisch und feige wie vorher. Doch vielleicht war ich es einfach leid, mich mit einem Hassgefühl zu belasten, das nur mir das Leben schwermachte. Vielleicht hatte ich eingesehen, dass Joaquín, wenn er zu so etwas fähig war, eher mein Mitleid verdiente, denn er war verloren in unserem Universum, gefangen zwischen dicken Mauern der Unwissenheit und der Angst. Vielleicht war mein Herz inzwischen einfach groß genug, um zu akzeptieren, dass er seinen Weg gehen würde und ich meinen.

»Und wie ist es bei dir zur Scheidung gekommen?«, fragte ich Tom und fühlte mich dabei wie eine Katze, die sich in ihrem Korb vor einem Hund verschanzt, weil sie noch nicht weiß, ob sie ihm trauen kann oder nicht.

»Willst du das wirklich wissen?«

»Na ja, nicht alles«, meinte ich mit unschuldigem Lächeln. »Ich will nur wissen, ob es deine Schuld war und ob du ein Arschloch bist oder nicht. Ich mache mir immer Notizen über die Männer, die ich kennenlerne, nur für den Fall, dass ich vielleicht später einen mag.«

»Ah, ich verstehe«, sagte er, nahm eine formelle Haltung ein und räusperte sich. »Kein Problem. In meinem Fall denke ich, dass keiner von uns beiden wirklich schuld daran war. Ich verstehe mich noch immer gut mit Clara. Es hat sich einfach herausgestellt, dass wir doch nicht so perfekt zueinander passen, wie wir gedacht hatten. Solange wir in den USA gelebt haben, war alles in Ordnung. Sie ist Engländerin, aber wir haben uns in New York kennengelernt, in einer Hochschule für Design. Wir haben geheiratet, beide in Manhattan gearbeitet, alles prima. Schwierig wurde es erst, als wir nach London zogen, in die Nähe ihrer Familie und ihres sozialen Umfelds hier. Sie stammt aus einer dieser britischen Aristokratenfamilien, weißt du? So einer, die regelmäßig auf Fuchsjagd geht. Natürlich habe ich das gewusst und war meinen Schwiegereltern hin und wieder begegnet. Aber es ist etwas völlig anderes, wenn man sich plötzlich ständig sieht. In ihrer alten versnobten Umgebung war Clara plötzlich ein anderer Mensch. Auf einmal hat sie alles an mir gestört, meine ganze Art, wie ich rede, und so weiter. Und ich bin mit ihrem großspurigen Auftreten nicht klargekommen. Tennis, Kricket und Polo interessieren mich nun mal einfach nicht. Die meisten ihrer Freundinnen gingen mir auf die Nerven. Und die Füchse taten mir leid. Am Ende kriegten wir uns wegen der kleinsten Kleinigkeit in die Haare, allein, wenn wir sahen, wie der andere beim Essen die Gabel hielt.« Er schwieg einen Moment und zupfte an einem Grashalm. »Und was ist mit dir? Was ist deine traurige Geschichte?«

»Die ist viel einfacher. Ich habe herausgefunden, dass mich mein Freund zwei Jahre lang betrogen hat.«

»Puh. Alles klar. Das tut weh! Jetzt verstehe ich,

dass du die Arschlöcher aussortieren möchtest. Also wenn du Zweifel an mir hast, kannst du dich wegen guter Referenzen gerne an Ben wenden.«

»Was meinst du, Ben? Kann man ihm vertrauen?«, fragte ich den Hund, der mit erhobenem Kopf zwischen uns lag.

»Sag Ja, Ben«, flüsterte Tom, wobei er komplizenhaft eines der Hundeohren anhob. »Sag ihr, dass man mir bis zum Ende aller Tage blind vertrauen kann. Dann bekommst du auch ein saftiges Steak, ja. Guter Junge!«

Ben schien mit heraushängender Zunge und wedelndem Schwanz seine Zustimmung zu geben. Es war schwer, angesichts dieses entwaffnenden Anblicks nicht sämtliche Vorsichtsmaßnahmen über Bord zu werfen. Aber noch stand Sibilas Urteil aus, die meine Bitte, Tom ausgiebig zu beschnuppern, sehr ernst genommen hatte. Eine ganze Weile über war sie diskret, aber neugierig um ihn herumgestrichen und hatte ihre kleine Nase schnuppernd an seine lockigen Haare gehalten, während ihre feinen Schnurrhaare Witterung aufnahmen. Gerade hatte sie die Untersuchung beendet und sich mit erhobenem Schwanz neben ihn gesetzt. Nun sah sie mich an und gab mir ein Zeichen – ein kurzes, zur Seite gewandtes Nicken. Inzwischen verstand ich, was sie mir sagen wollte, und in diesem Fall lautete die Botschaft: »Worauf wartest du noch? Schnapp ihn dir!«

Das ließ ich mir nicht zwei Mal sagen. Ich stützte mich mit einer Hand auf dem Rasen ab und näherte mich Tom wie eine Katze. Mit einem Finger hob ich sein Kinn an, was ihn, der gerade mit seinem Hund gesprochen hatte, augenblicklich verstummen ließ. Wir sahen uns in die Augen. Tief in unsere Seelen. Und dann fanden sich unsere suchenden Münder. Die Sonne strahlte am Himmel, und die Erde gab uns Halt, während unsere Herzen gegeneinanderschlugen. Ich genoss diesen Kuss wie damals die unvergessliche Erdbeere vom Borough Market. Mit der gleichen intensiven, hemmungslosen, katzenartigen Hingabe. In diesem Kuss schmeckte ich die Gegenwart wie nie zuvor. Bis Ben, den ein derartiger Austausch von Zärtlichkeiten direkt vor seiner Nase offensichtlich leicht eifersüchtig machte, sich dazwischendrängte und uns mit einem freudigen Lecken unterbrach, was jeder Romantik ein Ende setzte und uns in Lachen ausbrechen ließ. Aus dem Augenwinkel bemerkte ich, wie Sibila dem Hund einen strengen Blick zuwarf, als wollte sie sagen: »Lass die beiden armen Affen doch in Ruhe!«

Ein paar Augenblicke lang wussten wir nicht, was wir sagen sollten.

Dann nahm Tom meine Hand zwischen die seinen und streichelte sie. Mein Lächeln war inzwischen mindestens ebenso breit wie seines.

»Weißt du, Tom«, begann ich schließlich, »in einem Monat habe ich Geburtstag. Möchtest du zu meiner Feier kommen? Du bist der Erste, den ich einlade.«

»Ich bin dabei«, sagte er, ohne mit dem Streicheln meiner Hand aufzuhören. »Wann genau?«

»Na ja, es ist erst am neunten Oktober, aber ich habe viel zu feiern und möchte mich bei all den Menschen bedanken, die mir in diesem Jahr geholfen haben, bei meiner Familie, meinen Freundinnen … Da es eine Vierzig-Stunden-Party werden soll, habe ich viel vorzubereiten.«

»Wow, der Gedanke gefällt mir!«, meinte Tom beeindruckt. »Vierzig Stunden, ja? Ich hoffe, dass ein paar davon für mich reserviert sind.«

»Mindestens die Hälfte«, antwortete ich und stand auf. »Wie wäre es, wenn du mir jetzt mal deine Wohnung zeigst?«

»Komm, Ben«, rief Tom, während er aufsprang und mit seinem Hund über die Wiese vorauslief. »Zeigen wir den beiden Mädels mal, wo wir wohnen.«

Es gibt Momente, die man niemals vergisst. Momente, die beweisen, dass das, was Sibila mir bei unserer ersten Begegnung gesagt hatte, wirklich wahr ist: Das Leben ist wunderbar! Dieser Spaziergang am Ende des Sommers durch den Londoner Park, zusammen mit diesem gut aussehenden, fröhlichen Mann, dem man, von seinem Hund und meiner Katze bestätigt, absolut vertrauen konnte, und mit einem weit geöffnetem Herzen, das den Überschwang an Gefühlen, Farben, Geräuschen, Düften und göttlichen Energien in jede Faser meines Seins eindringen ließ, war einer dieser Momente. Ich war leicht wie ein Schmetterling, der durch die Zeit flog. Ich war glücklich.

Und als wir schließlich an den Rand des Parks gelangten und Tom, anstatt über die Brücke den Kanal zu überqueren, eine kleine Treppe zum Wasser hinunterging und ein längliches blau-weißes Hausboot betrat und ich begriff, dass dies seine Wohnung war – ein schwimmendes Haus, das an einem Tag zwischen den Schwänen im Regent's Park anlegte und am nächsten in Camden oder am Windsor Castle –, war dieser Moment viel mehr als nur schön und unvergesslich. Es war für mich die Entdeckung oder vielleicht auch die Wiederentdeckung jener Magie, die in diesem unendlichen Universum immer zu finden ist.

DANKSAGUNG

Im Namen von Sara und Sibila gilt mein Dank
– den vielen Menschen, die sich ab und zu den Katzen widmen und mich zu diesem Text inspiriert haben, einschließlich Lao Tse, Erich Fromm, John Kabat-Zinn, Thich Nhat Hanh, Mahatma Gandhi, Félix Rodríguez de la Fuente, Jane Goddall, Ed Wilson, Gustavo Diex und meinen Meditations- und Yogalehrern und -lehrerinnen in den Sivananda-, Styandanda- und Nirakara-Schulen.
– Franco und Adriana für ihre Einladung nach Aglaia, dieses Paradies auf Erden, wo ich zwischen Hunden, Hühnern, Kröten, Geckos und Vögeln einen großen Teil des Manuskripts geschrieben habe.
– Birte Siim von der Universität Aalborg für ihre Einladung in die hübsche Dachwohnung, in der ich das Manuskript mit Blick auf das an der Wand hängende (authentische?), einst Sherlock Holmes gehörende Ensemble von Pfeife und Mütze beendet habe.
– Santiago García Caraballo für sein Buch *Gatos felices, dueños felices* (Madrid, Ateles, 2003); und Bruce Fogle für *Los gatos hablan sobre sus dueños* (Madrid: Ateles, 1999, Originaltitel: *The secret life of cat owners*).

Beide haben mir bei der Recherche zur Psychologie der Katzen und deren Beziehung zu den Menschen sehr geholfen.

– Martin Seligman und seinen Beiträgen auf dem Gebiet der Positiven Psychologie.

– Meinem Geschäftspartner und Freund Jesús Damián Fernández sowie Matt Weinstein, Miguel Olivares (dem Erfinder des »Discoschalters«), den Chief Morale Officers von Scient und allen, die Humor, Vergnügen und Spiele unterstützen.

– Uli Diemer dafür, dass er mich mit einer unerwarteten Reihe von Fastentagen überrascht hat.

– Federico García Lorca für sein Gedicht *Los álamos de plata*.

– José Luis Perales für sein Lied *Ayer se fue*.

– Remi Parmentier von The Varda Group für seine Idee mit den Pappfächern gegen den Klimawandel, die er bei einem Klimagipfel tatsächlich zum Einsatz brachte.

– Greenpeace (insbesondere Tracy Frauzel) und den Initiatoren und Teilnehmern der Arctic-Ready-Kampagne, deren Ideen ich zum Teil übernommen habe.

– Der Adbusters Foundation und anderen Organisationen, die wie *Badverts* infrage stellen, was die Werbung uns erzählt.

– Den Träumern von Hub Madrid und allen anderen Impact Hubs auf der Welt, den Inspiratoren der *Dream Station*.

– Meinen Lehrern und Mitstreitern im Impro-Theater, vor allem Javier Pastor und den Absurden von

Absurdia dafür, dass sie mit mir gespielt und so viele Personen und Geschichten erfunden haben.

– Steve, Fernando, Arancha und Ceci dafür, dass sie für diese Geschichte ihr Wissen über Katzen und andere lebenswichtige Dinge mit mir geteilt haben.

– Meiner Agentin Marta Sevilla de Zarana dafür, dass sie mich zu diesem Projekt ermutigt und mich bei diesem und anderen verlegerischen Abenteuern begleitet hat.

– Maria Tonezzer von Ediciones B für ihr Vertrauen in mich sowie für ihre aufmerksame Lektüre, ihre Vorschläge und Korrekturen, die den Text enorm verbessert haben.

– Meiner wunderbaren Familie, meinen Freunden und Kollegen, mit denen ich gemeinsam einige der Wahrheiten in diesem fiktiven Text am eigenen Leib erfahren habe.

– Elena und Gudrun für die Lektüre und ihre Kommentare.

– Den nicht menschlichen Tieren, die mich so viel gelehrt haben und es noch immer tun.

– Ema für die Korrektur des Manuskripts und für ihre Hilfe dabei, jeden Tag aufs Neue die Gegenwart, die Liebe und die Magie des Universums zu entdecken.

Titel der spanischen Originalausgabe:
Conversaciones con mi gata
© Ediciones B, S.A., 2013 para el sello Vergara

© 2015 by Thiele Verlag in der
Thiele & Brandstätter Verlag GmbH,
München und Wien

Gesamtgestaltung und Satz:
Christina Krutz, Biebesheim am Rhein
Druck und Bindung: Kösel, Altusried-Krugzell

Alle Rechte vorbehalten

ISBN 978-3-85179-313-0

www.thiele-verlag.com